vmn

Bruno Bachmann, der gerne Otze genannt wird, wohnt mit seinem WG-Partner in der Merianstraße über einer Trinkhalle im Frankfurter Nordend. Es ist die Zeit der Fußball-Weltmeisterschaft in Deutschland, und Otze hat nur Ärger am Hals: Die Frauen, der Alkohol und enge Freunde machen ihm genauso zu schaffen wie seine Erinnerungen an alte Zeiten.

Sascha Ehlert, geboren 1974, lebte selbst während seines Studiums in der Merianstraße, eben in einer Wohngemeinschaft über dem Kiosk. So blieb ihm nichts anderes übrig, als die Umgebung für seinen ersten Roman zu adaptieren. Ansonsten ist es ein Roman, und die Protagonisten sowie die Geschehnisse sind vollkommen frei erfunden.

Weitere Informationen zum Autor unter www.saschaehlert.de

Merianstraße

von

Sascha Ehlert

vmn
Verlag M. Naumann

Druck: Aalexx Buchproduktion GmbH, Großburgwedel

2. Auflage Dezember 2008

Bibliografische Information der Deutschen Bibliothek
Die Deutsche Bibliothek verzeichnet diese Publikation in der Deutschen Nationalbibliografie; detaillierte bibliografische Daten sind im Internet über http://dnb.ddb.de abrufbar.

ISBN 978-3-940168-11-5

Freibrot

LEICHT WANKEND mühte sich Bruno die Obere Berger Straße entlang. Der hohe Promillewert in seinem Blut machte seinem sonst so männlichen Gang zu schaffen. Ein kleiner Ausfallschritt links und in unregelmäßigen Abständen auch mal ein Schlenker in die andere Richtung unterstrichen seinen Zustand. Bruno hatte die vollständige Kontrolle über seinen Körper einbüßen müssen. Er zollte seinem Alkoholkonsum Tribut – aber mächtig.

Bruno überquerte gerade das kleine Bornheimer Fünffingerplätzchen, als er sich noch immer über die vergangenen 30 Sekunden ärgerte. Hinter ihm lag die Rendelerstraße. Dort war soeben sein anvisierter Ausgleichssex hinter einer grauen Haustür verschwunden. Da lief er nun in seinem schwarzen Retro-Shirt mit weißen Rändern an Ärmeln und Kragen und wusste nicht, ob er sich über sich selbst oder seine ehemalige Begleiterin ärgern sollte. Die Aufschrift auf seinem Shirt lautete knapp ›Fußballphilosoph‹. Eine eigene Anfertigung Brunos. Aber gerade jetzt kam er sich darin vor wie ein Idiot, mitten in der Nacht in Frankfurt am Main und dann noch dieser lästige Gips am rechten Arm. Seinen Pullover hatte er vor etwa einer Stunde seiner Begleiterin gegeben …

Wenn sein Gang nicht leicht gekrümmt gewesen wäre, hätte er es vom Kopf bis zu der Sohle auf eine Höhe von 1,70 Metern gebracht.

›17 Dezimeter geballte Lust!‹, dachte Bruno Bachmann, der niemals laut zugab, dass er sich für den Großteil der Frauen als zu klein empfand.

›Frauen mögen große Männer, zu denen sie aufschauen können‹, dachte er.

Sein dunkelblondes, hart gegeltes Haar lag wie eine Eins: Scheinbar zerwühlt, aber das sollte so sein.

»Was kann man schon mit Straßenköter-Haaren großartig anstellen, außer sie mit Gel zuzukleistern«, sagte Bruno immer.

Er hatte zwar ein recht breites Kreuz, dennoch ließen seine 85 Kilo ihn ziemlich korpulent wirken. Schlank war etwas anderes.

Seit seinem elften Lebensjahr wurde er von allen Freunden nur Otze genannt. Früher erfüllte ihn dieser Name mit großem Stolz. Otze hörte sich anders an als Markus, Thomas, Oliver oder einer der anderen so verdammt gewöhnlichen Namen, die in seiner Jugend beliebt waren – und erst recht viel besser als Bruno.

»Bruno Bachmann«, meinte er stets kopfschüttelnd, »was für ein überaus schrecklicher Name.«

Der Spitzname Otze wirkte irgendwie lässig. Das mochte er damals. Mittlerweile jedoch musste er zugeben, dass diese Bezeichnung ihn schon etwas nervte. Besonders wenn er von seinen Freunden fremden Leuten vorgestellt wurde. Dann guckten die immer so dämlich aus der Wäsche.

»Otze?«, fragten sie dann oftmals etwas abschätzig blickend nach. »Otze? Was ist denn das für ein Name?«

Anfangs dachte er noch, er müsste zu seiner Verteidigung die Entstehung des Beinamens erläutern. Heute aber war es ihm vorwiegend ganz egal.

›Ist doch wurscht, was die Leute denken‹, dachte er dann immer – naja, fast immer.

Natürlich kam dieser Spitzname aus der spektakulären Welt des Fußballs. Bruno, den selbst ernannten Fußballphilosophen, sah man in seiner Jugend als großen Anhänger des SV Werder Bremen. Dem Club, der Ende der 80er Jahre einige Glanzzeiten erfuhr. Ganz besonders angetan hatte es ihm damals ein bestimmter Spieler: Frank Ordenewitz, seines Zeichens Stürmer und ausgesprochener Torjäger. Er wurde 1988 mit dem norddeutschen Club Deutscher Meister und schenkte seinem Trainer Otto Rehhagel, seinem Verein und allen Fans fünfzehn wunderbare Treffer. Zwar übertraf ihn in derselben Saison Karl-Heinz Riedle, ebenfalls Werder-Stürmer, mit drei weiteren Treffern, was Bruno Bachmann jedoch weniger beeindruckte. Ordenewitz hatte die Gunst von Bruno gewonnen und so sollte es auch bleiben.

›Frank Otze Ordenewitz, du bist mein Held!‹, dachte Bruno damals.

Mächtig ins Wanken geriet der Werder-Fan als Frank Ordenewitz zum 1. FC Köln abwanderte. Erich Rutemöller, der damalige Trainer der Rheinländer, prägte einen legendären Satz, als er ihn in einem Spiel einwechselte. Er sagte zu ihm angeblich: »Mach et, Otze!«

Hintergrund dieses Satzes: Otze Ordenewitz sollte sich im DFB-Pokalhalbfinale mit Absicht eine weitere Gelbe Karte beim Schiedsrichter abholen, um die folgende Sperre vor dem entscheidenden Endspiel in Berlin in einer unbedeutenden Bundesliga-Begegnung absitzen zu können. Diese Tat erhob den Fußballer in einen Kultstatus. Leider schob der Deutsche Fußball Bund diesem Vorhaben einen Riegel vor und ließ den Spieler im Endspiel dennoch nicht auflaufen. Schade eigentlich.

Und spätestens von diesem Zeitpunkt an manifestierte sich Bruno Bachmanns Spitzname in seinem Freundeskreis. Er und sein sportliches Vorbild Frank Ordenewitz – 272 Bundesligaeinsätze, 68 Ligatore, zwei Nationalmannschaftsspiele – sie beide hießen Otze.

Starr beobachtete Otze seine eigenen Füße, wie sie auf einer der bekanntesten Frankfurter Straßen Meter um Meter unsicher zurücklegten. Jeder, der sich in Frankfurt nur ansatzweise auskannte, wusste etwas mit der Berger

Straße zu verbinden. Eine der vielen Kneipen meistens – es wimmelte dort von Gaststätten –, ein Geschäft oder einfach nur die erfolglose Suche nach einem Parkplatz. Die Berger Straße kannte jeder. Otze bemerkte, dass seine Füße nicht die Spur hielten – so sehr er sich auch anstrengte. Er befand sich leider nicht in der Lage, entscheidend entgegen zu wirken. Machtlosigkeit und Verzweiflung drangen in ihm hoch. Immer wieder trieb es ihn auf der leicht abschüssigen Straße links zum Bordstein des Fußweges hin. Einige Male wäre er ungewollt fast auf der Fahrbahn gelandet. Völlig unbedacht überquerte er die Saalburgallee und steuerte konsequent auf den mit Kopfsteinpflaster ausgekleideten Platz Bornheim Mitte zu.

›Was muss das für eine Arbeit gewesen sein, all diese Milliarden Pflastersteine zu legen. Die Portugiesen sind darin richtig gut‹, dachte Otze und wusste gar nicht mehr, woher er diese Kenntnisse hatte.

Genau hier in Bornheim Mitte hatte er knapp zwei Wochen zuvor das atemberaubend schlechte WM-Spiel Iran gegen Angola verfolgt. Der absolute Wahnsinn. Not gegen Elend. Doof gegen Blöd. Oder: Unvermögen gegen Talentlosigkeit. Das Match war so todsterbenslangweilig, dass Bruno sein Bier nicht geschmeckt und er es stehen gelassen hatte. Und das sollte bei ihm was heißen. Okay, es war bereits das fünfte oder sechste, das er verschmäht hatte, aber immerhin.

»Ich kann mir so ein grauenhaftes Gekicke nicht antun. Das hat was von Paralympics«, hatte er gegen Ende der Partie gesagt.

Überall an den Fassaden der Häuser hingen nach dem Halbfinale vor ein paar Tagen italienische Flaggen. Jede Pizzeria zeigte sich als Zentrum des Patriotismus. Die Fahnen wehten und nervten Otze.

›Die haben das doch nicht verdient‹, dachte er, ›die hatten

doch nur Glück. Bei den Deutschen, ja, da war alles dabei. Torinstinkt gegen Costa Rica, druckvolles Aufbauspiel gegen Polen, Disziplin gegen Ecuador, Taktik gegen Schweden, Kampf gegen Argentinien und Pech gegen Italien.‹

Bruno torkelte die Berger Straße weiter herunter. Der Alkohol machte ihn träge, und er schlurfte mehr über den Bürgersteig, als dass er noch ging.

»Scheiße bist du voll«, flüsterte er leise vor sich hin.

›Tief durchatmen‹, dachte Bruno, ›nur tiefes Durchatmen hilft bei der Konzentration.‹

Worauf er sich vorwiegend konzentrieren sollte, ob auf seinen Gang oder das Unterdrücken seines ständig wachsenden Brechreizes, war ihm nicht ganz klar. Unzählige Pils, fünf dunkle Weizenbiere, vier oder fünf Tequila – weiße Tequila, auch Männer-Tequila genannt, weil sie nicht wie die goldenen sanft die Kehle runterrinnen, sondern mächtig kratzen –, zwei sauer gespritzte Äppler, er hasste Süßgespritzten, und vier Gläser Sekt – das hatte Otze sich in den letzten drei bis vier Stunden reingeschüttet, als gäbe es auf Alkoholverweigerung gnadenlos die Todesstrafe.

›Vier Scheiß-Gläser Sekt‹, dachte Otze, und dies warf er sich als einzigen großen Fehler seines heutigen Alkoholkonsums vor.

Schon bei jeder einzelnen Bestellung erschien ihm die Einnahme dieses Getränkes als vollkommen sinnlos. Der Sekt tat aber, was seine Aufgabe war: Er ließ Otze nun äußerst bedenklich durch Frankfurts Straßen torkeln.

›Nur der Sekt ist schuld!‹, dachte er.

Seiner Meinung nach hatten Tequila, Bier und Apfelwein von Grund auf gute Charaktere.

»Die wollen dem Manne nichts Böses«, davon war er überzeugt.

›Zum Glück bin ich nicht auf der Kaiserstraße. Hier kann mir ja nichts passieren‹, dachte er, ›obwohl die Kaiserstraße eigentlich besser und die Berger schlechter als ihr Ruf ist.‹

Aus dem Augenwinkel bot sich ein für ihn schauderhaftes Bild. Binding-Quick, dieses übergroße Kneipenschild erstreckte sich über die volle Breite des Hauses.

›Binding-Quick‹, dachte Otze dabei, ›was für ein Kerl nennt seine eigene Kneipe bloß so? Mit dem Konzept Binding-Quick lädt man sich doch nur komische Typen ein.‹

Plötzlich kam er wieder auf den Sekt. Seine Gedankensprünge waren absolut legendär.

›Warum müssen Weiber nur immer so einen ekelhaften Sekt trinken? Das Zeug schmeckt wie Limonade mit extrem viel Brause, man muss immer so blöde den kleinen Finger abspreizen und außerdem stößt man davon ständig auf – das stört beim flüssigen Knutschen, wie der Furz beim Analverkehr‹, Otze liebte Metaphern. ›Wenn ich doch wenigstens bis zum Knutschen gekommen wäre.‹

Ihm war natürlich klar, dass er mit seinen Gedanken außerordentlich übertrieb, aber das war ihm egal. Er wollte sich jetzt darüber ärgern – ob berechtigt oder nicht. Als ihm der Kellner, der seine Begleiterin ständig zu noch mehr Sekt animiert hatte, in den Sinn kam, wurde er nur noch ungehaltener.

›Dieser Penner weiß ja gar nicht, was er angerichtet hat. Der hat mir die ganze Tour vermasselt mit seinem dämlichen Sekt‹, dachte er.

Aber zumindest stimmte es Otze auf befriedigende Weise missgünstig, dass der Bediener sich bei der Bezahlung zuungunsten des Hauses verrechnet und ihm nicht alle Getränke abgezogen hatte.

›Hähä, selbst dran schuld‹, dachte Otze hämisch lachend.

Otze sparte mindestens acht bis neun Euro – viel Geld für einen äußerst arbeitsscheuen Studenten.

»Für neun Euro kann ich mich im FH-Café fast besaufen«, das war ihm in der letzten Zeit wichtig.

Plötzlich rutschte er mit dem linken Fuß den Bordstein runter. Gerade eben so fing er sich noch auf. Ja, fast athletisch – zumindest seinem Zustand entsprechend. Otze fand zurück auf den Bürgersteig, und es stimmte ihn schon ein wenig stolz, dass sein Körper noch so gute Reflexe zeigte. Auf seine Reaktionsfähigkeit hielt er große Stücke.

»Wenn du keine Reflexe mehr hast, dann beginnt der Körper zu zerfallen«, sagte er immer – meistens genau dann, wenn er sich betrank.

Heute ließen sie nach, aber ihn beschäftigte dieser Tage ohnehin nur ein Gedanke. Der selbst ernannte Fußballphilosoph fand Trost in der Gewissheit, dass ihm der sportliche Höhepunkt des Jahres bevorstand. Die Fußball-Weltmeisterschaft hatte am heutigen Freitagabend zwar Spielpause, und es war hart für den Fußball-Junkie dies mental durchzuhalten. Aber Samstag und Sonntag würden die beiden entscheidenden Spiele ausgetragen werden. Das Spiel um die goldene Ananas, um den 3. Platz, und das Finale. Diese Matches durfte er einfach nicht verpassen – um keinen Preis.

›Das passiert mir nicht noch einmal, dass ich ein WM-Spiel sausen lasse‹, dachte Bruno und blickte dabei auf seinen eingegipsten Arm.

Übermäßig aufrecht, fast schon nach hinten gebeugt, für Außenstehende wohl wie ferngesteuert, überquerte er die Höhenstraße, die Unterteilung der Berger Straße. Diese Querstraße halbierte die Berger virtuell in Obere und Untere Berger Straße, obwohl diese Bezeichnungen behördlich gar nicht existierten. Gleichzeitig war sie die inoffizielle Grenze zwischen den Stadtbezirken Bornheim und Nordend. Im Nordend wohnte er, das war denn auch sein erklärtes Ziel für den Rest der Nacht. Otze gab ein klägliches Bild ab, aber um diese Uhrzeit begegnete dem eigenartig laufenden 32-Jährigen ohnehin kaum jemand. Menschenleer gestaltete sich das Stadtbild um mittlerweile halb vier Uhr morgens.

»Oh, es ist ja schon Samstag«, fiel ihm auf, »gleich ist wieder Fußball. Nun ja, in knapp 18 Stunden.«

Als er sich so umsah und die Leere der Stadt erfasste, dachte Otze: ›Scheiß Frankfurt, nix los hier!‹

Er sehnte sich nach einer anderen, einer richtigen Großstadt – obwohl er eigentlich noch nie in einer anderen gewesen war. Außer in Wiesbaden vielleicht, aber das war ja keine Großstadt – und da war ja noch viel weniger los. Otze war sein Lebtag noch in keiner Metropole gewesen. Weder in Berlin, München, geschweige denn in London oder gar New York. Ein paar wenige Male war er im Urlaub in ein Tourismus-Gebiet geflogen.

›Calla Radiata, Djerba oder Fuerteventura sind alles Schissorte. Eine richtige Stadt – das wäre mal was‹, dachte er, aber das konnte er sich momentan kaum leisten.

Der Tatsache, dass sich keiner auf der Straße befand, verdankte er jedoch die sichere Überquerung der tagsüber stark befahrenen Höhenstraße. Der Verkehr um halb vier stellte für Otze keine Gefahr dar, obwohl er blindlings auf die gegenüberliegende Seite zusteuerte. Tagsüber hätten einige Minuten später die Signalhörner den gesamten Platz beschallt, um Otzes Leben zu retten.

»Dieser kleine Misthase!«, brabbelte er plötzlich immer und immer wieder, »dieser kleine Misthase!«

Der Ärger und die Enttäuschung standen ihm ins Gesicht geschrieben. Es war schon wieder ein Abend gewesen, an dem er bei seiner Begleiterin keinen nennenswerten Erfolg verbuchen konnte. Die Unzufriedenheit stellte sich dabei gar nicht mal wegen des vorangegangenen Abends allein ein, sondern weil er heute schon wieder zu blöde gewesen war, wie er dachte. Die hohe Anzahl der sexuellen Bruchlandungen knabberte schwer an seinem Ego.

»Dieser kleine Misthase«, sagte Otze wieder.

›Warum hab ich sie nicht einfach geküsst?‹, dachte er, ›ich hätte sie nicht einfach gehenlassen sollen!‹

Diese Selbstvorwürfe waren nicht neu. Jedes Mal an einem solchen Abend nahm er sich fest vor, zielstrebiger vorzugehen. Draufgängerischer, männlicher, furchtloser! Er wollte die Frau einfach an sich ziehen und »brutal zuküssen«, wie er es nannte. Tatsächlich an diese Form der Ausführung hatte er sich erst ein einziges Mal gewagt: vor wenigen Wochen auf einer FH-Party. Vollkommen betrunken hatte er es einfach getan. Was folgte war eine ordentliche Ohrfeige, die an Härte und Intensität einem Faustschlag in nichts nachstand. Die Kopfschmerzen am nächsten Tag rührten jedoch eher von dem Alkoholgenuss, der wieder einmal über das Ziel hinausgeschossen war.

»Dieser kleine Misthase!« Otze ärgerte sich weiterhin.

Plötzlich fiel ihm auf, dass die Bezeichnung ›Misthase‹ noch aus seiner letzten Beziehung stammte. Das hatte er immer zärtlich zu seiner damaligen Freundin gesagt, wenn sie was angestellt hatte, frech war, listig oder sonst irgendwelche liebevollen Spielchen mit ihm trieb.

»Du kleiner Misthase«, und er hatte sie anschließend küssend in den Arm genommen.

Er seufzte so tief, dass es laut über die Untere Berger Straße hallte. Er dachte an Tina. Wie schön es doch war, mit ihr zusammen zu sein. Wie wunderbar sie sein konnte. Er dachte an das Ende der Beziehung, was er jedoch nur ungern tat. Schnell verwarf Otze seinen melancholisch anmutenden Rückblick. Alkohol und der Gedanke an seine Ex machten ihn krank. Ihm wurde wieder schlecht. Er besann sich auf die Wirklichkeit. Bruno Bachmann versuchte nach Hause zu torkeln und dies mit einer gepflegten Portion Mühe im Gepäck.

Mit einem Mal vernahm Otze ein mächtiges Pochen in

der Umgebung. Zunächst verwirrte ihn dieses … ja, es war ein Trommeln – richtiger Krach. War es in seinem tierisch breiten Schädel? Hatte er einfach zu viel Alkohol in sich reingekippt? Halluzinierte er? Nein, da war es wieder.

›Was zum Teufel …‹, dachte er.

Otze drehte sich etwas wackelig herum. Die Feinmotorik setzte leicht aus, aber die Drehung um die eigene Achse schaffte er ohne sehr große Anstrengung. Otze wusste nicht genau weswegen, aber er orientierte sich instinktiv zu den oberen Etagen der Häuserreihe auf der gegenüberliegenden Seite. Wahrscheinlich, weil die auffallenden italienischen Flaggen seinen Blick auf sich zogen. Er stand von Norden aus betrachtet auf dem rechten Bürgersteig und sah einen Laden für Hörgeräte.

›Ich benötige eher eine Brille‹, dachte Bruno und kniff angestrengt die Augen zu, um in der Dunkelheit hinter den Fenstern etwas zu erkennen.

Nichts. Da oben schien alles ruhig zu sein. Neben dem Geschäft für Gehörgeschädigte fiel ihm zum ersten Mal ein Teeladen auf.

»War der schon immer da?«, fragte er sich.

»Teelirium«, las er, und ihm gefiel dieses Wortspiel – besonders in seinem Zustand.

Da! Wieder dieses Geräusch. Diesmal fester, lauter und deutlich schneller – als hätte jemand bemerkt, dass Otze aufmerksam wurde. Ihm fuhr ein leichter Schauer über den Rücken.

›Was zum Teufel ist das?‹, dachte er.

Es wurde ihm irgendwie unheimlich zumute. Immerhin war es mitten in der Nacht. Er fühlte sich beobachtet. Bruno wandte sich zur Hausreihe auf seiner Straßenseite und suchte wieder in den oberen Festerreihen. Es war klar eine Scheibe, gegen die geschlagen wurde. Ja, ein Fenster. Otze schaute verdutzt – aber vielleicht hatte er auch einfach zu viel getrunken. Die Fahrbahn der Berger Straße im Rücken, wanderten seine Augen von der obersten Etage des Hauses nach unten.

Die verblasste Fassade des Gebäudes, dessen Fenster mit albernen roten Umrandungen versehen waren, zwang ihm einen Gedanken auf: ›Müsste mal wieder gestrichen werden, die olle Hütte!‹

Sein Blick strich über eine große Beschilderung. ›Bäckerei Konditorei Mayer seit 1938‹ prangte dort. Darunter ragten Markisen über den Gehweg. Als er seine Augen letztlich geradeaus richtete, erschrak er. Ihm stellten sich die Nackenhaare auf. Plötzlich starrten Otze dunkle, große, braune Augen an. Sie waren umgeben von dicken, schwarzen Brauen und tiefen Ringen unter den unteren Lidern. Die Augen durchdrangen Otze wütend.

»Hallooo!!«, schallte es dumpf durch das große Schaufenster der ›Bäckerei Mayer‹.

Der Mann hinter der Scheibe klopfte nicht mehr ganz so hart dagegen, da Otze ihn offensichtlich entdeckt hatte. Dieser jedoch benötigt einige Sekunden, um zu verarbeiten, was da passierte.

›Scheiße bin ich voll‹, dachte Otze, ›der Typ steht schon die ganze Zeit vor mir, und ich merk es nicht.‹

Otze kicherte über sich selbst und legte ein breites Grinsen auf.

›Mann bist du voll. Das letzte Mal warst du so voll, als …‹, das Pochen unterbrach seinen Denkvorgang.

»Heee, du! Helf mer hier naus!«, glaubte Otze zu verstehen.

›Raus?‹, dachte er, ›raus will der?‹

»Ja, wie bist du denn da reingekommen?«, rief Bruno dem Mann hinter der Scheibe zu, als redete er mit einem Tauben.

Er riss seine Lippen weit auseinander und betonte seine Worte, als müsste der etwas älter ausschauende Herr, so etwa Mitte bis Ende vierzig, von seinen Lippen ablesen. Sein Gegenüber runzelte verwundert die Stirn über dieses sonderbare Bild. Der Mann verstand jedes Wort klar und deutlich angesichts der Lautstärke, die Otze wählte.

»Des ist doch egal«, röhrte er in hessischem Dialekt, »lass misch hier naus!«

»Egal?«, erwiderte Otze sofort, »egal ist ja mal grad gar nichts. Nichts ist egal!«

Gerade bei dieser Wortwahl war Otze ein gebranntes Kind. Er konnte es nicht mehr ertragen, wenn jemand behauptete, etwas sei egal, nicht wichtig, oder so. Ob etwas egal war, wollte er immer noch selbst entscheiden dürfen, wenn er alle Informationen erhalten hatte. Egal war für ihn mittlerweile gar nichts mehr. Und als er über dieses ›Egal‹ so nachdachte, kam er in Fahrt.

»Ich lass dich hier raus, und morgen früh stehen bei mir die Bullen an der Bettkante. Die legen mir dann gleich die Acht an.« Er sprach von Handschellen, wobei ihm der Ausdruck ›Acht‹ viel besser gefiel. »Und dann kassieren die mich ein, weil ich Beihilfe zum Einbruch geleistet habe.«

Otze musste lachen. »Obwohl das ja hier mehr ein Ausbruch wäre.«

Kurzes Schweigen. Die beiden Männer sahen sich an.

»Lass misch naus, du Hasehirn!«

»Nee, nee, ich komm dann auch in den Knast, und wer hilft mir dann beim Ausbrechen?«, auch dieser Gedanke versetzte Otze in ausgesprochene Heiterkeit, »du etwa?«

›Geil, wie voll du bist!‹, dachte Otze, denn in diesem Zustand hörte er sich selbst am liebsten reden.

»Ja, und wenn ich dann im Bau hock …«, der ältere Mann in der Bäckerei haute apathisch an die Schaufensterscheibe und versuchte, Otze zu unterbrechen.

Ohne Erfolg.

Er war nun kaum zu stoppen: »Schnauze! Ich sitze im

Kittchen und rutsche vollkommen ab, meine Kinder haben keinen Vater mehr, meine Frau nimmt sich einen anderen Lover, und ich guck in die Röhre! Am Ende werden wir alle drogenabhängig und landen in der Gosse der Großstadt! Ist das jetzt immer noch egal?«

Der Eingeschlossene konnte kaum glauben, was für einen Vollidioten er da vor sich hatte. Er konnte nicht ahnen, dass Otze weder Kinder noch Frau hatte, aber ihm war klar, das der Typ da vor der Scheibe unglaublich einen an der Waffel hatte.

Eigentlich hatte Otze überhaupt keine Familie bis auf seine Mutter und einige entfernte Verwandte, deren Namen ihm nur nach längerem Nachdenken beschwerlich in den Sinn kamen. Rein argumentativ aber fühlte er sich auf der sicheren Seite.

»Und jetzt kommst du!«, forderte Otze schließlich sein Gegenüber auf der anderen Seite des Schaufensters auf.

Der Mann hinter der Scheibe atmete tief und außerordentlich genervt durch. Er begriff, dass er einen wahnsinnig Betrunkenen vor sich hatte – oder einen betrunkenen Wahnsinnigen. Aus unerfindlichen Gründen drehte der völlig ab. Mit Beleidigungen wäre er nicht weiter gekommen, das wusste er – obwohl er ihm gerne alles Mögliche an den Kopf geworfen hätte.

Er bemühte sich um einen ruhigen und möglichst überzeugenden Tonfall: »Horsch zu, isch bin hier net eigebroche …«

»Ach, das sagen sie alle!«, unterbrach ihn Otze sogleich ein weiteres Mal.

»Ich bin nicht eingebrochen«, plapperte er dem Mann hinter der Scheibe nach, »ich bin nicht eingebrochen! Ich war's nicht! Nee! Bloß nicht! Nein! Ich will dir nicht schon wieder ein Glas Sekt andrehen. Um Gottes willen.«

Otze driftete ab, während sich bei dem Mann in der Bäckerei Verzweiflung und Wut breitmachten.

»Nein, ich bin dir nicht mit meinem Chef fremdgegangen. Nein! Nein!«, schob er noch zur Verwirrung ein, als er immer hysterischer gestikulierend in das Fenster krakeelte.

»Nein, natüüüürlich bist du nicht eingebrochen«, und er zog das Ü dabei dramatisch lang, »natüüüürlich nicht!«

»Kinner, bisd du voll«, sagte der Mann leise, und Otze verstand ihn nicht.

»Was ist?«, fragte er nach und drehte sein rechtes Ohr zur Scheibe.

Der Mann mit den tiefschwarzen Augenbrauen verlor nahezu die Nerven. Er knallte die flache Hand mit aller Wucht an die Scheibe. Otze erschrak so sehr, dass er fast das Gleichgewicht verlor, als er einen unkontrollierten Schritt zurückwich.

Sichtlich erbost erhob der Mann in der Bäckerei seine Stimme und fuchtelte mit dem Zeigefinger in Otzes Richtung: »Horsch, du Penner, isch bin schon seit ferzisch Minute hier eigesperrt, weil die elekdrische Tier sisch audomatisch geschlosse hadd. Isch bin de Lieferant von de Bäckerei hier, oder maanste des Brot da wolld isch klaue, weil isch so en scheiß Brot-Dealer bin, oder was? Brot ist uff em Drogenmarkt in Frankfurt net unbedingt viel wert, weißte.«

Der Lieferant deutete ein paar Meter bergauf zu einem Transporter, der mit offener Ladefläche in der Nacht stand, halb verdeckt von einer Litfaßsäule. In diesem Wagen befanden sich zahlreiche übereinandergestapelte Steigen, offenbar gefüllt mit Backwaren. Als Otze langsam den Kopf zu dem Lieferwagen drehte, bemerkte er, dass er diesen wohl beim Vorüberwanken übersehen hatte.

›Mann bist du voll!‹, dachte er, ›der hat wohl recht. Warum sollte der Typ in einer Bäckerei einbrechen? Kein normaler Mensch klaut doch Brot.‹

Er überdachte die Sache noch mal: ›Obwohl, ein Obdachloser, der Kohldampf hat …‹

›Was mach ich, wenn der Typ so eine Kampfsau ist?‹, dachte Otze, ›vielleicht macht der Arsch ja Kampfsport – Jinschitzo, oder wie die Kacke heißt. Was mach ich, wenn der so ’n Offenbacher Hool ist, der jedes Wochenende einen anderen brutalen durchgeknallten Schläger windelweich prügelt?‹

Der Moment dauerte scheinbar ewig. Beide blickten sich wortlos in die Augen. Otze bemühte sich, nicht ängstlich zu wirken. Ihm schauderte bei der Hooligan-Theorie. Ein gehirnamputierter Hool war wohl das Schlimmste, was ihm passieren konnte. Dann doch lieber ein wahnsinniger, schmerzunempfindlicher Kung-Fu-Fighter direkt aus der Mitte der Hölle, oder so. Bloß kein blutgieriger, hohlköpfiger Hool.

›Der haut mir die Rübe platt‹, dachte Otze, ›da hilft mir mein Gipsarm auch nicht weiter!‹

Dieser gab ihm einen kurzen Augenblick die Hoffnung, sich im Verteidigungsfall wehren zu können, indem er die Keule seinem Gegner einfach über den Schädel knallte. Diese Idee verwarf er jedoch schnell wieder.

›Scheiße‹, dachte er, ›was mach ich jetzt? Warum habe ich diesen Pitbull nicht in seinem gläsernen Käfig gelassen, da war der bestens aufgehoben. Verflucht, ich könnte schon längst in meinem Bettchen liegen und ein bisschen an mir selbst rumspielen.‹

Sein eigener Galgenhumor erheiterte Otze und zu seinem Entsetzen musste er sogar grinsen. Er versuchte es mit aller Macht zu unterdrücken, doch es mochte ihm nicht recht gelingen. Komischerweise schien dies den Lieferanten zu beeindrucken. Auch er lächelte Otze plötzlich an.

»Horsch ma, du dämlicher Hund, du«, setzte der Mann mit erheiterter Stimme an, »normal hättsde nu voll einer uff dei Brezel bekomme …«

›Brezel war gut‹, dachte Otze und grinste abermals.

»… awwer weilsde misch erausgelosse hasd aus dem Glaskaste …«

»… haust du mir nur eine in die Magengegend, damit ich kotzen muss und morgen früh dein Brot kaufe?«, glaubte Otze zu denken.

Am Grinsen seines Gegenübers bemerkte er erschrocken, dass er wohl mal wieder laut gedacht hatte.

›Scheiße!‹, dachte Otze nun wirklich stumm.

»Du hasd Mumm in dene labbrische Knoche, des muss mer der lasse, du Fußballphilosoph«, und der ältere Mann begann mit Blick auf Brunos Shirt zu flachsen, »awwer en Schwachkopp bisde in meine Aache trotzdem.«

»Was willsde also jezzd?«, fragte der Lieferant noch.

»Nur eine Ohrfeige?«, stammelte Otze mit leicht zusammengekniffenen Augen.

Mit der rechten Hand gab der Mann Bruno einen leichten Klaps auf die Wange. Otzes Kopf zuckte nicht zurück, hielt mutig und äußerst tapfer stand. Kopfschüttelnd wandte der Fahrer sich um und trat auf die Ladefläche seines Wagens. Im nächsten Moment hielt Otze ein langes französisches Baguette und drei Laugenstangen in den Armen. Er runzelte verwundert die Stirn. Das sollte wohl eine Art Belohnung sein. Nun flog die Ladetür des Transporters zu. Der Mann, der vor einigen Minuten noch eingesperrt in der Bäckerei der Verzweiflung nahe gewesen war, warf den Motor seines Wagens an.

Otze rief durch die halb geöffnete Scheibe des losfahrenden Autos: »Ich mag aber gar kein Baguette-Brot!«

Den ausgestreckten Mittelfinger aus dem Seitenfenster haltend, brauste der Bäckerei-Lieferant in die Nacht – oder besser, in den Morgen. Mittlerweile zeigte die Uhr fast die volle vierte Stunde.

Erleichtert trat Otze die letzten knapp 500 Meter seines Heimweges an.

»Da bin ich doch wieder einmal einer Schlägerei knapp entgangen«, sagte er sich.

Aufgrund seiner enorm großen Klappe und seiner frechen Art stand er schon das ein oder andere Mal kurz davor, eins auf die Nase zu bekommen. Er sah sich jedoch in der eigenartig glücklichen Lage, noch nie von einer verbalen Auseinandersetzung in eine körperliche geschlittert zu sein. Manchmal wunderte er sich sogar selbst darüber.

Er bog auf Höhe der U-Bahn-Station Merianplatz in seine Zielstraße ein. In der Merianstraße wohnte er nun seit etwa viereinhalb Monaten in einer Wohngemeinschaft gemeinsam mit einem mittlerweile guten Freund. Als er von dem geschichtlichen Hintergrund der Namensgebung erfahren hatte, hatte ihn der Name Merian ungemein beeindruckt.

Der Name stammte von einer Frankfurter Künstlerfamilie. Matthäus Merian, er lebte von 1593 bis 1650, war besonders herausragend gewesen. Dessen große Sammelwerke – das ›Theatrum Europeum‹, die ›Gottfriedsche Weltchronik‹ und die ›Merianbibel‹ wurden in die ganze Welt verschickt. Einzigartig war sein ›Plan Frankfurts aus der Vogelschau‹. Das von ihm herausgegebene, aber nicht mehr vollendete monumentale Kupferstichwerk ›Topographien‹ bewahrte das Bild vieler mittelalterlicher Städte, die im Dreißigjährigen Krieg zerstört wurden. Im Verlag Merians arbeiteten seine beiden Söhne und drei Schwiegersöhne mit. Matthäus Merian Junior machte sich als berühmter Porträtist verdient, der Enkel Jakob Christof Le Blon erfand den Vierfarbdruck und die Tochter Maria Sibylla Merian machte sich als Malerin von Blumen und Insekten einen guten Namen. Um 1770 starb das Geschlecht Merian schließlich aus.

›Eigentlich schade‹, dachte Otze, ›die waren irgendwie cool, die Merians!‹

Otze lebte in einer Mietwohnung am anderen Ende der Straße – vom Merianplatz aus gesehen. Kurz bevor es wieder raus auf die nächste große Hauptstraße, die Friedberger Landstraße ging. Erster Stock, direkt über einem der zahlreichen Kioske in Frankfurt, auch Trinkhallen genannt.

›Über einer Trinkhalle zu wohnen, ist für einen Single absolut perfekt!‹, dachte Otze, als er damals einzog.

Er verlor nun schon zum dritten Mal die Laugenstangen, weil er sie mit dem Gipsarm und dem dicken Kopf nur schlecht halten konnte. Bruno las sie jedoch jedes Mal wieder vom Asphalt auf und kam schließlich wohlbehalten vor der dunkeln Wohnungstür an. Die Lampe im Treppenhaus war, wie viel zu oft in letzter Zeit, auf seiner Etage nicht funktionstüchtig.

›Warum immer ausgerechnet vor meiner Tür?‹, dachte Bruno, als er einige sehr lange Sekunden mit seinem Schlüssel das Schloss suchte. Dabei balancierte er die Backwaren auf seinem kaputten Arm. Ihm erschien es endlos lange zu dauern, bis er endlich die Tür öffnen konnte.

Als er schließlich die Wohnungstür wieder hinter sich schloss, dachte er nur: ›Scheiße, bist du voll, Mann!‹

Klappstuhl-Philosophen

DIE JUNGE, GUT AUSSEHENDE FRAU im knappen Bikini beugte sich zu ihm herunter. Otze kannte ihren Namen nicht. Er konnte sich nicht daran erinnern, sie überhaupt schon gefragt zu haben, wie sie hieß.

›Ist doch egal, wie die Kleine heißt‹, dachte er, ›Hauptsache, sie macht es gut!‹

Regungslos lag er da und genoss den Moment. Er griff nach ihrem langen, wallenden Haar. Es musste zur Seite, damit Bruno auch sehen konnte, was da unten an ihm geschah. Er schielte in ihr üppiges Dekolleté, als sie zu ihm aufblickte. Ihr schien zu gefallen was sie tat, denn ihr Lächeln glich kaum einem anderen Lächeln, das er zuvor gesehen hatte.

›Fellatio ist schon was besonders Feines, wenn man sich nicht dafür revanchieren muss‹, fuhr es Otze durch den Kopf, und er unterdrückte den Gedanken an Tina.

Sie hatte das damals auch so manches Mal mit ihm gemacht. Es hatte ihr gefallen, weil es ihm gut tat. Und er hatte es geliebt, wenn sie ihn so verwöhnte. Jetzt aber mochte sich Bruno nur auf seine neue Bekanntschaft konzentrieren. Gerade als sie ihn heiß und innig küsste, wo ihn schon seit ewigen Monaten keine Frau mehr geküsst hatte, so unglaublich lustvoll und leidenschaftlich, seufzte sie plötzlich aus tiefster Seele. Irritiert blickte Otze seine Gespielin an.

›Wie schafft sie es, so wunderbar zu küssen und gleichermaßen diesen schrecklichen Ton aus den Tiefen ihres Körpers zu stoßen‹, dachte er.

Ihren Kopf in den Händen haltend, versuchte Otze, seinen Gedanken zu verscheuchen. Es fühlte sich einfach zu gut an, um sich mit solchen dummen Kleinigkeiten aufzuhalten. Gerade, als sie ihm den eigentlich perfekten Augenblick mit dem höchsten aller Gefühle bereiten sollte, tat sie das Entsetzliche wieder. Sie seufzte so unglaublich intensiv, dass dieses Geräusch den Moment, in dem all seine aufgestaute Energie sich endlich entladen sollte, zerstörte.

›Verdammt‹, dachte er und schlug die Augen weit auf.

Die schöne Unbekannte verschwand in diesem Moment sofort aus seinem Kopf. Er erfasste im halb abgedunkelten Raum eines der Ölbilder an seiner Schlafzimmerwand. Es war schlecht, künstlerisch von niederem Wert, und niemand, einfach niemand hätte es haben, geschweige denn kaufen wollen. Aber er hatte es gemalt, er selbst, und das machte es besonders. Bruno sah sich nicht als wirklichen Künstler an, und die abstrakte Malerei war der einzige Stil, den er umsetzen konnte. Das Malen gab ihm aber die innere Ruhe, die er manchmal besonders brauchte.

»Wenn ich male, dann male ich – und nichts anderes«, sagte er einmal, »und abstrakt malen kann jeder Idiot!«

›Irgendwann, wenn ich finanziell mal klamm bin, verschenke ich es eben, anstatt dass ich ein teures Präsent kaufe‹, dachte er im Geheimen.

Dabei schrieb sein Konto grundsätzlich rote Zahlen. So gut wie nie konnte er behaupten, ein gutes Polster angespart zu haben. Er warf Geld ebenso schnell aus dem Fenster, wie er es verdiente. Er verdiente bei seinen studentischen Gelegenheitsjobs ausgesprochen wenig, aber es reichte ihm meinst aus.

Er hörte wieder dieses tiefe Seufzen, und jetzt erkannte er es. Wut stieg in ihm auf! Diese unbeschreiblich durchdringenden Schluchzer konnten nur von einer Person kommen. Sie stammten eindeutig von der Freundin seines Mitbewohners.

»Nein, bitte nicht!« Er realisierte, dass ihn die Wirklichkeit tatsächlich aus seinem wunderbaren Traum geholt hatte.

Otze kroch unter seine Bettdecke, drückte den Kopf fest

in die Kissen und hatte einen Plan. Mit Gewalt wollte er wieder schlafen, er musste weiterträumen, denselben Traum. Bloß zurück zu seiner schönen Unbekannten ohne Namen. Nur noch ein paar Minuten. Lange brauchte er nicht mehr, bloß noch ein bisschen.

Minutenlang konzentrierte er sich aufs Einschlafen. Doch das Seufzen aus der Mitte der Hölle durchkreuzte sein Vorhaben. Für Otze kam alles, was schlecht war, aus der Mitte der Hölle. Er schnellte hoch. Aufrecht saß er im Bett, das Kissen in den Händen vor der Brust – hellwach.

›Diese verblödete Dumpfkuh!‹, war alles, was er jetzt noch denken konnte. ›Weswegen ließ sich Heiner nur dazu herab, mit so einer … so einer …!‹

Otze fand für so eine keine passende Bezeichnung. Jede Beschimpfung, Erniedrigung oder Herabsetzung dieser Person würde ihr nur schmeicheln.

Heiner war ein wirklich guter Kerl. Aber das Glück bei der Wahl seiner Freundinnen hatte ihn definitiv verlassen. Dieses Thema zog sich jedoch wie ein roter Faden durch Heiners Beziehungskisten – jedenfalls solange Otze ihn kannte. Immer verfiel er absoluten Problemfällen. Es traf ihn dann immer wie ein Schlag, wenn er seine blind verliebten Augen öffnete und die Liebeleien endeten. Diese Petra, seine jetzige Freundin aus der Mitte der Hölle, setzte nach Meinung Brunos all diesen Schrapnellen die goldene Krone auf. Zugegebenermaßen hatte sie rein optisch ihre Vorzüge. Rotblonde schulterlange Locken, zarte Gesichtskonturen, ein paar süße Sommersprossen und eine nette Figur. Die höchstens 55 Kilogramm auf eine Körpergröße von 1,71 Metern verteilt, ließen sie rein äußerlich auf den Großteil der Männerwelt sicher attraktiv wirken. Auch Bruno Bachmann verblüffte ihre Optik anfangs. Der erste gute Eindruck verblasste allerdings relativ schnell.

›Die Alte hat doch echt ’nen Schaden!‹, dachte Otze, als er

sie wieder seufzen hörte, und drückte sich genervt sein Kopfkissen auf die Ohren.

Anfangs, als Heiners Partnerin die ersten Male in der WG Einzug hielt, störte es ihn nicht allzu sehr. Jedoch stieß sie dieses Geräusch eben ständig aus, und nach einer Weile nervte es …

›… wie ein stetig tropfender Wasserhahn, den man erst nach einiger Zeit registriert und dann nicht mehr ignorieren kann‹, dachte Otze.

»Mit diesem einen Fehler könnte ein normaler Mann wie Heiner oder ich grundsätzlich leben«, meinte Otze dazu, »was soll's, wenn sie sonst so ihre Qualitäten hat? Ein kleiner Makel macht einen Menschen noch nicht unsympathisch.«

Aber das war ja noch lange nicht alles – da gab es ja noch mehr.

Die 29-Jährige bezeichnete sich selbst als angehende, voll ausgebildete Opernsängerin. Sie studierte den Gesang tatsächlich. Dabei glaubte man es kaum, sie hatte ihrem Heiner noch nicht einmal etwas vorgesungen. Nicht ein einziges Mal. Gar nicht. Niemals! Jetzt konnte man sich fragen: Warum hätte sie denn sollen? Die Antwort lautete: Weil sie ihn angeblich liebte, und er gerne mal etwas gehört hätte. Das ließ sie allerdings nie zu. Komplette Fehlanzeige. Warum auch immer. Niemand in und um die Wohngemeinschaft herum hatte sie also jemals singen hören.

Otze glaubte zu wissen, weswegen: »Weil sie mächtig einen an der Klatsche hat!«

Bruno Bachmann konnte kaum als objektiver Maßstab gelten. Sie war ihm einfach zuwider.

Völlig verschissen hatte Petra bei ihm, als sie eine weitere schreckliche Eigenschaft offenbarte. Eines Abends fing sie mit ihm eine unglaublich tiefgründige Diskussion an, die ihre Beziehung zu Heiner betraf. Bis weit in die Nacht, fast schon bis zum Morgengrauen, ließ sie Otze keine Chance, sich aus dem wahnsinnig langweiligen Gespräch loszueisen. Damals hörte er ihr höflichkeitshalber noch zu. Otze konnte also auch nett zu seiner Umwelt sein, wenn er wollte. Petra aber sülzte ihn regelrecht voll. Und dies alles, obwohl Heiner just zur selben Zeit im Nachbarzimmer schlief – vielleicht sogar wartete.

Wenn Bruno an diese Nacht zurückdachte: ›… schlimm!‹

Die Freundschaft zwischen ihm und seinem WG-Partner war noch frisch, und Otze bemühte sich um eine gute Beziehung zu Petra. Das endete jedoch mit dem kommenden Morgen abrupt.

›Krank‹, dachte Otze, als sie wieder ihren ganz speziellen ureigensten Ton von sich gab.

Dieses Seufzen machte ihn rasend.

›Krank, einfach nur krank!‹

Und als er das dachte, dachte er auch: ›Scheiße, mein Schädel!‹

Die letzte Nacht zeigte in Brunos Körper ihre Wirkung: Die Spuren, die der Alkohol hinterlassen hatte, verursachten Schmerzen. Dieses Leiden hatte er in letzter Zeit häufiger. Er hatte wieder mal einen entscheidenden Fehler begangen und vergessen, sich vor dem Schlafen eine Ladung Kopfschmerztabletten einzuwerfen. Das passierte ihm häufig, wenn er zu betrunken war. Zu betrunken, um einen klitzekleinen klaren Gedanken zu fassen. Und das, obwohl er genau wusste, dass dieses Geheimrezept äußerst lindernd wirkte.

›Das hilft in vielen Fällen vor Brummbirne‹, dachte Otze.

Aber er hatte es vergessen. Leider! Wie konnte er nur?

›Dieser Sekt, dieser verdammt Sekt‹, log sich Otze in die eigene Tasche.

Wohl wissend, dass der Sekt alleine nicht Schuld an seinem Kater war. Hunger beschlich nun außerdem seinen geschundenen Körper. Er bemerkte ein halbes Baguette, unzählige Krümel und Salzkörner auf seinem nicht mehr ganz frischen Laken. Bruno bezog sein Bett nicht gern. Frische Bettwäsche gehörte bei ihm zu einer Rarität. Wochenlang schlief er in denselben Bezügen. Auch jetzt, als die Baguette-Krumen an seinem Rücken klebten und unter die Unterhose und – das Schlimmste – unter seinen Gipsarm wanderten, dachte er nicht daran, das Laken zu wechseln.

›Wer macht das schon gern?‹, dachte er, ›ist ’ne Heidenarbeit und abends zerwühlt man es schließlich doch wieder.‹

Er verwechselte bei seiner Argumentation gerne ›frisch und sauber beziehen‹ und ›morgens ordentlich auslegen‹, aber manche Leute merkten das gar nicht – oder wollten nicht darauf eingehen.

Doch jetzt plagte ihn ein grundsätzliches Problem: Otze blieb kaum eine andere Wahl, als den Gang zur Toilette anzutreten. Seine Blase drückte gewaltig und zwang ihn, sich aufzurichten. Als Bruno sich auf die Beine wuchtete, dröhnte es in seinem Kopf.

›Scheiß aufrechter Gang‹, dachte er, ›blöde Erfindung.‹

Er hielt bereits die Klinke seiner Schlafzimmertür in der Hand, als er doch zögerte.

›Petra ist ja da‹, kam es ihm in den Sinn.

Und als er an sich runter sah, entschloss er sich, doch was halbwegs Kleidsames überzuziehen.

›Das wäre was geworden, wenn die meine Wasserlatte entdeckt hätte‹, schmunzelte er in sich hinein, und als er fertig war: ›Gummizug in der Jogginghose – gute Erfindung!‹

Das Scharnier der Schlafzimmertür knarrte heftig. Dies machte Petra, die gerade vorbeikam, aufmerksam.

»Hallo Bruno«, sagte sie wenig enthusiastisch, als sie ihn sah – fast schon etwas bedrückt.

Sie sagte immer Bruno. Otze nannte sie ihn nie. Das empfand sie als zu anzüglich. Otze, das reimte sich ja auf … nun, ist klar!

»Die ist etepetete, eben eine Opernsängerin«, hatte sich Otze längst seine Meinung gebildet.

Dabei wusste sie doch ganz präzise, wie der Spitzname entstanden war. Otze hatte es ihr mehrmals und ausgiebig erklärt. Der verklemmten Nuss, wie Otze sie in ihrer und Heiners Abwesenheit nannte, erschien es dennoch allzu peinlich, Bruno Bachmann bei seinem Kosenamen zu nennen. Diva, eben!

»Hallo«, erwiderte Otze knapp.

Am liebsten hätte er ihre Begrüßung mit einem Kopfnicken abgetan. Ihm fehlte die Lust, sich wie so häufig in ein belangloses Gespräch mit ihr zu verstricken. Unterhaltungen dieser Art bargen zu oft unangenehmes Schweigen. Schweigen, dem keiner noch etwas hinzuzufügen wusste. Die Kommunikation stockte dann. Man sah sich nach Worten ringend an, blickte anschließend verschämt aneinander vorbei. Dann folgten unnütze Zeitfüller. Ein tiefes Durchatmen. Ein »Ja, ja, so ist das!« Oder man nahm einen langen durstlosen Schluck von seinem Getränk. Wer trinkt, kann und muss vor allem nicht reden. Sehr angenehm, wenn man eine unbehagliche Stille überbrücken will. Mit Petra stellte sich diese Situation zwangsläufig ein. Fürchterlich! Diese Augenblicke hasste Otze und versuchte, sie möglichst zu meiden.

›Genauso, als wenn man einen alten Bekannten von früher trifft‹, dachte Otze dann immer, ›jemanden, den man eben nur flüchtig kennt, der zufälligerweise irgendwie gerade dabei war.‹

Jemand, der in der Fahrschule drei Reihen hinter einem saß oder der sich bei einem Ferienjob ebenfalls langweilte. Irgendjemand, der ein paar Wochen den Lebensweg kreuzte, ohne weitere Bedeutung – wie in der Schule, bei der Arbeit, beim Sport. Niemals hatte man sonstige private Gemeinsamkeiten. Nie traf man einen von diesen Menschen gezielt oder gar gerne. Bei einer solchen Begegnung mit diesen Leuten Jahre später wiederholten sich die Satzbausteine immerzu.

»Ach, du hier?«, wo sonst, fragte man sich da, »was machst du so?«, interessierte eigentlich eh keinen, »hast du noch Kontakt zu …«, irgendwem, »stimmt es, was ich gehört hab, dass …«, dies oder jenes passiert war.

Otze wurde ganz krank bei dem Gedanken an solche Begegnungen. Vollkommen überflüssig und nutzlos! Und geschah es schließlich doch, nervte ihn die Situation unglaublich.

›Am Ende kommt dann ein langgezogenes ›naaa guuut!‹, bevor man sich scheinbar freundlich verabschiedet, endlich weitergeht und nach Sekunden schon vergessen hat, was eigentlich der Inhalt des Gespräches war – außer jemand ist gestorben, oder so‹, dachte Otze.

»Alles okay mit deinem Arm?«, fragte Petra plötzlich.

›Wie kann mit meinem scheiß Arm alles okay sein? Ich hab mir den am Mittwoch gebrochen, und heute ist grade mal Samstag. Was issn das für eine saudumme Scheiß-Frage, du blöde Nuss?‹, dachte Otze.

Er antwortete allerdings: »Joh, geht schon.«

Die Wahrheit musste manchmal einfach im Verborgenen bleiben.

»Wie war es gestern?«, fragte Petra, als sie aus dem Flur in die Küche trat.

›Scheiße‹, dachte Otze spontan, und ihm fiel auf, dass er das erschreckend oft dachte.

›Scheiße‹ gehörte zu seinen bevorzugten Worten.

»Gut, gut! Viel gesoffen!«, antwortete er kurz.

»Hattest du ein Date?«

›Das geht dich doch grade mal einen Scheißdreck an‹, dachte Otze.

»Klaro, wie immer!«, beantwortete er ihre Frage jedoch.

Sie sollte nicht wissen, dass er sich in Bezug auf Frauen in einem absoluten Tief befand. Er wollte sich bei ihr nicht ausheulen, und ihre Meinung dazu schon gar nicht hören.

»Und, war es nett?«, wollte Petra wissen.

»Och, wie immer! Ich wollte sie durch die Kissen prügeln, aber die Kleine will wohl erst heiraten, bevor was läuft. Nicht mit mir!«, grinste Otze und drückte dabei den Daumen seiner linken Hand obszön zwischen Zeige- und Mittelfinger hindurch.

Petra wirkte beschämt und wandte sich ab. Er liebte es, die etwas prüde Petra, die kleine Diva, mit seiner bei ihr besonders derben Wortwahl und Gestik zu verschrecken – was ihm auch immer wieder hervorragend gelang. Sichtlich pikiert eilte sie schnellen Fußes in den Wohnbereich von Heiner, in den Otze durch den Türspalt am Ende der Wohnung sehen konnte.

»Die hätte mich mal verdient gehabt«, setzt er rasch oben drauf, bevor Petra hinter sich die Tür schloss.

Otze blieb noch nicht einmal die Gelegenheit, seinen Kumpel kurz zu grüßen.

›Olle Zippe‹, dachte Otze.

›Ich muss pissen wie ’n Pony!‹, dachte er weiter und ging endlich zur Toilette.

Ein wunderbares Gefühl durchfuhr seinen Unterleib. Der Druck auf seine Blase entspannte sich. Großartig!

›Es gibt kaum schönere Momente im Leben eines Mannes, als wenn er sich aufrecht und stolz nach einer durchzechten Nacht entleeren kann‹, dachte er und musste über sich selbst grinsen.

Als Bruno zurück in der Küche in den Kühlschrank schaute, wurde ihm übel. Er richtete sich sogleich aus der gebückten Haltung auf, um den Brechreiz unterdrücken zu können. Er stand kurz vorm Kotzen. Nicht, weil etwas schlecht roch, verdorben oder verschimmelt war – nein, Heiner war ein sehr reinlicher und durchaus sauberer Typ. Viel sauberer und hygienischer als Otze jemals bewusst war. Man konnte wirklich behaupten, Heiner war ein guter Hausmann. Er hielt alles in Schuss, ohne von seinem Mitbewohner genauso einen weibischen Putzfimmel, wie Otze es ironisch nannte, zu erwarten. Das machte Heiner bei Otze, auch wenn der sich darüber gerne lustig machte, besonders beliebt. Ein wahr gewordener Traum. Eine Person, die die Küche und das Klo pikobello putzte, ohne zu nörgeln, ohne bezahlt werden zu wollen. Und zu allem Glück kippte Otzes Privat-Putzfrau und männlicher Hinterherräum-Freundin-Ersatz auch gerne mal das ein oder andere Bier mit ihm. Super! Obwohl Otze sich im Grunde nach einer festen Beziehung sehnte – zu einer Frau natürlich.

Bruno wurde flau in der Magengegend, weil der Sekt wohl doch zu viel gewesen war am gestrigen Abend. Er fühlte Übelkeit, weil er Hunger hatte. Und weil ihm schlecht war, konnte Otze diese unheilvollen Lebensmittel ganz und gar nicht riechen, geschweige denn essen. Ein Teufelskreis.

›Dieser verfluchte Sekt‹, dachte Otze wieder, und: ›dieser kleine Misthase!‹

Sie hatte ihn gestern lange hingehalten. Hingehalten, ihm Chancen suggeriert und schließlich doch stehen lassen.

›Alkohol ist ein Büchsenöffner?‹, dachte Otze, ›von wegen!‹

Alles, was er zu hören bekam: »Dank dir, ich bin sehr müde. Gute Nacht!«

Dann verschwand sie in dem Wohnhaus in der Rendelerstraße.

›Scheiß Abend!‹, dachte Bruno Bachmann in sich gekehrt.

»Was is los, Otze?«, fragte Heiner von der Küchentür aus, gerade als Otze in den Kühlschrank blickend mit dem aufkommenden Brechreiz kämpfte.

»Scheiße Heiner, ich kübel dir gleich vor die hässlichen Schlappen!«, sagte der noch vollkommen zerzauste Bruno, als er zu seinem Mitbewohner rüber sah.

Und er trug tatsächlich die albernsten Hausschuhe unter Gottes Sonne. Trotz seiner 1,82 Meter Körpergröße raubte ihm der weiche Plüsch, der seine großen Füße umhüllte, seine menschliche Würde. Auch wenn er mit seinen kurz geschorenen dunkelbraunen Haaren und seiner kräftigen Statur einen ausgesprochen männlichen Eindruck machte, erniedrigten diese Pantoffeln diesen intelligenten Menschen. Zwei beige Löwengesichter mit riesigen blonden Mähnen und verdrehten Augen, sie schielten grauenhaft, guckten schräg in den Raum.

›Heiner hat Latschen, die auf Koks sind‹, dachte Otze.

Die grauenhaften Schmuckstücke hatte ihm selbstverständlich seine allerliebste Opernsängerin geschenkt. Wer auch sonst? Leider erst letzten Monat, sodass der arme Heiner sich noch immer verpflichtet fühlte, diese Verbrechen am menschlichen Modebewusstsein zu tragen. Oder eher, Petra zwang ihn noch, diese ›zwei tollen, Wärme spendenden Knuddellöwen‹, wie sie es so schrecklich ausdrückte, zum Schutz vor der Kälte, die von dem schlecht beheizten Kiosk heraufzog, überzustreifen. Er tat es auch nur, wenn er ihren Atem im Nacken spürte. Sobald sich Heiner allein und in Sicherheit wähnte, klatschten diese unwürdigen Ungetüme in die nächste Ecke. Otze erkannte sofort an Heiner, ob Petra sich im Hause befand. Idiotische Löwen an Heiners Füßen bedeuteten: Die Olle hockte im Nebenraum!

»Gestern wieder gesoffen?«, fragte Heiner, um den Grund für Otzes Übelkeit zu erfahren.

»Das auch«, bestätigte Bruno Bachmann, »aber ich habe gerade noch zusätzlich mit der Opern-Diva geredet«, fügte er leise mit einem Grinsen hinzu.

»Tschüss!«, kam es plötzlich schnippisch aus dem Flur, gerade als Heiner sagte: »Na, da muss einem ja schlecht werden!«

Petra huschte auf dem Flur an der Küchentür vorbei, ohne hineinzublicken.

›Ui, das hat sie wohl gehört‹, dachten beide und prusteten laut los vor Lachen, als die Wohnungstür schließlich deutlich hörbar zuflog.

»Dicke Wolle?«, fragte Otze.

»Wir hatten uns mal wieder in der Luft!«, antwortete Heiner schelmisch nickend.

Die beiden Bewohner der 3-Zimmer-Küche-Bad-Balkon-Kiosk-Wohnung, wie sie es nannten, liebten Wortspielereien und kosteten dies oftmals zum Leidwesen ihrer entnervten Umwelt rigoros aus. Kaum eine Redewendung, die noch nicht verdreht worden war. Selten, dass aus normalen Unterhaltungen keine Witzelei wurde. Sie verstanden sich einfach sehr gut und pflegten einen ähnlichen Humor, wobei sich Heiner ohne Otzes Anwesenheit zurückhalten konnte – umgekehrt war das nur begrenzt der Fall. Otze war ein sogenannter Letztes-Wort-Fetischist, wie sein Kumpel und bester Freund Mansour stets behauptete.

Der Kiosk der 3-ZKBBK-Wohnung befand sich direkt unter ihnen im Erdgeschoss und hatte immer kühle Getränke für durstige Kehlen vorrätig. Eine absolute Traumwohnung für Otze und Heiner, wenn man die hohe Miete außer Acht ließ: Fast 800 Euro warm für ein Loch, das Heiner nur durch sein handwerkliches Geschick aufzupeppen wusste. Diese Mietkosten waren normal in der Merianstraße. Teuer bezahlen ließ sich der Vermieter lediglich die attraktive Lage. Die Untere Berger Straße und die

Friedberger Landstraße in der Nähe vom Friedberger Platz wurden durch die fast unscheinbare Merianstraße verbunden. Von ihrem einen Ende, dem Friedberger Platz, konnte man stadteinwärts über nur zwei Bus- oder Straßenbahnstationen zur Konstablerwache gelangen. Stadtauswärts fuhr man über ebenfalls zwei Stationen zum Nibelungenplatz und somit zur Frankfurter Fachhochschule, an der Bruno Bachmann als Student immatrikuliert war. Auf der Seite des Merianplatzes, der Berger- und Merianstraße verband, konnte man bequem mit der U4 zur Konstablerwache und über den Römer wenige Stationen weiter zum Hauptbahnhof fahren – und von dort aus in alle Welt. Besser ging es ja kaum. Die Merianstraße verfügte über eine perfekte Verkehrsanbindung. Eigentlich war die Wohnung selbst das Geld nicht wert – klarer Fall. Es war eine absolute Bruchbude. Die ausgesprochen gute Lage und die Tatsache, dass ein Kiosk fast zum Inventar gehörte, hatten Heiner und Otze jedoch einstimmig für einen Einzug plädieren lassen.

Die ersten Stammkunden standen bereits seit Stunden bei Feisal an der Trinkhalle, obwohl es gerade erst 13 Uhr läutete. Feisal nannten lediglich Heiner und Otze den Verkäufer des Kiosks. Auch wenn verschiedene Verkäufer dort arbeiteten, die mehrmals in der Woche wechselten, die beiden aus dem ersten Stockwerk nannten sie alle nur Feisal. Woher die vier oder fünf Männer stammten, ob aus der Türkei, aus Marokko oder weiß der Kuckuck woher, oder wie sie wirklich hießen, Heiner und Otze wussten es nicht. Sie wollten es auch nicht wissen. Das hätte ihnen diesen schönen Running Gag kaputtgemacht.

»Das Beste ist jetzt ein Konterbier«, meinte Heiner.

»Nää, hör auf!«, winkte Otze angewidert ab.

»Doch, doch, wart mal«, und schon verschwand Heiner nach unten.

Otze hörte ihn dann durch das gekippte Küchenfenster am Kiosk sagen: »Feisal, zwei Bier, aber kalt.«

Das Bier war immer kalt. Oft zu kalt, regelrecht eisig – aber besser als warm. Aus irgendeinem Grund bestand Heiner allerdings stets auf diesem Zusatz: »Aber kalt!«

›Das kann nicht sein‹, dachte Bruno, ›der ist doch jetzt wirklich in seinen albernen Hausschuhen auf die Straße gegangen. Der ist ja wohl absolut schmerzfrei. Wobei, in Frankfurt, wo jeder ganz anonym für sich lebt, wo sich Nachbarn kaum kennen, wo sich keiner um den Nächsten schert, fällt das gar nicht auf.‹

Fast rituell bereitete Otze gleichzeitig in der Küche alles vor. Zwar trieb ihn keineswegs sein Durst dazu, den Küchentisch auf das Folgende vorzubereiten, aber er wollte seinen Mitbewohner einfach nicht enttäuschen. Das hatte Tradition. Bruno kramte aus der Schublade den Flaschenöffner, der fast niemals benutzt wurde, und legte ihn auf den kleinen Küchentisch. Er zündete ein kleines Teelicht mit einem Streichholz an, schüttelte das Streichholz aus und warf es wieder zu den vielen anderen gebrauchten Hölzern in die Schachtel zurück. Anschließend positionierte er zwei blaue Plastikklappstühle um den direkt an der Wand stehenden Tisch. Einen zum Fenster hin zwischen Tisch und Waschmaschine und einen zur Tür hin. Es war ein genau ausgeklügeltes System in dem kleinen schlauchförmigen Raum. Jeder besaß seinen angestammten Platz. Tradition eben!

›Ich müsste auch mal wieder die Küche putzen‹, bemerkte Otze, als er auf die hölzerne Küchenzeile blickte.

Sonst machte dies ja immer Heiner. Otze bekam langsam ein schlechtes Gewissen.

›Vielleicht hab ich ja Glück, und Petra macht es‹, er musste schmunzeln bei dem Gedanken. ›Die Diva und putzen. Das würde ich gerne sehen!‹

Erst als Heiner mit den Bierflaschen wieder den Raum betrat, setzte sich Otze auf seinen Klappstuhl an der Waschmaschine.

Heiner öffnete mit Geschick die erste Flasche mit der Kante des Flaschenbodens des anderen Biers. Erst die zweite öffnete er mit dem dafür vorgesehenen Öffner. Das war einfach so. Das tat er immer. Tradition, ist klar!

Als sich Heiner setzte, bemerkte er: »Ganz schön wacklig, mein Stuhl!«

»Ach«, rief Otze ironisch, »hab ich ja noch überhaupt nicht gemerkt.«

Sie lachten beide auf, denn sie wussten, wovon sie sprachen.

»Prost!«, Heiner hielt Otze seine Pulle hin.

»Proscht!«, erwiderte Otze, und sie stießen mit einem lauten Geräusch an.

Otze setzte die Bierflasche an. Der Brechreiz machte sich bemerkbar. Er kämpfte jedoch und biss sich durch. Ihm war immer noch ziemlich übel. Er verkrampfte. Doch Schluck für Schluck merkte er, dass er sich nicht übergeben musste. Heiner behielt doch recht. Das Konterbier tat ihm fast schon gut – aber auch nur fast.

›Ich bin doch echt krank in der Birne, dass ich das mache‹, dachte Otze und hatte auch vor, dies seinem Kumpel kundzutun.

Dieser kam ihm zuvor: »Du bist doch echt krank in der Birne, dass du das machst!«

Otze nickte zustimmend: »M-hm!«

Sie grinsten stumm. Zwar wortlos, keineswegs aber unangenehm oder peinlich. Es musste nichts gesagt werden zwischen den Beiden. Sie genossen die Kühle in ihren Handflächen, als das Kondenswasser Tropfen für Tropfen außen am Glas herabperlte, und schwiegen einfach eine Weile. Heiner begann, das Papieretikett seiner Bierflasche mit spitzen Fingern Stückchen für Stückchen abzureißen. Bruno entspannte lediglich und nahm eine möglichst bequeme Haltung auf seinem eigentlich so unbehaglichen Stuhl ein. Sie fühlten sich gut. Sehr gut! Gemeinsam sehr gut! Auch wenn es Otze flau im Magen war, er wähnte sich am richtigen Ort mit der richtigen Person zu genau der richtigen Zeit. Sie saßen gerne auf ihren Klappstühlen beieinander.

»Und, wie hast du den fußballfreien Tag überstanden?« Heiner begann mit der Konversation.

Otze winkte ab: »Hör uff, wie soll man einen solchen Tag schon überstehen. Saufen und Baggern eben!«

Heiner lachte: »Erfolgreich?«

Durch die Zähne zischend gab Bruno zu: »Naja, das Saufen war schon ertragreich.«

»Was glaubst du, wer morgen Weltmeister wird?« Heiner war mindestens ebenso interessiert an dem Turnier wie Otze.

»Die Franzocken natürlich. Die machen die Spaghettis locker nieder. Überhaupt kein Problem sehe ich da«, Brunos Meinung stand fest.

Heiner widersprach vehement: »Ach was, quatsch keine Sülze, nie im Leben! Die Italiener fegen die Camemberts vom Feld. Ganz lässig!«

»Das wollen wir doch mal sehen«, sagte Otze.

»Ja, das wollen wir doch mal sehen!«, wiederholte Heiner fast drohend.

»Aber heute kriegen die arroganten Figos erst mal auf den Sack von uns.«

Heiner nickte zustimmend: »Sir, jawohl, Sir! So wird es geschehen. Obwohl ich es den Portugiesen auch fast gönnen würde.«

»Wieso das denn?«, fragte Otze.

»Die waren doch ganz gut im letzten Match. Hast du das Halbfinale denn nicht gesehen?«

Bruno Bachmann zog verstimmt die Mundwinkel nach unten und hielt seinem Freund demonstrativ seinen Gipsarm vor das Gesicht: »Ha, ha, ich lach mich tot. Wie denn?«

»Ach so, stimmt ja, da war ja was«, Heiner erinnerte sich an die Ereignisse vom Mittwoch und grinste.

Von dem Kiosk unten drunter hallte es durch das gekippte Fenster herauf: »Alder, isch mach dich platt, isch schwör!«

›Wieder einer von diesen Habaks‹, dachte Otze, wollte sich zu einer solchen Äußerung aber nicht herablassen.

Ärger war wiedermal angesagt vor Feisals Trinkhalle. Wie so oft. Irgendein Depp meinte, den dicken Max markieren zu müssen. Und irgendein anderer Trottel gab diesem nicht nach. Ein immer wiederkehrendes Schauspiel. Feisal berührte es kaum noch. Er holte noch nicht einmal mehr die Polizei, wenn eine Schlägerei kurz bevorstand. Die Vollidioten schlugen sich, oder auch nicht, und dann kehrte schnell wieder Ruhe ein. Spätestens nach zehn Minuten hatten Feisal und alle anderen, die neugierig an ihren Fenstern oder am Wegesrand verharrten, das Theater überstanden.

»Diese Geb-isch-dir-Korrekts«, wie sie Heiner fast liebevoll nannte, »sind doch echt arme Schweine«, kommentierte er das Geschehen auf der Straße.

Er hörte auf, das Etikett von seiner Bierflasche abzupiddeln und streifte sich endlich seine kindischen Hausschuhe ab. Heiner kickte sie respektlos unter den Küchentisch und blieb barfuß.

›Wurde auch Zeit!‹, dachte Bruno, und fragte nach: »Arme Schweine?«

»Die fahren dicke Schlitten und haben immer heiße Chiccas dabei! Arme Schweine sehen anders aus«, fügte er hinzu.

»Versetz dich doch mal in deren Lage!«, verlangte Heiner. »Diese Leute sind nirgendwo richtig daheim. Hier sind sie Ausländer, und in ihrer Heimat sind sie Deutsche. Sie beherrschen weder die deutsche noch ihre Muttersprache – und mit beherrschen meine ich nicht 100-prozentig fehlerlose Grammatik, sondern die üblichen Sprachgewohnheiten von Muttersprachlern.«

Otze runzelte die Stirn. So hatte er es noch nie betrachtet.

»Sie haben keine ordentliche Schulbildung, können also nicht richtig lesen und schreiben, bedeutet: Denen geht unheimlich viel Lebensqualität verloren«, führte Heiner aus.

»Ja, die können kein gutes Buch lesen, die müssen auf die Hollywoodverfilmung warten«, schmunzelte Otze und stimmte dabei seinem Freund nickend zu.

»Zum Beispiel.« Heiner verdrehte die Augen.

Nun machte die Diskussion wieder mal so richtig Spaß.

»Womit beschäftigen sich diese jungen Typen?«, fragte Heiner.

Otze zuckte mit den Schultern.

»Mit was beschäftigen die sich schon«, sagte er, »mit wenig Sinnvollem. Wenn man nicht lesen und schreiben kann, was tut man da? Schwere Frage!«

»Autos, Disco, Tussis, sich behaupten müssen, irgendwie Geld ranschaffen, cool sein, eventuell Drogen, und wenn sie Glück haben noch Sauferei!«, stellte Heiner für seinen Freund überzeugend fest.

Kurze anerkennende Stille.

Dann fing Otze an zu lachen: »Die Glücklichen!«

Sie stießen erfreut ihre Bierflaschen zusammen, obwohl sie wussten, dass die Situation dieser Leute alles andere als glücklich war. Sie konnten es aber gerade in diesem Moment nicht ändern.

»Prost!«

»Proscht!«

Dann fiel Heiner ein neues Thema ein.

»Was von Mansour gehört?«, wollte er wissen.

Überrascht blickte Otze ihn an.

»Nichts!«

Sein WG-Partner bohrte: »Gar nichts?«

»Nö«, bestätigte Otze.

»Seit wann ist denn bei euch Funkstille?«

Otze nippte an seiner Flasche, ehe er zur Antwort ansetzte: »Du, schon seit einigen Monaten. So sieben oder acht. Plötzlich kam nix mehr!«

»Hast du ihn mal angerufen?«

»Na klar, anfangs schon. Ich hab ihm aufs Band gesprochen – sogar drei- oder viermal. Aber es kam nix«, erklärte Otze.

»Schon irgendwie komisch, oder?«, bemerkte Heiner.

»So ist das eben«, sagte Bruno, als hätte er sich mit der Situation abgefunden.

»Und warum das Ganze?«

»Ja, was weiß denn ich? Vom einen auf den anderen Tag ist der Kontakt abgebrochen. Warum weiß keiner!«

»Nur er«, stellte Heiner ruhig fest, kurz bevor er einen langen Schluck aus seiner Pulle nahm.

»Nur er!«, pflichtete sein Freund bei, »oder hast du etwas von ihm mitbekommen?«

Die Frage war eigentlich rein rhetorischer Natur. Bruno wusste, dass Mansour sehr verschlossen sein konnte.

»Nun ja«, druckste Heiner, »ich hab ihn getroffen.«

Otze blickte ziemlich verwundert: »Du hast ihn gesehen?«

»Wir waren aus!«

»Echt? Wann?« Otze war mehr als überrascht. »Wo?«

»Gestern. Im ›Sinkkasten‹. Wir waren mit Ratz da. Ich begegnete ihm per Zufall in der Stadt – da hatten wir uns verabredet«, erklärte Brunos Mitbewohner.

»Hat er was gesagt über mich?«, wollte Bruno wissen.

»Mansour hat kein Wort über dich verloren.« Mit diesem Satz setzte betretenes Schweigen ein.

Nun nahmen sie gemeinsam einen langen Zug aus ihren

grünen Flaschen. Heiner begann wieder, still mit dem Papieretikett zu spielen. Er riss kleine Fetzen ab und rollte diese zwischen Daumen und Zeigefinger zu Kügelchen. Zahlreiche Papierreste lagen bereits auf dem Küchentisch neben dem Flaschenöffner.

Otze hoffte, dass das Thema beendet sei. Doch Heiner dachte darüber nach, wie er auf sein eigentliches Thema kommen sollte. Mansour war nur ein Vorwand, war die Einleitung.

»Eine Frage: Angenommen einer deiner besten Kumpels hätte vor deiner Zeit etwas mit deiner Freundin gehabt«, wollte Heiner wie aus dem Nichts wissen, »wie würdest du reagieren?«

Jetzt war Otze vollkommen von den Socken.

›Worauf will er hinaus?‹, dachte er.

»Äh, was?«, war das Einzige, was er stammelnd herausbrachte.

»Ja, sach doch mal! Was wäre dann?«

Otze dachte einen tiefen Atemzug lang nach.

»Also, wenn einer meiner aktuell besten Freunde«, Heiner nickte, »und meine Partnerin, mit der ich gerade fest zusammen bin«, Heiner nickte, »vor meiner Zeit im Bett waren ...«, Heiner nickte abermals, »... Weiß ich davon schon länger, oder bekomme ich es gerade eben heraus?« Dieser Punkt erschien Otze besonders wichtig.

Heiner deutete mit dem Zeigefinger auf Otze, weil er den Kern der Problematik erkannt hatte: »Eben, du wusstest die ganze Zeit nichts. Du hast es nur per Zufall erfahren.«

Otze lehnte sich auf seinem Klappstuhl zurück, begriff zwar die Thematik, konnte sich jedoch keinen Reim darauf machen. Worauf zielte Heiner ab? Otze irritierte, dass er kurz zuvor nach Mansour gefragt hatte.

»Was hat der Perser nun wieder damit zu tun?«, fragte er.

»Gar nichts!«, winkte Heiner ab.

Bruno sah Heiner ungläubig an und stellte sein Bier auf den Tisch.

»Ja wirklich! Gar nichts! Ich wollte nur wissen, was du darüber denkst«, bekräftigte Heiner.

»Was issn das für 'ne scheiß Frage?«, regte sich Otze auf.

Heiner machte eine beruhigende Geste: »Ja, komm, es interessiert mich.«

»Warum zum Teufel?«

Heiner merkte, dass sein Freund die Frage in den falschen Hals bekam.

»Hattest du was mit Tina?«, fragte Otze vorwurfsvoll, und ihm stockte der Atem.

›Nicht Heiner – bitte, nicht Heiner mit meiner Tina!‹, dachte er.

›Meine Tina‹ – wie sich das anhörte. Sie waren schon seit fast einem dreiviertel Jahr kein Paar mehr, aber Otze überkam es immer wieder, dass er sie im Geiste ›meine Tina‹ nannte.

›Bitte nicht auch noch Heiner‹, wandte er sich an eine imaginäre Gestalt.

Und als Nächstes wurde ihm bewusst: ›Wen bitte ich da eigentlich? Gott? Ich glaub doch gar nicht dran. Wen also sonst? Irgendwie bescheuert, wenn man so ein Stoßgebet ablässt und gar nicht richtig gläubig ist.‹

Dabei besaß Otze den Glauben auf eine unbestimmte Art. Aber eine Gottheit, die einzig Wahre, da tat er sich schwer.

›Da ist sicher was, da draußen‹, dachte er oftmals. Und dann wieder: ›Aber vielleicht auch erst recht grad mal gar nichts. Entweder wir sind alle total allein oder werden ununterbrochen von etwas Höherem gesteuert. Somit haben wir keinen Einfluss auf Gut oder Böse, was wir tun und was wir tatsächlich wollen. Also, entweder es soll alles genau so sein, wie es ist, inklusive Kriegen, Katastrophen und dem restlichen Scheiß, oder wir leben im kompletten Chaos, ohne

Grundidee, ohne Führung, ohne einer schützenden Hand über uns.‹

Otze war unschlüssig.

Heiner winkte ab: »Ach, Otze! Glaub mir, meine Fragen haben nichts mit dir, nichts mit deiner Tina oder irgendeiner Ex-Freundin von dir zu tun. Ich will nur deine Meinung hören. Nur deine ehrliche Meinung. Weiter nichts!«

Das überzeugte Otze. An Heiner glaubte er. Nun wollte er wirklich über das Thema nachdenken und nahm, um Zeit zu gewinnen, einen langen Schluck aus seiner Bierflasche.

»Um wen geht es dann?«, fragte Otze.

Heiner schüttelte den Kopf: »Stell dir die Situation doch bitte einfach mal vor, und erklär mir deinen Standpunkt, Bruno.«

Weil Heiner ihn Bruno nannte, wusste Otze, ihm war es ernst. Heiner nannte ihn nie bei seinem richtigen Namen – nur wenn es wahrlich ernst wurde.

»Ähem«, stockte Otze und räusperte sich, »lass mich drüber nachdenken.«

Wieder nahm er einen langen Schluck aus der Flasche und leerte sie nun endgültig. Heiner ahnte, was nun kommen würde und trank sein Bier ebenfalls aus.

»Wie könnte ich über ein solch schweres Thema philosophieren, ohne ein gut gekühltes Pils in Händen. Ich hol mal Nachschub!« Wortlos reichte ihm Heiner seine leere Bierflasche.

Leicht genervt, aber auch etwas amüsiert, wartete er geduldig ab. Er wusste, dass Otze am liebsten bei einem Getränk über solche Dinge sprach. Da kam er dann auch gerne mal in Fahrt.

»Alkohol inspiriert meinen Intellekt«, sagte Otze leise, als er die Haustür in Richtung Feisal verließ.

›Ja ja‹, dachte Heiner, ›genau wie bei Hemingway‹, lehnte sich zurück und spielte mit dem Flaschenöffner auf dem Tisch.

Otze bot sich vor der Haustür ein eigenartiges Bild. Ein etwa 45 bis 50 Jahre alter Mann, schwer zu schätzen bei Alkoholikern, saß mit dem Rücken an der Hauswand auf dem Boden unter der Kiosktheke. Es war nur schwer auszumachen, weswegen er sich die rechte Gesichtshälfte hielt. Die Wange schien aufgedunsen und geschwollen gleichzeitig, Otze schloss auf eine Auseinandersetzung kurz zuvor. Der Mann auf dem Boden musste wohl den Kürzeren gezogen haben. Zu seinen fast verheilten Schürfwunden gesellte sich nämlich eine frische Prellung, die er mit der Hand verdeckte.

»Das nächste Mal krieg ich den Scheißkerl!«, lallte der Alkoholiker wütend vor sich hin. Immer wieder brabbelte er dies.

Otze trat dennoch an Feisals Trinkhalle, um seine Bestellung aufzugeben. Dabei schritt er bedächtig zwischen den ausgestreckten Beinen des Mannes am Boden vorüber, um ihn nicht zu touchieren.

»Vier halbe Bier, Feisal!«, wies Otze an.

Sein Mitbewohner rollte oben in der Küche still die Augen, denn ganz so viel wollte er dann doch nicht saufen. Immerhin zeigte die Uhr gerade einmal kurz vor zwei Uhr mittags.

›Aber kalt!‹, dachte Heiner.

»Das nächste Mal«, flüsterte der Alkoholiker unter Otze deutlich hörbar, »krieg ich den Scheißkerl!«

Als Feisal die vier Bier holte, krakeelte eine männliche Stimme aus dem Hintergrund: »Komm rein, Harald, und halt's Maul. Du siehst das Arschloch nie wieder! Lass uns weitermachen.«

Harald, unter der Theke sitzend, schrie sogleich: »Und ob ich den … den …«

Offensichtlich kannte er die Nationalität seines Gegners nicht.

Nach kurzer Bedenkzeit sprach er weiter: »… den Kanaken krieg! Dem hau ich das nächste Mal in die Fresse!«

Damit erhob sich Harald schwankend. Er zog sich halb an der Theke des Kiosks und teils an Otze hoch. Beide Männer kamen ins Wanken, jedoch glich Otze das Ungleichgewicht geschickt aus. Harald kam Bruno so nahe, dass ein Gemisch aus Schweiß, Alkoholfahne und altem Urin im Textil seine Nase beleidigte. Bruno musste sich fast übergeben, denn sein Magen hatte den letzten Abend noch immer nicht vollends überstanden. Als Otze noch mit sich kämpfte, betrat Harald schon lauthals lallend den engen Raum neben dem Verkaufsraum der Trinkhalle.

»Bitte!«, sagte Feisal zu Otze und stellte ihm seine Bestellung auf die Ablage.

»Danke«, murmelte Otze und zahlte passend.

Normalerweise mischte er sich nicht in die Geschehnisse auf der Straße, aber diesmal konnte er nicht anders. Er musste etwas sagen, auch wenn er sonst all die Spießer hasste, die sich über jede Kleinigkeit aufregten, die hinter ihren Fenstern standen und falsch geparkte Autos aufschrieben, die die Polizei riefen, weil eine Party mal lauter wurde, die einem einfach alles vermiesen wollen. Hautsache – wichtig tun!

»Und sach deinen Pennern in dem Kabuff da, die sollen abends nicht immer so den Affen machen«, fuhr er Feisal an, der ihn mit leidenden Augen ansah.

»Ist nix meine Schuld!«, antwortete dieser in gebrochenem Deutsch.

»Komm, komm, nicht deine Schuld, von wegen! Du lässt die da hocken, dann ist das genau dein Problem«, Otze lächelte ihn an, sodass Feisal davon ausgehen konnte, nicht verpfiffen zu werden.

Jedenfalls nicht beim Vermieter oder bei den Bullen. So einer war er nicht. Das wäre das letzte Mittel, zu dem er greifen würde. Otze klärte solche Angelegenheiten lieber zunächst persönlich.

Feisal ließ stets drei oder vier heruntergekommene Penner, meist war zudem auch eine Frau mit einem Veilchen dabei, in einen kleinen Nebenraum des Kiosks. Dort saßen sie dann direkt unter Otzes Schlafzimmer auf alten weißen Farbeimern aus Plastik. Die erkennbaren Alkoholiker stritten sich regelmäßig lautstark zu später Stunde – naja, eigentlich immer – und wurden so manches Mal untereinander auch handgreiflich. Das erklärte wohl auch das anscheinend permanent blau geschwollene Auge der einzigen Frau in der Runde.

»Isch guck, dass die nix mehr sind so laut«, versicherte Feisal, sich aus seiner Trinkhalle über die Theke herausbeugend, als Otze schon fast wieder den Hausflur betrat.

Bruno ging in die Wohnung im ersten Stock, blickte links in das Badezimmer, und ihm fiel auf: ›Oje, das müsste ich eigentlich ja auch noch putzen – demnächst!‹

Gleichermaßen wunderte er sich, weswegen Heiner nicht wie sonst üblich längst den Mopp geschwungen hatte. Das stillschweigende Spiel zwischen den Beiden funktionierte diesmal anscheinend nicht. Sonst pflegte Otze rein hygienisch das Drecks-Image, und sein Mitbewohner reinigte früher oder später von selbst die Wohnung – ohne zu murren. Sicher hatte da nun Petra die Zügel in der Hand, die olle Hexe.

Er konnte sie regelrecht keifen hören: »Heiner, hör auf, ständig für den Bruno die Putzfrau zu spielen!«

Bla, bla, bla!

An der Abstellkammer vorbei bog Bruno links in die Küche ein. Heiner wartete schmunzelnd, weil er das Gespräch vorm Kiosk gut hatte hören können.

»Na, meinste die Penner sind ab jetzt ruhig?«, fragte Heiner.

Otze lachte auf: »Nie im Leben!«

Mit gezielten Handgriffen hebelte Otze zwei Flaschen auf, drückte Heiner eine in die Hand und ließ sich in seinen

Stuhl fallen. Der Plastikstuhl bog sich ächzend durch, doch hielt er das Gewicht aus.

Otze entwich ein kurzes »Proscht!«, und er begann unvermittelt: »Auf sein Maul hauen würde ich ihm!«

»Bitte?«, Heiner bezog die Aussage auf die Trinkhallen-Situation von gerade eben und war erstaunt.

»Na, überleg doch mal! Wenn der Typ deine Alte geknattert hat …«, Heiner begriff nun wieder und musste grinsen, »… dann erzählen beide doch nur nichts, weil eventuell noch was läuft!«

Heiner dachte darüber nach und runzelte die Stirn.

»Und wenn sie beteuert, dass da nichts mehr ist?«, erwiderte er.

Otze unterbrach schlagartig seinen Zug aus der Flasche und hätte fast etwas verschüttet. Mit dem Gipsarm wischte er sich den Mund trocken.

»Unsinn!«, fuhr er auf. »Sagt sie es dir nicht, dann mag es ja sein, dass da aktuell nichts stattfindet und die Fickerei auf Eis gelegt ist …«

›Auf Eis gelegt?‹, Heiner dachte über diese Formulierung nach.

»… aber die decken doch in Wirklichkeit nur den Mantel des Schweigens über die Situation, um dieses Knistern aufrecht zu erhalten. Es ist da, wenn sie sich sehen. Dieses Knistern verspricht Spannung.«

Heiner nickte zustimmend: »Da er einer meiner besten Freunde ist, sehen sie sich relativ häufig.«

»Eben«, bestätigte Otze, »ich hatte da auch mal so eine Kleine nebenher laufen. Mit der war vor Jahren was. Mittlerweile hat sie einen Macker, aber immer, wenn wir uns sehen, ist da dieses Knistern. Dieses schaurige Knistern, das dir den Rücken herunterläuft, um den Arsch herum bis vorne in den Schritt, wenn wir uns in die Augen sehen. Sie schaut mich an, ich schau sie an …«, Otze legte eine dramatische Pause ein, »… na ja, wir beide wissen genau: Irgendwann passt es mal wieder. Dann geht es wieder ab in die Kiste – ganz unverbindlich, wenn der Moment es zulässt. Das ist eben so!«

Heiner hörte interessiert und nachdenklich zu. Otze wusste natürlich nicht, ob er sich das, was er gerade erzählt hatte, vielleicht nur einbildete. Er vermutete es zwar, fuhr aber fort, als wäre es Fakt.

»Oder nehmen wir zum Beispiel …«, Otze suchte nach zwei passenden Personen aus dem Bekanntenkreis, und Heiner ahnte Schlimmes, »… äh, Petra und Ratz, jetzt nur als Beispiel. Stell dir vor, die Beiden …«

Als Otze es aussprach und seinen Freund dabei ansah, vernahm er ein Flackern in dessen Augen und begriff. Er hatte genau ins Schwarze getroffen. Das konnte doch nicht sein. Kaum zu glauben.

»Nee, oder?«, vergewisserte sich Otze, aber Heiner nickte bestätigend und atmete tief durch.

»Diese kleine Sau hat sich also von dem Assi bürsten lassen?«, prustete Otze los.

Er hätte sich totlachen können und fügte mit erhobener Bierflasche hinzu: »Viva la Opera!«

Heiner blickte bei Brunos Wortwahl erbost, verzieh ihm aber gleich wieder. Er hatte ja recht. Zum Kaputtlachen war es tatsächlich – jedenfalls, wenn man die Zwei näher kannte. Petra, die feine Sängerin, und Ratz, der Draufgänger, derb, grob, manches Mal äußerst ausfällig, sehr einfach gestrickt und mehr als plump. Seine Gedankengänge drehten sich ausschließlich um »Möpse und Knackärsche«, wie er es auszudrücken pflegte. Ratz suchte immer und überall nach der Gelegenheit, eine Frau möglichst schnell abzuschleppen. Ihr Wesen, ihr Charakter spielten dabei eine untergeordnete Rolle, und je weiter der jeweilige Abend voranschritt, auch ihr Äußeres.

»Ja, das war vor meiner Zeit!«, versuchte Heiner zu erläutern.

Otze kriegte sich kaum noch ein vor Lachen.

»Ratz und die Diva?«, prustete Bruno, »einfach unglaublich!«

Er trommelte mit dem Gipsarm auf den Küchentisch, fuchtelte wild mit seinem Bier herum und rief nach hoch oben: »Danke, lieber Gott, dass ich das erfahren durfte!«

»Otze, bitte!«, bat Heiner seinen Freund um Einhalt, und es sollte funktionieren.

Otze beruhigte sich langsam wieder. Seine Atmung wurde gleichmäßiger.

»Es war vor mir«, wiederholte Heiner.

»Angeblich!«, schwächte Otze die Argumentation rasch ab.

Heiner zuckte ratlos mit den Schultern. Anschließend ließ er das Bier seine Kehle herunter fließen. Fast frustriert saugte er am Flaschenhals. Dieser übergroße Schluck hatte nichts mehr mit Genuss zu tun.

Plötzlich erinnerte sich Otze und fragte vorsichtig: »Sag mal, haben sich die beiden Hübschen nicht erst durch dich kennengelernt? Oder bring ich da jetzt was durcheinander?«

»Das ist ja das Elend. Der Meinung war ich auch«, sagte Heiner.

Otze verstand nur noch Bahnhof.

»Wird ja immer doller. Dann haben die beiden sogar damals die Schnauze gehalten, als sie sich angeblich das erste Mal gegenüberstanden. Das sind ja Sausäcke! Woher kennen die sich denn nun wirklich?«, das musste Bruno nun genauer wissen.

»Vor einem dreiviertel Jahr sind sie sich wohl auf der Schweizer Straße über den Weg gelaufen. In der ›Keepers Lounge‹ gegenüber vom ›Wagners‹, glaube ich.«

Ein paarmal hatte Otze die ›Keepers Lounge‹ besucht, aber nur, wenn er schon ziemlich betrunken war. Und wenn er sein Standardprogramm herunterspulte, um Gäste von außerhalb, Freunde oder Bekannte, durch Frankfurt zu führen. Das ›Wagners‹ gehörte dann auch zum festen Programmpunkt. Diese recht urige Apfelwein-Wirtschaft, wo überwiegend Touristen mit einem Einheimischen im Schlepptau verkehrten, hatte einen ganz netten Show-Effekt für Nicht-Hessen. Bembel, Rippchen mit Kraut, Leiterchen, großmäulige Bedienungen mit dem typischen Frankfurter Dialekt und alles andere, was ins Klischee passte.

Schräg gegenüber auf der anderen Seite der Schweizer Straße befand sich die ›Keepers Lounge‹. Diese Bar mochte er weniger. Sie war das genaue Gegenteil. Um dort hinzugehen, musste Otze entweder Gäste dabei haben, die nicht weit laufen wollten, oder er musste selbst bei etwa 1,8 Promille angelangt sein – hilfreich war beides gleichzeitig.

»Nur affektierte Schnösel, mit ihrem arroganten Gehabe. Möchtegern-Yuppies in ihren verquarzten Anzügen mit Schlips und Krawatte«, beurteilte Otze das Publikum dort.

›Schlips und Krawatte‹, dabei musste Otze immer lachen, das passierte ihm häufiger.

»Okay, ich gebe zu, die Mädels dort haben meistens einen kleinen Querschnitt an den Hüften, sind aber gerade deswegen unheimlich eingebildet – der Hammer!«, führte er weiter aus.

Nach einer kurzen Trinkpause fiel Otze auf: »Was zum Geier macht denn Ratz, dieser Bauer, dort in der ›Keepers Lounge‹? Holzfällerhemden passen nun so gar nicht in diesen Schuppen.«

Heiner konnte es sich auch nicht erklären. In dieser Bar verkehrte Ratz seines Wissens überhaupt nie. Musste wohl ein Zufall gewesen sein.

»Und was passierte nun dort?«, sagte Bruno.

»Tja, an diesem Abend muss sie ihn eben angegraben haben – als sie noch solo durch Frankfurt zog.«

Otze mochte seinen Ohren nicht trauen.

»Sie hat ihn angegraben? Sie ihn? Dieses graue Mäuslein in ihrem Schickimicki-Fummel hat Ratz angebaggert? Ausgerechnet die?«, dachte er laut.

Für ihn wirkte das überaus unwirklich. Ratz war doch so gar nicht Petras Typ. Stets mit verhältnismäßig schludrigen Klamotten über der Hose hängend, Hände wie Bratpfannen, einem Dreitagebart, der wie ein Acht-Tage-Bart ausschaute, und auch sonst passte er nicht in die Welt der kleinen, feinen Opernsängerin. Eigentlich nicht, oder? Allerdings hatte Otze schon bemerkt, dass sich die Beiden etwas eigenartig ansahen, hatte aber nie die Ursache dafür erkennen können. Jetzt war ihm jedoch einiges klarer.

»Auf jeden Fall«, begann Heiner wieder zu erzählen, und Otze hasste es, wenn diese Floskel fiel, »hat er sie nach zwei Stunden, oder so, mit zu sich nach Hause genommen.«

»Bei dem gehen mehr Frauen ein und aus, als gegenüber im ›Sudfass‹!«, kommentierte Bruno.

Das ›Sudfass‹ war ein stadtbekannter Puff direkt am Main gelegen, und Ratz wohnte in einer kleinen 1-Zimmer-Wohnung mit zweifelhaft romantischem Blick aufs grelle Rotlicht der anderen Straßenseite.

›Das wird ja immer besser‹, dachte Otze, ›die kleine Opernsängerin war spitz wie Nachbars Lumpi und hat sich einen Stecher gesucht. Bravo, Petra!‹

»Und dann, was ging da? Gleich das volle tief gehende Programm?«, fragte Bruno direkt.

Heiner druckste rum: »Nun ja, scheinbar haben sie dann viermal miteinander geschlafen in dieser Nacht!«

»Gefickt!«, berichtigte Otze.

»Joh, gefickt halt«, pflichtete Heiner verbissen bei.

»Viermal?«, fragte Otze noch mal nach.

Sein Mitbewohner nickte lediglich kurz, denn er trank gerade aus seiner Flasche.

»Das behauptet er!«, sagte Bruno abfällig.

»Behauptet er!«, stimmte Heiner zu, »sie bestreitet es.«

»Sie bestreitet was?«, wollte Otze wissen.

»Dass es viermal war!«

Bruno runzelte die Stirn: »Das ist doch unerheblich!«

Sie schwiegen wieder eine Weile. Heiner dachte an Ratz und Petra, wie sie sich in seinen schmutzigen Laken wälzten. Ihm kam fast die Galle hoch. Otze dachte automatisch an seine Ex.

Doch da kam Otze ein weiterer Gedanke, und er fragte: »Sach ma, woher weißt du das alles überhaupt?«

Heiner hielt seinem Mitbewohner zunächst die Bierflasche hin.

»Prost, Otze!«

»Proscht!«

Beide nahmen einen großen Schluck, und sie tranken und tranken. Jeder beobachtete dabei den anderen. Keiner wollte zuerst absetzten. Sie leerten schließlich ihre Flaschen. Heiner als Erster.

Er erklärte: »Gestern war ich doch mit Ratz im ›Sinkkasten‹ – da habe ich es erfahren.«

›Dass Heiner immer in solchen Läden abhängt‹, dachte Otze geringschätzig, ›nur frustrierte Übriggebliebene, die auf Schlager und 80er-Jahre-Hits das Tanzbein schwingen.‹

»War 'ne geile Party«, meinte Heiner, und Otze musste sich beherrschen, nicht mit den Augen zu rollen.

Er öffnete stattdessen die nächsten beiden Flaschen.

»Und als Ratz voll war wie ein Amtmann, hat er sich verbabbelt«, erklärte Heiner.

›Mann, Mann, Mann, der Ratz ist doch echt ein Trottel‹, dachte Otze und fragte anschließend: »Hast du Petra darauf angesprochen?«

»Heute Morgen. Gerade eben erst. Es ist wahr.«

Otze stiegen die beiden 0,5er Humpen bereits in den

Kopf. Sein Alkoholspiegel pendelte sich wieder in einem Bereich ein, der ihn kaum befähigte, klar zu denken.

Er versuchte zwar, Heiner einen grandiosen, überwältigenden Vorschlag zu unterbreiten, was er als Nächstes am besten zu tun hätte, ihm fiel jedoch nichts Besseres ein als: »Schieß die Alte ab!«

Heiner verzog die Augenbrauen, als wollte er andeuten: »Das sagst du so einfach!«

Jedoch fuhr Otze in seiner Argumentation schnell fort: »Nicht, weil sie sich von Ratz nach zwei Stunden flachlegen hat lassen und es dir erst gestern erzählt. Nee, nee!«

Das überraschte Heiner, und er hörte auf, mit dem Papieretikett an seiner Flasche zu spielen.

»Warum sonst sollte ich mit Petra Schluss machen?«, fragte er.

Ein breites Lächeln überzog Otzes Gesicht. Nicht ganz sicher, ob er sagen sollte, was er dachte. Aus Otze sprach jedoch schließlich der Alkohol.

»Nun«, mit einer Pause erhöhte er die Spannung, »weil sie immer so laut seufzt, deine Opernsängerin«, und er ahmte ihre tiefen Schluchzer nach.

Dann war es einige Zeit still in der WG-Küche. Die Bewohner schauten sich ernst an. Otze konnte für einen Augenblick nicht einschätzen, ob er diesmal über das Ziel hinausgeschossen war. Doch da brachen sie beide gleichzeitig das Schweigen und prusteten laut los vor Lachen. Ihr Gelächter war bis runter an den Kiosk zu hören, wo ein Stammkunde ein paar Schritte von der Ladentheke zurücktrat, um am schmalen Vordach vorbei nach oben zu sehen.

Otze wusste, er konnte Heiner mit seinen Ratschlägen nicht helfen. Heiner aber war dankbar, das Otze ihm zuhörte. Das reichte bereits. Das Gespräch selbst half ihm schon weiter. Beide liebten die Momente in der Küche, wenn sie allein unter sich auf den Klappstühlen sitzend über den Alltag philosophierten.

»Kommt sie wieder?«, fragte Otze.

Heiner hob unsicher die Augenbrauen.

»Na, da bin ich ja mal gespannt, ob ich neugierig bin!«, beschloss Otze das Thema.

Sie tranken stillschweigend auch die letzten Flaschen Bier aus, und jeder zog sich in seinen Bereich der Wohnung zurück.

Kurz bevor sich die Türen schlossen, rief Otze noch: »Und die Froschschenkelfresser werden doch Weltmeister!«

»Vergiss es«, erhielt er als Antwort.

Morgenstund

UNTER DER DECKE SEINES BETTES war es angenehm warm. Leicht zusammengekauert, einen Teil der Decke zwischen seine Beine geklemmt, kuschelte sich Otze in die Daunen. Er liebte diese besonders dicke Decke, selbst im Sommer, wenn es eigentlich viel zu heiß war. Sein Gesicht drückte er halb in sein Kissen. Das Motiv des Überzugs wurde zwar nicht seinem Alter gerecht, aber das war unwichtig.

Bruno Bachmann unterstützte seinen Lieblingsklub immer und überall – auch im Schlaf. Das grün-weiße Emblem des SV Werder Bremen erstreckte sich über das gesamte Bett, und Otze wollte es genau so. Er fühlte sich wohl darin und heute ganz besonders. Körperlich und geistig vollkommen ausgeglichen lag er da, mit einem wohligen Lächeln auf den Wangen.

Im leichten Dämmerzustand vernahm er den üblichen Verkehr der Montags-Rushhour auf der Friedberger Landstraße. Die Uhr zeigte bereits die neunte Stunde des Tages, und die Straßenbahn der Linie 12 zog sich träge über den Friedberger Platz. Dabei ließ sie ihr Aufmerksamkeit erregendes Klingelgeräusch von sich.

›Ein schreckliches Gebimmel‹, dachte Otze.

Pkws hupten, und Feisals Stammgäste unterhielten sich lautstark – so wie sie es andauernd taten. Sie blökten, riefen, schrien sich an. Aber diesmal, ohne zu streiten. Bruno, mittlerweile ein Kenner, bemerkte die fehlende Aggressivität in den vom Alkohol rauen Stimmen. Der feine Unterschied zeigte sich in den Endungen der Sätze. Schloss ein Stammkunde seine Ausführung mit »du verblödete Kuh!« oder »du mich auch, du Schlappschwanz, du!«, dann war eindeutig eine gehörige Prise Zorn im Spiel. Auch heute ähnelte die Lautstärke einem normalen Alkoholikerdialog, nur fielen die ausfallenden Endungen weg. Sonst war eigentlich alles wie immer.

›Das hat ganz klar mit dem gestrigen Abend zu tun. Die Leute haben sicher gefeiert. Ein WM-Finale ist zum Feiern da‹, dachte Otze.

Feisals Kunden hatten sicher schon zwei oder drei Magenbitter intus und saugten bereits an ihrer zweiten Flasche Bier – das tägliche Standardprogramm eben.

Schlaftrunken wandte sich Otze gedanklich hin und her. Sollte er zur FH gehen oder nicht? Er hatte nicht wirklich den Drang danach. Sich sehen lassen musste er schon mal, aber zwingend notwendig war es an diesem Vormittag auch nicht unbedingt.

›Wer geht heute schon in die FH?‹, dachte er.

Ein ganz normaler Montag hätte ihn unter Umständen dazu gebracht, sich aufzuraffen. Aber heute war der Tag nach dem Endspiel. Jeder kleine Berufstätige lief jetzt sicherlich zur Arbeit, wenn auch mit einem leicht dicken Kopf, aber Otze hatte diesen unsäglichen Angestelltenstatus glücklicherweise nicht.

›99 Prozent aller Studenten liegen doch noch betrunken im Kahn‹, dachte Otze und lag sicherlich nicht allzu falsch mit seiner Vermutung.

›Nein‹, dachte Otze, ›heute lassen wir den lieben Professor einen guten Mann sein.‹

Er hatte im Halbschlaf seine Entscheidung getroffen. Das Haus würde er heute nicht verlassen – jedenfalls nicht, solange die Sonne am Himmel stand.

Gerade als er wieder dabei war, fest einzuschlummern, horchte er auf.

›Da bewegt sich was‹, dachte er.

Jemand atmete unmittelbar in seiner Nähe. Vorsichtig drehte er seinen Kopf und anschließend seinen ganzen Körper. Und da kam ihm die letzte Nacht wieder ins Bewusstsein. Erst wenige Stunden zuvor hatte er ein aufregendes und durchaus berauschendes Erlebnis gehabt. Ein strahlendes, breites Lächeln legte sich auf sein Gesicht. Fasziniert schaute er in das Antlitz der Frau, die ihn am gestrigen Abend nach Hause begleitet hatte. Es war diese Frau, die ihn jetzt so zufrieden dreinblicken ließ. Ihr Haar war leicht zerzaust, unter ihren Lidern sah er ihre Augäpfel wandern. Sie träumte. Einige Minuten beobachtete Otze die wunderbare Person und bedauerte, dass er ihre strahlenden Augen nicht sehen konnte.

Er dachte über die letzte Nacht nach: ›Wahnsinn! Sie weiß, was Männer wünschen. Sie riecht, wie Engel duften müssen, wenn sie verliebt sind. Ihre Bewegungen, ihre Stimme, ihre Leidenschaft.‹

Otze gestand sich ein: ›Mach dir nichts vor, du bist wieder verliebt.‹

Er konnte sich an ihr zwar kaum sattsehen, stand aber trotzdem auf. Einen sanften Kuss gab er ihr noch auf die Stirn, dann schlich er zur Schlafzimmertür. Sie bemerkte nichts. Schlief tief. Dabei trat er versehentlich auf ein gebrauchtes Kondom. ›Verdammt‹, dachte Otze, als er die wabbelige Masse unter seinem nackten Fuß spürte.

Gleichzeitig überkam ihn ein Gefühl des Stolzes. Er hatte wieder Sex gehabt und das mit dieser bezaubernden Frau. Er, er allein hatte es geschafft, sie zu betören. Ob er nun wirklich so unheimlich beeindruckt hatte, konnte er zwar nicht sicher sagen, aber der Gedanke gefiel ihm und so hielt er daran fest. Das Gefühl, ein Eroberer zu sein, reifte in seiner Brust. Dieses warme Brodeln hatte er lange nicht mehr gespürt, umso intensiver kam es ihm jetzt vor.

Kurz entschlossen rieb er seine Sohle auf dem Teppich sauber. Hauptsache, leise. Otze wollte sie nur nicht wecken. Behutsam drückte er die Klinke der Tür herunter und zog daran.

›Oh nein, das Scharnier wolltest du doch schon lange mal ölen‹, dachte er, als das altbekannte Knarren durch das Zimmer drang.

Mit aufgerissenen Augen schaute er auf sein Bett, aber seine Freundin störte es kaum. Sie atmete einmal etwas tiefer durch und schlief gelassen weiter.

›Sie schlummert wie ein Engel‹, dachte Bruno.

Als er durch den Flur in die Küche gehuscht war, begann er eilig, die Utensilien für ein Frühstück, das er ihr ans Bett bringen wollte, zusammenzusuchen. Sein Gipsarm behinderte ihn dabei wenig. Am fünften Tag nach seinem Bruch hatte er bereits eine gewisse Geschicklichkeit erlangt. Tassen, Teller, Löffel, Messer, ein paar nicht ganz taufrische Scheiben Brot, etwas Käse, Marmelade, Butter. Wurst war heute Morgen leider Mangelware in der Wohngemeinschaft.

›Schade‹, dachte Otze, ›eine ordentliche Scheibe Wurst gehört doch eigentlich zu einem richtigen Frühstück. Erst recht nach einem alkoholreichen Abend oder einer so anstrengenden Nacht.‹

Er grinste breit, als er eine Kanne Kaffee aufsetzte. Da stapfte Heiner an der Küche vorbei. Er hatte die Küche auf dem Weg zum Badezimmer schon fast passiert, als er im Augenwinkel registrierte, dass Otze etwas ausgesprochen Ungewöhnliches tat. Heiner blieb im abgedunkelten Flur stehen, regte sich zunächst nicht und runzelte die Stirn.

›Macht der Frühstück?‹, dachte Heiner und glaubte nicht, was er da sah.

Er ging einen Schritt zurück und stand direkt in der Küchentür. Otze und sein Mitbewohner sahen sich an.

»Is was?«, fragte Otze lächelnd, wohl wissend, worüber sich Heiner so sehr wunderte.

»Machst du, was ich glaube, dass du da machst?«, fragte Heiner und gähnte halb dabei, während er sich durch das ohnehin zerzauste Haar fuhr.

»Was glaubst du denn, wonach das ausschaut?«

»Na, wenn ich nicht wüsste, dass du der bist, der du bist, ich könnte auf die saublöde Idee kommen, du machst …«, Heiner machte eine bedeutungsschwangere Pause, »… Frühstück?«

Otze nickte zustimmend: »Mensch, haste diese Nacht das Licht angelassen? Du bist ja heut ein ganz Heller!«

›Toller Spruch‹, dachte Heiner sarkastisch, trat zwei Schritte in die Küche und griff sich einen von den an der Wand lehnenden Klappstühlen.

Dann setzte er sich und verschränkte die Arme. Zunächst wusste er nicht, was er sagen sollte. Eine solche Situation hätte er niemals erwartet. Die Aktion kam an Unwahrscheinlichkeit einem öffentlichen Bekenntnis des Heiligen Vaters der katholischen Kirche zu seiner Homosexualität gleich. Er dachte laut nach.

»Also, wenn Otze Bachmann um …«, er sah auf die Uhr über sich an der Wand, »… um Viertel vor zehn an einem Montag Frühstück zubereitet, und wie ich sehe auch noch mit Marmelade, welchen Grund könnte das haben?«

Heiner tat so, als würde er angestrengt nachdenken. Er strich sich mit den Fingerspitzen über sein Kinn. Natürlich war ihm die Lage längst glasklar. Heiner schlug die Beine übereinander.

Dann brach es aus ihm heraus: »Ja natürlich, es kann nur zwei Gründe haben.«

Otze war gespannt auf Heiners Theorie und erwartete sie lächelnd.

»Entweder hast du vollkommen den Verstand verloren, oder du hast dich verliebt«, stellte Heiner fest, und er fügte hinzu, »wobei beides irgendwie auf das Gleiche herauskommt.«

Beide lachten kurz laut auf, bis Otze bedeutungsvoll den Zeigefinger auf die Lippen legte. Heiner begriff sofort und ließ sein Lachen verstummen. Äußerlich bewahrte er die Ruhe, aber innerlich konnte er sich kaum halten. Zu köstlich kam ihm die Situation vor.

»Sie liegt noch mit offener Wunde in deinem Bett, was?«, fragte Heiner auf seine unnachahmlich charmante Art.

Sich umschauend und vergewissernd, ob wirklich keiner mithörte, flüsterte Otze ihm zu: »Ja, und es scheint ihr zu gefallen!«

Er kam sich angesichts der kindischen Prahlerei selbst ein wenig lächerlich vor, kostete aber gerne seinen sexuellen Triumph aus. Bruno nahm den zweiten Klappstuhl, setzte sich und lehnte seinen Oberkörper genüsslich zurück.

Heiner fing nun auch zu tuscheln an: »Was ist? Willst du ihr nicht das Frühstück bringen?«

»Was hab ich zu verlieren, Heini-Meini?«, sagte Otze.

›Heini-Meini‹, dachte Heiner, so nannte ihn eigentlich nur Ratz.

»Ich hatte sie ja schon«, führte Otze aus, »also kann sie warten.«

Sie grinsten beide zufrieden, während Heiner sich durch das Haar fuhr.

›Hoffentlich hat sie das nicht gehört‹, dachte Bruno.

»Komm Otze, mach zwei Bier auf und erzähl's mir«, forderte Heiner.

»Nee, kein Bier!«, sagte Bruno zu Heiners Erstaunen. »Tee?«

»Äh?!«, Heiner wunderte sich immer mehr, »ja, okay!«

›Was eine Frau aus einem Mann doch macht‹, dachte er.

Otze brühte den Tee auf und fragte: »Willste alles wissen?«

Heiner beugte sich zu seinem Freund vor und wisperte deutlich und besonders langsam: »Jedes kleine Detail!«

»Okay, aber nicht meine Schuld, wenn du dann geil wirst!«, bemerkte Otze, als er den Geschirrschrank öffnete.

Er reichte seinem Freund eine Tasse Tee, und sie hoben sie hoch, als hielten sie Bierflaschen in den Händen. Gerade als Heiner prosten wollte, hielt Bruno inne.

»Aber ich will auch jedes Detail hören«, sagte er plötzlich und blickte in den Flur.

Dort stand eine Damenhandtasche. Das sichere Zeichen, dass auch Heiner die Nacht nicht alleine verbracht hatte.

»Ja, na gut«, sagte Heiner, »hier kann man ja sowieso nix geheim halten in diesem Haus. Prost, Otze!«

»Proscht!«

»Moment, Moment!«, Otze hob die Hand mitsamt Gipsarm und stoppte Heiner, »wer ist eigentlich Weltmeister?«

Heiner schaute abermals verwundert: »Das weißt du gar nicht?«

Otze schüttelte lächelnd den Kopf: »Hatte Besseres zu tun! Also?«

»So wie ich es prophezeit habe«, Heiner grinste breit.

»Och nö! Nicht die Itaka. Und wie viel ging es aus?«

Heiner dachte nach: »Weiß gar nicht. War nach Elfmeterschießen!«

»Diese Suffköppe!«, regte sich Otze auf, »das ganze Turnier nur Glück!«

»Ist doch egal, Mann! Jetzt erzähl doch mal!«, forderte Heiner.

›Egal?‹, dachte Otze, ›egal? Kann das echt egal sein?‹

Er überlegte eine Sekunde: ›Ja, es ist egal!‹

Das Tablett mit dem Frühstück blieb auf der Arbeitsplatte stehen. Otze erstattete Bericht. Sein Mitbewohner, Freund und Vertrauter sollte alles erfahren, was sich in den letzten Tagen angebahnt hatte und vor allem, was die vergangene Nacht an Ereignissen zu bieten hatte. Dann war Heiner an der Reihe.

Zwischendurch sagte Otze: »Ach, bevor ich es vergesse, ich muss noch bei den Bullen anrufen!«

»Was?«, fragte Heiner, »wieso das denn?«

»Oh Mann!«, Otze winkte ab und lachte, »das erzähl ich dir ein anderes Mal!«

SMS-Terror

OTZE FÜHLTE SICH HUNDEELEND. Er lag auf seinem Bett und starrte die Decke an. Er traute sich kaum, seine Augen zu schließen. Dieser verwunschene Raum, der sein Schlafzimmer sein sollte, in dem er jedoch noch nie hatte partnerschaftlichen Beischlaf genießen dürfen, drehte sich, sobald die Lider sich über die Augäpfel schoben.

Schließlich blieb Bruno kaum eine andere Wahl, als sich zu erheben und die Toilette aufzusuchen. Der Samstag war bereits fünf Stunden alt und Otze fand einfach keine Ruhe. Er hatte bereits ganz tief in die Trickkiste eines erfahrenen Quartalsäufers gegriffen: Bein aus dem Bett und auf den Boden stellen, um das Karussell zu bremsen – funktionierte nicht. Tief durchatmen – klappte nur bedingt. An der Wand sitzend versuchen, einfach nur einzuschlafen – gestaltete sich äußerst unbequem. Hyperventilieren, um dadurch eventuell in eine genüssliche Ohnmacht zu stürzen – hatte sich ebenfalls als wenig praktikabel erwiesen. Das letzte Mittel, zugleich einfach wie ekelhaft, musste nun beweisen, dass es so wirkungsvoll war, wie es versprach.

›Jetzt musst du kotzen gehen‹, dachte Bruno.

Er erhob sich und tastete sich an den Wänden entlang zum Badezimmer. Am Klo angekommen, wanderte der Zeigefinger also in den Hals und kitzelte das Zäpfchen. Es ging los! Das volle Programm! Sein Inneres krempelte sich nach außen. Die Augäpfel traten hervor. Derber Geschmack machte sich in seinem Mund breit.

Schließlich kauerte er vor der Kloschüssel und drückte mit zittriger Hand die Spülung. Als er die Finger der rechten Hand mitsamt seinem Gips noch auf dem Spülhebel liegen hatte, wusch er die andere Hand in dem Frischwasser des Wasserklosetts.

›Scheißegal‹, dachte Otze das erste Mal seit langer Zeit.

›Egal‹ gehörte seit einiger Zeit eigentlich nicht mehr zu seinem Wortschatz. Alles hatte eine Bedeutung. So nichtig es ihm vordergründig auch erschien, irgendwo hatte es seine Auswirkung, was wiederum die Welt ein wenig änderte.

›Dieser scheiß Sekt, dieser verfluchte scheiß Se …‹, sein Gedankengang wurde durch ein starkes Vibrieren in der Hosentasche gestört.

›Eigentlich gar nicht so unangenehm!‹, dachte er.

Mit vom Klowasser triefender Hand griff Otze in die Tasche, zog sein Mobiltelefon heraus und drückte ungeduldig auf die Tasten. Er erhielt eine Antwort auf seine Kurzmitteilung, die er vor etwa fünfzehn Minuten geschrieben hatte. Seine Begleitung vom vergangenen Abend meldete sich, und Bruno dachte: ›Dann war der kleine Misthase ja doch nicht so voll. Weiber!‹

»Vielleicht«, stand auf dem Display.

›Vielleicht?‹, dachte Otze. ›Vielleicht was?‹

Mit Mühe erinnerte er sich an seine eigene Message. Aus verschiedensten Fragmenten seines momentan nicht vollständig intakten Gedächtnisses sammelte er Stück für Stück eine Erinnerung nach der anderen zusammen. Als er im letzten Eck seines Hirns alles zusammengekehrt, auf einen Haufen getürmt und qualvoll sortiert hatte, wurde ihm wieder schlecht. Aber dann glaubte er, zu wissen.

»Hättest du mich küssen wollen, wenn ich es heute Abend gewagt hätte, den ersten Schritt zu machen?!« Ja, das war ziemlich genau seine Nachricht gewesen.

Otze nutzte so gut wie immer alle ihm zur Verfügung stehenden 160 Zeichen aus – auch wenn es ihm zu dieser Stunde mehr als schwerfiel. Die SMS kosteten schon so viel Geld, da wollte er wenigstens möglichst viel Information hineinpacken.

»Wovon wäre das denn abhängig? Hätte ich dich einfach

in den Arm nehmen sollen?« Das Display zeigte ihm noch 82 verbleibende Zeichen an. »Oder hätte ich besser noch zu dir mit hochkommen sollen?«, führte er seine nächste Nachricht fort und schloss sie mit der Zeichenfolge: »:-)«

Eigentlich fand Otze diese Smiley-Kürzel völlig lächerlich, nur in diesem Falle konnte er die Aussage und ihre Bedeutung damit etwas abschwächen. Wenn man etwas scheinbar lustig meinte und angeblich nur im Scherz sagte, dann war der vermeintliche Schock auf der anderen Seite des Mobilfunkmastes nicht so verheerend.

Minutenlang wartete er darauf, dass seine Bekannte, mit der er bis vor etwa einer Stunde noch seinen jetzigen Zustand in einer der Kneipen in Bornheim heraufbeschworen hatte, ihm endlich eine Mitteilung tippte. Im Waschbecken reinigte er sich die Hände noch mal gründlich, putzte sich halbherzig die Zähne und spritzte sich zur Erfrischung immer wieder kühles Wasser ins Gesicht.

›Scheiße bist du voll!‹, dachte Otze.

Noch traute er sich nicht recht wieder in sein Bett. Er hatte keinen Bock auf Karussell fahren. Bruno wollte seinen Zustand nun eine Weile im Badezimmer aussitzen – nur so lange, bis er sich besser fühlte. Dabei warf er alle 20 bis 30 Sekunden einen Blick auf das Display seines Telefons, das er mittlerweile auf dem Rand der Badewanne abgelegt hatte. Mit jedem weiteren Augenblick, in dem die heiß ersehnte Antwort ausblieb, wurde er nervöser. Otze war zwar bewusst, dass nur die Vibration das sichere Zeichen für neue Post war, doch konnte er sich nicht verkneifen, unentwegt sein Handy im Auge zu behalten. Wie eine Sucht machte es sich in seinem Körper breit. Dieses kleine Gerät nahm seine Konzentration voll in Anspruch, was ihn zu seinem Glück auch vom Kotzen ablenkte.

›Scheiß Handys‹, dachte Otze.

Ihm waren diese mobilen Telefone schon immer zuwider

gewesen. Ständige Erreichbarkeit bedeutete für ihn nur Nachteile. Er musste darauf vorbereitet sein, immer und überall gestört werden zu können. Er genoss es regelrecht, wenn dieser diabolische Plagegeist ausgeschaltet war. Manchmal sehnte er sich nach den Zeiten zurück, in denen es nicht als selbstverständlich galt, eine Nummer für alle Welt bereithalten zu müssen.

›Handy?‹, dachte Otze, ›was ist das überhaupt für ein Name? Handy! Kein Mensch in der Welt nennt das Ding Handy. Nur wir Deppen hier in Deutschland. Warum? Weil man es in die Hand nehmen kann? Weil es so wahnsinnig toll englisch klingt, obwohl es gar kein englisches Wort ist? Was ein Schwachsinn!‹

Nun aber erwies sich dieser kleine Apparat als äußerst hilfreich, die aktuelle Konversation am Leben zu erhalten. Durch die Funktion der Kurzmitteilungen hatte das Mobiltelefon für Bruno Bachmann an Daseinsberechtigung gewonnen. Der kleine Teufel war in Otzes Augen für solche Situationen wie geschaffen. Er ermöglichte es ihm, seine Formulierungen aus der Ferne mit Bedacht und ohne Zeitdruck zu wählen. Otze mochte diesen schriftlichen Austausch. Mit bestimmten Personen. Personen, die er mit seiner Wortgewandtheit zu überzeugen pflegte. Überwiegend Frauen. Frauen standen auf seinen Wortwitz, auf seine Fähigkeit sich gewählt auszudrücken, sie mochten seinen ausgeprägten Sprachschatz – glaubte er. Nur am vergangenen Abend hatte es nicht wie geplant geklappt. Es hatte gut ausgesehen. Sehr gut! Bis zum Schluss. Nur der finale Moment eben, der verlief dann irgendwie … anders!

Seine Ungeduld steigerte sich ins Unermessliche. Seine Begierde, sein Verlangen nach der Person, die ihn nicht wollte, die ihn abwies, wuchs. Er wollte sie bekommen, er wollte sie für sich gewinnen, er musste sie haben. Nicht, weil sie ihn so sehr faszinierte, sondern nur, weil sie ihn derzeit verschmähte, blieb ihm keine andere Wahl, als sie zu begehren. Otze konnte nicht mehr. Er musste einfach nachhaken, und er tippte auf ein Neues.

»Habe ich dich nun mit meiner Aussage verschreckt? Oder hast du meine Mitteilung eventuell in den falschen Hals bekommen?«, drückte er eilig auf die Tastatur.

Wieder schwieg sein Handy still. Eine halbe Ewigkeit lang. Nichts. Es passierte gar nichts. Wäre Bruno nicht so betrunken gewesen, die Ernüchterung hätte bald eingesetzt.

›Zum Kotzen‹, dachte Otze und wollte schon eine weitere SMS formulieren, ›warum antwortet die nicht. Pennt die schon? Es ist doch erst …‹

Er stockte kurz, schaute auf seine Armbanduhr: ›… na ja, Viertel nach fünf!‹

Otze sah ein, dass sie sicher schon im Bett lag und tief schlief.

›Immerhin war die voll wie ein Pisspott‹, dachte er, ›ein Wunder, dass sie überhaupt noch fähig war, zu antworten.‹

»Vielleicht«

Diese Antwort ärgerte ihn immer noch.

›Wie kann man nur so wortkarg sein und sich so feiern lassen?‹, dachte er.

Doch da startete der Vibrationsalarm. Das Telefon tanzte auf dem Rand der Badewanne umher. Gerade als Otze es greifen wollte, erreichte es die Innenkante des Beckens. Es schlidderte in die leere Wanne hinein. Otze hechtete hinterher. Dabei verdrehte er schmerzhaft seinen gebrochenen Arm. Mit dem Oberkörper halb in der kalten gusseisernen Schale liegend, betätigte er die Tasten, die ihm Einsicht in die Botschaft verleihen sollten.

›Ist ja gar nicht von Britt‹, dachte er überrascht.

Sein Mitbewohner hatte geschrieben: »Moin Otze, biste morgen daheim? Müsst mal was mit dir ausbaldowern. Ist wichtig! Gruß Heiner«

Otze las, und Verwirrung kam in ihm auf.

›Was will Heiner?‹, dachte er, als sich just in diesem Moment das Handy wieder in seinen Fingern schüttelte.

Er zog die Beine nach und lag nun völlig in der Wanne. Gerade so, als würde er ein Bad nehmen. Nur ohne Wasser und mit Kleidung.

Da erreichte ihn wieder eine Nachricht.

Britt: »Nö«

Da vibrierte das Telefon erneut. Nun wurde es für Otze allmählich anstrengend. Wieder eine Message. Er erkannte die Nummer von Tina. Seiner Tina! Schon längst hatte er sie aus dem elektronischen Adressbuch gelöscht. Er wollte beim Durchblättern nicht ständig an seine Ex-Freundin erinnert werden. Jedoch war ihm die Zahlenkombination noch geläufig.

Otze verteufelte nun seinen betrunkenen Zustand. Er war kaum in der Lage, einen klaren Gedanken zu fassen, geschweige denn, alle Eindrücke zu sortieren.

›Was heißt hier: nö? Was will Heiner und erst recht Tina, die blöde Nuss?‹, schoss es Otze durch den Schädel, der nun langsam anfing, zu schmerzen.

All diese SMS gleichzeitig, das war einfach zu viel für ihn.

»Ich liege noch wach und denke seit Tagen über uns nach. Es tut mir so leid«, las Otze Tinas Text, »es war alles so schön mit dir!«

›Diese kleine Mistkuh, jetzt kommt sie angekrochen‹, dachte Otze.

»Fick dich!«, entglitt es ihm leise.

Er betätigte die Tastatur: »Gut, aber was war mit der Frage zuvor. Bekomme ich eine Antwort darauf?!«

Otze musste sich arg konzentrieren, um diese Zeilen an Britt zu schicken und nicht aus Versehen einem seiner neuen Gesprächspartner.

»Geht klar. Worum geht es denn«, gerade als er noch ein

Fragezeichen anhängen wollte, um Heiner die SMS zu senden, riss ihn eine neuerliche Kurzmitteilung aus dem Menü auf dem Display. Sie war von Britt.

›Na, das ging aber fix‹, wunderte sich Otze.

»Welche Frage?«, las er.

›Die Alte ist ja nur dämlich!‹, fluchte Otze.

Sie hätte doch nur in ihrem Mobiltelefon blättern müssen, um die vorherige SMS zu lesen. Er verzweifelte. Er mochte es ohnehin nicht, wenn der Begriff ›Kurzmitteilung‹ allzu wörtlich genommen wurde. Las er ›ja, nein, vielleicht, weiß nicht‹ oder sonstigen Kurzmüll, wie er es nannte, konnte er rasend werden vor Wut.

›Da geben diese Leute 39 Cent aus für zwei, drei Buchstaben oder ein Wort‹, regte er sich dann immer auf, ›39 Cent! Das sind 80 Pfennig!‹

Otze gehörte zu der Sorte Menschen, die immer noch Euro in D-Mark umrechnete.

»Fünf Euro, das sind zehn Mark!«, dieses Schema nutze er häufig.

›80 Pfennig für ein Vielleicht, das weitere SMS zwangsläufig nach sich zieht – das ist doch bekloppt!‹, dachte er noch immer in der Wanne liegend.

Komischerweise bewies er diesmal Geduld. Er fand Britt … ja, wie fand er sie eigentlich? Interessant? Attraktiv? Nett? Süß? Wohl ein Mix aus alldem. Durch sie keimte in ihm die Hoffnung, dass er bald wieder eine gute Beziehung eingehen konnte.

›Regelmäßiger Sex! Das wär was!‹, dachte Bruno.

Deswegen gab er sich Mühe mit ihr.

»Ob ich dich einfach hätte küssen sollen?«, hielt er sich an Britt diesmal kurz, denn er wollte die Nachricht an Heiner mit einem Fragezeichen komplettieren, um dann auch Tina zu antworten.

»Das hättest du dir überlegen sollen, bevor du mir das

alles angetan hast!«, drückte er in die Tastatur, zögerte eine Sekunde und schickte die Nachricht mit einer kleinen inneren Genugtuung an seine letzte große Liebe Tina.

Otze fiel eine Last von den Schultern, als er alle Nachrichten versendet hatte. Nie hätte er gedacht, dass er durch Kurzmitteilungen in einen solchen Stress geraten könnte.

›Diabolische Plagegeister‹, dachte er.

Einige Minuten lag er nun ruhig da. Er wartete auf die nächste Nachricht, von wem auch immer, hatte dabei aber keine Eile mehr. Als nach einiger Zeit nichts passiert war, erhob er sich und wollte aus der Wanne steigen. Ungeschickt blieb er an der Armatur hängen. Kaltes Wasser ergoss sich blitzschnell über sein rechtes Bein, obwohl Otze mit einem schnellen Reflex aus dem Wasserstrahl sprang und gleichzeitig den Hahn schloss, triefte sein Schenkel vor Nässe. Wie ein begossener Pudel zog er eine nasse Spur hinter sich her in sein Schlafzimmer. Sich abzutrocknen hatte er keinen Nerv gehabt. Gleichgültig ließ er den feuchten Flurteppich hinter sich. Bis morgen früh würde der schon trocknen. Heiner konnte gar nichts merken. Kaum hatte er sich wieder in sein Bett begeben, vibrierte sein Telefon. Es ging wieder los. Es blieb ihm noch nicht einmal die Zeit, sich anständig zuzudecken.

»Sag ich dir morgen. Petra kommt gegen zehn! Will noch ein paar Stündchen schlafen. Können uns ja mal wieder in der Küche treffen«, es war Heiner.

›Oh, Mann! Wie bescheuert ist das denn? Der liegt nebenan, und wir verabreden uns per SMS. Total dämlich!‹, dachte Bruno, ›irgendwann habe ich am Ende noch mit einer Frau Telefonsex, während sie neben mir im Bett liegt.‹

»Gut, gut, steck noch einen Gruß mit rein«, Otze bezog diese Nachricht für Heiner auf dessen Freundin Petra.

»Bis denne!«, beendete er.

»Wer weiß? ;-)«, las er anschließend von Britt.

»Ei, leck mich doch, du kleine Dumpfkuh«, kam es laut aus ihm heraus. Er vergaß, dass Heiner nebenan eigentlich schlafen wollte.

Smileys konnte er nicht leiden, und ausgerechnet diesen mit dem zwinkernden Auge schon mal erst recht nicht. Er mochte es nicht, wenn man seine Ironie nicht in Worte fassen konnte und sich dieser primitiven Mittel bediente. Zudem rückte sie keinen Zentimeter mit der Sprache heraus. Wollte die nun was von Otze, oder nicht? Dieses Rätselraten verdarb ihm seine Laune, obwohl die schon fast auf dem Nullpunkt angelangt war. Diese Britt nervte nun, und er war regelrecht froh, dass es am letzten Abend nicht zu mehr gekommen war.

›Das wäre übel ausgegangen‹, dachte Otze.

»Ich wünsche dir eine gute Nacht«, schrieb er ihr, um diese trostlose Konversation endlich zu beenden. Gleichzeitig wollte er nicht zu schroff wirken.

›Ein Feuer im Eisen zu haben, ist immer gut‹, dachte er und lachte still, weil er wieder einmal ein Sprichwort durcheinander haute.

Otze schlief bald ein. Dass er weitere SMS bekam, bemerkte er nicht mehr.

›The Cave‹

DAS DÜSTERE KELLERGEWÖLBE versetzte Otze nicht gerade in heitere Stimmung. Schlechtes Licht und steinerne Fassaden erinnerten eher an einen kalten Sektkeller – nur weniger gut beleuchtet. Aber er war dennoch gerne dort unten im ›The Cave‹.

›Man kommt hier mit keinem ins Gespräch, weil sich die Gruftis alle untereinander kennen‹, dachte Otze, als er still an der Theke vor seinem Colaweizen saß.

Manchmal mochte er es, den ganzen Abend nicht mit irgendeinem reden zu müssen. Dann ging er ins ›The Cave‹. Das Weißbierglas umfasste er mit der linken Hand, und der Gips um seinen rechten Unterarm lag auf seinem Oberschenkel, während er leicht gekrümmt auf einem Hocker an der Bar saß. Er wippte ein bisschen mit Kopf und Schultern zur Musik.

›Das wirkt cool und locker‹, sagte sich Otze, ›cool und locker zu wirken ist wahnsinnig wichtig heutzutage. Wenn du nicht unheimlich cool und enorm locker auf deine Umwelt wirkst, gehörst du nicht dazu, wirst du von ihr nicht gerne integriert.‹

Aber wirklich dazu gehörte Otze selten. Und schon gar nicht hier unten im ›The Cave‹. Um ihn herum standen unzählige Menschen in dunklen Gewändern, in hautengen Hosen aus dunklem Leder, und die Gesichter waren geheimnisvoll geschminkt. Tiefschwarz umrandete Augen und Lippen, die von bleicher, weißer Haut abstachen. Das war alles andere als Otzes Stil, aber er schaute sich gerne die Menschen hier an. Menschen, die so angenehm anders aussahen.

›Es fehlt nur noch eine kleine Rinne, ein kleiner Bachlauf

voller Blut, der mittig durch die ganze Disco von einem Altar ausgehend verläuft, wo Schafe und Jungfrauen geopfert werden‹, dachte Otze, ›oder so massiv auffallende Besucher wie ich.‹

Man tanzte hier nicht zu der üblichen Dutz-Dutz-Disco-Musik. Keine Mainstream-Chartstürmer drangen aus den übergroßen Lautsprechern. Keine One-Hit-Wonder, die ständig von den Radiostationen den Äther herauspenetriert wurden. Motörhead, Soundgarden, Def Leppard, Faith no more, Black Sabbath oder Depeche Mode zählten noch zu den gemäßigteren Bands, die gespielt wurden. Er mochte das.

›Kill, die, burn, motherfucker‹, waren Worte, die häufig in den Texten der Songs vorkamen.

Dazu übten sich die meisten Gäste in einer Art eigentümlichen Ausdruckstanzes.

»Tanzen kann man das nicht nennen – eher ritueller Kriegstanz«, war Otzes Meinung. Die Hälfte der Leute begeht heute Nacht noch einen Mord – und wenn's nur die süße Nachbarskatze ist.«

Trotz allem fühlte sich Otze jedes Mal, wenn er die Stufen hier nach unten schritt, sehr wohl. Es war nicht eine dieser 08/15-Gute-Laune-Wegwerf-Discos. Er hasste diese Läden, in denen Musik gespielt wurde, die er sich niemals allein zu Hause angehört hätte.

›Was soll das Theater hier?‹, dachte er immer, wenn er eine grölende Meute etwas von ›nackten Friseusen‹ oder einem ›Bett im Kornfeld‹ brüllen hörte.

›Da muss man sich erst ordentlich die Kante geben, damit man endlich 2,8 Promille erreicht. Dieser Pegel schaltet dann deinen musikalischen Geschmacksnerv aus, und es schreien sich 150 Menschen gegenseitig an mit ›Hölle, Hölle, Hölle!‹ – das ist Müll! Müll! Sondermüll!‹

Da fiel ihm auf, dass eine einzige junge Frau keine tiefschwarze Kleidung trug. Auch ihr Make-up ging als extrem normal durch.

›Was macht die denn hier?‹, fuhr es Otze durch den Kopf, und er bemerkte, wie dumm seine Frage war, wenn er sich selbst betrachtete.

Sie stach aus der Menge heraus. War eigentlich keine Kunst. Sogar Otze tat dies. Ein bisschen genoss er es sogar – sie anscheinend auch. Er betrachtete ihr hübsches Äußeres. Feine Gesichtszüge mit markanten dunklen Augenbrauen.

›Okay, sie ist nicht gerade die Allerschlankste, aber das ist nicht wichtig‹, dachte er. ›Hauptsache, der Gesamteindruck stimmt.‹

Das dachte er wirklich. Otze hatte Frauen früher fast ausschließlich nach ihrem Äußeren beurteilt. Wenn sie nicht die perfekte Figur besaßen, wurde sein Interesse kaum angeregt.

›Alles Bullshit!‹, dachte Otze heute, ›natürlich ist es wichtig, dass ich sie hübsch finde und gerne ansehe, aber sie muss nicht perfekt und makellos sein. Ihr Wesen, ihr Humor, ihre Leidenschaft, ihr Naturell – das alles macht mich viel mehr an. Was bringt mir eine absolute optische Rakete, die komplett spaßfrei, eine arrogante Schnepfe und eine Null im Bett ist?‹

Sie kam direkt auf ihn zu. Er konnte es kaum glauben. Sie ging tatsächlich zu ihm. Er richtete sich auf, bemüht, ein möglichst sympathisches Lächeln aufzusetzen. Für einen Moment wunderte er sich über sich selbst. Otze bekam feuchte Hände, Schweiß trat aus seinen sonstigen Drüsen, und das Herz pochte bis zum Hals. Sie schritt auf ihn zu – tatsächlich.

Otze verfiel in Trance. Die nächsten Sekunden vergingen für ihn wie in Zeitlupe. Er hörte Kirchturmglocken läuten, und von einem Discjockey mit zerfetzter Kleidung, Nasenring und Sicherheitsnadel im Ohr, der sich gemäß seiner Erscheinung DJ Punk nannte, wurde der Hochzeitsmarsch über die Discoboxen geschickt. Plötzlich lief die wunderschöne Unbekannte in einem schwarzen Brautkleid auf Otze zu.

Ihm lag schon auf den Lippen: »Ja, ich will!«

Er hätte sie sofort genommen. War er schon betrunken oder bereits verliebt? Die junge Frau ging auf ihn zu, blickte an ihm vorüber und stellte sich direkt neben ihn an die Theke.

Dort hob sie den Zeigefinger zur Bestellung: »Ein Weizen!«

Otze fiel wieder in die gekrümmte Haltung, schüttelte sich kurz und heftig und holte tief Luft. Er schaute sich die junge Frau noch mal an, die etwa 20 Zentimeter von ihm entfernt stand. Ach was, nur fünfzehn!

Die Hochzeitsglocken verstummten. Das schwarze Hochzeitskleid wandelte sich in einen quer gestreiften Jersey und hellblaue Jeans. Da war sie wieder dahin, Brunos ausgeprägte Fantasie. Die Realität hatte ihn eingeholt. Die Frau beachtete ihn nicht, jedoch er sie.

›Hübsch. Sehr hübsch‹, gestand er sich selbst noch einmal ein.

Der Barkeeper stellte wortlos eine geöffnete Flasche Weizenbier auf den Tresen und das entsprechende Glas dazu. Im ›The Cave‹ schenkte dem Gast niemand das Bier ein.

»Ihr seid alle alt genug. Ich muss weiter, die anderen warten«, hatte einmal ein Barkeeper gesagt.

›Die haben wohl alle bei Madeleine Thekenkrieger angelernt, was?‹, dachte Otze und meinte damit die rüde Bedienung des FH-Cafés seines Fachbereiches.

Der Mann hinter der Bar kassierte das Geld ein und war im nächsten Augenblick schon wieder verschwunden. Otze schüttelte missbilligend den Kopf. Er hoffte, so die Aufmerksamkeit der Frau, die er gerade eben fast geheiratet hatte, zu erhaschen – aber diese merkte nichts. Oder wollte sie nichts merken? Otze wusste es nicht. Sie griff sich Glas und Flasche und schenkte sich selbst ein. Er war zutiefst beeindruckt, wie gut sie das machte. Sie stülpte die Flasche senkrecht in das Glas, fast ganz hinein und zog sie bedächtig mit der Flaschenöffnung immer knapp unter dem flüssigen Bierrand gleitend heraus. Das war eine lange, fließende Bewegung, wie aus einem Guss. Otze war beeindruckt. Nach wenigen Sekunden stand das Weizen da wie eine Eins. Er fand Frauen, die Weizenbier tranken, unbeschreiblich sexy – besonders heute Abend. Als sie die Flasche schwenkte, um den Hefesatz herauszubekommen, drückte er den Rücken wieder durch und setzte sich aufrecht hin.

›Bauch raus – Brust rein. Nee, andersrum!‹ Er spürte aufkommende Nervosität.

Seine Augen glitten über ihren Körper. Er hakte seine imaginäre Checkliste ab. Größe – gut, etwas kleiner als Bruno. Brüste – gut. Ne ordentliche Hand voll.

›Wo nix ist, kann später nichts hängen‹, dachte er.

Beine – gut. Nicht zu knochig, aber auch nicht fett. Hintern – naja, geht so!

›Man kann nicht alles haben‹, dachte Otze, ›ihr Querschnitt ist nicht gerade klein, aber akzeptabel.‹

Da fiel sein Blick wieder auf ihr Gesicht. Ihr Profil faszinierte Otze sehr. Eine kleine, wohlgeformte, fast spitze Nase, lange Wimpern, die strahlende, geradezu funkelnde Augen umgaben, schmale Lippen und ein kaum wahrnehmbares Grübchen in der Wange.

›Ruhig Brauner!‹, sagte er zu sich selbst.

Er rang nach Worten. Otze musste sie unbedingt ansprechen. Aber was sollte er sagen? Was zum Teufel sollte er sagen? Er hatte hier im ›The Cave‹ noch nie-nie-niemals irgendjemanden angesprochen, außer den Barkeeper vielleicht, okay. Aber eine Frau? Never! Sonst tat Otze immer so verflucht cool und lässig, aber gerade jetzt, wo er seine ach so wahnwitzige Spontanität abrufen wollte, versagten ihm fast die Nerven. Er fühlte sich ohne Saft und Kraft. Die Knie schlotterten ihm. Er bemerkte, wie sein Körper vibrierte, und diese Erkenntnis brachte ihn nicht gerade auf den glorreichen Pfad der Coolness.

›Worüber unterhält sich eine Frau hier unten?‹, dachte er, ›Opfergaben? Satanische Gesänge? Methodisches Jungfrauenfoltern?‹

Otze beugte sich ein wenig in ihre Richtung und rang nach Worten. Das große Glas in ihren Händen sah so verdammt sexy aus. Diese Tatsache half ihm nicht sehr bei seinem Vorhaben, sich auf seinen ersten Satz zu konzentrieren. Wie oft hatte Otze schon mit seinem Kumpel Heiner darüber gesprochen, dass der erste Satz der wichtigste von allen ist.

»Die Worte eines Mannes, die einer Frau als Erstes ins Ohr strömen, gelangen entweder direkt in ihr Sexzentrum oder über einen dicken Bypass durch ihre Hirnmasse ans andere Ohr und wieder raus ins All«, hatten die Beiden einmal festgestellt. »Frauen reagieren oftmals instinktiv freundlich, um nach dem Einsatz des Bypass' ihre potenzielle Brut nicht durch einen verärgerten Verehrer zu gefährden. Früher in der Steinzeit wurde ein verschmähter Verehrer schon mal gewalttätig. Treffen jedoch die ersten Worte ins Sexzentrum, sind für eine baldige orgiastische Zusammenkunft Tür, Tor und vor allem Schenkel weit geöffnet.«

Otze musste also ihr Sexzentrum erreichen.

›Aber wie komme ich dort hin?‹, dachte Otze.

Angestrengt hatte er nun seinen wahrhaft phänomenalen ersten Satz gewählt. Er musste laut sprechen, denn die

Lautstärke der Bässe übertönte jedes normale Wort. Er musste deutlich reden, nichts törnte mehr ab, als Nuscheln.

Es sprudelte aus ihm heraus wie Hochwasser aus einem Gullydeckel: »Geile Mucke, hä! Schade, dass die hier nicht tanzen können.«

Als er sich selbst sprechen hörte, fuhr es ihm durch Mark und Bein. Wie konnte ein einzelner Mensch nur so blöde sein? Hatte er tatsächlich gerade ›geile Mucke, hä‹ gesagt? Er hatte es versaut, ja, da war er sich sicher. Seine dämlichen Worte schossen über den weiblichen Bypass geradewegs ins weite All der Belanglosigkeit – seiner Meinung nach.

»Nein, danke! Ich tanze hier nicht gerne. Ich finde nur die Musik ganz gut«, antwortete sie überraschend.

Otze wusste nicht, was sie glaubte, verstanden zu haben. Aber anscheinend konnte es nicht ganz so dämlich gewesen sein, denn sie lächelte ihn strahlend an.

›War wohl doch nicht so laut und deutlich, mein Gesülze‹, dachte er und ließ sie clever in ihrem Irrglauben.

»Ja, die Musik ist echt nicht schlecht«, sagte er.

Sie nickte beipflichtend. Otze wollte nicht, dass unbehagliches Schweigen auftrat.

Er redete drauf los: »Wirst du öfter hier nach Feuer gefragt?«

Otze war stolz auf diese, wie er fand, unheimlich witzige Formulierung.

Die junge Frau mit dem perfekt eingeschenkten Weizenbier lachte auf: »In dem Laden hier wird man nur selten angesprochen.«

Sie hielt ihm ihr Glas zum Anstoßen hin. Das war ein gutes Zeichen. Er glaubte, ihr Sexzentrum regelrecht torpediert zu haben. Otze erkannte ihr Vorhaben natürlich, sie wollte ihm zuprosten. Er tat aber so, als wollte er ihr perfekt eingeschenktes Weizenbierglas entgegennehmen – noch so ein ganz wahnsinnig toller Gag.

»Ach so!«, schüttelte er sich lächelnd, zog seine Hand zurück und stieß mit ihr an.

Es war ein alter, ausgelutschter Scherz, den er immer und immer wieder machte, und jeder, der Otze kannte, rollte nach dem vierten Mal am Abend mit den Augen. Bei seiner neuen Bekanntschaft jedoch kam sein Humor offenbar an.

Sie lächelte und sagte: »Conny!«

Er bemerkte ihre ausgestreckte Hand nicht und drehte sein Ohr zu ihr: »Was?«

»Mein Name ist Conny.«

»Ach so, ja, hallo!« Otze hob sein Glas zum Gruß und nahm einen ordentlichen Schluck.

Conny sah ihm verwundert zu.

»Hast du keinen Namen?«, fragte sie.

Er begriff seinen Fehler und versuchte, seiner Handlungsweise einen Sinn zu geben.

»Nein, eigentlich nicht. Meine Eltern waren stumm, und da hätte ein Rufname wenig Sinn gemacht.« Das mittlerweile dritte Colaweizen sprach aus ihm.

Otze gefiel jedoch die Idee und musste grinsen. Er liebte es, sich selbst reden zu hören. Seine spontanen Witzeleien gefielen ihm am Besten. Nach manchen Abenden ärgerte er sich, dass er sich die Sprüche nicht merken oder gar aufschreiben konnte. Schade, dass sie am nächsten Morgen weg waren … einfach weggesoffen.

»Aber man nennt mich Otze.«

›Bruno‹, dachte er, ›Bruno wolltest du doch sagen, du Idiot!‹

Immer, wenn er sich neuen Bekanntschaften, besonders Frauen, mit Otze vorstellte, gingen die Unterhaltungen rapide dem Ende zu.

»Hi, Otze!«, glaubte er zu hören, aber die Musik war zu laut.

Er beugte sich vor, und ein zarter Duft stieg ihm in die

Nase. Er mochte ihr Parfüm und atmete genüsslich tief durch.

»Hä?«, fragte er auf seine unnachahmlich charmante Art.

»Haallooo Otze!«, versuchte Conny ihre letzte Bemerkung zu verdeutlichen.

»Aaah!«, Otze begriff, konnte seine Befürchtung aber nicht verdrängen, dass sie seinen Spitznamen nicht mochte.

»Bist du Frankfurter?«, fragte sie ihn.

»Kann man sagen, jedenfalls wohne ich hier! Und du?«, wollte Otze wissen.

»Bin relativ neu. Wohne in Bockenheim«, sagte sie.

Otze nickte.

Natürlich kannte er Bockenheim. Mansour wohnte dort.

»Nordend, vorne Merianstraße«, erklärte er wild gestikulierend. »Kreuzt die Untere Berger Straße und die Friedberger Landstraße, das Haus, wo die Trinkhalle ist.«

Conny schaute angestrengt und Otze wurde bewusst, dass er gerade einer wildfremden Person genau beschrieb, wo er wohnte. So was taten nur Männer.

Eine Frau würde nie sagen: »Ich wohne da vorne, dritter Stock. Wennste mich vergewaltigen willst, musste nur dreimal klopfen. Issn Geheimcode, dann mach ich sofort auf.«

»Is ja auch wurscht«, winkte Otze ab.

»Was machst du beruflich?«, bohrte Conny.

Otze war es unangenehm, diese Frage gestellt zu bekommen. Nicht, weil er keine ordentliche Berufsbezeichnung vorweisen konnte. Der schöne Schein täuschte nur bei genauer Betrachtung.

So begann er den üblichen Text herunterzurattern: »Ich studiere hier an der FH.«

Otze zeigte mit dem Finger zum DJ, obwohl die Fachhochschule am Nibelungenplatz in einer ganz anderen Himmelsrichtung lag. Das war nun aber nicht wichtig. Conny bemerkte es auch gar nicht.

Sie hob den Kopf: »Und was?«

»Bauingenieurwesen«, verschluckte Otze fast.

»Wie bitte?« Es war doch sehr laut im ›The Cave‹.

Otze gefiel, wie sie nachfragte. Die meisten sagen ›Was?‹, oder, so wie er selbst oft, ›hä?‹, oder sie gaben einen Mix aus verschiedenen Lauten von sich, der in der sich zusammen mit Discomusik etwa anhörte wie ›Wuhä?‹.

»Bau-in-gen-ieur-we-sen!«, betonte Otze bedächtig und deutlich Silbe für Silbe.

Er war alles andere als überzeugt von diesem Studiengang. Privat interessierten ihn Betonrezepturen, statische Berechnungen oder bautechnologische Verfahrensweisen überhaupt nicht – nicht die Bohne. Wie er in dieses Studium geraten war? Die Mathemathik mochte er in der Schule gerne, und so wählte er für den ersten Augenblick den Weg des geringsten Widerstandes.

»Welches Semester?«, fragte Conny.

»Ich studiere seit zwölf Silvester«, meinte Otze.

Er benutzte gerne dieses Wortspiel, da der ein oder andere es nicht begriff und die lange Zeit so angenehm kurz erschien. Otze hätte natürlich auch lügen können, aber das war nicht seine Art. Er verpackte die grauenhafte Wahrheit lieber in blumige Worte.

Conny glaubte sich zunächst verhört zu haben, durchschaute allerdings schnell sein System. Sie war clever, und sein Humor gefiel ihr. Es machte ihr nichts aus, dass er bereits 24 Semester eingeschrieben war. Und weil sie bemerkte, wie unangenehm ihm das zu sein schien, ging sie nicht weiter darauf ein.

»Was hast du mit deinem Arm gemacht?«, fragte sie und deutete auf seinen Gips.

»Gebrochen!«, antwortete er trocken.

»Ach was?« Sie tat überrascht.

»M-hm!«, bestätigte er, »so mancher trägt die Gipsbandagen aus modischen Gründen, weil er als harter Kerl gelten möchte. Ich aber habe mir die Flosse so richtig geil in echt gebrochen.«

»Oooh!«, sagte Conny übertrieben, »ein richtiger Mann also!«

Otze bestätigte ihre Aussage grinsend: »Jawohl, ein richtiger Mann.«

»Wie alt bist du?«, fragte sie schmunzelnd, und Otze hatte plötzlich den Eindruck, dass diese Unterhaltung doch länger dauern konnte.

Er rückte seinen Hintern auf dem Barhocker in eine bequemere Position und grinste noch mehr. Ihm schmeichelte, dass sie ihm Beachtung schenkte.

»Geistig oder körperlich?«, fragte er.

Otze schaffte es wieder, sie zu belustigen. Darauf zielte er auch ab. Es war seine Masche. Einige Bemerkungen, um sie zu unterhalten und ihr Herz zu gewinnen. So war sein Plan. Das Bombardement auf ihr Sexzentrum musste andauern.

»Körperlich«, wollte Conny wissen.

»Nun ja …«, Otze lehnte sich gelassen an die Theke, stellte sein Glas auf die Bar, ließ es aber nicht los.

Es bahnte sich das immer wiederkehrende, lächerliche Spiel an. Auch Otze verfiel bei solchen Gelegenheiten dem Bedürfnis, sich unbedingt schätzen lassen zu müssen. Es war so albern, aber wer konnte sich das schon verkneifen? Jeder ließ sich gerne schätzen. Aber wehe, es kam etwas Negatives dabei heraus.

»… was denkst du denn so?«, und als er es ausgesprochen hatte, wurde ihm bereits bange vor ihrer Ehrlichkeit.

»34?«, fragte sie vorsichtig.

›Scheiße!‹, dachte Otze, versuchte sich die Enttäuschung aber nicht anmerken zu lassen, was ihm durch sein perfekt aufgesetztes Lächeln fast vollständig gelang.

»Sehe ich so beschissen aus?«, fragte er mit gespielter Heiterkeit.

Eigentlich machte Otze des Öfteren die Erfahrung, dass er auf 28 Jahre geschätzt wurde. Darauf konnte er normalerweise mächtig stolz sein. Mit 32 wird man gerne noch als Twen angesehen. Heute war er wohl nicht gut drauf. Wenig Schlaf, Alkohol und die Sorgen mit den Frauen forderten ihren Tribut.

»Nein, nein, keineswegs!«, wiegelte Conny ab.

Sie dachte kurz nach, schaute sich Otze im schummrigen Discolicht etwas genauer an.

Sie versuchte es noch einmal: »33?«

Zähneknirschend stellte er fest: »Fast.«

»Okay, also 32. Was glaubst du, wie alt ich bin?«, wollte sie sogleich wissen.

Nun musste Otze höllisch aufpassen. Objektiv hätte man sie auf etwa 26 schätzen können – eigentlich müssen. Aber wer wollte schon objektiv sein, wenn er nach seiner Meinung in Altersfragen gebeten wurde. Subjektiv schätzte er sie auf 27 Jahre. Jedoch musste er seinem Kalkül einen Puffer einräumen. Das Schlimmste, was passieren konnte, war – sie älter zu schätzen. Bei Männern nicht so wild, die reifen im Alter. Aber bei Frauen geht das gar nicht – die zerfallen im Alter. Sie zu schätzen bedeutete also einen schmalen, einen ausgesprochen schmalen Grat zu beschreiten.

›25 werde ich sagen‹, dachte er, ›ja, das ist gut.‹

»24«, sagte er schnell, und Conny lachte.

Otze hatte es übertrieben. Seine Aussage kam nicht besonders glaubwürdig an. Conny nahm es jedoch als ein Kompliment. Nicht, dass sie so gut aussah, sondern, dass er sie mochte.

»Musst du morgen nicht arbeiten?«, wollte Otze anschließend wissen, weil ihn gar nicht mehr interessierte, wie lange sie schon die Erde beehrte.

»Morgen ist doch Freitag«, entgegnete Conny.

»Eben«, bestätigte Otze stirnrunzelnd.

»Eben!«, bekräftigte seine neue Bekannte, und er begriff erst spät, dass nun auch sie sich der Wortspielerei bediente.

›Aaah, Freitag, ja, ja, Frei-Tag‹, dachte er.

Sie war ihm sehr sympathisch. Und eigenartigerweise so schnell – das wunderte ihn. Er, der eigentlich ziemlich skeptisch neuen Bekanntschaften gegenüber durch die Welt lief. Die Chemie zwischen ihnen stimmte, das spürte er. Hoffnung keimte plötzlich in ihm auf, dass sie sich näher kommen könnten – sich besser kennenlernen würden. Doch er hatte nicht das Bedürfnis, ihren Beruf zu erfahren. Die berufliche Qualifikation sah er nicht als wichtig an, wenn er versuchte, den Charakter einer Frau einzuschätzen. Einen Mann interessierte der Beruf einer Frau nicht unbedingt. Gleichgültig, ob sie nun Bankangestellte, Sachbearbeiterin oder Studentin war. Frauen fragten da ganz genau nach.

Heiner glaubte an evolutionäre Einflüsse und hatte das seinem Mitbewohner einst mitgeteilt: »Frauen wollten schon immer wissen, ob der Mann ein guter Jäger, somit ein guter Ernährer sein kann. Männer wollen nur eine passende Partnerin für die Fortpflanzung. Am allerbesten so viele wie möglich – nach dem Pusteblumeprinzip.«

»Thekenschlampe«, sagte Conny unvermittelt.

»Hä?«, Otze verstand den Sinn ihrer Aussage nicht gleich und bereute, dieses erniedrigende ›Hä‹ ausgestoßen zu haben.

»Du hast darüber nachgedacht, als was ich wohl arbeite. Ich bin Thekenschlampe!«, sie grinste dabei.

›Woher weiß sie …?‹, dachte Otze.

So wie er sie fixiert hatte, war ihr klar gewesen, dass er entweder an Sex oder an ihren Job dachte.

›Sie ist in der Gastronomie. Na, das erklärt Einiges‹, überlegte Otze weiter und hatte ihr mittlerweile fast geleertes Weizenglas im Blick.

»Woher kommst du, wenn du neu in Bockenheim wohnst?« Otze interessierte das wirklich.

»Vorher habe ich in Stuttgart gelebt, aber grundsätzlich bin ich aus der Nähe von Dresden.«

›Ein Ostmodell!‹, dachte Otze, als wäre es ihm wie Schuppen von den Augen gefallen, beziehungsweise Ohren – denn erst jetzt bemerkte er ihren leichten Dialekt.

»Ei verbibsch, däs hört mär goar nüsch, dü!«, versuchte er das Sächsische nachzuahmen.

An der Bewegung ihrer rechten Augenbraue und dem höflichen Lächeln erkannte er, wie schlecht er diese Mundart drauf hatte. Eine der wichtigsten Regeln in diesem Bereich hatte er missachtet: Kopiere nie einen Dialekt in der Gegenwart eines echten Muttersprachlers. Das haut niemals hin!

»Ja nü, üsch wees doch ooch nüsch, warüm üsch maine Muddersproche midder Zeid verlehrn du!«, formulierte sie in fließendem Sächsisch.

Die Tatsache, dass sie aus den neuen Bundesländern stammte, erregte Otze. Nicht, weil er den Dialekt sexy fand. Nein, im Gegenteil. Er konnte es normalerweise auf den Tod nicht leiden, wenn Frauen einen markanten Dialekt oder einen Akzent an den Tag legten. Am allerschlimmsten: Extrem-Schwäbisch aus der Mitte der Hölle! Einfach grauenhaft. Näh, das mochte er nicht leiden.

»Das Ohr fickt mit«, sagte Otze immer.

Aber gerade heute törnte ihn ihre Herkunft mächtig an. Der Grund dafür war Heiner. Vor einigen Wochen, als sie wieder in ihrer Küche saßen, traditionell bei ein paar Flaschen Bier, hatte Heiner eine gewagte These aufgestellt.

Er behauptete: »Bei den Ost-Mädels musst du echt schon ein schlechter Ficker sein, dass sie keinen Bock haben. Die wollen immer. Jedenfalls gibt es da nicht so was, wie: ›Heute nicht, hab Kopfweh!‹ Oder: ›Bin Müde!‹ Näh, die machen einfach instinktiv mit, da überlegen die nicht lange. Wir hatten den C-64, später den Gameboy und die nur ihren Sex!«

Otze glaubte tatsächlich, dass da etwas dran sein konnte. Und gerade jetzt wollte er so gerne, dass es der Wahrheit entsprach. Der Wahrheit und nichts als der blanken, nackten, ungetrübten Wahrheit.

»Wie lange bist du schon hier?«, hielt Otze die Unterhaltung im Gange und hatte Probleme mit der aufkommenden Enge in seiner Hose.

Jedoch registrierte er ihre Antwort kaum. Männer konnten nicht geil sein und gleichzeitig zuhören. Er nickte einfach zu ihren Worten. Sie glaubte noch an das intensive Gespräch. Ihm aber ging permanent dieses Klischee durch den Kopf.

»Die Frauen aus den sogenannten neuen Bundesländern sind der Knaller im Bett«, hörte er Heiner noch sagen, »die ficken wie's Böse. Die haben eine ganz andere Grundeinstellung zum Sex. Das gehört für die zum Tagesablauf dazu, wie Zähneputzen, Abendessen oder Wodka-Saufen. Das wiederum haben die von den Russen!«

Dass Conny bei der Wende, als die Grenzen geöffnet wurden und der Kapitalismus auch in der damaligen DDR Einzug hielt, gerade einmal um die zehn Jahre alt gewesen sein musste und mit Sex bis dato sicherlich noch wenig am Hut gehabt hatte, schob Otze einfach beiseite. Sollte dieses Gerücht wirklich auf alle Ostmodelle zutreffen? Auch auf Conny? Otze hätte es am liebsten jetzt und hier herausgefunden.

›Ruhig Brauner!‹, dachte er bei sich und verpasste ihre nächste Frage.

»Ich wollte wissen, wo du ursprünglich herkommst. Du hattest doch da was erwähnt«, wiederholte Conny.

»Och, nix Spektakuläres. Kennste nicht!«, meinte Otze und sah ihr an, dass sie es doch gerne gewusst hätte.

»Limburg, da die Ecke.«

»Ja, klar, an der A3.«, sagte sie, und Otze war erstaunt. »Da bin ich schon öfter vorbei gefahren.«

Er machte ein fragendes Gesicht.

»Hatte mal ’nen Lover in der Nähe von Köln!«, erklärte sie.

›Da haben wir’s‹, dachte Otze blitzschnell, ›es ist wahr. Das Klischee stimmt – wenn sie sogar bis nach Köln fährt zum Poppen.‹

Wäre er nicht schon erregt gewesen, jetzt hätte es ihn spätestens gepackt. Sie unterhielten sich weiterhin angeregt. Unterschwellig flirtend, gespickt mit kleinen, charmanten Annäherungen, die weitestgehend auf humorvolle Art verarbeitet wurden. Sie fühlten sich beide wohl und genossen das Gespräch. Mittlerweile stand Conny ziemlich nahe bei ihm. Zwischen seinen Oberschenkeln, die waagrecht in den Raum ragten. Otze hatte seine Füße auf die Trittstangen des Barhockers gestellt und nahm so eine unheimlich männliche Haltung ein – fand er. Sie sahen sich immer tiefer in die Augen.

›Bist du Single?‹, wollte er fragen, verwarf den Plan allerdings.

›Wenn sie Single ist, könnte sie sich eventuell darüber empören, dass ich denke, sie könnte eine von den Seitensprung-Schlampen sein‹, dachte Otze, während sie noch ein paar wenige Millimeter näher an ihn herantrat, um einen schwarz geschminkten Mann vorbei an den Tresen zu lassen. ›Und wenn sie kein Single ist, will sie vielleicht nicht darüber reden. Nee, das brauch ich jetzt nicht wissen. So oder so, es ist jetzt nicht wichtig!‹

»Wie kamst du auf den Beruf des Bauingenieurs?«, versuchte Conny den Small Talk fortzusetzen.

Bei Otze ließ die Erregung schlagartig nach, das Blut verabschiedete sich aus seiner Hose und schoss wieder ins Hirn.

»Beruf?«, fragte er geringschätzig, »was heißt denn hier Beruf?«

Er merkte, wie er mit seiner schroffen Art Conny brüskierte. Das wollte er nicht, aber sie hatte seinen wunden Punkt angesprochen.

»Na, du studierst doch Bau-Ing, oder?«

»Conny«, sagte Otze und versuchte sich dabei selbst zu beruhigen, »was hat denn mein Studium mit Beruf zu tun? Beruf kommt von Berufung! Ich fühl mich nicht dazu berufen, irgendwelche saudummen Berechnungen von beschissenen Bauwerken anzustellen. Das ist doch nur ein x-beliebiger Job.«

Otze wollte sich nicht aufregen. Dennoch ließ er Conny nicht zu Wort kommen.

»Job. Ja, Job kann man das nennen. Geldbeschaffungsmaßnahme – nicht Beruf.«

Otzes neue Bekannte ließ sich nicht aus der Ruhe bringen: »Was ist denn deine Berufung?«

Da hatte er nun den Schlamassel. An diese Stelle der Unterhaltung hatte er nicht geraten wollen. Sie hatte genau sein Problem erfasst. Er hatte darauf keine Antwort.

›Bruno, was ist deine Berufung?‹, das fragte er sich oft selbst. Er nannte sich in diesen Fällen immer Bruno, weil es für ihn eine äußerst ernste Sache war. Schon lange suchte er nach seiner Berufung. Einige Jahre sicherlich. Seitdem ihm bewusst geworden war, dass er etwas brauchte, was er gerne tat, bis an sein Lebensende – naja, wenigstens die nächsten 30 Jahre. Vieles hat er schon versucht. Ölmalerei – die Bilder hingen jetzt nutzlos in der WG herum –, Musik, Schreinerei, Tierzucht. Er hatte sogar mal angefangen, einen Roman zu schreiben – der lag zurzeit unvollendet tief unten in irgendeiner Schublade. Jedoch war all das nichts, wovon er auch nur ansatzweise hätte leben können. Das war alles Kokolores, nichts Halbes und nichts Ganzes.

»Was ist deine Berufung?«, hörte er Conny noch einmal ruhig fragen.

Er fuhr auf, fuchtelte wild mit den Armen, und Conny trat einen Schritt zurück.

»Ei, ich weiß es doch auch nicht, verdammt!«, stieß er hilflos aus.

In derselben Sekunde tat es ihm leid, so aufzubrausen. Sie konnte ja nichts dafür. Er hatte selbst Schuld. Oder wer auch immer. Aber nicht sie.

Sie machte wieder einen Schritt zu ihm hin und legte ihre Hand auf seinen Oberschenkel. Er empfand sie als unheimlich warm – geradezu heiß. Ein gutes Gefühl.

»Entschuldige, Otze, lassen wir das!«, flüsterte sie ihm ins Ohr, und er konnte ihren Atem spüren.

Otze spürte nun eine tiefe Zuneigung zu Conny. Gar nicht mehr nur sexuelle Erregung. Nein, Zuneigung. Conny blickte ihm tief in die Augen, und er genoss dieses wahnsinnige Prickeln, dass in ihm Aufstieg.

»Dieses Kribbeln kurz vor dem ersten Kuss«, sagte er immer, »ist viel besser als der Kuss selbst.«

›Ich koste dieses Kribbeln jetzt richtig aus‹, dachte er genüsslich und sah sie an.

Ihre Augen funkelten im Discolicht. Sein Alkoholpegel verwirrte etwas seine Sinne.

»Frauen sehen mit drei Atü in der Pipeline stets hübscher aus, als wenn du nüchtern bist – das ist wissenschaftlich erwiesen«, hatte er mal zu Heiner gesagt, und er glaubte daran.

Doch Bruno Bachmann hatte keine Lust, Conny noch genauer zu betrachten, er genoss ihre Schönheit, ob nun wahrhaftig oder nicht. Ihre Köpfe näherten sich langsam, ganz langsam. Und gerade als der Kuss nur einen winzigen Wimpernschlag entfernt war, zog Otze seinen Kopf zurück – ganz bewusst. Überrascht sah Conny, wie er, anstatt sie zu küssen, einen langen Schluck aus seinem Weizenbierglas nahm und grinste. Das hatte er schon immer mal machen wollen! Er hatte es getan! Diese Aktion gehörte zu einer Liste von kleinen Lebenswünschen, die zu verwirklichen sein langfristiges Ziel war. Auf Außenstehende wirkte diese Liste überwiegend albern und kindisch. Ein Auszug: Einmal im Leben am Flughafen derjenige sein, dessen Koffer als Erstes das Rollband entlang kommt. Einmal im Leben ein lebensgroßes Maskottchen im Stadion oder Freizeitpark schütteln, ohne dass es sich wehren kann. Einmal im Leben dem ersten Kuss einer hübschen Frau ausweichen und stattdessen ein Bier trinken.

›Schade, dass Heiner mich jetzt nicht sehen kann‹, dachte Otze stolz.

Heiner sagte nämlich immer: »Lass die Mädels zappeln, wenn du die Chance dazu hast, dann werden sie rasend!«

Das triumphierende Gefühl, das Otze einen Atemzug lang hatte, wich rasant einem klaren Gedanken: ›Otze, du Trottel! Du hast es verbockt.‹

Er sah Connys fragenden Blick. Sie entfernte sich innerlich von ihm.

»Von wegen«, ärgerte er sich leise, »zappeln lassen ist doch Scheiße. Da wird man ja selbst ganz blöde.«

Er bereute sein Zögern und versuchte die Felle, die ihm davon zu schwimmen drohten, noch zu erwischen.

»Darf ich dich küssen?«, fragte Otze und wollte die Situation damit retten.

›Völlig Banane, die Frage‹, dachte er dabei.

»Dürfen eigentlich nicht, aber du kannst es mal probieren, wenn du unbedingt meinst, es nicht vermeiden zu können«, gab Conny ihm trocken zu verstehen.

Bruno Bachmann kapierte nun nichts mehr. Der Alkohol minderte sein Denkvermögen. Er konnte sich nur schwerlich konzentrieren. Was sollte er tun?

Anstatt sie einfach an sich zu drücken und sie zu küssen, dachte er viel zu lange über ihre Worte nach: ›Eigentlich nicht? Was heißt das denn schon wieder? Eigentlich. Und uneigentlich? … Was ist uneigentlich überhaupt?‹

Und er dachte weiter: ›Wenn ich unbedingt meine, es nicht vermeiden zu können? Unbedingt … was soll das denn? Weswegen sollte ich es vermeiden wollen? Würde ich sonst fragen?‹

Er dachte und dachte. Der Moment schien ewig – denn er dachte langsam.

Dann dachte er: ›Otze, du denkst zu viel.‹

Conny schien das schon zu lange gedauert zu haben. Offensichtlich fühlte sie sich nicht mehr ganz so wohl bei Otze. Sie entfernte sich nun auch körperlich von ihm. Zwar nur wenige Zentimeter, doch Otze sah seine Chance versiegen. Sie wurde unaufmerksam, beachtete Otze kaum noch. Händeringend suchte er nach den passenden Worten, sie wieder zu sich zu holen. Doch er kam nicht dazu.

»Ich geh mal für kleine Thekenschlampen. Ich bin gleich wieder da«, sagte sie mit Blick auf den Treppenaufgang, der hinausführte.

Otze hatte einen stechenden Schmerz im Kopf. Er sah ihr hinterher. Sie verschwand in der Menge. Er war sich sicher: Conny würde er nicht mehr wiedersehen.

Ihren Platz nahm ein auffälliger Mann ein. Auffällig, weil er auch kein Grufti-Outfit trug, sondern normale Straßenkleidung.

›Conny wäre mir lieber, als du frisch gebacken!‹, dachte Otze, als er ihn aus den Augenwinkeln betrachtete.

Er drückte sich an Otze vorbei an die Theke und bestellte vier Bier. Offensichtlich war er in Begleitung.

Otze blickte noch einige Minuten gespannt in die Menge der Discobesucher und hoffte, dass bald Conny aus ihr heraustreten würde, um sich wieder zu ihm zu gesellen. Es geschah jedoch nicht. Otze blieb in der Menge allein. Er wurde nicht angesprochen, und auch er sprach niemanden mehr an.

Eigentlich ein normaler Abend im ›The Cave‹, aber Bruno dachte: ›Ein scheiß Tag ist das heute.‹

Tina

ZUFRIEDEN SCHAUTE OTZE VON SEINEM BETT aus durch das Schlafzimmerfenster in den Himmel. Ein angenehm warmer Abend ließ den Mond gerade aufgehen. Dieser Tage am Ende des Monats Oktober empfand Bruno das Lichterspiel als besonders bemerkenswert. Otze hatte die Bettdecke bis zum Bauchnabel heruntergedrückt. Er lag nackt und halb aufgerichtet auf seinem Kissen. Er setzte ein freudestrahlendes Gesicht auf. Es war noch etwas blutunterlaufen, weil er bei der letzten Feier vergangenen Sonntag schwer gestürzt war. Die Prellung an der Schläfe, die sich über die Wange erstreckte, schmerzte aber kaum noch.

›Ja, so muss es sich anfühlen, wenn man glücklich ist‹, dachte er, ›mein Studium bekomme ich auch bald über die Bühne. Ja, es läuft alles gut.‹

Seine Freundin, die ihn liebte, die er über alles liebte, lebte mit ihm zusammen. Was konnte er mehr verlangen? Sie gab ihm deutlich das Gefühl, ihn zu lieben – nicht nur, wenn sie miteinander schliefen. Seit eineinhalb Jahren bewohnten sie nun dieses Apartment im kleinen Niederseelbach im Taunus. Natürlich planten sie langfristig, eine größere Wohnung zu beziehen oder gar zu kaufen, darüber hatten sie schon gesprochen, aber erst musste Bruno sein Studium beenden.

»Noch ein oder zwei Semester«, versprach er ihr, und er war auf bestem Wege. Die entsprechende Einstellung brachte er gegenwärtig auf.

Tina stand nebenan im Bad unter der Dusche. Sie duschte nach Möglichkeit immer nach dem Sex. Sie sprang nicht unmittelbar danach auf, um sich zu reinigen. Nein, sie genoss wie jede Frau anschließend eine gewisse Kuschelphase, bevor sie den Gang unters Wasser antrat. Aber die Dusche musste letztlich sein. Als sie schließlich mit einem knappen Handtuch um die Hüften, sich die Haare mit einem zweiten trocken reibend, durch den gemeinsamen Schlafraum ging, bewunderte Otze ihre schlanke Figur und perfekten Brüste, die sich bei ihren Bewegungen kaum regten.

›Die bestehen jeden Bleistifttest‹, dachte Otze bewundernd.

»Was ist?«, fragte Tina.

Otze lächelte zufrieden und sagte leise: »Ach nichts, mein Schatz, ich schau dich nur an.«

Sie ging vor dem Bett ein paarmal auf und ab, und er hatte das Gefühl, sie würde schweben, so elegant und grazil war ihr Gang.

›Sie sieht so verdammt gut aus‹, dachte er.

Dann ging sie um das französische Doppelbett herum, das noch mächtig zerwühlt war, und setzte sich auf die Bettkante.

»Wie geht es dir, Liebling?«, fragte sie.

»Ich habe mich selten besser gefühlt«, antwortete Otze, »ausgenommen vor etwa 20 Minuten, da ging es mir kurzzeitig noch viel besser.«

Tina lächelte ihn an, denn sie wusste genau, was er meinte. Sie waren nun schon seit drei Jahren ein Paar, und mit jedem Tag wurden sie sich vertrauter.

»Sex muss geübt werden«, sagte Otze immer, und sie schien seiner Meinung zu sein. Sie taten es selbst nach drei Jahren Beziehung viermal in der Woche – mindestens.

Sie näherten sich einander. Bruno zog sie an sich heran. Sie küssten sich, tief, innig, lang – als wäre es das letzte Mal.

Jäh wurden sie unterbrochen. Es läutete schrill an der Wohnungstür. Tina und Otze erwarteten niemanden und schauten sich verblüfft an. Als sie gleichzeitig mit den Achseln zuckten, dachten sie, dass es wohl wieder die Kinder der Nachbarn waren. Es lebten einige Kinder in dem kleinen Mietkomplex, dem einzigen mehrstöckigen Gebäude im Ort. Kein anderes Haus hatte vier Stockwerke, weswegen es in dem kleinen Dorf auch als Hochhaus bezeichnet wurde. Wenn jemand von diesem Haus sprach, wusste jeder von den 2800 Einwohnern, welches gemeint war. In Niederseelbach, etwa 40 Kilometer vor den Toren von Frankfurt, machten sich die heranwachsenden Kinder öfter mal einen Spaß daraus, ihre Nachbarn mit Schelleklopfen zu ärgern. Es war ihnen deswegen aber niemand wirklich böse. Als es aber ein weiteres Mal klingelte, musste es einen anderen Grund für die Störung geben. Otze sprang auf. Er ging zur Wohnungstür und griff nach dem Hörer der Sprechanlage: »Hallo? Wer ist dort?«

Keine Antwort. Stattdessen klopfte es direkt an der Tür, vor der Otze vollkommen unbekleidet stand. Der Besucher musste seine Worte wohl bis in den Hausflur vernommen haben. Otze blickte durch den Spion. Im Licht des Flures wartete Frau Dominosch, die einen Stock tiefer wohnte. Er hielt eine Sekunde inne, runzelte die Stirn und blickte verwirrt zu Tina, die ihn fragend ansah.

»Dominosch«, flüsterte er ihr zu und zeigte mit seinem Finger nach unten.

Tina warf die Stirn in Falten vor Verwunderung, denn Frau Dominosch klingelte sonst nie bei ihnen. Sie war eine Nachbarin, die man im Vorbeigehen grüßte, oder mit der man sich mal auf einen kurzweiligen Zwischenplausch einließ, wobei stets die Themen ›andere Nachbarn‹ oder ›der Hausmeister‹ gewählt wurden. Was wollte sie also heute? Und warum läutete sie dafür extra und wartete nicht, bis sie Tina oder Bruno rein zufällig im Hausflur traf?

»Einen Augenblick, bitte!«, rief Otze durch die Tür und streifte sich eilig ein paar Kleidungstücke über.

Tina tat es ihm nach. Nach einem kontrollierenden Blick öffnete Bruno die Tür.

»Entschuldjen se bidde, die schbäde Steerung, Herr Bachmann. Isch hab da en klaanes Aalieje«, sprach sie in ihrem dörflichen Dialekt und stand dabei schon halb in der Wohnungstür, »eischendlisch is mer des aach ferschterlisch peinlisch, muss isch ihne saache …«

Otze schloss hinter ihr die Tür.

»Bitte, sprechen sie ruhig, Frau Dominosch«, ermutigte er sie.

Sie wirkte unsicher. Zunächst taxierte sie Otze, dann Tina, die im Türrahmen des Schlafzimmers lehnte. Die Nachbarin erkannte sofort, dass das Paar vor wenigen Augenblicken noch völlig nackt gewesen sein musste, denn die knitterige Kleidung an ihren Körpern saß nicht, wie sie hätte sitzen müssen.

Frau Dominosch war eine kleine, dickliche Frau in den Mittvierzigern. Teils spanischer oder südamerikanischer und teils deutscher Herkunft. Sie hatte die entsprechend dunkle Hautfarbe, was ihren eingefleischten hessischen Dialekt noch eigentümlicher erscheinen ließ. Ja, Otze und Tina machten sich zuweilen sogar etwas darüber lustig, wie die Nachbarin, die in jungen Jahren sicher mal eine äußerst attraktive Frau gewesen sein musste, redete. Die Art hatte sie sicher von ihrem Mann übernommen, der ein altes Niederseelbacher Urgestein war.

»Herr Bachmann, Frau Derleth, isch waaß ja gaa net wie isch aafange soll«, sie druckste herum, »es is doch so, isch un mei Mann, mer waan ja aach emool jung gewese …«

Tina ahnte bereits, worauf die Nachbarin hinaus wollte. Otze tappte unterdessen noch völlig im Dunkeln.

»Ich verstehe nicht, Frau Domi …«, sie ließ ihn nicht ausreden.

»Also, isch kann se ja werklisch verstehe, se sinn jung, se dun sisch liebe«, nun wusste Tina ganz genau, was Frau Dominosch mit ihrem Besuch bezweckte.

Sie schmunzelte, und Otze dämmerte es ebenfalls langsam.

»Se wisse doch, dess isch unner ihrm Schlofzimmerfensder mein Balgong habb. Naja, da wär's doch gut, wenn se dort des Fenster efters geschlosse halle wörn.«

Sie führte weiter aus: »Ei, isch hab doch Kinner, un wenn die heern, wie erst sie schreie dud«, sie deutete dabei auf Tina, »un dann er, dann fraache die schon emool blääd. Die Beide sin sibbe und neun, was soll isch dene denn verzähle?«

Nun war auch Otze klar, was seine Nachbarin ihm sagen wollte. Kaum konnte er sich ein Schmunzeln unterdrücken. Ja, auch ihm kam schon das ein oder andere Mal der Gedanke, ob der Sex mit Tina nicht zu lautstark für die Umgebung wäre. Die Wände waren dünn, und die Leute redeten viel im Dorf. Bisher hatte sich das junge Paar aber nicht darum geschert. Sich selbst empfand er dabei gar nicht als so laut. Aber andere empfanden das ja meistens ganz anders.

Otze war die Situation gar nicht peinlich. Es schmeichelte ihm sogar irgendwie. Ein kurzer Blick zu Tina, die noch im Flur stand, bestätigte ihn. Er war sogar etwas stolz auf die Reihenfolge der beschriebenen Orgasmen.

»Frau Dominosch, es tut uns leid. Wir haben das Fenster nicht bewusst geöffnet. Es wird nicht wieder vorkommen«, erklärte Otze mit einem leichten Grinsen.

Die Nachbarin bemerkte den ironischen Unterton in Otzes Worten und musste sich ebenfalls bemühen, nicht loszulachen.

»Entschuldjen se bidde, es is 'ne komische Siduazion, abber grad letzden Sundaach war's widder besonnersd laut, da dacht isch mer, demit beim nexde Mool mei Kinner un mei Gäsd net widder ihne beim«, sie räusperte sich, »beim Beischloof zuhorsche müsse, teil isch ihne des besser mit.«

»Frau Dominosch, kein Problem, wie gesagt …«, mit diesen Worten öffnete Otze die Tür.

»Also, tschö dann Herr Bachmann«, rief die Nachbarsfrau beim Rausgehen erleichtert, »tut mer leid. Isch musst des aafach mool gesacht habbe. Unn tschö Frau Derleth!«

Sie konnte Tina nicht mehr sehen, denn diese saß mittlerweile wieder auf dem Bett im Schlafzimmer. Sie hatte sich unbemerkt zurückgezogen.

›Sonntag?‹, schoss es Otze durch den Kopf, ›Sonntag? Hat sie wirklich Sonntag gesagt?‹

Er schloss die Tür und dachte nach. Konnte das sein?

Am letzten Sonntag war er sehr spät nach Hause gekommen. Den ganzen Tag hatte er mit einigen Bekannten vom örtlichen Fußballverein beim alljährlichen Kerbeumzug verbracht. Jedes Jahr zur Kerb fand dieser Umzug statt, und der Fußballverein stellte ebenfalls einen Wagen, auf dem er mit seinen Sportsfreunden stand und sich betrank. Er wusste genau, dass er Tina die ganze Zeit nicht einmal gesehen hatte. Als er zu Hause war, war er todmüde neben ihr ins Bett gefallen. Tina hatte schon fest geschlafen.

›Und Sex‹, dachte er, ›Sex hatten wir auch keinen mehr, oder?‹

Otze überlegte angestrengt, als er noch mit der Klinke in der Hand vor der verschlossenen Wohnungstür stand. Er sah sich nach Tina um. Als er ins Schlafzimmer kam, erschrak Bruno. Tina konnte seinem Blick kaum standhalten. Mit hängenden Schultern spielte sie nervös mit ihren Fingern zwischen den Knien. Tränen flossen ihr die geröteten Wangen herunter. Verzweifelt rang sie nach Worten.

›Nein‹, dachte er, ›das kann nicht sein!‹

Sollte er Tina wirklich bei einem Seitensprung ertappt haben?

Gerade, als sie Luft holte, kam Otze ihr zuvor: »Ist es das, was ich denke?«

Er empfand seine Ausdrucksweise in diesem Moment selbst merkwürdig.

›Woher soll sie wissen, was ich denke‹, dachte er, ›aber offensichtlich tut sie es.‹

Tina wollte etwas sagen. Flehend sah sie Bruno an.

»Verzeih mir«, sagten ihr Augen, doch über ihre Lippen kam kein Laut außer einem zarten Schluchzen.

Otze setzte sich langsam neben Tina aufs Bett, berührte sie aber nicht. Das erste Mal, dass Otze bewusst nicht ihren Körperkontakt suchte.

»Ist es wahr«, fragte Otze, »hattest du Sonntag einen Kerl hier?«, und da wurde es ihm erst wirklich bewusst.

Hier, in diesem Bett, das sie gemeinsam ausgesucht hatten. Hier, wo sie eben noch miteinander zärtlich gewesen waren. Genau hier, wo er wohnte, wo er so glücklich mit ihr gewesen war.

›Warum ausgerechnet hier, verdammt?‹, dachte Otze.

Tina sah zu ihm auf. Unter Tränen nickte sie.

»Scheiße«, flüsterte Otze leise.

Einen klaren Gedanken konnte er nicht fassen. Er sprang auf, aber ebenso abrupt stoppte er wieder. Zögernd, ganz langsam ging er aus dem Zimmer. In der Wohnstube setzte er sich auf die Couch, schaute aus dem großen Fenster. Breitbeinig und mit weit ausgestreckten Armen sah er für einen Außenstehenden entspannt aus, als er voller Gedanken den Mond betrachtete.

»So was wollte ich doch nie wissen«, irgendwie war ihm schon immer klar gewesen, dass das passieren konnte.

»Ein Mensch kann gar nicht auf ewig treu sein«, war seine Meinung.

Er kannte dies, auch er hatte seine Seitensprünge gehabt. Zwar in früheren Beziehungen, nie zu Tinas Zeiten, und nie war es aufgeflogen.

›Irgendwann bist du fällig, das lässt sich nicht vermeiden.

Der Mensch ist eben nicht auf ewig monogam. Dafür ist er nicht gemacht‹, dachte Otze.

Er hatte jedoch immer gehofft, dass er von einem Seitensprung seiner Partnerin nichts mitbekommen würde. Vielleicht war das bei anderen auch so. Aber dieser eine Aussetzer entzog sich seiner Kenntnis nun eben nicht mehr. Jetzt konnte er nicht mehr zurück. Frau Dominosch hatte ein Wort zu viel gesagt. Unbewusst zwar, aber sie sagte es: Sonntag.

»Scheiße, verdammte Scheiße.« Mit diesen Worten stand er auf und ging zurück zu Tina, die noch immer auf dem Bett saß.

Sie rührte sich nicht. Weinend verharrte sie, den Oberkörper leicht gekrümmt, und konzentrierte sich auf ihre Finger zwischen den Knien.

Otze sprach sie mit ruhiger, fester Stimme an: »Geht das schon lange?«

Sie horchte auf, erschrak bei der Frage, fuhr sich mit zittriger Hand durch das lange brünette Haar.

»Bruno«, flehte sie und wusch sich die Tränen aus dem Gesicht.

»Was?«, rief Otze leicht aggressiv, »jetzt sag schon. Ich denke, das darf ich doch wissen. Geht das schon länger, oder hast du schon öfter andere Typen gehabt?« Seine Stimme wurde immer lauter.

Er versuchte, sich selbst zu beruhigen.

›Schreien hat kein Niveau‹, dachte Otze.

»Ja«, sagte Tina und verfiel wieder in ihre zusammengekauerte Haltung.

»Was?«, fragte Otze und wurde nun doch lauter als geplant. »Was, ja? Ja, das geht schon länger, oder ja, du hast schon öfter …?«

Tina blickte zum gekippten Schlafzimmerfenster, als wollte sie sagen: »Nicht so laut, Bruno. Frau Dominosch.«

»Die Alte da unten ist mir egal! Also, was jetzt?«, fuhr Otze hoch.

»Ja, es geht schon länger«, entgegnete Tina trotzig.

Irgendwie erleichterte ihre Aussage ihn, obwohl es die Situation nicht sonderlich änderte.

›Wenigstens ist sie kein Flittchen‹, dachte er.

Dann korrigierte er sich: ›Diese kleine Schlampe … in meinem Bett.‹

»Und wer ist es?« Er drängte auf die Wahrheit.

Nun wurde es für ihn äußerst spannend. In Sekundenschnelle zogen vor seinem geistigen Auge sämtliche Männer vorbei, die er kannte. Rudi, Bernd, Heiner, Holger, der Pizza-Taxi-Fahrer, der Postbote, sogar sein Vater kam ihm in den Sinn, der gut aussehende Nachbar von gegenüber, Hendrik, Mansour, ihr Kollege, dessen Name er vergessen hatte, ihr Chef, Herr Vohl, … ihr Chef … Herr Vohl!

›Herr Vohl‹, er stoppte den Gedankengang.

›Herr Vohl, der Mistkerl. Der war doch immer schon scharf auf Tina.‹ Jedenfalls dachte Otze das beharrlich.

Er hatte es immer gewusst, auch wenn Tina stets bekräftigte, dass er nur ein netter Mann ohne Hintergedanken sei.

»Ist doch egal«, wich Tina aus.

»Egal?«, entsetzte sich Otze, »egal ist das gar nicht. Komm sag schon, wer ist es? Jemand, den ich kenne? Oder hast du ihn irgendwo aufgegabelt? Irgendwo in einer Kneipe, Disco oder auf der Straße wie eine …«, er sprach es tatsächlich aus und das in einem sehr harten Ton: »Nutte!«

Tinas Gesichtszüge erhärteten sich ebenfalls. Tränen flossen keine mehr. Da wurde Otze bewusst, dass er seinen Nebenbuhler kennen musste.

»Okay, also, wer ist es?« Im gleichen Atemzug äußerte Otze seinen Verdacht: »Dieser Herr Vohl? Dein Chef?«

Tina wandte sich fast genervt ab: »Ach Bruno!«

»Was, ach Bruno? Was soll das heißen, ach Bruno? Ach Bruno, du hast recht? Ach Bruno, das geht dich nichts an? Oder, ach Bruno …«, ihm fiel nichts mehr ein, »also, was?«

»Bruno, es ist wirklich egal, ich kann jetzt nicht drüber reden!«

»Ach guck mal, die kleine Tina kann jetzt nicht darüber reden. Oooh«, Otze wurde hämisch, »na dann … dann … dann lass ich doch gleich die arme kleine Tina in Ruhe. Sie muss ja sooo leiden.« Und er fügte hinzu: »Tut mir leid, mein Schatz. Ich wollte dir nicht den Abend verderben.«

Otze machte eine Pause. Er versuchte, sich zu beruhigen. Das Herz schlug ihm bis zum Hals. Dennoch gelang es ihm, seine anschließende Frage in normalem Umgangston zu formulieren.

»Wie lange geht das schon?«, er klang auffallend ruhig und gelassen.

Von seinem Ton beeindruckt, gab sie sogleich zu: »Etwa ein Jahr.«

›Ein Jahr‹, dachte Otze, ›ein verdammtes, ganzes volles Jahr!‹

Er fiel aus allen Wolken. Ein oder zwei Monate hätte er jetzt wohl noch verkraften können – aber ein Jahr. Wie hatte er nur so blind sein können?

»Wenn ich über einen längeren Zeitraum betrogen werde, dann merke ich das. Die Partnerin verändert sich. Ich komme sicher dahinter«, hatte er mal gesagt, »so was merkt man doch.«

Er war fassungslos. Was hatte er falsch gemacht? Wie konnte das einfach so passieren?

›Ein Jahr‹, betete er sich immer wieder gedanklich vor, während er zwischen Wohnungstür und Bett hin und her ging, ›ein Jahr!‹

›Vor einem Jahr hat Tina ihren neuen Job angetreten. Das passt!‹ Otze war entsetzt über seine Gewissheit. ›Und du

Idiot hast die Stellenanzeige auch noch in der Zeitung entdeckt. Dieser Drecksack Vohl!‹

Er war so in seinen Gedanken vertieft, dass er nicht wahrnahm, wie Tina das Schlafzimmerfenster schloss und sich wieder hinsetzte.

›Du hast echt ins Klo gegriffen, Bruno‹, fuhr er in Gedanken fort, ›du Depp hast deiner eigenen Freundin einen Lover verschafft, der sie auch noch bezahlt.‹

Er wusste, dass das völlig absurd war, woher hätte er das ahnen sollen – aber es war für ihn Fakt.

»Vohl, dieser geile Bock«, murmelte er.

»Es ist nicht mein Chef!«, fuhr Tina ihn an.

»Ja, wer denn sonst?«, entgegnete Otze voller Überzeugung, »oh ja, stimmt, er ist ja jetzt nicht mehr dein Chef, sondern dein Lover. Sorry!«

Sie schwieg. Er zweifelte nicht an seiner Meinung. Er war sich absolut sicher. Vohl war es! Otze verließ wieder den Raum und nahm auf der Couch im Wohnzimmer platz.

›Ich muss hier raus‹, dachte er, ›ich brauche eine neue Unterkunft, eine neue Wohnung.‹

Die Beziehung mit Tina war für ihn in diesem Moment definitiv beendet – ohne Zweifel.

Wer zu viel trinkt …

Die Drei amüsierten sich prächtig. Es war einer der Abende, an die sie sich noch lange zurückerinnern würden – das wusste Heiner jetzt schon, obwohl der Zeitmesser gerade erst 22.30 Uhr zeigte. Ratz, der wie meistens seinem üblichen Outfit treu geblieben war – Holzfällerhemd über dunkelblauer Schlabberjeans und Cowboystiefel – hatte schon einen Alkoholpegel erreicht, der sich sehen lassen konnte. Andere wären damit schon umgegangen, aber nicht Ratz, nein, da ging noch einiges. Obwohl Mansour absolut nüchtern war, weil er heute Abend den Chauffeur spielte, tummelte er sich mit seinem Kumpel, Heiner und dessen Anhängsel, Ratz, ausgelassen auf dem Parkett. Ohne Alkohol im Blut hätten die Beiden niemals das Tanzbein geschwungen. Da waren sie wie viele andere Männer dieser Breitengrade. Aber wenn der Promillewert stimmte, dann vibrierte es auch in der Hüfte. Heiner hatte Mühe, sein dunkles Weizenbier mit einem Schuss Cola beim Tanzen so auszubalancieren, dass nichts verschüttete. Doch das ein oder andere Mal schwappte Bier auf den Boden. Ratz störte es nicht, er hatte dasselbe Problem. So wie eigentlich jeder in dieser Discothek. Der Boden klebte, war überzogen von einer hauchdünnen Schicht aus Bier, Cola, Orangensaft und Schweißperlen, die von den Gästen tropften.

Heiner und Mansour fielen rein optisch kaum aus dem Rahmen. Heiner trug ein körperbetontes grünes T-Shirt mit großer, leuchtend gelber Aufschrift. Einige andere Gäste in der Disco hatten ein ähnliches Shirt an. Dazu hatte Heiner für den Abend eine ausgewaschene Jeans gewählt. Mansour ebenfalls, nur dass er dazu ein himmelblaues Eterna-Hemd mit Button-down-Kragen ausgesucht hatte. Beide trugen sogenannte Turnschuhe von Nike, die in manchen Discotheken nicht gerne gesehen waren.

›Völliger Blödsinn‹, dachte Heiner bei sich, ›das sind keine Turnschuhe. Ich würde mit diesen Schuhen niemals turnen gehen. Dazu sind die komplett ungeeignet. Das sind sportliche Lifestyle-Treter, die mindestens so viel wert sind, wie die hochglanzpolierten Lederschläppchen von diesen schmierigen Möchtegern-Yuppies.‹

Immer, wenn aufgepumpte Türsteher diese Schuhe als Anlass nahmen, sie nicht in die Innenräume zu lassen, regte sich Heiner mächtig darüber auf. Im ›Sinkkasten‹ jedoch war das überhaupt kein Problem. Die ließen dort so gut wie jeden rein – sogar Ratz in seinem Gerümpel.

Die Türsteher konnte man ihm Grunde gar nicht so nennen. Sie achteten nur darauf, dass keiner ohne zu bezahlen abhaute, vielleicht sogar noch mit einem Glas in der Hand, dass sich keiner vor dem Eingang übergab, und dass keine Männer unter 28 Jahren die Disco betraten. Bei Frauen gab es kaum Altersbeschränkungen. Auf Kleiderordnung achteten die Angestellten dieser Lokalität wenig.

Größtenteils traf man im ›Sinkkasten‹ Publikum um die 30 Jahre aufwärts an, das auf der Suche war. Auf der Suche nach einer festen Partnerin, einer neuen Bekanntschaft oder einfach nach einem Geschlechtspartner für die kommende Nacht. Viele machten fast einen verzweifelten Eindruck, weil die letzte Beziehung, die letzte Freundschaft, der letzte Sex für sie schon viel zu lange her war. Den Trieb in den Augen konnte niemand verbergen.

»Das sind alles Übriggebliebene da drin«, formulierte Otze es gerne, »Übriggebliebene, die sonst keiner haben wollte. Die in ihren Beziehungen, wenn sie denn überhaupt je eine richtige hatten, jämmerlich gescheitert sind. Die finden sich dann hier in Torschlusspanikhausen. Das perfekte Jagdrevier für Männer wie Ratz.«

Auf der Tanzfläche bewegten sich neben den drei Freunden auch ein paar weibliche Besucher, die von den mehrheitlich männlichen Gästen bereits bemerkt worden waren. Während Heiner und Mansour sie lediglich registrierten, fasste Ratz sie genau ins Auge.

›Heiße Hasen‹, dachte er und tanzte wie zufällig in ihre Nähe.

Sein Tanzstil wirkte auffallend behäbig, und selbst der Laie konnte erkennen, dass hier ein ansonsten ungeübter Promilletänzer zu Werke ging. Tanzen diente Ratz nur einem Zweck: Mit Frauen auf Tuchfühlung zu kommen, denn Frauen tanzten gern. Da musste sich der paarungsübermütige Mann anpassen. Ratz war da lange nicht der Einzige, der das tat. Außer ihm umgaben noch zahlreiche andere Männer die geringe Anzahl von Frauen. Ratz hatte schon früh am Abend geahnt, dass er heute auf einige Konkurrenz treffen würde. Im allgemeinen WM-Fieber vermisste jeder halbwegs Fußball begeisterte Mann am heutigen Freitag das tägliche Event. Die Weltmeisterschaft hatte spielfrei, da mussten all die Männer, die nun nichts mit sich anfangen konnten, hinter ihren heiß gelaufenen Fernsehapparaten hervorkriechen und sich irgendwie ablenken. Frankfurts Männerwelt war geschlossen auf der Pirsch und musste Ratz unbedingt das Leben schwermachen.

»Wenn ich heute eine hässliche Alte angrabe«, hatte er am frühen Abend zu Heiner gesagt, »dann will ich es erst gar nicht wissen. Lieber eine Hässliche, die ich mir schön saufe, als leer ausgehen.«

Ratz ahnte, dass sein Alkoholpegel ihn nicht wählerischer machte. So kam er der Popo wackelnden Traube potenzieller Partnerinnen näher. Er kämpfte sich zwischen ein paar breiten Schultern seiner Wettbewerber hindurch und konnte danach fast alles gut überblicken. Einer nach der anderen blickte er sogleich tief in die Augen und bemühte sich, seine

Beine möglichst im Takt zu schwingen. Er hoffte auf Feedback. Irgendwann mussten seine Blicke doch erwidert werden. Doch es tat sich nichts.

›Ums Verrecken nicht‹, dachte Ratz.

Immer wieder fixierte er eine Frau und hielt dabei sein Bierglas mit angewinkeltem Arm vor der Brust. Mit jedem Schluck, den er aus seinem Glas nahm, wurde er ungeduldiger. Ratz wollte heute unbedingt einen weiteren Erfolg in seiner Aufreißerkartei verbuchen können.

Diese Liste war lang. Viele Frauen hatte er schon gehabt. Mit seinen 34 Jahren blickte Ratz auf eine für ihn überaus erfolgreiche Draufgängerkarriere zurück. Das war ihm aber lange nicht genug. Gerade heute wollte er vor seinen Freunden seinem Ruf, an dem er viele Jahre gearbeitet hatte, gerecht werden. Nicht unbedingt vor Heiner, ihn kannte er schon lange. Bei ihm hatte er den nötigen Eindruck bereits geschunden, den er nun auch bei Mansour hinterlassen wollte. Mansour sollte erkennen, was für ein grandioser Platzhirsch Ratz sein konnte. Er fühlte sich als Alphatier. Frauen waren sein Hobby. Über den Erfolg bei ihnen definierte er seine Persönlichkeit. Nur funktionierte es heute nicht so, wie Ratz es sich ursprünglich vorgestellt hatte. Das waren alles harte Nüsse dort auf der Tanzfläche. Keine erwiderte seine durchdringenden Blicke.

›Was sind denn das alles für frigide Hühner?‹, dachte Ratz in seinem mittlerweile auch für seine Verhältnisse äußerst betrunkenen Zustand.

›Euch knack ich auch noch! Ratz kann man nicht einfach so leicht abblitzen lassen‹, baute er sich selbst wieder auf, ›das wäre doch gelacht!‹

Mansour und Heiner witterten seine Unzufriedenheit.

›Der geht gleich aufs Ganze‹, dachte Heiner und lag goldrichtig mit der Vermutung.

Ratz visierte sein Opfer an. Es war nicht mal eine Frau,

die ihm besonders gut gefiel. Sie hatte einfach nur das Pech, ein weibliches Individuum zu sein und vermutlich die Geschlechtsorgane zu besitzen, mit denen Ratz etwas anfangen konnte. Er wählte für die erste Angriffswelle diejenige, die ihm räumlich am nächsten stand.

›Frau ist Frau. Also, ran!‹, dachte Ratz.

Er umtanzte sie, und als er genau hinter ihr die Hüfte schwang, breitete der vollkommen besoffene Ratz seine Arme weit aus, als wolle er sie vor allen anderen beschützen. Mit seiner Flanke näherte er sich ihr. Durch kreisende Bewegungen kam er ihrem Gesäß entgegen. Noch hatte sie ihn nicht bemerkt. Da griff er ihr mit der rechten Hand von hinten an den Bauch, um sie näher an sich heranzuziehen. Das Bier in der linken Hand schwappte auf das Parkett – wieder einmal. Erst jetzt registrierte sie Ratz. Sie schnellte herum und sah ihm erschrocken in die glasigen Augen. Jeder hätte sofort erkannt, dass Ratz nicht mehr ganz bei sich war – so auch sie. Er grinste über beide Ohren und ließ sich von ihrem ernsten, wütenden Blick nicht beirren. Sie wandte sich angewidert ab und versuchte, Ratz einfach zu ignorieren. Dennoch beobachtete sie ihn aus den Augenwinkeln, um einen weiteren Angriff von ihm rechtzeitig abblocken zu können. Sie war bereit auf einen Konter. Alarmstufe Rot! Alle Geschütze auf Verteidigung! Ratz aber dachte nicht im Entferntesten daran, es noch einmal bei ihr zu probieren.

›Fallobst‹, kategorisierte er sie.

Sie war es ihm einfach nicht wert, noch weiter Zeit zu verschwenden.

Mansour sah interessiert zu, als Ratz sich zur nächsten Tänzerin drehte und sie frontal mit starrem Blick anlachte. Sie war blutjung, sicher kaum 19 Jahre alt, und fühlte sich anfangs geschmeichelt. Aber als er sie anfasste, bevor er ein einziges Wort mit ihr gewechselt hatte, drückte sie ihn entschieden von sich und wandte sich ebenfalls erzürnt ab. Ratz machte im Anschluss den Fehler, seine nächsten Kontakte in zu kurzen Zeitabständen auf zu engem Raum schließen zu wollen. Jede Frau auf der Tanzfläche hatte Ratz bereits erspäht, ihn seit mehreren Minuten beobachtet und sein Vorhaben gedanklich missbilligt. Er begriff spät, dass seine Chancen unter null sanken. Lange wollte er es nicht wahrhaben und amüsierte sich scheinbar prächtig, wobei jeder um ihn herum bewusst einen Sicherheitsabstand wahrte. Innerlich machte sich heftiger Zorn in ihm breit.

›Was lässt dieser bescheuerte Türsteher hier nur kleine Lesben rein?‹, dachte er, ›dem erzähl ich was!‹

Heiner erfasste die Situation. Zwar tat Ratz ihm nicht leid, jedoch wollte er ihm die Schmach ersparen, noch mehr Körbe zu erhalten.

Er trat durch die Menge hindurch, packte seinen Freund am Arm und rief ihm ins Ohr: »Komm wir trinken einen Tequila!«

Das war Musik in Ratz' Ohren. Für einen Tequila kam er gerne mit an die Bar. Das wusste Heiner genau. Alkohol lockte ihn vorübergehend von den Frauen weg. Als sie endlich an der Theke ankamen, bestellte Heiner für sich und Ratz zwei goldene Tequila. Heiners Freund mochte zwar lieber silbernen, den man mit Salz und Zitrone zu sich nahm, aber für umsonst kippte er so ziemlich alles in sich hinein.

»Silberner Tequila ist ein richtiger Männer-Trunk, das gibt Tinte auf den Füller«, behauptete er immer, wobei keiner wusste, woher diese Erkenntnis stammen sollte.

Heiner aber bevorzugte den milderen goldenen mit Orange und Zimt, und da er diesmal zahlte, bestimmte er – das ließ er sich nicht nehmen. Während Mansour mit einem halb gefüllten Glas Wasser teilnahmslos in der Nähe stand, scannte Ratz bereits seine Umgebung.

»Wo sind die kleinen Bitches?«, fragte er, was niemand in der lauten Disco hörte.

Als er die Bar entlang schaute, sah er viele Leute. Die Einen warteten auf ihre Bestellung, die Anderen amüsierten sich angeregt unterhaltend, die Nächsten starrten wort- und regungslos auf die Tanzfläche und hielten dabei mit festem Griff ihr Getränk in der Hand. Man hätte meinen können, sie würden an den Gläsern Halt finden. Der Drink wurde anscheinend zur Krücke, diese Menschen fühlten sich ohne ihn hilflos. Wohin mit den Händen ohne Glas? Unvermittelt fiel Ratz eine bestimmte Person an der Bar ins Auge. Auch Heiner hatte sie schon entdeckt, Mansour beobachtete weiterhin die Tanzenden. Ratz wurde auf die Frau aufmerksam, weil sie stur ihr Glas fixierte. Ihre Ellenbogen lagen auf dem Tresen, sie saß völlig alleine da. Eigentlich saß sie gar nicht richtig. Halb stehend, halb mit der rechten Gesäßseite auf der Sitzfläche des Barhockers lehnend, den einen Fuß auf die Stellstange gestützt, war ihre Haltung ziemlich unnatürlich – offensichtlich war sie sturzbetrunken.

›Gar nicht so übel, die Kleine‹, bewertete Ratz sie gedanklich.

›Was für ein Ofen‹, stellte Heiner abwertend für sich fest.

Mit Entsetzen sah Heiner, dass Ratz ihre Richtung bereits eingeschlagen hatte. Für einen Moment wollte er nach seinem Freund greifen. Er wollte ihn davor bewahren, einen Fehler zu begehen. Diese Frau war offensichtlich vollkommen betrunken, hatte mindestens zehn Jahre mehr auf dem Buckel als er, tiefe Falten und Augenränder zierten ihr Gesicht.

›Eine Figur, wie ’ne vollgeschissene Socke, würde Otze jetzt sagen‹, dachte Heiner.

Sie hatte nichts, was Ratz im nüchternen Zustand auch nur annähernd anziehend gefunden hätte. Da war sich Heiner sicher.

»Wenn ich heute eine hässliche Alte angrabe, will ich es nicht wissen«, klang es Heiner noch im Ohr.

›Okay‹, dachte Heiner, ›dann mach halt. Du hast es so gewollt.‹

Ratz schlich sich unauffällig an. Selbst wenn er ungestümer an sie herangetreten wäre, sie hätte es nicht bemerkt – dazu war sie viel zu betrunken. Scheinbar teilnahmslos stellte Ratz sich neben sie. Sie starrte weiterhin auf ihr leeres Glas, in dem sich zwei halb geschmolzene Eiswürfel befanden. Ratz blickte in die entgegengesetzte Richtung, zur Mitte des Raumes, wo die Masse sich versammelte. Er wollte sicher gehen, dass sein Objekt der Begierde nicht in Begleitung war.

›Nicht, dass da gleich ihr Stecher angetrabt kommt‹, dachte er, ›verprügeln will ich heute keinen mehr.‹

Nach wenigen Minuten bestellte sie sich ein neues Getränk.

»Noch 'n Hütchen!«, rief sie mit schwerer Zunge über die Theke dem Barkeeper zu.

Das sollte als Bestätigung genügen. Sie orderte lediglich ein Getränk, schaute sich die ganze Zeit nicht einmal um, erwartete also niemanden und verharrte in sich eingekehrt in der regungslosen Körperhaltung. Ratz bot sich nun eine Gelegenheit, die er nutzen musste.

»Mach zwei Hütchen«, rief er der Bedienung hinterher, obwohl er dem Cola-Cognac-Gemisch eigentlich nichts abgewinnen konnte.

Die Frau hob überrascht, aber doch sehr träge den Kopf. Sie zog skeptisch die Augenbrauen zusammen und musste sich anstrengen, Ratz im schlechten Licht auszumachen. Er trat einen Schritt auf sie zu und lächelte diesmal zur Verwunderung seiner Freunde unglaublich galant.

›Wer ficken will, muss spendabel und zuvorkommend sein‹, dachte Heiner belustigt.

Die Frau neigte den Kopf leicht, erwiderte Ratz' Lächeln,

musste sich jedoch anstrengen, nicht das Gleichgewicht zu verlieren.

»Hallo«, sagte Ratz ruhig.

Die Frau mittleren Alters lallte etwas: »Danke, dass du mich einläden, äh, einladst, ich meine, einlädst.«

Sie atmete ausgiebig aus und verdrehte die Augen dabei. Sie bemerkte ihre Sprachschwierigkeiten gepaart mit leichtem Schwindelgefühl, konnte es aber nicht verhindern. Sie tat es selbst mit einem müden Lächeln ab.

»Nee, die beiden Hütchen sind für mich«, witzelte Ratz, »aber wenn du möchtest, bestellt ich dir auch zwei.«

Ein paar Sekunden musste sie über den Scherz nachdenken. Aber dann hatte sie begriffen. Man sah es ihr an, als endlich der Groschen gefallen war. Denken gehörte momentan nicht zu ihren Stärken. Sie deutete grinsend mit Zeige- und Mittelfinger, zwischen denen eine Zigarette klemmte, auf Ratz.

»Du bist ein lusdischer Typ«, nuschelte sie.

»Danke«, nahm er das Getändel an, »ich bin Ratz.«

»Ratz? Wie der in der Rappelkiste?«, erkannte sie trotz ihres gesteigerten Blutalkohol-Wertes sofort.

Und sie hatte dabei vollkommen recht. Volker Bartelmes hatte seinen Spitznamen in den 80er Jahren bekommen, als die Kindersendung ›Rappelkiste‹ aktuell war. Die beiden Puppen Ratz und Rübe hatten es ihm damals besonders angetan. Er und sein damals bester Freund benannten sich gegenseitig nach den Figuren. Mittlerweile hatte er Rübe zwar völlig aus den Augen verloren, aber Ratz behielt seinen Beinamen.

Er bestätigte mit einem Nicken. Er wollte aber nicht weiter auf die Herkunft seines Namens eingehen, obwohl sie eine der wenigen Frauen war, die über dieses Hintergrundwissen verfügten. Ratz wollte zum Punkt kommen und keine Zeit verlieren.

»Ja, und wie heißt die Frau mit den schönen Augen?«, fragte er.

»Ruth«, sie begriff das Kompliment gar nicht.

»Woher bist du, Ruth?« Nun begann der übliche Small Talk.

Sie erzählte ihm, wo sie ungefähr wohnte, was sie beruflich und privat machte, und berichtete über ihren Familienstand. Sie gab noch viel mehr Informationen Preis, aber Ratz interessierte das alles nicht im Geringsten. Er vergaß fast alles noch in der Sekunde, in der sie es aussprach. Ratz trank mit ihr die bestellten Hütchen, verfolgte dabei allerdings nur einen einzigen Plan: Ihr körperlich endlich näher zu kommen. Heiner und Mansour lachten ausgelassen über das Schauspiel, das sich ihnen bot. Ratz schwirrte wie ein verliebter Bengel um Ruth herum, jedenfalls tat er so.

»Das alte Ratz-und-Maus-Spiel!«, spottete Heiner und lachte.

Das alles ausgerechnet mit einer Frau, die keiner von den beiden Freunden näher als zum Zuprosten an sich herangelassen hätte. Die Vorstellung, mit dieser Frau intim zu werden, war einfach schauderhaft – selbst wenn sie nüchtern gewesen wäre. Keine Chance! Den beiden lief es kalt den Rücken herunter, als Ratz begann, Ruth zu küssen. Heiß und innig – sie wehrte sich kaum, machte sofort begeistert mit. Heiner musste sich in die Faust beißen vor Lachen, Mansour zog angeekelt die Mundwinkel herunter und drehte sich ab. Minutenlang ließ das Paar nicht voneinander ab. Sehr intensiv massierten sie sich gegenseitig die pelzigen Zungen.

»Die fressen sich ja auf«, sagte Heiner zu Mansour.

Ratz fuhr indessen mit seiner Hand schnell unter die Bluse seiner Eroberung, fackelte nicht lange, packte ihr auf den voluminösen Hintern und arbeitete sich zielorientiert zu ihren Brüsten vor. Seine Freunde verfolgten das Geschehen kopfschüttelnd.

»Der poppt auch tote Schafe«, sagte Heiner ernst.

Nach einer Weile schlug Heiners und Mansours Belustigung allmählich in Gleichgültigkeit und letztlich in Überdruss um. Sie wollten die Knutscherei des volltrunkenen Frischpaares nicht länger ertragen müssen. Mansour wollte zum ›190 East‹ fahren. Dort verkehrte für gewöhnlich gehobeneres Publikum. Heiner hatte nichts dagegen.

Nachdem sich beide einig waren, ging Heiner zu den desorientierten Turteltäubchen.

Er legte seine Hand auf Ratz' Schulter und fragte: »Ratz, wie schaut's aus? Wir wollen 'nen Abflug machen. Kommst doch mit, oder?«

Ratz riss sich von Ruths Lippen los, drehte seinen Kopf und schaute seinen Kumpel ungläubig an.

»Is' nicht dein Ernst«, flüsterte Ratz in Heiners Ohr, »ich hab hier grad einen Aufriss.«

»Doch. Komm, lass die Alte stehen. Im ›190 East‹ holst du dir die Nächste«, erwiderte Heiner.

Diese Sprache verstand Ratz. Das versteckte Kompliment überzeugte ihn. Er widmete sich noch einmal abschließend seiner Neueroberung, forderte knapp ihre Mobilnummer und verabschiedete sich mit einem langen Kuss von ihr. Dieser ausgiebige Kuss zum Abschied gehörte zu Ratz' Masche. So hatte er immer die Option, die neue Bekanntschaft wiederzusehen. Er spielte den frisch verliebten Kasper vor, der sich kaum trennen wollte. Das gestaltete den kommenden Anruf und alles Weitere leichter.

›Eins muss man ihm lassen – er fackelt nicht lange und lässt seine Kumpels nicht hängen‹, dachte Heiner anerkennend.

Stark schwankend torkelte Ratz hinter seinen Freunden her. Sie mussten vom ›Sinkkasten‹, der sich in einer Seitenstraße der Zeil befand, einige Meter zu Mansours Auto gehen. Als sie an dem alten, rostigen Honda ankamen, quälte sich Ratz auf die Rückbank hinter den Beifahrersitz, und Heiner gesellte sich neben ihn.

»Mann, sah die Alte scheiße aus!«, begann Heiner.

»Welche Alte?«, fragte Ratz.

»Na, die Olle, in die du dich gerade eben verbissen hast«, meinte Heiner.

»Wo sah die denn scheiße aus?«, empörte sich Ratz.

»Am ganzen ekelhaften Körper«, prustete Heiner los.

»Babbel net, die war heiß«, stellte Ratz fest.

Mansour lachte laut: »Wenn die heiß war, sollte ich dir mal meine Urgroßmutter vorstellen, die ist seit 23 Jahren Witwe und ziemlich einsam. Die würde dir gefallen.«

Heiner prustete los.

»Ach, ihr könnt mich doch mal kreuzweise, ihr Luftpumpen«, sagte Ratz aufgebracht.

»Is ja gut«, erwiderte Heiner beschwichtigend.

Sie schwiegen. Ratz hielt inne. Es brodelte in ihm, aber er sagte zunächst nichts mehr. Mansour steuerte seinen Wagen zur Hanauer Landstraße an der ›Vinyl-Bar‹ vorbei, wo Musik aus dem offenen Haupteingang herausschallte. In der Nähe des ›190 East‹ parkte Mansour, und die Drei stiegen aus. Ratz ging trotzig vorneweg.

›Mir doch egal, wie die Ruth fanden‹, dachte er, ›die fand mich geil. Das zählt!‹

Er kramte ihre Telefonnummer auf einem kleinen Blatt Papier hervor, vergewisserte sich, dass er sie nicht verloren hatte, und wollte sie wieder in die hintere Hosentasche seiner Jeans drücken. Dabei verfehlte er die Öffnung der Tasche, und der Zettel fiel auf die Straße.

Es war kurz nach Mitternacht, und die Dreiergruppe bog beim Jaguar-Autohaus in den Hinterhof ein. Unweit des ›Sansibar Roofgarden‹ und des ›King Kamehamea Club‹

reihten sie sich in die Schlange vor dem Eingang des ›190 East‹ ein. Die Haupttür befand sich einige Stufen abwärts unter der Maßschneiderei ›Dolzer‹.

›Hausnummer 190 im Frankfurter Osten. Deswegen also ›190 East‹, dachte Heiner, der endlich die Namensgebung begriffen hatte.

Er sah sich um und bemerkte: »Die machen hier in der Kante ganz schön auf dicke Hose, was?«

Mansour nickte. Er, Heiner und Ratz redeten kaum, schlechte Stimmung hatte sich breitgemacht. Ratz sah man an, dass er beleidigt war. Zudem stach er aus der Menge heraus. Er konnte keinen festen Stand finden, wankte leicht, aber sichtbar. Seine Augenlider schlossen sich während der Wartezeit immer wieder langsam und schnellten wieder auf. Er wurde müde.

»Mit der Volleule kommen wir niemals da rein«, flüsterte Mansour Heiner zu.

»Da könntest du recht haben«, sagte Heiner und überlegte, wie sie den Türsteher trotzdem überwinden könnten.

»Komm, wir lassen es. Ist doch Zeitverschwendung hier, mit der Suffnase«, meinte Mansour.

Da stand Ratz aber schon direkt vor dem südeuropäisch aussehenden Mann, der über seinem dunklen Anzug einen schwarzen, langen Mantel trug. Der Türsteher hieß Giuseppe und war italienischer Herkunft. Er übte den Job schon mehrere Jahre aus und hatte dank seiner Erfahrung mittlerweile die entsprechende Menschenkenntnis, die für diese Arbeit notwendig war. Außerdem hatte er klare Anweisungen von seinem Chef, welches Publikum er in die Discothek hineinlassen durfte. Mit kritischem Blick musterte er Ratz.

Giuseppe hatte nicht vor, ihm eine Chance zu geben. Ohne Zweifel passte Ratz nicht in das Gästebild. »Sorry, heute nur für Stammgäste«, erklärte der Italiener akzentfrei.

»Wir waren schon öfter hier«, entgegnete Mansour aus der zweiten Reihe und log dabei noch nicht einmal.

Der Türsteher konnte sich sogar an das Gesicht Mansours erinnern. Er war ihm noch nie negativ aufgefallen. Dennoch musste er seiner Linie treu bleiben. Ratz gehörte nicht in diese Disco. Basta!

»Habt ihr eure Mitgliedsausweise dabei?«, fragte der gut gebaute Mann.

Natürlich hatten sie keine Ausweise dabei. Es gab gar keine Mitgliedschaft im ›190 East‹. Das wusste Giuseppe nur zu genau.

Heiner stotterte: »Äh, nein, die haben wir heute leider daheim gelassen, da wir dachten, du erkennst uns doch sowieso wieder.«

Prinzipiell clever von Heiner, nur konnte er nicht ahnen, was der Türsteher da einfädelte.

»Ja, das habe ich natürlich sofort«, flunkerte der Italiener, »aber ich habe meine Vorschriften.«

»Nerv nicht, du Penner, lass uns rein, wir haben die Taschen voller Knete, die wir hier versaufen wollen!«, entglitt es Ratz.

»Nein, Jungs! Das geht nicht.«

»Warum denn nicht?« Heiner fuhr dazwischen.

»Es geht einfach nicht. Akzeptiert das. Geht zur Seite«, der Türsteher drückte Ratz leicht beiseite und winkte ein gut gekleidetes Pärchen Mitte zwanzig herein.

»Und die? Die haben dir auch keinen Ausweis gezeigt!«, bemerkte Ratz energisch.

»Komm, Ratz. Lass uns gehen!«, versuchte Mansour, in zum Verschwinden zu bewegen.

»Nein, der Typ soll mir erzählen, weswegen wir nicht in diesen Drecksladen reinkommen!«, rief Ratz in Richtung Giuseppe, der sich davon nicht beeindrucken ließ.

»Komm, lass ihn«, beschwichtigte Heiner.

»Dieser kleine Arsch«, schrie Ratz, »du kommst dir in dem verschissenen Anzug wohl ganz geil vor, was? Ich hab schon mehr Schicksen flachgelegt, als du jemals abgewiesen hast, du Heckenpenner.«

»Kleiner Pisser!«, fluchte Ratz weiter, als seine Begleiter ihn bereits Richtung Hauptstraße lotsten.

Heiner versuchte ihn etwas abzulenken, nachdem sie beschlossen hatten, zur ›Vinyl-Bar‹ zu laufen, die nicht weit weg war. Den Wagen zu holen und einen weiteren Parkplatz zu suchen, lohnte sich nicht. In die ›Vinyl-Bar‹ kamen sie sicher rein. Da stand selten mal ein wirklicher Türsteher, es gab keine besondere Kleiderordnung und das Niveau pendelte sich auch meist im unteren Bereich ein. Es war keine hochklassige, aber dafür angenehme Atmosphäre – alternativ-studentisch konnte man sagen.

»Wie viele Mädels hast du denn schon gehabt?«, suchte Heiner ein neues Thema, um die Stimmung etwas zu verbessern.

»Ach, ich weiß nicht.«

»Ungefähr«, schaltete sich Mansour schmunzelnd ein.

»Och, nun ja, weiß nicht, meint ihr so volles Programm, oder nur so ein Geschlabber, wie vorhin?«, fragte Ratz.

»Volles Programm«, grenzte Heiner ein.

»50 bis 60, oder so«, behauptete der Draufgänger, »müsste nachschauen!«

Mansour runzelte die Stirn, aber Heiner blieb dran: »Führst du Buch?«

»Ja, klar!«, Ratz grinste stolz, »sonst verlier ich doch den Überblick.«

Jetzt fühlte sich Ratz wieder gut. Mit seinen Bettgeschichten prahlen, das war genau sein Metier. Das konnte kaum jemand besser. Allerdings hörte sich alles immer so unglaubwürdig und überzogen an, dass seine Zuhörer stets wankten.

»Wahrheit oder Dichtung?«, die meisten waren unsicher.

Eine Weile schwiegen alle drei. Sie gingen die Straße entlang und näherten sich ihrem Ziel.

›Hoffentlich ist da was los!‹, dachte Mansour und überlegte dabei, wie er das Gespräch weiterführen konnte, denn Ratz musste beschäftigt werden, damit er nicht wieder in negative Stimmung verfiel.

»Und, war was Besonderes dabei, oder waren sie alle gleich?«, Heiner trieb die Unterhaltung weiter an.

»Och, na klar, da war schon der ein oder andere Knaller dabei«, prahlte Ratz, »so manche hat mächtig gebrüllt, wenn ich ihr einen verkauft hab. Die Nächste konnte nicht genug bekommen, ich glaub, die war ein wenig nymphoman, oder so.«

Heiner und Mansour sahen sich kurz an, grinsten und glaubten ihm kaum ein Wort. Ratz war schon ein unbelehrbarer Angeber – das war beiden klar. Böse konnten sie ihm aber deswegen nicht sein. So war Ratz eben.

»Die Beste aber war immer noch Petra, jedenfalls was den Oralverkehr angeht. Ansonsten lag sie da wie ein kaltes Brett«, Ratz gab Heiner einen Klaps auf die Schulter, »hast echt Glück, Alter, die hat was drauf mit der Zunge.«

Heiner fiel alles aus dem Gesicht. Er verstand nun gar nichts mehr. Auch Mansour war die Überraschung anzusehen. Sie blieben stehen, während Ratz laut lachend weiter trottete.

›Hab ich mich verhört? Meint der das ernst?‹, dachte Heiner.

Ratz lief noch einige Meter weiter die Hanauer Landstraße entlang, bis er registrierte, dass seine Freunde ihm nicht mehr folgten. Er wunderte sich kurz, begriff dann den Grund für ihr Verhalten. Er trat ihnen wenige Schritte entgegen und hob mit beschwichtigender Geste die Arme.

»Keine Angst, Heini-Meini, ich hab dich nicht beschissen. Ich hab die Kleine geknallt, als du noch nicht mit ihr zusammen warst«, erklärte er. Damit war für ihn klar, dass Heiner ihm nicht böse sein konnte.

Heiner sah sich nicht in der Lage, ihm weitere Fragen zu stellen. Er war fassungslos.

›Petra und Ratz‹, dachte er, ›das kann doch nicht sein. Doch nicht Petra. Ist das möglich?‹

»Wann war das denn?«, Mansour ergriff das Wort.

»Ach, Ende letzten Jahres. Ein paar Wochen oder so, bevor unser Kumpel hier die heiße Schnitte selbst aufgegabelt hat.«

»Wo?«, fragte Heiner mit zittriger Stimme.

Ratz bemerkte nicht, wie nahe Heiner diese Geschichte ging, und erzählte stolz: »Auf der Schweizer Straße in der ›Keepers Lounge‹. Da kam sie auf mich zu und wollte einfach nur genagelt werden. Ich glaub, sie war schon länger Single zu der Zeit.«

›Sie hat ihn aufgerissen? Das sieht ihr gar nicht ähnlich. Das ist nicht die Petra, die ich kenne. Aber warum sollte er jetzt noch lügen?‹, dachte Heiner.

»Wie lange ging das?« Mansour schaltete sich wieder ein.

»Nur eine Nacht«, beruhigte Ratz, konnte jedoch die folgenden Worte nicht für sich behalten, »da aber vier Mal hintereinander. Boah, was war die scharf!«

Er war einfach zu sehr Angeber und ein Großmaul aus Gewohnheit. Wenn er Sprüche klopfen konnte, sich profilieren konnte, dann spürte Ratz in sich dieses Glück – das Glück, das er sonst vermisste.

Sofort hob er entschuldigend die Brauen, da er doch merkte, dass er gerade einen kleinen Schritt zu weit gegangen war: »Sorry, Heiner!«

Er begriff nicht, was mit Heiner los war. Das war doch lange vor Heiners und Petras Beziehung passiert. Ja, die beiden hatten sich damals noch nicht einmal gekannt.

Heiner blieb stehen, er konnte nicht mehr weiter laufen.

Das Letzte, was er wollte, war, sich das Gerede von Ratz anhören zu müssen. Er ertrug dessen Gegenwart nicht mehr. Er widerte ihn an.

»Lass uns weiter. In der Bar reden wir über alles«, schlug Mansour vor.

Aber Heiner wollte nur weg. Alleine sein. Nachdenken. Er stoppte ein freies Taxi auf der Hanauer Landstraße, indem er kurzerhand auf die Fahrbahn sprang. Mit quietschenden Reifen bremste der Wagen ab. Heiner stieg wortlos ein. Mansour und Ratz reagierten spät und sahen ihn an sich vorüberfahren. Er blickte nicht auf, sein starrer Blick war auf das Taxameter gerichtet.

Mansour sah Ratz an.

»Was jetzt?«, fragte er.

Ratz hatte die Antwort sofort parat: »Wir gehen in die ›Vinyl-Bar‹ und trinken noch 100 Bier!«

»Ich trink doch jetzt keine 100 Bier mehr!«, entgegnete Mansour.

Ratz nahm ihn am Oberarm und zog ihn mit sich: »Na gut, dann trinken wir eben keine 100! Aber 80! 80 Bier trinken wir noch!«

So liefen die Beiden weiter in Richtung Innenstadt und hatten nach wenigen hundert Metern ihr Ziel erreicht. Kein Türsteher hielt sie auf, auch wenn Ratz bereits am Eingang stolperte und fast der Länge nach in die Bar hineinfiel. Sie bestellten beide Corona. Mansour brauchte jetzt wirklich ein Bier.

Von der Hanauer Landstraße bog das Taxi in Richtung Konstablerwache ab.

›Warum hat Petra so einen Typen angemacht?‹, dachte Heiner, ›das passt doch gar nicht zu ihr. Kenn ich sie überhaupt?‹

Ihm gingen unzählige Fragen durch den Kopf.

›War sie so verzweifelt? Was bezweckte sie? Liebte sie ihn? Wollte sie nur Sex? Warum vier Mal? Wir hatten niemals vier Mal Sex in einer Nacht. Haben sie Kondome benutzt?‹

Er schaute durch die Seitenscheibe in die Nacht. Nichts nahm er wahr. Weder die Personen am Straßenrand noch andere Fahrzeuge.

›Warum haben sie es mir nie erzählt?‹, dachte er, ›auch, wenn es vor meiner Zeit war?‹

Bis heute hat er davon nichts gewusst. Weder Ratz noch, was viel schlimmer war, Petra hatten ihm davon erzählt. Aus welchem Grund?

»Dann kannten die beiden sich ja schon«, stellte er für sich fest.

Sie hatten ihm den Eindruck vermittelt, dass sie sich erst durch Heiner kennengelernt hatten. Sie hatten von Anfang an gelogen und ihm etwas vorgespielt.

»Warum?«, fragte sich Heiner immer wieder, »warum? Warum nur?«

Er begann zu weinen, noch bevor das Taxi auf der Friedberger Landstraße in Höhe der Merianstraße hielt. Er zahlte, stieg mit Tränen auf den Wangen aus und suchte lange nach dem Schlüssel für die Haustür. Er konnte sich kaum darauf konzentrieren. Ohne das Licht im Hausflur anzuschalten, stieg Heiner die Treppen in den ersten Stock hinauf. Kurz darauf lag er im Bett. Einschlafen – dazu war er jetzt jedoch nicht fähig.

Neue Hoffnung

Er wollte jetzt nur Backgammon spielen. Einfach entspannen und die Würfel werfen. Sie machten ein beruhigendes Geräusch, wenn sie über das Holzbrett polterten. Allen anderen ging das laute Klackern mit der Zeit auf die Nerven, aber das kümmerte Bruno wenig. Seine letzte Nacht im ›The Cave‹ war hart gewesen, er hatte nur wenig Schlaf bekommen und so viel Restalkohol an einem Freitagmorgen war selbst für Otze ungewöhnlich. Dass gerade die Vorlesung ›Statik IV‹ stattfand, interessierte ihn kaum – eigentlich gar nicht. Er überwand soeben einen Kater: mithilfe zweier Kopfschmerztabletten und einer ordentlichen Pulle Bier. Warum er das tat, wusste er selbst nicht. Irgendwie fand er es cool, morgens um 9 Uhr in der FH Alkohol zu trinken. Er ahnte nicht, welchen Ruf er bei den übrigen Studenten bereits hatte.

›Ein ständig saufender Assi mit großer Klappe‹, dachten nicht wenige seiner Kommilitonen.

Das erste Konterbier tat ihm zwar ziemlich weh, aber das zweite und das dritte gingen runter wie Öl.

»Zischt wie Apfelsaft«, hatte er mal vor Jahren aufgeschnappt, und das wiederholte er gerne und häufig.

»Zischt wie Apfelsaft! Ha! Ha!« Außer ihm fand es niemand wirklich witzig.

Im ›Café Hohlblock‹, einem FH-Café für die Bereiche Bauingenieurwesen und Geodäsie, gab es ausschließlich eine Biersorte.

›Geiles Zeug! Ein ehrliches Bier ohne unnötige Effekthascherei. Herb, gut und macht voll. Bravo! Zum Glück gibt es hier keinen überflüssigen Firlefanz!‹, dachte Otze, der jedoch leise bedauerte, dass es keines von seinen geliebten Weizenbieren zur Auswahl gab.

Keiner in der Studentenschar wäre jemals auf die Idee gekommen, an der Theke die Frage zu stellen: »Habt ihr ein Bananen-Weizen für mich?«

Obwohl Weizenbier mit Bananensaft vermischt in größeren Mengen verträglich war. Die Banane legte sich auf die Magenwand, und diese konnte den Alkohol deshalb schlechter aufnehmen – sagte man. Otze glaubte an solche Gerüchte nicht.

›Alles blödes Geschwätz‹, dachte er, ›Bananensaft im Bier trinken nur Mädchen und solche, die es sein möchten!‹

Wenn es doch einer gewagt hätte, eine solche Bestellung hier aufzugeben, wäre dieser so schnell nicht mehr freiwillig ins Café gekommen. Dafür hätte Madeleine gesorgt.

»Madeleine Thekenkrieger«, nannten sie viele hinter vorgehaltener Hand. Sie in ihrer Gegenwart so zu nennen, traute sich niemand, der die Sonne noch einmal aufgehen sehen wollte.

Madeleine führte das Café, betrieb den Einkauf, teilte die Aushilfen ein, organisierte Events mit meist völlig unbekannten Discjockeys, studierte nebenbei seit mindestens 27 Semestern was auch immer und schmiss mit Vorliebe vermeintliche Störenfriede eigenhändig raus. Ihr wuchtiger Körperbau war dabei kein Nachteil. Mindestens 240 Pfund Lebendgewicht, mit Schultern, die einer russischen Kugelstoßerin ähnelten, einem Stiernacken wie ein Bodybuilder, Narben aufgrund einer ehemaligen Akne im Gesicht, tief stehenden Augenbrauen und raspelkurzen Haaren konnten ohne Weiteres Furcht verbreiten. Dazu kam eine äußerst auffallende, handtellergroße Tätowierung auf dem Unterarm: ein blutiges Messer, das eine weiße Taube bei lebendigem Leib zerteilte.

Das Klischee, dass gerade Menschen mit einem markanten Äußeren die freundlichsten Charaktere der Welt waren, traf in diesem Fall definitiv nicht zu. Madeleine knallte einem die Bestellung auf die Thekenfläche und bellte mit ihrer tiefen Raucherstimme den Preis: »Vier Fuffzisch!«

Sie war die Chefin im ›Café Hohlblock‹ und dies machte sie unmissverständlich deutlich – jedem.

»Du sollst keine Chefin neben mir haben!«, stand auf dem Aufkleber über der Bar – und sie meinte es todernst.

Madeleine, die Thekenkriegerin, konnte es sich leisten. Wo sollten die Studenten sonst ihre Getränke oder Pausensnacks holen, wenn sie nicht gerade das Gebäude verlassen wollten, um in die Mensa zu gehen oder in einen Supermarkt. Nein, das ›Café Hohlblock‹ hatte seinen festen Stand, da konnte selbst Madeleine nichts verderben.

»Madeleine, schöner Name für einen Katastrophen-Menschen«, kommentierte Otze immer, »definitiv zu schön für sie!«

Zu Beginn seines Studiums, damals erlangte sie gerade den Status eines Alt-Studenten, geriet er mit ihr in Konflikt.

Weil ihn die lauten Geräusche der Würfel damals noch nervten, hatte Otze es gewagt, freundlich zu fragen: »Hast du auch ein Backgammon-Spiel, das mit Stoff ausgekleidet ist?«

Da war was los! Ach, du je! Es rauschte im Karton – aber gewaltig!

Madeleine holte tief Luft, das blutige Messer vor der weißen Taube bäumte sich pulsierend auf. Das Weiß ihrer Augen färbte sich rötlich, die Halsschlagadern traten hervor. Der Vulkan brodelte kurz vor seinem Ausbruch.

Sie blökte über die Theke hinweg, sodass es alle, wirklich alle, hörten: »Sach ma, willste mich verarschen? Das ist doch keine Spielhalle hier. Setz dich hin, sauf dein beschissenes Bier, halt die Klappe oder verpiss dich wieder in deinen kleinen Hörsaal, aus dem du gekrochen bist!«

Das hatte gesessen. Otze holte tief Luft, wollte ihr ebenfalls äußerst derbe Worte entgegenschleudern, sah jedoch ihre pulsierenden Halsschlagadern und verwarf den Plan rasch.

Alles, was er ihr entgegenbrachte, war: »So klein ist der Hörsaal doch gar nicht!«

Bruno griff das hölzerne Backgammon-Spiel, ging zu seinem Platz, trank sein Bier und schwieg. Er beschloss, das hölzerne Geräusch lieben zu lernen. Als angetrunkener Spieler brauchte er dieses Geräusch nach einiger Zeit buchstäblich.

»Backgammon ohne Würfelgerassel ist kein richtiges Backgammon!«, meinte er.

In den letzten drei Stunden hatte Otze schon vier Gegner verschlissen. Holger, Klaus, Gözel und Andreas hatten hoffnungslose Niederlagen erlitten. Otze spielte alle in Grund und Boden und gnadenlos an die Wand. Er spürte, dass heute einiges ging. Er hatte eine sagenhafte und beispiellose Glückssträhne. Wunderbar!

Heute konnte er einfach nicht verlieren. Die Pfeifen wanderten, einer nach dem anderen, mit faulen Ausreden ab. Der eine ging, der nächste kam.

»Ich muss dann mal in die Vorlesung«, hatte Andreas zuletzt gesagt, wie all seine Vorgänger ebenfalls.

Pah, Vorlesung, das war doch kein Grund, einfach mit in einer Backgammon-Partie aufzuhören. Nicht für Otze. Die hatten Schiss. Mit Sicherheit! Er schwamm auf einer Welle des Sieges, und die durfte er nicht versickern lassen.

Dann kam Nuri oder Nouri, oder wie er hieß. Otze kannte ihn kaum. Aber er war ihm bekannt genug, um ihn an seinen Tisch zu lassen. Schmächtige Figur, schwarze Haare und eine leicht dunkle, aber doch irgendwie krank wirkende Hautfarbe waren die prägnantesten Merkmale des eher klein geratenen Studenten. Er trug immer eine auffällige Brille, in deren Bügel unauffällig ein Hörgerät integriert war. Nuri oder Nouri, oder wie er hieß, schlürfte stets unbeachtet durch die Gänge. Freunde hatte er kaum. Die Studenten, die engen Kontakt zu ihm hatten, gaben dies nie zu. Mit ihm konnte man nicht angeben. Er war weder witzig noch besonders geistreich – einfach unscheinbar. Seine unglaublichen Blackouts jedoch, ausgelöst durch unfassbare Prüfungsangst, waren legendär. Darüber redete, oder besser, lachte jeder. Er hatte einen faszinierend zwiespältigen Ruf unter den Kommilitonen. Einerseits ein fleißiger Student, der kaum eine Vorlesung oder ein Tutorium verpasste, andererseits ein absoluter Versager, was Klausuren anbetraf. Ja, er fiel sogar eines Tages während einer schriftlichen Prüfung in Ohnmacht. Man fand ihn in den Toilettenräumen, mit einer Platzwunde an der Stirn. Das Waschbecken hatte nicht nachgegeben.

»Lust auf ein Match?«, fragte Otze ihn nun siegessicher mit einem leicht alkoholisierten Lächeln.

Er wollte seine Glückssträhne pflegen. Der nächste Unglücksrabe sollte jetzt und hier vom Backgammon-Tisch gefegt werden. Nuri oder Nouri, oder wie er hieß, setzte sich gerne, um sich mit ein paar Partien die Zeit bis zur nächsten Vorlesung zu vertreiben. Sonst redete ja kaum jemand mit ihm.

›Haha, siegen macht Spaß!‹, dachte Otze.

Dass Bruno Bachmann das erste Spiel völlig unerwartet nur knapp gewann, hätte ihn stutzig machen sollen. Das tat es jedoch nicht, denn seine Siegesserie dauerte schließlich an.

›Wer siegt, fragt nicht, wie!‹, dachte Otze.

Er bereitete seinen scheinbar chancenlosen Gegner auf die nun drohenden weiteren demütigenden Niederlagen vor: »Nicht schlecht, Kleiner, aber jetzt kannste was erleben. Haha, so leicht wirst du es nicht mehr haben.«

Hätte Otze den Kommilitonen marokkanischer Abstammung besser gekannt, hätte er gewusst, dass die kommenden Partien kein Zuckerschlecken sein würden. So wie über viele andere Studenten wusste er so gut wie nichts über Nuri oder Nouri, oder wie er hieß. Obwohl sich Otze mit allen Studenten oft und gerne angeregt unterhielt, lernte er niemanden wirklich kennen. Bruno wusste also nicht, dass Nuri oder Nouri, oder wie er hieß, ein geübter Backgammonspieler war.

Er spielte innerhalb seiner nicht gerade kleinen marokkanischen Familiengemeinschaft oft und gerne Backgammon. Er kannte sämtliche Kniffe, Züge, Strategien und Tricks. Otze konnte auf lange Sicht niemals gegen ihn bestehen. Die Hoffnung starb aber zuletzt, und so tat Bruno die ersten Niederlagen als Kunstfehler ab – eventuell ließ sein mittlerweile schon wieder rapide steigender Alkoholpegel den Sinn für die Realität verblassen. Nuri oder Nouri, oder wie der Idiot hieß, gewann nun schon das sechste Spiel in Folge. Sechs ganze Partien! Das letzte Mal hatte Otze 1982 im Alter von acht Jahren gegen seinen rücksichtslosen Onkel sechs Mal hintereinander verloren.

Diese erneute Niederlagenserie ärgerte ihn maßlos. Was ihn allerdings fast zur Weißglut brachte: Dieser Typ weigerte sich partout, mit ihm ein Bier zu trinken. Alle anderen, Holger, Klaus, Andreas und auch Gözel, dieser übrigens ebenfalls muslimischen Glaubens, hatten wenigstens einmal mit ihm angestoßen. Aber dieser Nuri oder Nouri, oder wie er hieß, der nun schon das neunte oder gar zehnte – zum Zählen war Otze nicht mehr wirklich fähig – Spiel haushoch für sich entschied, lehnte sich gegen Otzes Drang nach gemeinsamem Alkoholkonsum auf. Einem Wirkungstrinker konnte kaum etwas Schlimmeres passieren, als auf einen Nichttrinker zu treffen. Nach insgesamt neuneinhalb Bier – eines hatte Bruno aus Versehen vom Tisch gestoßen – saß Bruno nun einsam und verlassen wie ein Häufchen Elend im ›Café Hohlblock‹. Sein marokkanischer Gegner hatte sich höflichst von ihm verabschiedet und für die netten Partien gedankt, bevor er in seine Vorlesung geeilt war.

›Ja, geh du nur, du Wurst. Hast mir den ganzen Tach verdorben‹, dachte Otze, sagte aber nur: »Joh, geschenkt!«

Vor lauter Wut bemerkte Bruno gar nicht, wie sich Kimme an den Tisch neben ihn setzte.

»Hast wohl ganz schön, äh, geloost, was?«, fragte Otzes Langzeit-Kommilitone.

Als Bruno ganz neu an der FH war, gehörte Kimme schon zum alten Eisen. Kimme hatte anscheinend keinen Vornamen. Sein Nachname, Kimme, wurde für jeden zum festen Begriff. Zum einen hatte er eine auffallend schlaksige Figur bei fast zwei Metern Körpergröße, und auch er saß, ähnlich wie Bruno Bachmann, mit einem offensichtlichen Alkoholproblem rund um die Uhr im ›Café Hohlblock‹, um sich ein Bier nach dem anderen in den Hals zu kippen. Ohne negativ aufzufallen, ohne betrunken zu grölen, nur ruhig seinen Durst stillend, beglückte er das Café mit seiner Anwesenheit. Jedenfalls tagsüber. Wo er abends war, wusste niemand so richtig. Madeleine genehmigte seine permanente Präsenz stillschweigend. Er besaß wohl einen guten Draht zu der Furie, außerdem machte er niemals Ärger.

»Na, wieder mal hier?«, fragte Otze ihn.

»Äh, ja, nun, ich will nachher mal in Grundbau gehen, da soll heute ein gutes, äh, Tutorium stattfinden, glaub ich, oder so!«, antwortete Kimme.

Der Alt-Student hatte eine fast sympathische Art, seine Sätze zu formulieren. Seine Äh-Laute fielen seinen Gesprächspartnern kaum noch auf, so häufig benutzte er sie.

»Is mir egal! Hab heut keinen Nerv mehr dazu!«, erwiderte Bruno.

»Ja gut, äh, aber heut, da, äh, kann man echt was mitnehmen, für, äh, die Klausur!«

»Nee, der Typ eben hat mich zu fertig gemacht!«, erinnerte Otze an seine Backgammon-Pleite.

»Wie, äh, kann man nur den ganzen Vormittag die, äh, Würfel schmeißen, keinen, äh, keinen einzigen Tropfen Bier genießen wollen und, äh, dann auch noch so schamlos siegen?«, fragte Kimme.

Endlich jemand, der Otze verstand: »Ja, meine Rede. Die Prügelstrafe müsste wieder eingeführt werden!«

Gerade als Kimme nickte, rief eine Stimme von der Eingangstür des Cafés aus: »Kimme, komm! Es geht los!«

Kimme sprang auf und murmelte: »Muss, äh, los!«

Dann war Otze wieder alleine. Er hätte mitgehen können, aber dazu konnte er sich einfach nicht mehr aufraffen. Das Tutorium hätte ihn dem Studienende einen kleinen Schritt näher bringen können. Nur sah er sich physisch und psychisch nicht in der Lage, es zu besuchen. Madeleine sah, wie er mittlerweile ziemlich angetrunken in der Ecke kauerte.

»Ich habe einen Blick für vollgesoffene Penner!«, behauptete sie von sich, und in Brunos Fall wurde ihre Fähigkeit nicht besonders herausgefordert.

Sie beobachtete ihn schon den gesamten Vormittag. Eigentlich hatte sie ihn schon seit Wochen und Monaten im Auge. Er schüttete sich das Bier auffällig maßlos und unkontrolliert in den Hals. Das passte Madeleine nicht.

»Solche Alkis machen nur Ärger und kotzen dir irgendwann in die Bude. Das brauch ich wie ein Loch im Kopp!«, fluchte sie vor sich hin.

Sie bewegte ihren opulenten Körper um die Theke herum in den Innenraum des Cafés hinein. Ihre Schritte waren schwer und behäbig, gleichzeitig aber zielstrebig und Angst einflößend. Studenten rücken vorsichtshalber zur Seite, bevor sie ihnen beim Vorüberschreiten einen unliebsamen Rempler verpasste. Madeleine Thekenkrieger hatte etwas von John Wayne – nur in weiblich und fett.

»Hey, du!«

Otze schaute zu ihr herauf. Er hatte sie nicht kommen sehen und war überrascht. Ein Schauer durchfuhr seine Glieder. Aber er versuchte, selbstbewusst und nicht eingeschüchtert zu wirken.

»Was'n?«, fragte er ebenso wortkarg zurück.

Sie streckte den Zeigefinger der rechten Hand in seine Richtung und blickte streng. Ihre Augen glühten. So böse hatte ihn noch nicht mal seine Mama angeschaut, als er mit zwölf Jahren nach zwei Tagen sein neues Rennrad kaputtgefahren hatte.

»Wenn du mir hier in die Bude reiherst oder sonst was veranstaltest, heute oder in Zukunft, dann mach ich dich platt. Verlass dich drauf!«, sagte Madeleine fauchend.

›Die liebt dich, Otze‹, dachte er und: ›Sehe ich schon so voll aus?‹

Er versuchte abzuwiegeln: »Jau, geht klar, Schätzchen. Ich bin doch ein Braver.«

Madeleine kochte. So ließ sie nicht mit sich reden. Und schon gar nicht von so einem vollgesoffenen Halbstarken. Sie griff sich Otze. Er war kaum in der Lage zu reagieren. Sein T-Shirt in der Faust, drückte sie ihr Körpergewicht auf ihn nieder. Bruno Bachmann trieb es in den Stuhl unter sich. Er ließ die Attacke über sich ergehen.

»Pass mal auf, Scheißtyp, wenn du mich noch einmal Schätzchen nennst, dann raucht's!« Die Aufschrift ›Fußballphilosoph‹ auf seinem T-Shirt verschwand in ihrer geballten Hand. Otze versuchte, dem Gewicht standzuhalten, hoffte auf die Hilfe von einem Studenten. Aber keiner beabsichtigte, es mit Madeleine aufzunehmen. Er rang nach Luft und Worten.

»Ist das klar?«, erkundigte sie sich in herbem Ton.

Otze nickte: »M-hm!«

Einen Augenblick verharrte sie noch auf seinem erstarrten Körper, ließ dann von einer Sekunde zur nächsten scheinbar desinteressiert von ihm ab und stapfte wieder hinter ihre Theke, wo die Kundschaft wartete. Sie arbeitete weiter, als wäre nichts geschehen. Otze saß wie ein begossener Pudel auf seinem Platz, verspürte jedoch ein eigenartiges Gefühl von Vergnügen.

›Geil‹, dachte er, ›ich bin noch nie von einer fetten, ekelhaften Alten verdroschen worden. Schade eigentlich, dass sie mir keine gelangt hat, ich hätte noch über Jahre eine super Story zu erzählen gehabt.‹

Er grinste, und alle Studenten, die ihn zuvor verstohlen beobachtet hatten, grinsten mit ihm.

›Lässig‹, dachte Otze, ›besser einen scheiß Eindruck hinterlassen, als gar keinen.‹

Bruno Bachmann fiel gerne auf. Er lehnte sich locker auf seinem Stuhl zurück und schaute in die Runde. Da fiel ihm ein besonderes Augenpaar auf, das seinem Blick nur für eine Sekunde standhielt.

›Die kennste doch‹, dachte er und versuchte, sich an den Namen der Kommilitonin zu erinnern.

Wem gehörte nur dieses strahlend blaue Augenpaar?

›Brigitte? Berit? Birgit? Nee, Moment, wie heißt die Kleine denn noch, verdammt?‹, überlegte er.

Da! Sie sah schon wieder zu ihm herüber.

›Boah, die guckt mich an‹, dachte er.

Er bekam es fast mit der Angst zu tun. Diesmal unterbrach er den Blickkontakt. So schüchtern hatte sich Otze das letze Mal in der dritten Klasse verhalten. Er erkannte sich selbst kaum wieder.

›Hey, Junge! Was los? Ist doch nur eine Frau!‹, machte er sich Mut.

›Wie heißt sie denn noch mal, verflucht?‹, fragte er sich.

Sie hatte es ihm schon mal gesagt. Es war mindestens drei oder vier Semester her. Damals hatte er ihr in der Bauinformatik-Klausur aus der Patsche geholfen. Bauinformatik war das einzige Fach, in dem Otze fit war. Bei der Gelegenheit hatte er sich der hübschen Studentin kurz vorgestellt und kaum mehr als fünf Sätze mit ihr gewechselt. Zu diesem Zeitpunkt hatte er ja noch seine Tina, war glücklich mit ihr und hegte absolut kein Interesse an anderen Frauen.

›Barbara, B …, irgendwas mit B!‹, da schaute sie ihn wieder an.

Otze griff nach seiner leeren Bierflasche und murmelte: »Ich glaube, ich bekomme hier nix mehr.«

Birgit, Brigitte, Barbara, Berit oder wie immer die junge Studentin auch hieß, lächelte zu ihm herüber und zuckte mit den Schultern.

Bruno musste den Kontakt aufrechterhalten: »Holst du mir noch eins, ich gebe dir zur Belohnung auch eins aus!«

Sie nickte kurz und ging grinsend zur Theke. Bei Madeleine bestellte sie zwei Bier und setzte sich zu Bruno. Höchst beeindruckt bedankte er sich bei ihr und kramte in seiner Hosentasche nach Geld.

»Ist schon okay«, sagte sie und winkte ab.

»Nee, nee, das zahl ich!«, bekräftigte Otze, »kommt gar nicht in Frage.«

»Doch, doch, ist okay, du zahlst das Nächste!«, sagte sie.

Das Nächste? Das Nächste? Das war Musik in seinen Ohren. Solche Frauen mochte er.

›Das ist der Beginn einer wunderbaren Beziehung‹, dachte er hämisch und prostete ihr zu.

»Auf Madeleine«, sagte Otzes neue Trinkfreundin gedämpft.

»Auf die Thekenkriegerin«, erwiderte er noch leiser.

»Thekenkriegerin?«, fragte sie.

»Jaaa, so nennt man die Dicke hier«, erklärte er, »aber niemals in ihrer Gegenwart. Sonst biste tot!«

Er legte seinen Zeigefinger auf seine Lippen.

»Ach so! Nee, keine Angst!«, sagte sie heftig und übertrieben nickend.

Sie stießen ihre Flaschen fast lautlos aneinander. Madeleine sollte ja nicht schon wieder auf Bruno aufmerksam werden.

»Du, ich weiß, dass ich mich dir vor etwa hundert Jahren schon einmal vorgestellt habe, aber meinen Namen hast du bestimmt schon vergessen …«, versuchte Otze seine eigene Unkenntnis zu überspielen.

Sie jedoch sagte: »Otze! Ich habe ihn nicht vergessen.«

›Die wird mir unheimlich‹, dachte er.

Nun sah er geküsst aus. Was nun?

»Britt!«, sagte sie sofort, weil sie spürte, wie peinlich die Situation für ihn wurde.

»Weiß ich doch«, log er und ließ die Ironie durchblitzen.

Sie lachte laut. Er sah ihre schönen Zähne. Wunderschön weiß und gerade. Ihre zarte Haut war zwar etwas blass, aber rein.

›Keine Pickel‹, dachte Otze, ›gut!‹

›Figur – gut‹, sie hatte eine schlanke Gestalt und einen auffallend großen Busen dazu.

›Brust – gut.‹

›Wenn die irgendwann mal hängen, dann kennen wir beide uns wahrscheinlich sowieso nicht mehr‹, dachte Otze, der seine Meinung über die weibliche Brust dauernd änderte. ›Statisch unbestimmt und kleiner Querschnitt in der Hüfte. Bravo!‹

Ihr Haar fiel glatt auf die Schultern, und sie strich häufig mit den Fingern hindurch.

›Sie zupft sich durch die Frisur. Das ist ein Zeichen von Zuneigung und Geschlechtsaktbereitschaft – gut‹, dachte er.

Ihr fiel auf, wie er sie musterte. Es störte sie nicht. Im Gegenteil, es schmeichelte ihr sogar. Immer wieder hob sie ihr Bier zum Munde und trank fast in männlicher Manier.

Britt gefiel Bruno. Aber in seinem Zustand hätte so manche Frau ihm gefallen. Den ganzen Nachmittag unterhielten sie sich über dies und jenes, aber über nichts Konkretes. Sie lachten und machten sich lustig – hauptsächlich über Madeleine.

»Was meinste, wie ist die Maschine wohl im Bett?«, fragte Otze.

Britt mutmaßte: »Bestimmt ganz zart und einfühlsam.«

Bruno schüttelte heftig den Kopf: »Nä-hä, die nimmt einen sicher knallhart ran. Peitsche und Sporen gehören zu ihrer Standardausrüstung. Da fliegen die Fetzen!«

»Meinste?«

»Ja-ha, und ob, die legt ihrem Lover bestimmt Halsband und Handschellen an und tritt dem in den Arsch, wenn der zu früh kommt. Aber hallo!«, für eine Sekunde war sich Otze nicht sicher, ob er mit dieser Aussage Britts Humor nicht überstrapazierte.

Als sie jedoch im nächsten Moment losprustete, dachte er: ›Sie hat ’nen coolen Humor – gut!‹

Gegen 17 Uhr stand plötzlich Madeleine vor ihnen. Ihr bis dato angeregtes Gespräch stockte.

›Hat sie etwa was gehört? Oje, das gibt Ärger!‹, dachte Bruno.

Die Thekenkriegerin aber schlug einen erstaunlich milden Ton an: »Ey, ihr Turteltäubchen, ich mach jetzt hier zu. Beendet mal euer Saufgelage!«

Britt und Otze nickten und Madeleine zog wieder ab.

»Wollen wir noch wo hingehen?«, fragte Otze fast schüchtern.

Er wünschte sich, den Abend mit Britt zu verbringen, denn sie gefiel ihm außerordentlich. Er rechnete allerdings nicht damit, dass sie darauf einging. Oft machte er die Erfahrung, für Frauen ein guter Kumpel zu sein, als Liebhaber war er aber weniger gefragt. Wenn es ernst wurde, zogen sich die Frauen zurück. Das beste Beispiel: Conny, gestern Abend, wobei er sich eigentlich selbst verantwortlich für den negativen Ausgang machte.

»Klaro«, sagte Britt und riss ihn aus seinen Gedanken, »was hältst du von der Berger Straße? Wir können ja mal zur Abwechslung Einen trinken. Hm?«

»Ach, schon wieder?«, erwiderte Otze grinsend. »Na gut, überredet!«

Schnell sprangen sie auf. Beide wollten nur nicht den Zorn von Madeleine auf sich ziehen, indem sie den Eindruck vermittelten, sie würden sich Zeit lassen. Trödeln, wenn das Café zugemacht werden sollte, konnte die Thekenkriegerin gar nicht leiden. Otze griff sich schnell seine Sachen, und los ging es. Britt stand mit ihrem Rucksack auf dem Rücken bereits in der Tür. Sie fuhren mit dem Bus der Linie 32 die Nibelungenallee entlang und stiegen auf der Höhenstraße Ecke Berger Straße aus. Beide hatten arge Schwierigkeiten mit dem aufrechten Gang. Britt hatte zwar erst vier oder fünf Bier intus, aber das wirkte sich schon beträchtlich auf ihre etwa 52 Kilogramm Körpergewicht aus.

›Geiler Arsch!‹, dachte Otze, als er für einen kurzen Moment hinter ihr lief.

Sie erahnte seine Blicke.

»Glotzt du mir etwa auf den Hintern?«, fragte sie unverblümt.

Er antwortete ehrlich: »Äh, ja, wieso?«

»Och«, sagte sie, »nur so!«

Britt lächelte ihn an. Es machte ihr nichts aus, dass er sie beäugte – ganz im Gegenteil. In ihm keimte Hoffnung auf. Eine neue Hoffnung, dass nun doch eine Frau seinen Weg kreuzte, die ihn auch sexuell anziehend fand.

›Sie ist eigentlich fast wie Tina‹, dachte Bruno, ›attraktiv, humorvoll und irgendwie cool. Das wäre doch was!‹

Plötzlich schwenkten seine Absichten um auf Freundschaft oder fast sogar Partnerschaft. Otzes Interesse an ihr stieg über das Sexuelle hinaus. Ihr gemeinsamer Zielort war die Kneipe ›Schöneberger‹ auf der Oberen Berger Straße oberhalb des Bornheimer Fünffingerplätzchen. Das ›Schöneberger‹ war ein gemütliches Lokal, in dem man gut und günstig essen konnte, es hatte jedoch auch einen angenehmen Kneipencharakter. Nach kurzer Zeit brachte der Kellner ihnen bereits den dritten Apfelwein – pro Person versteht sich. Otze und Britt gaben Gas.

»Wein auf Bier, das rat ich dir!«, trug Otze vor.

Britt, die mittlerweile schon mehr als angetrunken war, lallte: »Du bist ja nicht nur ein Fußballphilosoph.«

»Wo wir grad dabei sind«, lallte Bruno zurück, »was glaubst du denn, wer Weltmeister wird?«

»Brasilien!«, sagte sie sofort und mit einer beängstigenden Sicherheit in der Stimme.

»Ha!« Otze lachte laut auf, denn der Scherz gefiel ihm – jedenfalls in seinem Zustand.

Als er Britt aber betrachtete, schien ihm: ›Die meint es ernst!‹

»Brasilien?«, fragte er nach. »Äh, Moment, von welcher Sportart sprechen wir gerade?«

»Fußball natürlich!«

»Aber«, Otze stockte, »die sind doch längst ausgeschieden!«

»Ach ja? Aber die sind doch die Besten!«, behauptete Britt, und Otze fiel sogleich auf: Sie war ein absoluter Fußballlegastheniker.

›Die hat ja überhaupt keinen Plan!‹, dachte er und verglich sofort: ›Tina kannte sich aus.‹

»Nicht wichtig!«, sagte Bruno prompt und blickte einem großen Mann in Straßenkleidung und weißer Schürze um die Hüfte in die Augen.

»Ich habe euren Tisch übernommen, meine Kollegin hat Feierabend, darf ich euch noch etwas bringen?«, fragte der neue Kellner und machte so gar keinen gepflegten Eindruck.

»Ja!«, kam es postwendend von Britt, »Otze, was wollen wir trinken?«

Gerade als dieser einen Äppler bestellen wollte, funkte der Bediener dazwischen: »Vielleicht mal ein Sektchen für das Pärchen?«

Bruno Bachmann war entsetzt. Was sollte das denn nun? Sekt? Paar?

›Sind wir hier im Puff, oder was?‹, dachte er, ›und warum diese Verniedlichungen? Sektchen. Pärchen.‹

»Oh ja«, rief Britt zur weiteren Fassungslosigkeit Brunos, »ein Sektchen, ja, bringen sie uns davon zwei. Lecker!«

Der Kellner wanderte zufrieden ab. Er hatte geschafft, was er wollte: Die Rechnung wurde in die Höhe getrieben.

»Sach ma«, Otze beugte sich über den Tisch zu Britt und flüsterte schon fast, »weißt du, was ein Sekt hier kostet? Dafür kannste drüben beim Edeka eine Flasche Äppler kriegen.«

»Ach, Otze«, Britt legte ihre Hand auf seinen Unterarm, »es ist doch so ein schöner Abend, was kann es da Netteres geben als ein Gläschen Sekt?«

Sie schaute ihm tief in die Augen. Dem konnte Bruno nichts entgegensetzen. Er war ein Opfer seiner sexuellen Gier und ließ den Dingen ihren Lauf. Alles nur, um seine potenziellen Ausgleichssex nicht zu gefährden. Nun schwenkte er wieder zurück von Partnerschaft zu seinen ursprünglichen, niederen Absichten. Das tiefere Interesse an Britt verschwand zunehmend.

›Is okay‹, dachte Otze, ›is okay, was soll's. Aber das heißt Glas und nicht Gläschen. Glas, Sekt, Paar! Alles ganz einfache Worte, die muss man nicht verhunzen!‹

Bruno schaute aus dem Fenster und sah auf der gegenüberliegenden Straßenseite eine Pizzeria. In großen Lettern stand der Name des Lokals über dem Eingang: ›Dick und Doof‹.

»Dick und Doof?«, fragte Otze, und Britt sah auf den Schriftzug.

»Und?«, sie verstand nicht, worauf er hinauswollte.

»Dick und Doof«, wiederholte er und wartete auf eine Reaktion ihrerseits, die aber ausblieb. »Wie kann man seine Pizzeria ›Dick und Doof‹ nennen? Klar, Pizza macht dick. Und doof wird man von all den Phosphaten, Aromastoffen, tierischen Fetten und was weiß ich noch alles ebenfalls ein bisschen. Das kann schon sein! Aber darauf groß und breit aufmerksam zu machen, ist entweder mutig oder ein genialer Werbegag, jedoch für meine Begriffe echt blauäugig. Es nennt sich ja auch keine Tankstellenkette ›Teuer und Umweltschädlich‹!«

Britt runzelte die Stirn, konnte dem Gedankengang zwar folgen, war aber viel zu betrunken, um darauf noch etwas Adäquates zu erwidern.

Sie sagte nur: »M-hm!«

Was sie immer sagte, wenn ihr etwas zu blöde, zu albern oder einfach nicht wert war, darauf ausführlich zu antworten. Wenn es schwierig wurde, brachte sie nur dieses ›M-hm‹ heraus, und damit war die Sache erledigt. Ihr Gegenüber hatte somit den Eindruck, bestätigt zu werden, und sie hatte ihre Ruhe. Es war einfach die perfekte Antwort auf fast alles.

»M-hm!«

›Cool‹, dachte Otze schmunzelnd, ›das muss ich mir merken! Das passt ja auf alles!‹

Der Kellner brachte nun schon das vierte Gläschen Sektchen für das Pärchen. Otze hasste diesen Kerl. Britt begrüßte selbstverständlich seinen besonderen Service. Ungefragt hatte er die Gläser wie zufällig auf seinem Tablett.

›Das ist kein Service, das ist Bauernfängerei!‹, dachte Bruno.

»Ja, na klar, lass die Sektchen ruhig hier!«, sagte Britt immer wieder.

»In Ordnung, zum Wohl, und wenn was ist, kannst du mich rufen!«, erwiderte der Kerl dann.

›Warum duzen die sich überhaupt?‹, dachte Otze.

Plötzlich lehnte sich Britt leicht über den Tisch zu Otze. Sie wollte ihm etwas zuflüstern, aber sie blieb an ihrem Gläschen hängen und schüttete es um. Der Tisch, ihr Oberteil und Otzes Hose – alles war nass. Es war ihr aber kaum peinlich. Britt griff sich Servietten, Taschentücher aus ihrem Rucksack und tupfte alles sauber. Alles, bis auf Otzes Hose.

›Da hättest mal tupfen können, du Nuss!‹, dachte er verärgert, was er sich jedoch nicht anmerken ließ.

»Och Mist, jetzt ist mein Shirt ganz feucht«, jammerte sie.

›Sehr gut, dann liegt es enger auf der Haut. Lecker!‹, dachte Bruno, aber er half ihr sogleich: »Willst du meinen Pulli? Der hat nichts abbekommen.«

»Oh ja, klaro!«, sie nahm seinen Pullover entgegen, den er schon den ganzen Tag bei sich trug.

Bruno lehnte sich zurück, denn er erwartete, dass Britt sich nun in die hinteren Räume verzog, um sich umzukleiden. Aber nichts da. Otze machte plötzlich große Augen. Britt streifte ihr feuchtes Shirt ab, saß für wenige Sekunden lediglich mit ihrem BH bekleidet am Tisch und stülpte sich Brunos Kleidungsstück über. Wahnsinn! Otze fehlten die Worte. Sein Mund stand offen, das Blut floss allmählich in sein Geschlechtsteil, und er regte sich nicht.

›Ist das gerade wirklich passiert?‹, fragte er sich, ›nee, oder?‹

Unbeeindruckt ging Britt wieder zu ihrem eigentlichen Plan über. Sie lehnte sich abermals über die Tischplatte

Otze entgegen. Diesmal ließ sie die übrigen Getränke und Gegenstände unbeschadet stehen.

Bruno Bachmann stutzte: ›Was kommt jetzt?‹

Sie holte Luft und er ahnte, dass ihr etwas auf dem Herzen lag.

Des Rätsels Lösung ließ nicht lange auf sich warten: »Hast du eine Freundin?«

›Aha!‹, dachte Bruno, ›jetzt wird es interessant. Die Nuss knack ich heute Abend noch!‹

»Nein«, antwortete er, »und du?«

Sie schüttelte mit dem Kopf und gab preis: »Solo!«

Otze musste einfach nachhaken. In Wirklichkeit interessierte es ihn zwar wenig, aber es sprudelte unkontrolliert aus ihm heraus.

»Ach, und weswegen?«, und gerade als er diese Frage gestellt hatte, ahnte er Böses – sie war zu betrunken, als dass sie die Wahrheit hätte zurückhalten können.

»Er hat mich verlassen«, sagte sie, und gerade als Otze dachte, der schlimmen Realität entkommen zu sein, fügte sich seufzend hinzu, »er wollte keine Kinder mit mir!«

Seine Libido, die Britt mit ihrem Äußeren und ihren teilweise anziehenden Wesenszügen zu steigern verstand, flachte prompt ab. Unterirdisch! Sie existierte praktisch nicht mehr, war komplett den Bach herunter.

›Warum machen Frauen so was?‹, dachte Otze, ›warum quatschen die beim ersten Date von Kindern? Das ist der schlimmste Fehler, den sie machen können. Wenn sie ihrem Begleiter Angst einjagen wollen, ja, dann geht ihre Strategie auf. Als Nächstes redet die noch von Heirat. Die sucht einen Besamer, und ich soll herhalten. Nä-hä, nicht mit dem einzigen Sohn meiner Mutter. Mit Tina, ja, das wäre eine andere Sache gewesen. Wo bin ich denn hier reingeraten?‹

»Ich geh mal für kleine Studentinnen«, sagte Britt, die gar nicht bemerkte, was sie in Bruno ausgelöst hatte.

Sie stand auf und folgte dem kleinen Schild ›WC‹ am Ende des Raumes. Plötzlich drehte sie sich auf dem Absatz herum und näherte sich Otze wieder.

Sie führte ihren Mund an sein Ohr und flüsterte lasziv anmutend: »Bringst du mich dann heim, wenn ich wieder da bin?«

›Ach du Scheiße!‹, dachte Bruno, als sie sich wieder abwandte, ohne seine Antwort abzuwarten, ›aber einen geilen Arsch hat sie ja!‹

Tausend weitere Gedanken schossen durch Otze: ›Wat nun? Soll ich mit ihr mitgehen? Ob sie wohl verhütet? Ohne Gummi mach ich nix. Ich würde ja schon gern mit ihr. Aber soll ich das Risiko eingehen? Und, bin ich nicht viel zu besoffen? Was, wenn sie ohne Präser will? Ich weiß nicht, ob ich der Verlockung standhalten kann, wenn ich so geil bin! Komm Otze, benutz die Birne! Geh mit, aber mach es nur mit Pariser. Was ist das überhaupt für eine bescheuerte Bezeichnung? Pariser!‹

Außergewöhnlich lange verbrachte Britt auf der Damentoilette. Ein kleines Geschäft benötigt nicht so viel Zeit.

Bruno realisierte, dass sie sich unter Garantie gerade übergab.

›Oh nein‹, dachte er, ›da macht die Knutscherei nachher ja besonders Spaß. Ätzend! Aber was soll's. Sex wäre echt mal wieder was Feines.‹

Bruno Bachmann winkte den aufdringlichen Kellner herbei und verlangte die Rechnung. Leider musste er die gesamte Rechnung übernehmen. Jetzt konnte er Britt kein Geld mehr abluchsen. In ihrem Rucksack nach Geld zu suchen, das traute er sich nicht. Dafür hatte er dann doch zu viel Anstand.

»24, 40«, sagte der Kellner und wartete.

»Bitte?«, fragte Otze.

»24 Euro und 40 Cent«, wiederholte der Bediener.

›Was ’n Depp‹, dachte Bruno, ›der hat sich doch jetzt mindestens um neun Euro verrechnet. Naja, Schnauze halten und Kohle behalten.‹

Da wankte Britt schon auf ihn zu. Sie sah schlecht aus. Zwar noch immer hübsch, aber ihr Magen spielte ihr übel mit, das hätte der berühmte Blinde mit Krückstock erkannt.

»Soll ich dich heimbringen?«, fragte Otze, was sogar etwas gentlemanlike anmutete – in Wahrheit wollte er jedoch endlich zur Tat schreiten.

Sie nickte und murmelte etwas Unverständliches.

›Ach so, ja! Ihr Rucksack! Das meint sie wohl‹, er stand auf und reichte ihr ihre Tasche.

Britt umarmte ihn wortlos. Fühlte sich gut an! Auch er legte seinen Arm um ihre schmale Taille. Er legte seine Hand mit festem Griff kurz unter ihren Busen, den er mit dem Daumen leicht berührte.

Bruno merkte, wie ihn diese Berührung erregte.

Er fragte sie: »Wo wohnst du denn?«

Sie zeigte lediglich in eine Richtung. Otze folgte ihrer Deutung und stützte sie beim Gehen.

Innerlich freute er sich: ›Jawohl, endlich klappt es mal mit einer Frau. Wurde auch Zeit. Macht nichts, dass sie voll ist wie’n indischer Eisenbahnwaggon.‹

Britt stoppte plötzlich. Otze war bereit für den ersten Kuss. Der Anfang musste nun gemacht werden. Er wollte nun nur knutschen, mit zu ihr nach Hause und den Abend erfolgreich vollenden.

Sie jedoch gab ihm einen kurzen Schmatzer auf die Wange und lallte leise: »Dank dir, ich bin sehr müde. Gute Nacht!«

Anschließend verschwand Britt eilig in einem Haus in der oberen Rendelerstraße – womöglich musste sie schnell zu ihrer Kloschüssel, um ihrer Übelkeit nachzugeben. Weg war sie also. Verschwunden! Ehe Otze sich versah, stand er alleine auf der Gasse. Es war mitten in der Nacht, kurz nach drei Uhr und die Traumblase war zerplatzt!

›Toll! Echt toll! Jetzt ist sie weg. Dieser kleine Misthase. Weg! Einfach weg! Samt Brüsten. Und meinen Pulli hat die auch noch an‹, dachte er, ›wie kann ein Freitagabend noch beschissener enden?‹

Er konnte ja nicht ahnen, was die Nacht noch für ihn bereithielt.

Schlangenlinien

›Wo ist die Alte bloss hin?‹, dachte Otze, als er die Stufen der Discothek ›The Cave‹ heraufstolperte, um endlich den Heimweg anzutreten.

Conny hatte er schon vor mehreren Stunden aus den Augen verloren, aber denken musste er noch immer an sie. Er machte sich schwere Vorwürfe, ihr keinen Kuss gegeben zu haben.

›So ein Mist‹, dachte er, ›die Kleine war echt nett! Sah ganz gut aus und war zudem cool drauf. Das ist bei hübschen Frauen selten. Meistens sind das dann eingebildete Schicksen, ohne besonderen Sinn für Humor.‹

Leicht hätte er die Merianstraße direkt erreichen können. Über die nördlich parallel zur Zeil verlaufenden Stephanstraße bis hin zum Friedberger Tor, dann hätte er sein Ziel schon fast vor Augen gehabt. Bruno nahm aber den Umweg über die südlich liegende Zeil in Kauf. Er hoffte, auf der tagsüber sehr belebten Einkaufsstraße jetzt noch etwas zu Essen zu bekommen. Der Donnerstagabend hatte sich vor zwei Stunden bereits in den Freitag verwandelt, und sein Magen knurrte.

›Um diese Uhrzeit kriegste nur auf der Zeil noch was zu futtern‹, dachte er.

Immer, wenn Bruno Bachmann einige Bier zu viel getrunken hatte, bekam er unkontrollierbaren Heißhunger. Irgendetwas musste er sich dann in den gierigen Wanst schlagen. Wenn er unterwegs nichts fand, wurde daheim der Kühlschrank geplündert. Diese ungesunde Ernährung war sicherlich ein Hauptgrund für sein deutlich sichtbares Übergewicht. Das interessierte ihn aber in seinem jetzigen Zustand herzlich wenig.

›McDingsbums‹, ging es ihm durch den Kopf, ›McBrät‹ oder so, der hat noch auf. Da krieg ich noch was.

Tatsächlich schloss die Imbissbude auf der Zeil erst in den frühen Morgenstunden. Tagsüber eine normale Pommesbude, wandelte sich der Fast-Food-Laden nachts in einen Verschlag mit Ausgabefenster. Eine feste Metallplatte wurde jeden Abend aufs Neue vor den sonst verglasten Einlass geschraubt. Als Prävention vor betrunkenen Randalierern und kleineren Überfällen.

›Sicher müssen die sich hier auch vor unzufriedenen Gästen schützen – bei dem Fraß‹, dachte Otze, denn wirklich köstlich fand selbst er die Speisen dort nicht.

›Keiner sieht doch, was die da drinnen für Sauereien mit dem Essen fabrizieren‹, überlegte er, ›ich will das manchmal echt nicht mitbekommen. Unwissenheit kann ein Segen sein.‹

Aus der Ausgabeluke roch es nach Frittier- und Bratfett. Manchmal alt und verbrannt, manchmal einfach nur penetrant ölig. Das Fett lag förmlich in der Luft. Der Angestellte stammte aus einem Land im Nahen Osten – seinem Aussehen nach zu urteilen.

›Eventuell Iran‹, dachte Otze, ›vielleicht ist er aber auch Türke – oder Inder? Ach, was weiß denn ich!‹

Der Mann blickte Bruno auffordernd an. Sonst sagte er nichts.

»Eine große Pommes mit Majo und eine doppelte Currywurst, bitte«, lallte Otze seinem Gegenüber entgegen.

Dieser machte sich sogleich an die Arbeit. Mit geübten Handgriffen bereitete er die Bestellung zu.

Kurz nach der Order dachte Otze schon: ›Oh Mann, eine kleine Pommes und eine einfache Currywurst hätten es auch getan. Warum bestelle ich mit meiner dicken Wampe eigentlich immer noch Majo? Wenn ich so weiterfresse, dann lerne ich niemals eine anständige Frau kennen, die auch noch gut ausschaut.‹

Wenige Augenblicke später stand das Gericht bereit. Das ging Bruno irgendwie zu schnell.

»Wäre es zu viel verlangt, frische Pommes zu machen und mir nicht die Bratwurst von heute Mittag anzudrehen?«, fragte Otze unverschämt.

»Hä?«, war die Antwort des Verkäufers, der ihn offensichtlich nicht verstand.

»Frische Pommes hätte ich gerne!«, wiederholte Otze und formte dabei seine Lippen überdeutlich.

Jetzt begriff der Mann, und er fuchtelte wild mit den Händen, um seine wenigen Worte zu bekräftigen: »Frisch! Frisch! Ist frisch! Hier frisch alles! Frisch! Frisch!«

›Das soll frisch sein?‹, dachte Bruno Bachmann und betrachtete die Schale vor sich.

Eine dunkle runzelige Haut überzog die Wurst, die man sogar unter der Curry-Soße noch gut erkannte, die Pommes hatte der Imbiss-Angestellte kross gebacken. Nicht goldbraun sondern schon fast dunkelbraun, was darauf schließen ließ, dass sie schon mindestens zum zweiten Mal im Frittierfett gelandet waren.

›Hm!‹, dachte Bruno, ›das Problem ist, ich habe Hunger, und was anderes bekomme ich nicht mehr.‹

»Okay«, sagte er deshalb, »gib her den Fraß!«

Bruno zahlte und nahm auf einer Bierzeltgarnitur platz, die von ›McPommes‹ aufgestellt worden war, nicht jedoch gereinigt – jedenfalls noch nicht heute Abend. Überall lagen Pommes, Bratwurstreste, Pappschalen und Servietten herum. Anscheinend hatten es die Betreiber der Imbissbude nicht nötig, ihre Umgebung sauber zu halten. Das Geschäft lief auch so, wie man an Otze erkennen konnte.

›Was ein Drecksladen!‹, dachte Otze, ›die verticken nur beschissenes Essen, aber jeder Depp kauft es. Um diese Uhrzeit sind ja auch nur Besoffene unterwegs, denen ist das alles ziemlich egal. Der Verkäufer tut mir aber fast leid. Der muss jeden verdammten Abend hier sein, sich das blöde Gerede von den Suffnasen anhören und kommt erst in den Morgenstunden nach Hause. Wahrscheinlich verdient er dabei fast nix und muss eine zwölfköpfige Großfamilie in der Heimat ernähren.‹

Otze ließ eine halbe Bratwurst liegen. Er konnte sie einfach nicht mehr essen.

›Das Zeug schmeckt so ekelhaft‹, dachte er, ›wie pures Fett mit etwas Curry.‹

Wenigstens hatte er jetzt keinen Hunger mehr. Er konnte den Heimweg fortsetzen. Otze lief am ›Birmingham‹ vorbei, das ebenfalls mittig auf der Zeil lag. Dort sah er eine Flagge in Regenbogenfarben aufgespannt, die ihm hier zum ersten Mal auffiel.

›Ich wusste gar nicht, dass es hier auf der Zeil einen Schwulenladen gibt!‹, dachte er verwundert.

Tatsächlich entlarvte die bunte Fahne die Klientel der Bar. Schüchtern blickte Otze durch die Fenster hinein. Er wollte bloß nicht auffallen. Nicht, dass ihn noch jemand erkannte, wie er sich für diese Bar interessierte. Er hatte zwar nichts gegen gleichgeschlechtliche Liebe, aber als schwul gelten wollte er dann doch nicht.

›Ist schon komisch irgendwie‹, dachte er dann, ›wenn man Schwule sieht. Das sind ganz normale Menschen. Ganz normale Menschen, die aber anders denken und fühlen. Das bekommt man tagsüber, in der Stadt, in der Bank, beim Bäcker gar nicht so mit. Da verhält sich einer wie der andere – ob nun homo oder hetero. Komisch!‹

Dieser Gedanke faszinierte ihn irgendwie, er verfolgte ihn weiter: ›Vor allem sind ja nicht die Schwulen an sich so eigenartig, sondern diese verbohrten Volldeppen, die andere Menschen so verteufeln, weil sie anders sind. Wie viele Typen gibt es, die Schwulen nachsagen, sie seien kriminell oder pervers oder so einen Quatsch. Das sind doch die gleichen Assis, die sich im Internet kleine Porno-Filmchen runterladen.‹

Otze musste sich von den Fenstern des ›Birmingham‹ losreißen. Es wurde ihm unangenehm, diese Leute zu beobachten.

Noch in dem Gedanken versunken, bog Bruno an der Konstablerwache auf die Adenauer Straße ein. Dort schritt er am noblen ›Arabella Sheraton Hotel‹ vorüber.

›Wer hier übernachtet, der hat es geschafft. Der hat keine Geldsorgen mehr. Der macht sich nur Gedanken darüber, wie er noch schneller noch mehr bekommen kann‹, dachte Otze und musste schnell weiter, denn er wollte nicht über seine eigene finanzielle Lage nachdenken. Es lag klar auf der Hand, dass Otzes Faulheit ausschlaggebend für die finanzielle Notlage war.

›Aber selbst wenn ich mir den Arsch abarbeite, komme ich niemals in diese Regionen, wie die Typen hier im Arabella‹, dachte er, ›hier übernachten auch sogenannte Stars. Menschen, die von solchen Menschen wie mir erkannt werden.‹

Er erinnerte sich an einen Tag, an dem Barry White aus der Vorhalle des Hotels gekommen war, um in eine lang gestreckte Limousine mit Chauffeur einzusteigen. Otze war fasziniert gewesen. Weniger, weil dort der berühmte Sänger Barry White stand, sondern weil es tatsächlich Menschen gab, die überall auf der Welt erkannt wurden – sogar von Bruno.

›Diese armen Schweine‹, dachte Otze, ›die können niemals unbeachtet so wie ich volltrunken über die Straße laufen. Das steht am nächsten Tag sofort in der Zeitung – dann wissen es alle. Wie peinlich!‹

Gerade als er noch mehr Bedauern für die Lage der Promis aufbringen wollte, dachte er: ›Aber das ist ja auch kein Lebensziel – besoffen über die Straße laufen zu können.

Was überleg ich mir hier eigentlich für einen Dünnpfiff?‹

Eigentlich wollte er nichts weiter, als nach Hause zu kommen. Sein voller Magen, der übermäßige Alkoholkonsum und der lange Tag hatten ihn müde gemacht. Er wechselte die Straßenseite am Friedberger Tor, ohne auf den Verkehr zu achten. Otze torkelte auf dem Bürgersteig an der Haltestelle Hessendenkmal vorüber. Sein Gang wurde immer schwerer und beschwerlicher. Er wankte, lief Schlangenlinien – kämpfte mit sich selbst. Er ahnte ja nicht, dass er an einem geschichtsträchtigen Ort vorüberlief. Der Wiedereroberung Frankfurts im Jahre 1792 wurde hier mit einem Marmorwürfel ein Denkmal gesetzt. Heute, 214 Jahre später, gab Bruno Bachmann an dieser Stelle ein erbärmliches Bild ab. Jeder hätte sofort erkannt, in welchem Zustand er sich befand. Auch wenn Otze versuchte, sich zu beherrschen – es gelang nicht. Plötzlich vernahm er aus der Friedberger Anlage, einem kleinen Park, Discoklänge. Das dort zentral gelegene ›Odeon‹ hatte seine Pforten weit geöffnet. Um diese Uhrzeit sollten die letzten zahlenden Gäste angelockt werden. Das gelang in diesem Fall: Otze war beeindruckt und interessiert. Plötzlich vergaß er sein Zuhause, sein Bett und seine Müdigkeit. Wahrscheinlich war der Abend für ihn zu enttäuschend verlaufen, und er wollte ihm unterbewusst eine positive Wendung geben. Optimistisch schritt er auf das hell erleuchtete Gebäude zu und erkannte bereits aus der Ferne die zwei dunklen Gestalten, die den Eingang flankierten. Kritisch und durchdringend betrachteten die Türsteher den offensichtlich Betrunkenen, der die Discothek betreten wollte.

»Moin Jungs!« Otze bemühte sich, möglichst gelassen und selbstbewusst zu wirken, denn er ahnte, dass sein Blutalkoholwert ihm Probleme bereiten könnte. Ohne die Türsteher weiter zu beachten, wollte er an ihnen vorübergehen. Ganz selbstverständlich, cool und lässig.

»Nix da!« Einer der beiden breit gebauten Männer streckte seinen Arm aus und versperrte Bruno den Weg. »Kannste vergessen!«

Fast einen ganzen Kopf kleiner, sah Otze zu ihm hoch und versuchte, ein vertrauenerweckendes Gesicht aufzusetzen.

»Hä?«, sagte er plump und einen Tick zu rotzig – das bemerkte er selbst in dem Moment, in dem es ihm herausrutschte.

Otze erwartete nun eines der üblichen Türsteherargumente. Jede Ausrede hatte er bereits tausendfach über sich ergehen lassen. Er glaubte nicht mehr daran, dass er an einer Discotür mal etwas Neues erleben würde.

Heute jedoch traf er erstmals einen aufrichtigen und durch und durch ehrlichen und direkten Menschen am Eingang eines Tanzlokales: »Du bist mir zu voll!«

Damit hatte Otze nicht gerechnet. Er versuchte es nun mit einer Lüge, die wohl die am häufigsten verwendete auf der ganzen Welt war. Ehefrauen rund um den Globus, Polizeibeamte in Verkehrskontrollen und eben sämtliche Türsteher der Lokalitäten dieser Gesellschaft hatten sie sich schon anhören müssen.

Bruno sagte: »Das kann nicht sein, hab erst zwei kleine Bier getrunken!«

Nicht sicher, ob sein glasiger Blick, sein unsicherer Stand oder sein schlechter Atem ihn auffliegen ließen, sah er, wie sich der zweite Türsteher einmischte.

»Ärger?«, fragte er den Ersten und baute sich vor Otze auf.

Ein kurzes Kopfschütteln bewahrte Bruno davor, sich gleich zwei Muskelprotzen gegenüberzusehen. Zwei Ungetümen, die jeder für sich in der Lage gewesen wären, ihn bei dem kleinsten Anzeichen von Aggressivität abzufrühstücken.

»Ist ja gut! Ist ja gut! Ich verpiss mich ja schon«, sagte Otze mit erhobenen Armen kapitulierend.

Erst jetzt registrierte der Türsteher den Gips an Otzes rechtem Arm.

»Damit hätte ich dich sowieso nicht reingelassen«, sagte der erfahrene Mann, »da ist schon zu viel Mist passiert.«

Otze wandte sich ab, drehte sich nach ein paar Schritten aber wieder um. Aus dem ›Odeon‹ hallte laute Musik. Die eine oder andere Frau sah er vorüberhuschen. So gerne hätte er sein Glück noch einmal versucht. Es fuchste ihn unheimlich, dass ausgerechnet er, der keiner Fliege etwas zuleide tun konnte, nicht hineinkam. Bruno wollte einfach nicht begreifen, dass sein Alkoholpegel der einzige Grund für die abweisende Haltung des Türstehers gewesen war.

»Ich habe eine Frage«, er richtete sich mit seinen Worten an den Mann am Eingang, »aber bitte, gib mir eine ehrliche Antwort.«

Der Türsteher nickte kurz mit einer Miene, die zu sagen schien: »Na komm, schieß los und nerv nicht!«

»Wenn ich ein Weib wäre, würdet ihr mich dann reinlassen?«, fragte Bruno etwas lallend.

»Wärst du als Frau genauso besoffen?«, bekam Otze die Gegenfrage gestellt.

Der nickte.

»Nein!«, behauptete der Türsteher.

»Glaub ich nicht«, entgegnete Otze.

Sein Gegenüber runzelte die Stirn und sah Bruno tief in die Augen. Der kleine Otze hielt dem Blick stand, obwohl er es nun fast mit der Angst zu tun bekam.

›Eine aufs Maul hätte mir heute noch gefehlt‹, dachte Otze.

Der verärgerte Blick des Türstehers wandelte sich langsam in ein Grinsen, und er sagte: »War auch gelogen!«

›Cooler Typ!‹, dachte Otze lächelnd, denn die Antwort gefiel ihm.

»Hab ich mir gedacht!«, er hob zum Abschied seine Hand und ging wieder in Richtung Friedberger Landstraße.

›Mädels haben es echt leichter im Leben‹, dachte Bruno, ›die müssen zwar so unangenehme Dinge mitmachen, wie Kinder gebären und die monatliche Menstruation und so 'n Schnickschnack, aber Männer haben viel mehr Nachteile. Erstens müssen die sich ständig rasieren …‹

Dieses Argument verwarf Otze sogleich wieder, denn Frauen mussten schließlich dauernd ihre Beine enthaaren.

›Erstens müssen Männer zum Bund, und zweitens haben sie den großen sexuellen Nachteil. Männer sind triebgesteuert, was die Frauen zu unglaublich starken Wesen macht. In allen Lebenslagen, bei Bewerbungsgesprächen, bei Prüfungen oder bei Verhandlungen geben die Damen den Ton an, wenn sie nur ein bisschen gut aussehen und mit ihren körperlichen Reizen umgehen können. Die Kerle sind doch häufig so was von dämlich und denken gleich an Sex, nur weil sie von einer attraktiven Frau freundlich angelächelt werden. Männer rennen mit dem Trieb in der Hose durch die Gegend, wie abhängige Junkies auf der Suche nach dem nächsten Schuss. Frauen sind die Bestimmer. Wenn sie nur eine kleine Aussicht auf Sex bieten, dann bekommen sie von jedem Vollidioten alles – die kommen dann sogar völlig betrunken am Türsteher vorbei in die Disco.‹

Otze gefiel der Gedankengang, er lächelte und dachte noch: ›Mann, bist du wieder voll!‹

Plötzlich erschrak er, denn in derselben Sekunde wurde ihm klar, dass auch Tina diese Macht hatte. Sie musste bloß mit dem Finger schnippen, und schon wäre er gestern wieder mit ihr im Bett gelandet. Und das, nachdem sie ihm so wehgetan hatte.

Bereits nach seinem Schlüssel wühlend erreichte Otze sein Zuhause. Es dauerte einen Moment, bis er mit der gesunden linken Hand in der rechten Hosentasche seinen Haustürschlüssel zu packen bekam.

›Wie ist der eigentlich dahingekommen?‹, fragte er sich, denn mit seinem Gipsarm hatte er ihn sicher nicht dort eingesteckt.

Sein Arm schmerzte nun plötzlich wieder. Er dachte unwillkürlich an Tina.

›Tina! Tina!‹, er konnte sie einfach nicht verdrängen, ›Tina! Was soll das alles? Warum nur?‹

Otze erklomm die Treppe zum ersten Stockwerk und freute sich darauf, gleich im Bett zu liegen. In seinem eigenen, warmen, kuscheligen Bett. Es gab nichts Schöneres nach so einer Nacht. Aber es gab noch andere Gründe, endlich einzuschlafen.

»Erstens bin ich vollkommen im Eimer und zweitens muss ich Depp morgen früh in die FH in die Statik IV-Vorlesung. Und wenn ich schlafe, denke ich nicht mehr an Tina!« Der Alkohol hatte ihn schon sehr müde gemacht, und er schlief rasch ein.

Halbfinale

ANGESTRENGT VERSUCHTE OTZE, sich auf die statische Berechnung in seinen Unterlagen zu konzentrieren. An seinem Schreibtisch in der WG sah man ihn nur selten vertieft in seine Studienunterlagen. Von Zeit zu Zeit blieb ihm aber kaum eine andere Wahl. So wie heute. Die Momentenfläche nach dem Kraftgrößenverfahren zu ermitteln, hatte ihm schon immer Probleme bereitet. Er kapierte es nicht, zudem befand er sich in einem emotionalen Tief, was ihm mehr und mehr die Lust an seinem Studium verdarb. Bruno wollte nicht mehr länger als Single sein Dasein fristen. Dieser Zustand fühlte sich so trostlos an. Es half aber alles nichts. Otze musste den Stoff endlich begreifen, um einen seiner letzten Scheine bestehen zu können. Erst dann würde er zu seiner abschließenden Diplomarbeit zugelassen werden. Erschwerend hinzu kam die Tatsache, dass die Auswahl der deutschen Nationalmannschaft am gestrigen Abend aus dem WM-Turnier ausgeschieden war. Dienstag, der 4. Juli 2006 war kein guter Fußballabend gewesen – im Gegensatz zum selben Datum im Jahre 1954. Er konnte es noch immer nicht begreifen. Wieso hatte das Team von Bundestrainer Klinsmann in der 119. Minute einen Treffer kassieren müssen? Der Zweite interessierte ihn gar nicht. Unwichtig!

›Die Hornochsen haben alle schon auf den Abpfiff gewartet und wollten die Italiener im Elfmeterschießen wegblasen‹, dachte Otze, ›wie kann man nur so dämlich sein?‹

Er wollte es einfach nicht wahrhaben, dass man Sekunden vor Schluss noch einen so blöden Treffer hinnehmen musste.

›Grosso!‹, dachte er. ›Nie wieder Pizza!‹

Otze wollte dieses Spiel verdrängen, denn er hatte sich fest vorgenommen, noch einige Stunden zu lernen. Es war ja schon knapp 16 Uhr. Bis 19.30 Uhr wollte er fertig sein. Das heutige zweite Halbfinale der WM musste er unbedingt sehen, und das mit einem möglichst reinen Gewissen.

›Wenn ich heute Abend sieben oder acht Bier reindrücke, bin ich morgen früh nicht fähig, meine Birne zu benutzen. Deswegen muss ich eben heute ranklotzen‹, dachte Otze.

Nachdem er sich schließlich immer mehr in die Materie vertieft hatte, beschlich in das Gefühl, so langsam hinter das Geheimnis der Statik zu gelangen. Er glaubte zu verstehen. Die komplizierten Berechnungen nahmen unerwartet nachvollziehbare Formen an. Gerade in dieser erbaulichen Phase seines Schaffens störte die Türglocke. Otze schreckte auf.

›Bitte nicht gerade jetzt‹, dachte er. ›Soll doch Heiner die Tür öffnen!‹

Es klingelte noch einmal. Otze atmete gestresst aus. Wenn er sonst Störungen beim Lernen von Herzen liebte, kam sie ihm gerade jetzt sehr ungelegen.

»Bevor ich lerne, erledige ich alles andere. Ich wische Staub, spüle Geschirr, sortiere die CD-Sammlung alphabetisch nach Interpreten oder putze sogar das Klo. Hauptsache, ich komme nicht zum Lernen. Und dann ist da immer diese böse Fernbedienung, die irrtümlich in meine Hand gerät und sich ansaugt, festbeißt. Jede Sendung schau ich mir an: Talkshow, Richtersendung, Aerobic für Rentner oder Verkaufs-Shows, in denen Faltencreme von Uschi Glas angepriesen wird. Alles besser als lernen!« Das war sonst seine Einstellung.

Er ging zur Wohnungstür in der Hoffnung, dass er keinen Überraschungsbesuch von einem seiner Saufkumpels bekam. Freunde konnte er mit guten Argumenten abwimmeln. Unmöglich war es, einen Saufkumpel loszuwerden. Otze konnte nicht widerstehen, wenn es um einen netten Abend mit viel Bier ging. Er, als absoluter Gemeinschaftstyp, durfte niemals eine Feier verpassen.

Das hatte ihm im vorletzten Semester das Genick gebrochen. Vor der Prüfung in Statik IV hatte er den Abend in Frankfurt verbracht. Otze wohnte damals noch mit seiner Tina zusammen. An jenem Freitagabend war er seinen Kumpels Heiner und Mansour zur Ü-30-Party in die Discothek ›Odeon‹ gefolgt. Selbstverständlich floss der Alkohol in Mengen.

Otze erklärte sich das ebenso einfach wie einleuchtend: »Zu diesen Veranstaltungen für ein Publikum über 30 Jahre werden natürlich auch Frauen reingelassen, die entsprechend jünger sind. Männer, die dieses Alter nicht überschritten haben, erhalten keinen Zutritt. So etwas steigert selbstverständlich die Euphorie der älteren Herren, denn sie wissen, dass alle jungen Frauen dort ältere Männer mögen – sonst wären sie ja nicht vor Ort. Und um mutig zu werden, brauchen Männer einen deutlichen Ausschlag auf der Promilleskala.«

Otze hatte jedoch damals keinerlei Ambitionen, eine Frau kennenzulernen. Sexuell fühlte er sich vollends ausgeglichen. Er führte eine glückliche Beziehung, aus diesem Grunde war er konsequent.

»Fremdgehen is nich«, sagte er, »warum sollte ich Tina bescheißen? Es gibt keinen vernünftigen Grund. Sie betrügt mich ja auch nicht.«

Mal das ein oder andere Gespräch führen mit Frauen, die bei Heiner und Mansour standen, sich unverbindlich anlächeln lassen, seinen Marktwert ermitteln – das ging in Ordnung. Aber bis genau dort hin und nicht weiter. Dazu liebte er Tina zu sehr. Seine Tina!

Als Otze nach dieser Nacht viel zu spät, um pünktlich zur Prüfung zu erscheinen, bei Mansour auf der Couch aufgewacht war, fühlte er sich schlecht. Sein Gewissen plagte ihn. Der Kopf dröhnte. Ein flaues Gefühl zeichnete sich in der Magengegend ab.

›Ich hätte nicht so viel saufen sollen‹, machte er sich Vorwürfe, als er mit mächtig Restalkohol im Blut in die Kleidung stieg.

Das letzte dunkle Colaweizen hatte er gegen halb fünf getrunken und damit das halbe Dutzend vollgemacht, von den fünf Tequila gar nicht zu reden. Jetzt war es 8 Uhr. Prüfungsbeginn war in einer halben Stunde. Er verpasste die Straßenbahn um wenige Sekunden und musste vier viel zu lange Minuten auf den Bus warten. Er kam nur drei Minuten zu spät zur Klausur. Aber die reichten aus, um aufzufallen – sehr negativ aufzufallen. Als er den Hörsaal betrat, bearbeiteten seine Kommilitonen bereits konzentriert und vor allem nüchtern die Aufgabenstellungen. Der Professor übergab ihm mit einem leichten Kopfschütteln den Prüfungstext, als sich Otze in die hinterste Reihe gesetzt hatte. Er roch nach Alkohol und Schweiß, seine Kleidung nach Rauch, und seine Haare standen ihm zu Berge. Nachdem sich das leise Gelächter der Studenten beruhigt hatte, starrte Otze den Rest der insgesamt 90 zur Verfügung stehenden Bearbeitungsminuten auf das Formular. Sein Kopfschmerz, seine Übelkeit und seine Müdigkeit ließen nicht zu, dass er strategisch denken konnte. Das Ende war absehbar.

Als der Dozent die Ausarbeitungen schließlich einsammelte, konnte er sich einen Kommentar nicht verkneifen: »Das war wohl nix, Herr Bachmann!«

In dem sonst recht anonymen Studiengang war Otze durch seine vorlaute Art schon einige Male aufgefallen.

»Besser einen schlechten Eindruck hinterlassen, als gar keinen«, avancierte mehr und mehr zu seinem Credo.

›Wenigstens hab ich jetzt was Witziges zu erzählen‹, dachte er nach diesem Aussetzer.

Otze trottete von seinem Wohnzimmer, das gleichzeitig sein Arbeitszimmer war, durch den Flur. Er hoffte, an der Tür den Paketdienst anzutreffen oder einen verwirrten Penner – einen von Feisals Stammkunden, die sich ab und zu im Vollsuff an die Klingelleiste lehnten. Er wünschte sich jemanden herbei, der schnell wieder verschwinden würde.

›Bitte keiner, der mit mir feiern will‹, dachte Otze.

Er griff den Hörer der Gegensprechanlage und wollte seinen Ohren nicht trauen.

»Hallo, Tina hier!« Otze stockte der Atem.

Er schnappte nach Luft. Ein Klos setzte sich in seinen Hals.

»Äh, bitte … wer?«, stotterte er in die Muschel.

»Tina. Hallo Bruno, darf ich reinkommen?«

»Äh …«, Otze drückte ohne ein weiteres Wort auf den Türöffner.

Die Welt drehte sich für einen Moment ohne ihn. Eine alte Wunde, die lange vernarbt und verheilt schien, platzte in einem Sekundenbruchteil wieder auf und entfachte Gefühle, die er überwunden geglaubt hatte. Er legte den Hörer in die Halterung zurück und regte sich nicht. Er sah an die Wand, auf den Boden, an die Decke, er wusste nicht, wo er hinblicken sollte. Vollkommen durcheinander hörte er schließlich ein leises Klopfen an seiner Wohnungstür. Er wusste, wer dort stand. Tina, die er einmal über alles geliebt hatte, für die er getan hätte, was immer sie verlangte, für die er gelebt hatte und gestorben wäre. Nun wartete sie vor seiner Tür.

Otze öffnete und wandte sich gleichzeitig ab. Er ging ohne sich umzuschauen durch den Flur wieder in seinen Wohnraum. Hinter sich hörte er die Tür ins Schloss fallen. Sie war in der Wohnung. Er schritt durch das Wohnzimmer an die gegenüberliegende Wand, drehte sich herum und lehnte sich an. Dann trat Tina ein. Vorsichtig, ruhig, mit einem zarten Lächeln in ihrem hübschen Gesicht, wagte sie sich in den Raum.

»Hallo Bruno«, begann Tina.

Er zwang sich zu einem gequälten Lächeln gepaart mit einem leichten Kopfnicken. Demonstrativ steckte er beide Hände tief in die Hosentaschen. Er wollte ihr nicht die Hand geben, sie auf keinen Fall berühren.

»Wie geht es dir?«, fragte sie ihn.

›Jetzt wieder beschissen‹, dachte Otze, verkniff sich die Worte aber.

Er wusste genau, dass sie die Frage nicht ernsthaft beantwortet haben wollte. Keiner, der diese Frage stellte, wollte eine ehrliche Antwort. Deswegen drang ein gedämpftes, aber kaum überzeugendes »Gut« aus seinem Mund. Otze konnte sich keinen Reim auf ihren Besuch machen. Seit er vor über acht Monaten aus ihrer gemeinsamen Wohnung ausgezogen war, hatte er sie nicht wiedergesehen. Otze wusste nicht, ob Tina ihren Lover weiterhin traf. Es interessierte ihn auch nicht. Je weniger Informationen seinen Kopf belasteten, desto eher konnte er den Schmerz von sich fernhalten. Aus Selbstschutz hatte er rigoros mit der Beziehung abgeschlossen. Bruno durfte nicht darüber nachdenken. Es machte ihn krank. Und dann das! Tina war wieder da. Stand vor ihm. Schön wie eh und je.

»Bruno, du fragst dich sicher, warum ich zu dir gekommen bin.« Da lag Tina allerdings richtig. »Ich möchte dich etwas fragen.«

»Möchtest du etwas trinken?«, unterbrach er sie.

Sie nickte, woraufhin er den Raum verließ. Er musste weg, hielt ihre Anwesenheit nicht aus. Einerseits brach sie ihm mit jedem Blinzeln, mit jedem liebenswerten Zucken ihrer Mundwinkel immer wieder das Herz, weil er sie am liebsten in seine Arme geschlossen hätte. Andererseits spürte er tief in sich das Bedürfnis, sie entweder mit Missachtung zu strafen oder ihr körperliches Leid zuzufügen. Er erschrak vor sich selbst, weil er die Lust verspürte, ihr ins Gesicht zu schlagen. Um sich selbst wieder unter Kontrolle zu bringen, ging er in die Küche. Er saß dort lange auf seinem Klappstuhl. Die Beine übereinandergeschlagen, dachte er nach. Er bereitete kein Getränk für Tina. Vergessen hatte er es nicht, aber es war ihm jetzt nicht wichtig. Nach einigen Minuten erhob sich Tina von dem Sofa im Wohnzimmer und schaute nach Otze. Sie wunderte sich zwar, dass er sie warten ließ, war jedoch nicht überrascht, als sie ihn so gedankenverloren dasitzen sah. Schon in der Vergangenheit hatte es Situationen gegeben, mit denen er nicht umgehen konnte und erst einmal nachdenken musste.

»Soll ich gehen?«, fragte ihn Tina in der Küchentür stehend.

Das wollte Otze nicht. Er wollte nun endlich wissen, was sie hierher geführt hatte. Trotz seiner aufgewühlten Stimmung versuchte er, freundlich zu ihr zu sein.

Er sagte: »Setz dich bitte, Tina.«

Sie griff sich den Stuhl von Heiner.

Gerade als sie ihn aufklappte, fuhr es Otze durch den Kopf: ›Der wackelt! Vorsicht!‹

Vollkommen ahnungslos setzte sie sich und achtete nicht auf die Instabilität des Möbelstückes. Bruno sah es kommen und sprang auf, aber da fiel sie schon. Mit ihrer Hand suchte sie nach etwas, woran sie sich festhalten konnte, doch sie fand nichts. Stattdessen zog sie Otze mit sich, der sie an der Hüfte gepackt hatte. Seine Reflexe waren gut, allerdings nicht ausreichend für diese Situation. Das Unglück war nicht mehr zu verhindern. Der Klappstuhl fuhr unter Tina zusammen, und sie knallte mit ihrem Gewicht darauf. Bruno schrie auf. Schmerzverzerrt blickte er Tina an. Sie merkte sofort, dass etwas Schlimmes geschehen war. Bruno hatte sich bei dem Versuch, Tina zu helfen, selbst verletzt. Sein rechter Arm war unter ihrem Körper im Gelenk des Klappstuhles eingeklemmt. Tina rollte sich so gut es ging zur Seite, und Otze zog den Arm langsam an sich. Er erschrak, denn innerhalb weniger Sekunden schwoll sein Handgelenk an, und ein Bluterguss erstreckte sich über den Unterarm.

»So eine Kacke!«, jammerte Otze und hielt sich den Arm vor die Brust.

Tina sagte: »Tut mir leid, tut mir wahnsinnig leid, das wollte ich nicht!«

›Klar wolltest du das nicht‹, dachte er durch den pulsierenden Schmerz erbost, ›das wäre ja noch schöner!‹

Sein Handgelenk tat ihm unbeschreiblich weh. Er konnte es nicht bewegen, nur unter großer Anstrengung leicht drehen.

›Gebrochen‹, dachte er sofort.

»Tut es sehr weh?«, fragte Tina und erntete einen bösen Blick von Otze. »Wir müssen ins Krankenhaus!«

Er konnte ihr nur zustimmen: »Ja, auf, lass uns gehen!«

Ohne viele Worte zu verlieren, verließen sie die Wohnung. Tina hatte ihr Auto direkt vor dem Kiosk geparkt und ging zielstrebig auf die Fahrertür zu. Als sie einstieg, um Bruno die Tür von innen zu öffnen, sah sie, dass er sich kaum rührte. Er blickte auf dieses Auto, und in ihm kamen die Erinnerungen hoch. Mit dem dunkelblauen Polo Baujahr 1996 verband er eine Vielzahl schöner Ereignisse in seinem Leben. Vor ein paar Jahren waren Tina und Bruno mit diesem Wagen nach Spanien gefahren, wo sie mit sehr wenig Geld einen wunderschönen Urlaub verlebt hatten. Zwei Nächte hatten sie dabei sogar in diesem Auto verbracht. Sie beide hatten damals eine unendlich glückliche Zeit gehabt: Bruno liebte Tina, und er glaubte, von ihr geliebt zu werden. Wieder in dieses Fahrzeug einzusteigen, bedeutete für Otze, in die damalige Zeit einzutauchen. In eine Zeit, die ihm aus den Händen geglitten war. Der Schmerz kam in ihm hoch. Das Handgelenk spürte er kaum noch.

»Komm Otze!«, rief Tina aus dem Auto und hielt die Beifahrertür einen Spalt auf.

Er raffte sich auf und stieg ein.

›Dieser Geruch‹, dachte er, ›es riecht hier wie damals. Ich hatte diesen Duft längst vergessen. Irgendwie schön, es wieder zu riechen!‹

Bruno steckte wieder ein Klos im Hals, er sagte kein Wort mehr. Tina fuhr ihn wenige Meter weiter in die Scheffelstraße. Sie musste nur die Friedberger Landstraße kreuzen und 250 Meter weiter am Krankenhaus ›Maingau‹ halten. Otze stieg wortlos aus und ging in die Empfangshalle. Tina ließ er zurück, sie suchte einen Parkplatz, den sie nicht fand. Letztlich stellte sie den Polo wieder vor die Trinkhalle in der Merianstraße und legte die Strecke zum Krankenhaus zu Fuß zurück. Als sie Otze fast 40 Minuten später fand, stand die Diagnose bereits fest.

»Trümmerfraktur der Handwurzel«, berichtete er ihr, »das dauert eine ganze Weile. An den Gips darf ich mich jetzt erst mal gewöhnen!«

»Entschuldige bitte, Bruno«, sagte sie, »das wollte ich wirklich nicht!«

Otze sah sie an. Wie hätte er ihr einen Vorwurf machen können? Außerdem war Tina immer noch so verdammt hübsch. Hätte sie Otze nicht so sehr enttäuscht, auf der Stelle hätte er sich in sie verliebt.

So sagte er nur: »Schon gut!«

Der Gips am rechten Arm fühlte sich mehr als seltsam an. Ungewohnt war kein Ausdruck! Der ganze Arm pochte, pulsierte und schmerzte. Otze realisierte, dass er nun viele Wochen mit nur einem gesunden Arm zurechtkommen musste. Otze und Tina liefen gemeinsam wieder zurück in die WG. Dabei redeten sie kein Wort. Bruno wusste nicht, mit welcher Belanglosigkeit er die Situation hätte entspannen können. Tina schwieg, weil sie ihm etwas zu sagen hatte, das aber nicht auf der Straße tun wollte. In der Wohngemeinschaft wollte sie einen würdevollen Rahmen für ihr Anliegen finden. In der Küche klappte Otze den Stuhl von Heiner auf und macht eine einladende Handbewegung. Er lehnte sich auf seinem Klappstuhl zurück, versuchte die Arme wie gewohnt zu verschränken, was ihm nicht gelang, und beobachtete ihre Bewegungen. In der engen Jeans und dem weiten Pullover sah er sie so gerne. Sie setzte sich behutsam und atmete tief durch, als würde sie Anlauf holen. Anlauf für ihre Worte. Anlauf für das, was sie hierher geführt hatte.

»Als wir uns getrennt haben, dachte ich, es wäre vielleicht besser so«, sagte Tina und hob die Hand, »versteh mich nicht falsch, ich habe es sehr bedauert, dich zu verlieren.«

›Du blöde Kuh, hast doch selbst Schuld‹, dachte Otze, schwieg aber.

»Ich habe einen großen Fehler gemacht. Ich habe nicht bewusst wahrgenommen, dass ich unsere Beziehung dermaßen gefährde. Ich dachte, unsere Liebe würde dadurch nicht beeinflusst werden.«

»Bullshit!«, brach es aus Otze heraus, »du glaubst, dass es eine Beziehung nicht beeinträchtigt, wenn du fremdvögelst?«

»Bruno, bitte, versuche mich zu verstehen, es hatte nichts mit dir zu tun. Es war wunderschön mit dir – im Bett und auch sonst. Es war …«, sie suchte nach einem Vergleich, einer Metapher, wie sie Otze vielleicht auch formulieren würde, »es war, als wenn du neben dem Fußballverein, in dem du spielst, ab und zu auch mal mit Freunden auf dem Bolzplatz gegen den Ball trittst.«

Otze erschütterte dieses Beispiel. Zwar leuchtete es ihm ein, und er konnte ein Stück weit nachvollziehen, was sie sagen wollte, aber hier ging es nicht um Sport oder ein Hobby. Es ging hier um ihre Treue, seine Liebe.

»Leute, die in Metaphern reden, können mir den Schritt shampoonieren«, antwortete er trotzig mit einem Filmzitat, an dessen Herkunft er sich nicht mehr erinnern konnte.

Sie kannte diesen Satz. Er hatte ihn früher schon häufig in solchen Situationen gesagt. Deswegen störte sie sich nicht daran.

»Ich wollte dich nie verlieren. Ich wollte dir nie wehtun. Bruno, glaube mir, es tut mir so leid«, sagte Tina mit einer leicht weinerlichen Stimme.

Sie schwiegen eine Weile. Otze blickte sie an. Er durchdrang sie mit seinen Blicken. Sie wandte sich ab. Er betrachtete ihre schlanken Beine, ihre Schenkel, ihre Brüste, die sich trotz des weiten Pullovers deutlich abzeichneten. Er begehrte sie. Gerne hätte er sie nun in sein Schlafzimmer geführt. Das Einzige, was ihn zurückhielt, war sein Stolz.

»Was glaubst du, soll ich nun tun?«, fragte er.

»Bruno, ich verlange von dir ja nicht, dass ich sofort wieder zu dir zurück darf. Ich weiß, das geht nicht, das ist unmöglich. Aber, bitte Bruno, lass uns doch bitte wieder Kontakt haben. Wir können uns ab und an mal treffen – was trinken gehen, uns unterhalten, oder so. Vielleicht denkst du dann mal darüber nach, ob das mit uns eventuell wieder Sinn machen könnte.« Sie flehte ihn regelrecht an.

Otze erhob sich von dem Klappstuhl, drehte sich von ihr weg und schaute aus dem Küchenfenster. Er sah, wie sich Feisals Stammgäste mal wieder auf dem Bürgersteig stritten. Bruno dachte nach. Es kam alles so überraschend für ihn. Tina war eine tolle Frau – aber sie hatte ihn maßlos enttäuscht.

»Und wenn du mal wieder Lust hast, mit Freunden auf dem Bolzplatz zu kicken?«, fragte er sie direkt.

»Leute, die in Metaphern reden, dürfen mir den Schritt

shampoonieren«, erwiderte sie lächelnd, als er sich ihr zuwandte, und fügte hinzu, »Jack Nicholson in ›Besser geht's nicht‹.«

Sie wusste, dass er gegrübelt hatte, woher das Zitat stammte, und per Zufall hatte sie es kürzlich erfahren.

»Ich habe keinen Bock mehr auf Hobbyfußball, wenn ich Profisport betreiben kann«, erklärte Tina.

Otze gefiel ihr Humor, und nur mit Mühe konnte er ein Lächeln unterdrücken. Er öffnete den Küchenschrank, nahm ein Glas und versuchte, eine Flasche Cola zu öffnen, um Tina endlich etwas zu trinken zu geben. Sie half ihm dabei und ihre Hände berührten sich für den Bruchteil eines Wimpernschlages. Es durchfuhr Otze wie ein Blitz. Tina zu spüren – dieses Gefühl war mit nichts zu vergleichen. Sie goss sich das Getränk selbst ein und setzte sich vorsichtig wieder hin.

»Danke, Bruno«, sagte sie.

»Bitte Tina, nenn mich wieder Otze«, forderte er mit einem Schmunzeln.

»Gerne«, lachte sie zart auf, »gerne, Otze.«

Otze setzte sich wieder auf seinen Stuhl. Er mochte sie immer noch, obwohl er allen Grund gehabt hätte, sie zu hassen. Er beschloss, ihr eine Chance zu geben. Er liebte das warme Gefühl, wenn sich jemand um ihn sorgte. Das bescherte ihm eine wohlige Gänsehaut.

»Was machst du so?«, fragte Otze, um das Gespräch auf eine angenehme Ebene zu bringen.

Gerade nahm sie einen kleinen Schluck aus ihrem Glas, setzte jedoch ab, um ihm zu antworten.

»Ich habe viel gearbeitet. Unmenschlich viel. Es hat einerseits Spaß gemacht, andererseits muss ich jetzt mal etwas auf die Bremse treten. Das hält ja kein Mensch aus«, sie richtete sich stolz auf, »der Vorteil ist, ich bin zur Teamleiterin ernannt worden.«

»Glückwunsch«, sagte Otze anerkennend und verkniff sich die Worte: »Kein Wunder, wenn man den Chef bumst.«

»Wie geht es Marion?«, fragte er, obwohl es ihn eigentlich wenig interessierte.

»Gut«, antwortete sie, »sie hat sich von ihrem Typen getrennt – was ein Glück.«

Otze nickte zustimmend, war jedoch der Meinung, dass Marions Ex-Freund eher der Glückliche sei. Er konnte diese Frau nicht leiden. Sie war eine Zicke, ein Biest, eine Quasselstrippe ohne Humor und Verstand. Jedoch besaß sie einen mächtigen Busen und einen knackigen Hintern.

Das Gespräch plätscherte so dahin. Aufregend war es nicht, aber auch nicht langweilig. Sie unterhielten sich angeregt, rissen jedoch kaum vergangene Probleme an – die Trennung, ihren Seitensprung, ihren Chef – und verbrachten eine angenehme Zeit. Otze bemerkte gar nicht, wie lange sie zusammensaßen.

Auf einmal hatte er genug vom Small Talk und fragte: »Hattest du zwischendurch einen anderen?«

»Einen«, sie antwortete in einem merkwürdigen Tonfall.

Er schob die Augenbrauen fragend zusammen. Sie ahnte, was er dachte.

»Einer, nur ein Einziger. Ich hatte sonst keinen Anderen«, beruhigte sie ihn.

»Derselbe, den du schon hattest?«

Sie stieß ein kurzes »Ja« heraus.

»Und das ist vorbei?«

Tina zögerte. Otze durchdrang sie mit seinem Blick, als wollte er die Wahrheit aus ihr heraussaugen. Kühl hielt er ihrem scheuen Augenkontakt stand.

»Ja«, sagte sie, »vorbei!«

Etwas in Otze ließ ihn zweifeln. Ihn beschlich das unbestimmte Gefühl, dass sie log. Aber warum kam sie dann heute zu ihm? Das machte keinen Sinn.

Er hakte nach: »Vorbei?«

Sie spürte, dass Otze meinte, einer Lüge auf die Schliche gekommen zu sein. Sie verzog das Gesicht und fauchte: »Ja – ha!«

›Gut‹, dachte Otze, ›sie vögelt also nicht mehr mit diesem Vohl. Das macht die Sache aber auch nicht besser.‹

»Wie lange schon?«

»Bruno, bitte!«, flehte sie ihn an.

Er beschloss, sie in Ruhe zu lassen – zunächst jedenfalls.

»Du solltest mich doch Otze nennen«, er lächelte, »nenn mich Otze oder Herr Bachmann.«

Sie lachten gemeinsam auf.

Nach einer ganzen Weile entschlossen sie sich, die Küche zu verlassen. Es war ungemütlich eng und der Klappstuhl unter Tina wankte bedrohlich. Sie setzten sich in Otzes Wohnzimmer. Er auf das eine Ende des Sofas, sie auf das andere. Seitlich zugewandt sparten sie einen Platz auf der Dreiercouch aus. Er hatte den rechten Ellenbogen auf die Rückenlehne gestützt, der andere Arm lag auf seinem Schoß. Tina spielte nervös mit den Fingern, während sie sich unterhielten.

›Das letzte Mal hat sie so mit ihren Fingern gefummelt, kurz nachdem Frau Dominosch damals bei uns war‹, dachte Bruno.

Der Abend entwickelte sich angenehmer, als es Otze für möglich gehalten hatte. Sie tranken ein paar Gläser Wein, eigentlich trank fast nur er, denn sie musste mit dem Auto noch den Heimweg antreten, und die Stimmung verlor an Anspannung.

›Wein‹, dachte Otze, ›mit Frauen trinkt man Wein, Sekt und so was alles. Mit Männern Bier und Schnaps. Frauen, die Bier trinken, gibt es viel zu wenige. Wein, immer dieser Wein! Lästig!‹

Natürlich hatte sich Bruno den Wein von Heiner geborgt.

Sein Mitbewohner ließ es niemals zu, dass die Weinvorräte versiegten. Seine Freundin, die tolle Opernsängerin, liebte Wein. Heiner liebte sie, ergo liebte Heiner auch Wein. So hatte Otze immer Wein im Haus. Otze hörte Geräusche im Flur. Heiner kam wohl nach Hause. Als Heiner jedoch nach wenigen Augenblicken hektisch wieder verschwand, stimmte das Otze nachdenklich.

›Ach du Scheiße, das Halbfinale‹, erschrak er, ohne dass Tina davon etwas bemerkte.

Er wollte doch so gerne die Partie Frankreich – Portugal schauen! Aber die zweite Hälfte des Spieles war in vollem Gang, und nie hätte es Otze noch rechtzeitig in die ›Sportsbar‹ auf der Berger Straße geschafft.

›Verdammt, musste Tina denn unbedingt heute kommen?‹, dachte er.

Ihn ärgerte es deutlich mehr, das Fußballspiel verpasst zu haben, als beim Lernen für die Prüfung gestört worden zu sein. Dies hätte aber niemanden gewundert, der Otze länger als fünf Minuten kannte.

Bruno verdrängte den Gedanken an Fußball und fixierte Tina. Der Alkohol machte ihn zunehmend mutiger. Er spürte, wie sich dieses Gefühl in ihm ausbreitete, dieses Gefühl sie berühren zu wollen, sie zu küssen, ungeachtet der Vergangenheit.

›Was soll schon passieren‹, dachte Otze, ›entweder sie lässt mich wieder ran, oder eben nicht. Bis vor ein paar Stunden hätte ich an diese Chance nicht einmal gedacht. Also, auf geht es, Otze‹, feuerte er sich an.

Tina spürte, dass er etwas vorhatte. Er rückte immer näher. Tina wollte das nicht – nicht heute. Sie entzog sich seiner Nähe, indem sie plötzlich aufsprang:

»So, Otze, jetzt muss ich aber gehen.«

Er starrte sie ungläubig mit seinen glasigen Augen an.

›Nee, oder?‹, dachte er.

»Ich hab morgen viel zu tun und muss früh raus«, das war nicht einmal gelogen.

Sie griff sich ihre Handtasche und ging zur Wohnzimmertür. Als sie die Klinke in der Hand hatte, sah sie zu Otze rüber. Der sprang auf und folgte ihr.

Tina öffnete die Wohnungstür und stand halb im Hausflur.

»Tschüss«, sagte sie, trat einen Schritt an ihn heran, gab ihm einen Kuss auf die Wange, drehte sich erneut von ihm weg und wollte gehen.

Otze griff nach ihrer Hand, und sie wandte sich zu ihm. Beide schauten sich ernst an.

Sein Blick sagte: »Bitte, geh nicht!«

»Es ist besser, wenn ich jetzt gehe«, flüsterte sie und fügte hinzu, »nicht so schnell, Bruno.«

Er sah ihr hinterher. Länger als sie zu sehen war. Da läutete es wieder.

Otze hob rasch den Hörer der Gegensprechanlage an sein Ohr: »Ja?«

Tina sagte: »Danke, dass du für mich auf Fußball verzichtet hast. Tschüss, Otze!«

Als er den Hörer wieder auflegte, übermannte ihn ein zwiespältiges Gefühl.

›Besser, dass wir heute nicht im Bett gelandet sind, das wäre ein absoluter Schnellschuss gewesen. Ich muss noch darüber nachdenken, bevor ich wieder etwas mit ihr anfange‹, grübelte er.

Anderseits dachte er aber: ›Mann, diese Weiber! Erst brechen sie einem die Gräten, dann versauen sie einem das Halbfinale und am Ende wollen noch nicht mal mit in die Kiste!‹

Badewannen-Disput

GERADE GING SEIN GROSSER TAG dem Ende zu, und schon hatte er, Heiner, wieder Ärger am Hals. Er hatte es fast kommen sehen.

›Toller Geburtstag‹, dachte er und stand verzweifelt im Badezimmer seiner Wohngemeinschaft, ›es ist zum verrückt werden!‹

Er blickte in die tränenden Augen seiner Freundin, die unverständliche Laute von sich gab. Unverständlich sowohl inhaltlich, als auch akustisch, denn ihr Gekreische machte kaum einen Sinn.

»Dass ich das überhaupt mitmache, ich halt … halt das nicht mehr aus, verdammt!«, glaubte er ihrem schrillen Gekreische entnehmen zu können, das gerade ins Hysterische zu kippen drohte.

Da packte Heiner sie an beiden Oberarmen, riss sie fest an sich und sagte bestimmt: »Petra, sei still! Beruhig dich jetzt! Peetra!«

Er wollte nicht, dass die letzten Geburtstagsgäste dieser ohnehin schon verdorbenen Party auch noch diese überflüssige Szene mitbekamen. Als Petra eine Sekunde innehielt, nutzte er die Gunst des Momentes. Er zog sie näher an sich. Sie küssten sich heftig, fast mit einer liebevollen Brutalität. Sie atmeten tief, schwer und leidenschaftlich. Wut und Liebe tränkten die Atmosphäre mit einem würzigen Spritzer sexueller Erregung.

Heiner dachte: ›So hält sie wenigstens die Klappe!‹

Ihr Kuss wurde zunehmend intensiver, und er spürte ihr steigendes Temperament. Erotische Lust gepaart mit unheimlichem Zorn machte Petra zu einem vor Leidenschaft sprühenden Objekt seiner Begierde. Ihre Handgriffe wurden fester und gezielter. Während sie mit keuchendem

Atem ihre Zungen kreisen ließen, nahm sich Petra, was sie wollte, was sie brauchte. Sie öffnete mit einem Ruck seine geknöpfte Jeans und griff nach seinem Glied. Hart pulsierte es in ihrer Hand.

Heiner dachte: ›Mann, wenn sie nichts kann, aber das kann sie richtig gut.‹

Er schob ihre Hose nach unten. Mit festem Griff drehte er sie zum Waschbecken hinter sich. Mit kleinen Schritten, weil die starre Hose um ihre Knöchel ihre Bewegungen einschränkte, tippelte sie herum. Sie fand halt am Rand des Beckens und drückte instinktiv ihr Gesäß zu Heiner. Lustvoll schauten sie sich im Spiegel in die Augen, als sich ihre Körper noch halb bekleidet vereinigten. Der Sex war kurz und intensiv zugleich. Petras Erregung war so stark, dass auch sie zum Höhepunkt gelangte. Es war genau das, was sie wieder zur Besinnung bringen sollte. Eng umschlungen saßen sie anschließend auf dem Rand der Badewanne und fanden nun Augenblicke der Zärtlichkeit füreinander. Seine Hand ruhte auf ihrem nackten Busen. Nun musste Heiner das erste Mal wieder an seine Gäste denken. Otze und Jana saßen alleine in seinem Zimmer.

›Ob sie wohl etwas mitbekommen haben?‹, dachte er.

Insgeheim hoffte Petra, dass Jana von diesem Intermezzo Notiz genommen hatte. Das machte Petra ihr überlegen. Ihre Eifersucht steigerte sich durch Janas Anwesenheit ins Unermessliche.

›Von dieser Feier werden Otze und Jana wohl nicht begeistert sein‹, dachte Heiner.

Insbesondere Otzes Gesicht und sein hämisches Grinsen konnte er sich schon bildlich vorstellen.

»Tolle Party! So viel Spaß hatte ich schon ewig nicht mehr«, würde er wohl sagen.

»Du willst nichts mehr von ihr, oder?«, fragte Petra plötzlich ernst.

Heiner war vollkommen klar gewesen, dass diese Frage kommen würde, und er hatte sich bereits eine Antwort zurechtgelegt.

»Wenn ich etwas von ihr wollte, meinst du tatsächlich, ich wäre so dämlich und einfallslos und lade sie zu meiner Geburtstagsfeier ein, wenn du auch da bist?«, sagte er ziemlich überzeugend.

Beschämt, Heiner so viel Dreistigkeit und Untreue unterstellt zu haben, schmiegte sich Petra an ihn. Nein, Heiner würde sie nicht betrügen, da war sie sich ziemlich sicher.

›Aber er ist eben auch nur ein Mann, wer weiß, ob er einer eindeutigen Offerte von Jana widerstehen könnte. Ich muss sie von ihm fernhalten‹, dachte sie.

Leise flüsterte sie: »Entschuldige bitte, mein Schatz!«

Er umarmte Petra sanft und strich ihr über den Rücken: »Ist okay, ich kann dich verstehen.«

Das war eine Lüge. Er konnte es nicht, aber er sah in dieser Lüge einen Weg, diese Situation hier im Badezimmer glimpflich zu beenden.

»Du musst mir etwas versprechen, mein Schatz«, sagte Petra.

Heiner schaute sie an.

»Du musst bitte immer ehrlich zu mir sein. Ich möchte, dass du glücklich mit mir bist. Wenn dir etwas nicht gefällt, dann musst du es mir sagen«, redete Petra auf Heiner ein.

Heiner nahm die Chance wahr: »Ich kann dir sagen, was mir nicht gefällt.«

»Was?«, wollte Petra wissen.

»Dass du mir nicht vertraust«, sagte Heiner, »wenn ich dir sage, ich habe nichts mit Jana und will nichts von ihr, dann muss es erst so weit kommen wie heute, bis du zur Besinnung kommst. Du bist so impulsiv, so aufbrausend. Das ist nicht gut! Das gefällt mir nicht! Wie stehe ich denn da, wenn du dich so verhältst? Wie steht denn unsere Beziehung da? Das muss aufhören!«

»Du hast recht, Liebling!«, erwiderte Petra.

»Ich weiß, dass ich recht habe«, bekräftigte er energisch.

»Aber du musst mir versprechen, dass du nur mich willst …«

Heiner unterbrach sie: »Will ich!«

»… und ich will dich ganz kennen. Vollkommen! Auch deine Vergangenheit!«

›Ob das so eine tolle Idee ist?‹, zweifelte Heiner in Gedanken.

»Erzählst du mir alles?«, fragte Petra. »Ohne Geheimnisse?«

»Was immer du wissen willst«, stimmte er zu, fühlte sich dabei allerdings mächtig überrumpelt.

Heiner wollte nicht jedes Detail aus Petras Vergangenheit wissen. Er mochte sich nicht vorstellen, wie sie mit anderen Männern Sex hatte, oder welche Liebesspiele sie betrieben hatte. So etwas konnte er gar nicht ertragen. Er liebte Petra. Doch Petra begann, ihre Fragen zu stellen. Sie wollte wissen, mit welcher Frau er wie lange zusammen gewesen war. Wieso Jana und er sich getrennt hatten. Und viele Dinge mehr, die Heiner bereitwillig klärte. Er hielt sein Versprechen. Er schmückte seine Ausführungen keineswegs aus. Keine Details gab Heiner freiwillig preis. Er erklärte, was er für nötig hielt, um Petras Wissensdurst zu stillen.

»Denkst du manchmal an andere Frauen?«, wollte Petra dann wissen.

»An andere Frauen?«, Heiner wusste nicht, was Petra meinte, »wie meinst du das?«

»Ob du daran denkst, wie es mit einer fremden Frau wäre, wenn du sie beispielsweise auf der Straße siehst?«

»Sex?«, fragte Heiner genauer.

Petra nickte.

Heiner atmete tief durch. Er wusste, nun musste er präzise darauf achten, welche Worte er wählte: »Selbstverständlich sehe ich andere attraktive Frauen. Das lässt sich nicht vermeiden. Und ich sehe auch ihre körperlichen Vorzüge. Auch Vorzüge, die mir gefallen könnten. Aber warum sollte ich an Sex mit ihnen denken?«

Petra zuckte mit den Schultern und blickte Heiner fragend an, der weiter ausführte: »Ich habe keinen Grund, daran zu denken, wenn ich mit dir doch ein schönes und ausgeglichenes Liebesleben habe. Solche Gedanken können doch nur aufkommen, wenn ich Single bin oder etwas in der Beziehung nicht stimmt.«

Petra lächelte zufrieden und bat ihn: »Sag mir bitte früh, wenn etwas nicht in Ordnung ist.«

Heiner nickte. Es war bereits nicht mehr alles in Ordnung. Sexuell hatte er nichts einzuwenden, aber Petra war überaus kompliziert. Das beschäftigte ihn schon länger, aber Heiner wusste nicht, was er tun sollte. Sie darauf ansprechen? Würde er Petra damit tatsächlich umkrempeln können? Er bezweifelte es jetzt schon. Mit ihr darüber reden wollte er, aber nicht gerade jetzt.

»Gibt es Frauen aus deiner Vergangenheit, die ich kenne?« Petra bohrte weiter.

»Außer Jana?«

»Ja«, sagte sie leise.

»Nein.«

Nun wollte Heiner doch etwas wissen, dass er für wichtig hielt: »Und bei dir? Gibt es einen Ex, den ich schon einmal kennengelernt habe?«

»Nein«, sagte Petra sofort und ohne zu überlegen.

Sie redeten noch lange über ihre Beziehung, über ihre Vergangenheit und über die Zukunft. Mittlerweile saßen sie eng umschlungen auf dem Boden vor der Wanne. Sie vergaßen die Zeit. Sie vergaßen, dass dieser Abend ursprünglich als Geburtstagsparty geplant war. Sie verdrängten, dass Otze und Jana sich noch in der Wohnung befanden. Es wurde unwichtig. Doch plötzlich pochte es an der Tür.

Otzes Stimme war dumpf zu hören: »Entschuldigt mal bitte, mein kleiner Pippimann muss seiner Nebenbeschäftigung nachgehen und der Konfirmandenblase die versprochene Entlastung bieten!«

Heiner schaute auf seine Uhr. Es war bereits kurz vor drei Uhr morgens.

Petra störte sich an Otzes Wortwahl und entgegnete mit einem schrillen: »Bitte?«

»Mann, ich muss strullern wie ein Wallach. Geht ins Zimmer, ist eh keiner mehr da!«, fauchte Otze, und Petra stand wütend auf.

Heiner wollte sie schon beruhigen, denn sein Mitbewohner hatte grundsätzlich recht. Wie konnten sie nur stundenlang das Bad blockieren? Da war Petra schon an der Tür.

›Was glaubt dieser Arsch eigentlich, wer er ist?‹, dachte Petra und drehte den Schlüssel im Schloss der Badezimmertür.

Sie öffnete ruckartig die Tür und ging eiligen Schrittes an Heiners Mitbewohner vorbei, ohne ihn zu beachten. Sie hatte seine blöden Sprüche einfach satt.

»Sorry, Bruno!«, sagte Heiner leise und folgte Petra in sein Zimmer, wo er hinter sich die Tür schloss.

›Gerade eben bat ich sie noch, nicht so impulsiv zu sein. Das hat sie jetzt schon wieder vergessen‹, dachte er.

Liebes Tagebuch

EHRLICH GESAGT FINDE ICH ES VOLLKOMMEN ALBERN, einen Eintrag ins Tagebuch mit ›Liebes Tagebuch‹ zu beginnen. Nicht, dass ich dich nicht mag, aber mir ist schon klar, dass du dich wunderst, weswegen ich mich nach so vielen Jahren plötzlich wieder bei dir melde.

Du fragst dich sicher: »Was will die? Warum kommt sie aus heiterem Himmel wieder zu mir?«

Ich kann es dir sagen, mein Tagebuch: Ich habe dich vermisst. Ich habe es vermisst, einen Rat von dir zu bekommen, auf den ich bauen kann. Ich brauche deine Meinung. Nur bei dir kann ich mir sicher sein, dass du mir ehrlich und aufrichtig deinen Standpunkt kundtust. So viele Male hast du mir damals, als wir uns noch täglich abends unter meiner Bettdecke trafen, bei meinen Problemen geholfen. Wobei die Banalitäten von früher nichts sind im Vergleich zu meinen heutigen Angelegenheiten. Es erschien mir immer so ausweglos, lächerlich aus jetziger Sicht, aber dennoch hattest du immer ein paar Seiten frisches, weißes Papier für mich übrig – wie ein guter Freund.

Womit wir schon bei meinem Problem wären: Ich glaubte, einen guten, treuen Freund gefunden zu haben. Du ahnst es sicher, wir haben uns bereits wieder getrennt. Vielmehr hat er sich von mir getrennt – und das aus absolut nachvollziehbarem Grund.

Mein Tagebuch, du kennst diesen Freund nicht. Ich hatte noch keine Gelegenheit, ihn dir vorzustellen. Sein Name ist Bruno. Süßer Name, oder? Und der passt auch so gut zu ihm. Leider nennen ihn alle Otze, was irgendwie komisch klingt, aber nach ein paar Wochen hatte auch ich kein Problem mehr damit. Ach, mein Tagebuch, er ist ein so wundervoller Mensch. Einfühlsam, witzig, clever, intelligent, ein bisschen faul vielleicht und vorlaut und frech.

Und ich blöde Kuh habe es verdorben. Etwa ein Jahr, bevor Bruno es herausgefunden hat, begann ich eine Affäre mit einem anderen Mann. Ja, ich fühle mich schäbig deswegen. Wenn ich mit Bruno zusammen war, hätte ich es am liebsten herausgeschrien. Aber, mein Tagebuch, ich konnte es ihm nicht sagen. Ich konnte das Bruno einfach nicht antun. Von dem anderen Mann ablassen, das war mir zur selben Zeit auch nicht möglich.

Wenn du diesen Mann doch kennen würdest. Eigentlich kenne ich ihn selbst kaum, er ist mir ein großes Rätsel. Auch er ist intelligent, maskulin, stark, er riecht so gut, und selbst, wenn er schwitzt, wirkt er so anziehend, so souverän und besonders männlich auf mich. Er gibt mir das Gefühl, eine begehrenswerte Frau zu sein. Er nimmt mich und hat einfach Sex mit mir. Guten Sex. Gleichzeitig gibt er mir allerdings zu verstehen, dass ich nur eine Affäre für ihn bin. Nichts als ein netter Akt für zwischendurch. Er möchte sich nicht binden, sich nicht festlegen müssen. Ich weiß zwar nicht sicher, ob es noch andere Frauen in seinem Leben gibt, und eigentlich will ich es auch gar nicht herausfinden, aber in mir reift mehr und mehr die Vermutung, dass ich nicht die Einzige bin. Ich darf gar nicht darüber nachdenken.

Du fragst dich sicher: »Wer ist dieser Kerl, der dich benutzt, wann er will, der dich so sehr fasziniert und dich gleichzeitig von sich stößt?«

Ich kann es dir leider heute noch nicht sagen. Es ist noch zu geheim, als dass ich es hier schwarz auf weiß vor mir stehen sehen mag. Wenn du nun denkst: ›Verlasse ihn doch, wenn er sich dir nicht öffnen will‹, dann hast du sicher recht, aber keine Ahnung, wie es in mir aussieht.

Ich habe es schon oft versucht. Dann stand er wieder vor

mir, schaute mich an, und ich versank gerne in seinen Armen.

Mir ist bewusst, dass ich mit offenen Augen in mein Unglück renne. Ich umarme mein Verderben und lasse mich benutzen, bis ich endlich fallen gelassen werde und es zu spät ist, zu dem Mann zurückzukehren, den ich geliebt habe – der mich geliebt hat. Aber ich kann mich nicht auf ihn beschränken.

Mein Tagebuch, du wirst sicher denken: ›Wieso kommt sie gerade jetzt zu mir?‹

Nun, ich habe ihn wiedersehen müssen. Vor wenigen Stunden habe ich Bruno nach langer Zeit getroffen. Sicherlich kam es für ihn überraschend, dass ich wie aus dem Nichts bei ihm auftauchte, und es fiel mir mehr als schwer, die Klingel zu drücken, aber es war schließlich so schön, wieder einige Stunden bei ihm zu sein. Anfangs wusste ich nicht, wie ich mich verhalten soll.

Ich versuchte ihm deutlich zu machen, dass ich einen Fehler begangen habe. Das wusste er natürlich, wie könnte es ihm nicht klar gewesen sein.

Der Abend mit ihm war wunderschön. Mit ihm kann ich lachen, reden, schwelgen, aber doch irgendwie anders, als mit dem Mann, dem ich – ja, ich muss es leider zugeben – verfallen bin.

Am Ende hatte ich sogar das Gefühl, dass er mich gerne länger bei sich gehabt hätte. Doch das konnte ich ihm einfach nicht antun. Während der Mann, der meine Sinne verwirrt, zwölf Mal auf meinem Handy anrief, hing ich an Brunos Lippen und lachte mit ihm.

Bruno hat davon natürlich nichts mitbekommen. Das Telefon hatte ich in weiser Voraussicht auf lautlos gestellt. Als ich ging, mein Tagebuch, und während ich das schreibe, hasse ich mich dafür, führte mich mein Weg geradewegs zu meiner Affäre. Wir taten es fast die ganze Nacht, und nun fühle ich mich wieder so schrecklich. Ich liege wieder in meinem eigenen Bett – ohne ihn, alleine, denn er wollte mich nicht bei sich haben.

Nun weißt du, wie es in mir ausschaut, mein liebes Tagebuch, und jetzt muss ich dich so nennen, weil du mir so geduldig zugehört hast. Nun kennst du meinen Zwiespalt, meine Sorgen. Du weißt nun, dass ich keinen Ausweg kenne. Keinen Weg zurück finde zu meinem alten Leben mit Bruno, das ohnehin nie wieder so sein würde. Aber ich bin gefangen in starken Armen, tiefen Augen und der Hoffnung, dass ich vielleicht doch irgendwann von dem Anderen geliebt werde.

Danke, liebes Tagebuch, dass ich dir das alles erzählen durfte.

Deine Tina

Kerbesonntag

»FRIERE ICH NUR, oder habe ich schon Entzugserscheinungen?«, fragte sich Otze, nach der samstäglichen Kerb.

Er saß wie ein Häufchen Elend auf seinem Bürostuhl und versuchte, sich mit dem Internet die Zeit zu vertreiben. Es war Ende Oktober, und er saß im T-Shirt und ohne Socken bei gekipptem Fenster herum. Das machte ihm Hoffnung, dass sein Zittern nicht auf Alkoholabhängigkeit zurückzuführen war. Bruno hatte gerade erst mit Tina zu Mittag gegessen, früher als sonst, denn ihm zuliebe hatte sie das wie gewohnt deftige Essen etwas vorgezogen. Sie liebten deftige Speisen. Schnitzel mit Salzkartoffeln und einer herrlichen Soße – die Zubereitung beherrschte Tina wie im Schlaf. Nun, gut gesättigt, fühlte sich Otze bereit für den restlichen Tag. Die Zeit schien ihm unheimlich langsam zu vergehen. Er schaute dauernd auf die Uhr.

›Zehn nach zwölf. Mist!‹

Erst ewige 50 Minuten später sollte der große Kerbeumzug in Niederseelbach stattfinden. Das war ein Highlight des Jahres. Druckbetankung auf offener Straße, grölen, singen – und das am helllichten Tage. All dies, ohne dass jemand daran Anstoß nahm. Wunderbar!

Punkt 12.55 Uhr machte sich Otze auf den Weg. Er durfte ganz offiziell auf dem Wagen der Fußballer des Ortes mitfahren. Auch wenn Otze zu den schlechtesten Spielern der 2. Mannschaft gehörte – er trank gerne mit, das qualifizierte ihn für die Gemeinschaft.

»Weißt du, warum du in der 2. Mannschaft spielst?«, fragte ihn einmal ein Mitspieler im grundehrlichen Zustand des Vollsuffs und ließ die Antwort nicht lange auf sich warten: »Weil wir keine Dritte haben!«

Dabei spielte die 1. Mannschaft nur in der A-Klasse des Rheingau-Taunus-Kreises. In der 8. Liga also, wenn man die 1. Bundesliga als Maßstab nahm. Mit anderen Worten: Keiner in diesem Verein war ein außerordentlich herausragender Sportler – und Otze war einer der absolut schlechtesten.

Mehr als 15 Kerbewagen stellten sich reich geschmückt auf dem Parkplatz der Lenzenberghalle auf. Alle warteten darauf, dass der Umzug endlich losging. Das Thema ›Sommer, Sonne, Strand und Meer‹ kam bei der Allgemeinheit gut an. Palmenattrappen, Strohhüte, gefüllte Cocktailgläser, Blütenketten, riesige Sonnenbrillen aus den 70er Jahren, alte Hawaiihemden und Sommerhits komplettierten das Straßenbild bei 6° Celsius. Der halbe Ort hatte sich zusammengefunden.

»Heeeee, ab in den Süden, der Sonne hinterher, ejo, was geht, der Sonne hinterher, ejo, was geht«, dröhnte es aus den übergroßen Boxen, die auf fast jedem Wagen in den wolkenverhangenen Himmel ragten.

Alle waren bereits um 13 Uhr mächtig gut drauf, und selbst die Treckerfahrer hätten bei ihrem Alkoholpegel nicht mehr in den Straßenverkehr gehört. Der Traktor mit dem Anhänger der Fußballerriege wurde von der Zugleitung zwischen den sogenannten Altkerbeburschen und der minderjährigen C-Jugend platziert. Die Altkerbeburschen hatten ihren Zenit schon vor zehn Jahren überschritten. Sie trugen alle einheitlich graue Sweatshirts mit dicker Aufschrift: ›Seelbacher Altkerbeborsche‹. Die C-Jugend wurde von den Fußballern vor sich hergetrieben und vom ortsansässigen ›Couch-Club‹ gebremst. Der ›Couch-Club‹ war eine dörfliche Vereinigung von Gleichgesinnten und begeisterte mit einem neongelben Fiat Panda mit abgeflextem Dach. Als Anhänger hatten die dem Alkohol sehr zugetanen Mitglieder ein Podest mit zwei gegenüberliegenden

Sofas und einem Tisch in der Mitte gebaut. Ein Wohnzimmer auf Rädern.

Aus den gewaltigen Boxen des Fahrzeuges schallte es: »Olèèè, wir fahrn in Puff nach Barcelonaaa!«

11-jährige Kinder in den Fußballtrikots der C-Jugend blickten sich irritiert an. Sie wussten mit dem Text nichts anzufangen. Barcelona?

»Erklär mal einer den Jungs, wo Barcelona liegt!«, rief Otze Binding feixend zu.

Dieser lächelte nur kurz. Otze gehörte allenfalls oberflächlich zur Gruppe. Nur, weil es sich nicht vermeiden ließ. Nur, weil er Alkohol vertrug. Binding war fünf Jahre jünger als Otze, aber bereits Vorsitzender des SV 1951 Niederseelbach. Er hatte die minderbegabten Fußballer, vermeintlich aufstrebende Volleyballer, einen Lauftreff und einen ausschließlich alkoholorientierten Skatklub unter seinen Fittichen. Er lenkte die Veranstaltungen, herrschte über die Kassen und sprach als Präsident unangefochten Recht und Ordnung aus. Binding wurde zu Recht als mächtigster Mann des Klubs bezeichnet. Er hatte die Zügel in der Hand.

»Wenn das mit dem so weitergeht, dann tut er sich in einigen Jahren als Ortsvorsteher hervor. Und wer weiß, was dann noch alles passiert?«, war die Prognose der Allgemeinheit.

Als Bundeskanzler würde Binding niemals in die Geschichte eingehen, das war sicher. Sein Geschlechtstrieb machte ihm da einen dicken Strich durch die Rechnung. Sobald er etwas Alkohol intus hatte, baggerte er alles an, was nicht bei drei auf dem Baum war – meistens beschränkte er sich dabei auf die holde Weiblichkeit.

»Fußball, ficken, Alkohooool!«, schrie Binding volltrunken durch die Gassen und würdigte Otze kaum noch eines Blickes. Er fühlte sich sichtlich wohl auf dem Kerbewagen.

Otze bemühte sich, das alles lustig zu finden. Woher Binding wohl seinen Namen hatte? Keiner kannte mehr den genauen Ursprung. Die meisten Leute in seinem Umfeld registrierten noch nicht einmal, dass Binding überhaupt kein bürgerlicher Name sein konnte.

»Fußball, ficken, Alkohooool!«, wurde nur übertönt von »20 Zentimeter, nie im Leben, kleiner Peter!«

Und irgendwo dazwischen die C-Jugend. Mit großen Augen und aufmerksamen Ohren saugten sie die Geschehnisse auf. Cool! So wollten sie später auch mal sein. Plötzlich machte es einen mächtigen Ruck, und der Traktor setzte sich in Bewegung. Es ging los! Endlich! Etwa 50 bis 60 Mitwirkende, die sich auf den Kerbewagen verteilten, postierten sich, um dem Publikum am Wegesrand Kaubonbons, Lutscher, Schokoladenriegel und andere Leckereien vor die Füße zu werfen.

Otze lachte aus einer großen Wäschetonne, in der alle Süßigkeiten zwischengelagert wurden, ein herrlicher Kaustreifen an. Einer von der Sorte, die definitiv süchtig machte. Wenn Otze nur einen Einzigen aß, konnte er nicht mehr aufhören – bis alle weg waren.

›Der Hersteller macht da irgendetwas in die Streifen rein, damit die Menschen davon abhängig werden. Die haben Wissenschaftler engagiert, die einen Stoff entwickeln, der die Sinne der Menschen verdreht‹, war sich Otze sicher, wenn er darüber nachdachte.

Die Süßigkeiten warf man in hohem Bogen von den Wagen. So, dass alles auf Straßen und Vorgärten verteilt wurde. Da, wo zuvor Abgase, Gummiabrieb und Hundeurin den Asphalt getränkt hatten, krabbelten nun Kinder auf allen Vieren, um sich die Taschen vollzustopfen.

Mit weit ausgestreckten Armen schrien Binding, Tom, Bulle, Theo, Fratz, Piepser, Holzfäller, Schotte und alle anderen: »Runner mit de Klamodde!«, wenn sie einer halbwegs attraktiven Frau einen Apfelwein vom Wagen herunter reichten. Das zeichnete einen Kerbeumzug nämlich aus: Der Apfelwein floss in Strömen. Das Dorf wurde systematisch abgefüllt.

›Gut so‹, dachte Otze, ›dann bin ich wenigstens nicht der Einzige, der am helllichten Tag durch den Ort torkelt.‹

Das Dorf stand Kopf. Wo man hinsah, grölten die Menschen und gaben sich ihrem Durst hin. Überall schallte Musik aus den Boxen.

Otze fühlte sich auf dem Kerbewagen irgendwie eigenartig. Er gehörte nicht wirklich dazu, amüsierte sich jedoch prächtig. Die Fußballersprache empfand er zwar als plump, aber die eingefleischten Mitglieder berauschten sich eben an ihren eignen Sprüchen. Otze überspielte seine Gefühle mit lautem, scheinbar herzlichem Lachen.

»Gumma, die Olle da, die würd ich gern ma ins Abseits stellen. Ein schöner butterweicher Steilpass. Das gäb vielleicht einen Lattenknaller!«

»Hahahaha!«, grölte Otze.

So, wie es alle taten. Es war nicht ratsam, auf solchen Veranstaltungen bei irgendetwas nicht mitzuziehen.

»Komm, wir saufen Hütchen!«

Otze kippe das Cola-Cognac-Gemisch herunter.

»Komm wir singen ›Seelbach im Taunus‹!«

Otze kreischte den Text lauthals mit: »Seeeelbach im Taunus, klein aber fein! Du gefällst mir, wie du bist, auch ohne Wein. Zwar wachsen keine Reben hier, doch dafür gibt es unser Bier, und unsre Stimmung ist famos, ja, in Seeeelbach ist was los!«

Mittlerweile hatte Otze wieder den Pegel vom Vorabend erreicht. Und es war erst 16 Uhr. Sturzbetrunken und singend durch die Straßen gefahren zu werden, was will man mehr?

Als der Wagen um kurz vor 17 Uhr sein Ziel erreicht

hatte, war Otze enttäuscht. Am liebsten hätte er noch den ganzen Tag bis tief in die Nacht, ach was, die ganze trostlose Woche lang in diesem Wagen gesessen. Natürlich vollkommen betrunken. Ist klar!

»Komm Otze, wir saufen in der Halle weiter«, krakeelte Binding und gab Otze damit neue Hoffnung.

Plötzlich taten sie, als wären sie allerbeste Kumpels. Sie eierten Arm in Arm über den Platz, und niemand hätte mit Sicherheit ausmachen können, wer wen stützte. Jeder für sich wäre gewiss früher oder später hingefallen, aber gemeinsam, ja, gemeinsam waren sie stark – und gleichgewichtsfähig. Nichts verband die beiden sonst, sie wussten so gut wie nichts voneinander, aber jetzt verschmolzen sie zu einer Einheit. Kein Arzt hätte sie trennen können.

»Komm, ab an die Theke, Icke hat Dienst«, meinte Binding und übernahm die Führung.

Er zog Otze durch das Gewusel der Menschen. Plötzlich stoppten sie abrupt. Otze blickte seinen momentan besten Freund verwundert an.

»Ich denk, wir wollten einen saufen, Mensch!«, lallte Bruno.

»Ja, na klar! Mann bist du voll, Alter! Icke, mach ma zwei Pils und zwei Kabänis!«

Ohne dass Otze es bemerkt hatte, waren sie bereits an der provisorisch aufgebauten Theke angekommen.

›Buäh, Kabänis. Diese Plörre!‹, dachte er.

»Oh!«, brachte er heraus, und sein Kopf wackelte so eigentümlich, »gut!«

»Eh Kunde, pass auf, du! Kotz mir ja nich uff die Theke, sonst komm ick dir rüba«, Icke machte eine für ihn typische Handbewegung, die signalisierten sollte, dass er ihm sonst die Kehle durchschneiden würde.

»Samma Binding, was issn mit dem?«, flüsterte Otze seinem neuen Kumpel ins Ohr.

»Kaa Ängst, des issn Berlina, die wollen alle bisschen witzig sein.«

»Aha!«, Otze drehte seinen Kopf wieder in Richtung von Icke.

»Ick hab dir letzens ma mit deiner Ollen jesehen. Scharfet Brett! Mein lieber Schieber, sach ick dir! Wennste mit der fertisch bist, sachste mir Bescheid, wah«, sagte Icke.

Otze brauchte eine kleine Weile, bis er den Berliner Slang vollends verstand.

»Du bist der Erste, der sie nach mir haben darf. Was haste denn zu bieten?«, fragte Otze.

Nachdem Icke die Getränke auf die Theke geknallt hatte, hielt er die flache Hand etwa 40 Zentimeter vor den Reißverschluss seiner Hose. Otze verstand sofort. Binding lachte laut. Otze nicht.

Der Abend endete bitter für Otze. Er schlief fast im Stehen an der Theke ein. Er konnte sich kaum auf den Beinen halten. Mittlerweile schlug es zwei Uhr. Es war Montag. Fast alle Besucher der Kerb hatten längst den Heimweg angetreten. Nur die ganz Harten standen noch an Bistro-Tischen verteilt in ihren üblichen Grüppchen und kippten eine Runde nach der anderen. Otze konnte schon lange nicht mehr mithalten. Er sah auf. Wo waren seine Fußballer? Wo war Icke? Wo war …? Er kannte niemanden hier. Sie redeten alle über Sex und Fußball. Gerne wollte er mit ihnen über diese Themen philosophieren. Bruno sah sich aber fast ausschließlich Anhängern der Frankfurter Eintracht oder der königsblauen Schalker gegenüber. Kein einziger Werder-Fan!

›Mit solchen Leuten kann man nicht vernünftig reden!‹, dachte Bruno Bachmann.

Er beschloss, den Abend zu beenden und peilte den Ausgang an. Er stieß sich von der Theke ab. Ja, er konnte noch gehen. Er freute sich spitzbübisch.

›Ha, euch allen werde ich es zeigen, ihr …‹, bei diesem Gedanken fiel er der Länge nach hin.

Ohne sich mit den Händen auffangen zu können, knallte er auf den unnachgiebigen Hallenboden. Es tat einen dumpfen Schlag. Otzes Schläfe schwoll in Sekunden an.

»Gumma, der hat beim Doppelkopf verloren«, sagte jemand, und das Gesindel lachte.

Otze lag da, die Arme weit von sich gestreckt, schmerzerfüllt und wollte nie wieder aufstehen. Hier und jetzt auf der Stelle sollte die lange Phase der Ausnüchterung beginnen. Doch es wurde nichts aus diesem Plan.

Ein älterer Herr widmete sich Otzes Problem: »Komm ma her, Bursche. Ich sorg dafür, dass du heimkommst!«

›Nein, bitte nicht, nein, nein, nicht bewegen‹, dachte Otze, aber aussprechen konnte er es nicht.

Der Mann half Otze, sich hinzusetzen und drückte ihm ein Bierglas in die Hand, das Otze instinktiv zum Mund führte.

»Nein, nicht trinken, du Depp, das hältst du dir an die Schläfe, zum Kühlen. Verstehste?«, erklärte der hilfsbereite Mann.

›Ach so‹, dachte Otze, ›da muss erst mal einer drauf kommen.‹

»Warte hier!«, meinte der Helfer und verschwand.

›Toller Vorschlag. Ich bleib hier, genau hier und nirgends anderster wo‹, purzelten Otzes Gedanken.

Er bemerkte die abfälligen Blicke der Anderen und fühlte sich elend und klein. Ein Versager. Jemand, der keinen Alkohol vertragen konnte und noch dazu nicht wusste, wann er aufzuhören hatte, machte sich im Dorf zum Gespött.

Ein kleiner Mann grinste, als er an Otze vorbeiging. Das passte ihm gar nicht. Woher nahm sich dieser Typ das Recht, über Otze zu lachen? Weil Otze ihm körperlich deutlich überlegen war, jedenfalls was die Größe anbetraf, blökte er den kleinen Mann ungeniert an: »Was guckste denn so, du kleiner Penner? Verpiss dich, bevor ich dir eine verbrate. Los, verdrück dich! Heim zu deiner Mama, die auch deine Schwester ist.«

Dem hatte er es gegeben. Jetzt hatte er wieder Oberwasser.

»Komm Bursche, raus hier«, der ältere Herr erschien plötzlich wie aus dem Nichts.

Er packte Otze in der Achsel und zog ihn mit einem Ruck hoch. Bruno überraschte es, wie schnell er sich aufstellen konnte. Großartig!

›Ich bin ja gar nicht so besoffen‹, dieser Gedanke wurde widerlegt, als er dem Mann aus den Händen glitt und wieder auf dem Erdboden landete.

»Junge, wie kann man sich nur so zurichten?«, fragte der Mann, erwartete aber eigentlich keine Antwort.

»Überhaupt kein Problem, etwas Bier, Kanabis, … äh, ich mein, Kabänis, Hütchen, Sekt und Wein, dann kannst du das auch haben«, Otze blickte seinem Helfer stolz an.

Im nächsten Moment öffnete sich eine Autotür, ein Taxifahrer fragte: »Wohin?«

Eigentlich tendierte Otze dazu, für die 300 Meter Fußweg kein Taxi zu beanspruchen. Doch dann dachte er an seine beiden Stürze.

»Da hinten!«, er fuchtelte mit dem Finger in der Luft herum.

»Was? Du wohnst hier im Ort?«, fragte der Taxi-Fahrer, als die Tür wieder zuschlug und Otzes Helfer wortlos verschwunden war.

»Ja, is doch egal, fahr schon, bring mich nach Hause«, Otze tat so, als würde er gleich böse werden, hoffte jedoch inständig, dass der Fahrer ihn nicht rauswerfen würde.

»Macht fünf Euro.« Der untersetzte Mann mit unübersehbarem Doppelkinn streckte die flache Hand aus und wollte Geld sehen – jetzt!

Otze murmelte etwas vor sich hin, kramte aber in den Taschen nach einigen Münzen. 30 Sekunden nach Fahrtantritt, der Taxifahrer musste nur um den Block fahren, waren sie bereits am Ziel. Bruno stieg aus. Er warf seinem Fahrer noch ein unfreundliches »Du Halsabschneider« entgegen, woraufhin der Fahrer einen Kavaliersstart hinlegte. Otze fiel die Tür aus der Hand, er verlor das Gleichgewicht und fiel das dritte Mal unsanft auf die Erde.

Als er endlich in der Wohnung angelangt war, schlief Tina anscheinend schon tief und fest. So sollte das auch bleiben. Er wollte jetzt nicht auch noch Gezeter seiner Freundin hören. Er krawallte noch etwas in der Küche umher: Kühlschrank auf, alles Essbare direkt aus der Packung in den Rachen, Kühlschrank zu. Dann krabbelte er möglichst leise unter die Decke, was ihm nicht wirklich gelang. Tina erwachte, ließ sich jedoch nichts anmerken.

Die goldene Ananas

DAS LÄUTEN AN DER TÜR STÖRTE OTZE in seinen Vorbereitungen. Er rasierte sich gerade schnell, denn es war schon knapp 19.30 Uhr. Er wollte in die ›Sportsbar‹. Das letzte Spiel der Klinsmann-Elf stand an. Zwar ging es nur um Platz drei, aber so wie fast ganz Fußballdeutschland, hatten ihn die letzten Wochen der WM so sehr mitgerissen, dass er jedem Match entgegenfieberte. Auch diesem!

Portugal war ein starker Gegner, und das Spiel im Stuttgarter Neckarstadion durfte man nicht unterschätzen. Der vierte Platz wäre für Otze eine Enttäuschung, das stand fest.

»Ja?«, rief Otze in den Hörer der Gegensprechanlage, und er musste sich arg konzentrieren, denn sein Schädel brummte noch etwas von der Trinkerei mit Heiner am Nachmittag.

Er hoffte, es wäre jemand für Heiner, den er schnell abwimmeln konnte.

»Britt hier!«, sagte die Stimme.

›Britt?‹, dachte Otze, ›Die Britt, die mich gestern erst abserviert hat?‹

»Wat willste?«, fragte er etwas derb.

Sie ignorierte seinen Tonfall: »Och, ich bin gerade mehr aus Zufall hier vorbeigekommen und dachte, vielleicht biste ja daheim.«

›Die Olle will poppen‹, dachte Otze bei sich, ›aber nicht mit mir. Ich guck heute Fußball.‹

»Duu«, sagte er lang gezogen, um etwas Bedenkzeit zu gewinnen, »ich bin gerade auf dem Sprung. Ich will mir gleich das Spiel ansehen. Du weißt, die Deutschen knallen doch heute die Portugiesen weg. Sorry!«

»Ach, das wollte ich doch auch sehen«, Otze merkte sofort, dass sie log. »Lass uns das doch gemeinsam …!«

›O-oh, böse Falle!‹, dachte Otze mit zugekniffenen Augen. ›Das ist, wie ein Kind mit ins Pornokino zu nehmen. Eine Frau im Schlepptau beim Fußball, das sehen die anderen Kerle vor der Glotze ungern.‹

»Ääh«, er rang nach Worten, »nun …«

Sie unterbrach ihn, ehe er eine Ausrede formulieren konnte: »In der ›Sportsbar‹ kann man, glaube ich, ganz gut schauen. Was meinst du?«

›Mist‹, dachte Otze, ›da kommste nicht mehr raus.‹

»Jau«, sagte er resignierend, »ich komme runter.«

In die Wohnung wagte er sie nicht zu lassen. Wenn Britt mit ihm wirklich ins Bett wollte, wie er vermutete, dann hätte die Situation schnell eskalieren können, und sie hätten es eventuell getan – ohne Fußball. Dieses Risiko ging Bruno nicht ein.

»Warum hast du Nuss nicht gestern gewollt, Mensch?«, murmelte er, während er sich fertig rasierte.

Endlich eilte Bruno die Treppen hinunter und begrüßte Britt mit einem flüchtigen Kuss auf die Wange.

»Komm, komm«, sagte er, »wir müssen schnell machen, sonst kriegen wir keine Plätze mehr.«

Rasch gingen sie Richtung Berger Straße.

»Meinen Pulli haste nicht dabei, oder?«, fragte Otze eher unfreundlich.

»Nein, leider, sorry, aber wir können den ja vielleicht später noch holen. Eventuell«, antwortete sie.

Bruno ahnte, dass sie ihn zu sich in die Wohnung locken wollte.

›Die Kleine ist spitz! Aber nee, heute is' Fußball, sorry!‹, dachte er.

Als sie auf der Oberen Berger Straße in der ›Sportsbar‹ ankamen, wurde er in seinen Befürchtungen bestätigt: Das Lokal platzte aus allen Nähten. Zahllose Menschen besetzten die Barhocker, Sitzbänke, Stühle oder standen in den

Gängen. Der Raum roch nach Zigarettenqualm und männlichem Schweiß. Viele der verteilten Fernsehgeräte konnten Otze und Britt kaum noch sehen – von der großen Leinwand am anderen Ende des Lokals ganz zu schweigen. Es blieb ihnen nichts weiter übrig, als sich mit einem kleinen Bildschirm zu begnügen, der an der Decke hing.

»Wer spielt denn heute?«, fragte Britt plötzlich.

Entsetzt schaute Otze sie an. Sie hatte doch vorhin noch behauptet, dieses Spiel ohnehin sehen zu wollen. Und nun wusste sie nicht mal, welche Mannschaften aufeinandertrafen?

»Wie? Was heißt, wer spielt?«, wollte er wissen und beantwortete sogleich ihre Frage: »Deutschland gegen Portugal!«

»Ach so, ja!«, sagte sie lachend.

Ihr Lachen sollte über ihre Unsicherheit hinwegtäuschen. Bruno wurde misstrauisch.

›Das geht ja gut los‹, dachte er, ›dass manche Frauen auch immer diese blöde Lache ansetzen müssen, nur weil sie keine Ahnung haben oder zu dämlich sind. Glauben die wirklich, dass man durch dieses geistlose Gekicher nicht bemerkt, wie angreifbar sie sind?‹

»Ich find es gut, dass der Lehmann jetzt im Tor steht. Sieht auch viel besser aus, als der Kahn«, sagte Britt.

Otze glaubte, seinen eigenen Ohren nicht trauen zu können: »Tja, da wirst du dann heute nicht viel Glück haben, denn heute spielt der Oli.«

›Und außerdem ist es scheißegal, wer da besser aussieht!‹, dachte er dabei.

In der Folgezeit fragte sie ständig dummes Zeug. Sie hatte keine Ahnung von Fußball, nicht den Hauch eines Schimmers. Otze bereute unendlich, sie nicht einfach und direkt abgewimmelt zu haben. Solche Frauen und Fußball, das hatte einfach keinen Sinn.

Als dann um 21 Uhr der Anpfiff erfolgte, wandte sie sich erneut an Otze: »Worum geht es denn da überhaupt?«

›Das darf doch nicht wahr sein‹, dachte Bruno Bachmann, ›lieber Gott, warum tust du mir so etwas an? Was habe ich getan? War ich böse zu dir?‹

Doch er wollte höflich bleiben, wenn er sie den ganzen Abend ertragen musste, schließlich sollte sie später wenigstens noch mit ihm ins Bett gehen. Heute Abend wollte Otze berechnend sein.

Mit ausgesuchter Freundlichkeit und einem aufgesetzten Lächeln beantwortete er artig auch diese Frage: »Um die goldene Ananas geht es da.«

Britt runzelte die Stirn: »Ananas?«

Er begriff, dass ihr diese Redewendung nicht geläufig sein konnte, machte aber keinerlei Anstalten, weitere Erklärungen abzugeben.

»Ich hol uns mal etwas zu trinken!«, sagte er dann, »auch ein Bier?«

»Klaro, bin ich dabei!«, antwortete sie.

›Klar‹, dachte Otze, ›da war ja was! Die bechert ja wie en Offebächer Russ!‹

Er nickte und schritt zur Theke. Natürlich standen dort etliche Männer, die ihre Hocker kaum räumen wollten. Der Barkeeper zeigte sich nur wenig aufmerksam, und Otze hatte Schwierigkeiten, über die Köpfe der anderen Gäste hinweg seine Bestellung abzugeben. Keiner machte auch nur für einen Moment Platz.

»Meins, alles mir! Hier sitz ich! Niemand sonst!«, schien das Motto des Abends zu sein.

›Es ist jedes Mal ein Kampf, sein Geld loszuwerden‹, dachte Otze.

In der Hoffnung, dass Britt mittlerweile alle überflüssigen Fragen ausgegangen waren, kehrte Bruno mit den Getränken zurück. Nachdem sie ihre Bierflasche dankbar entgegengenommen hatte, schauten beide gespannt auf den Fernseher. Britt sagte nichts. Minutenlang. Gar nichts. Ein

Genuss für Otze. Seine Ohren, sein Gehirn, sein Nervenkostüm, sein Gemüt konnten entspannen. Herrlich! Tadellos still versuchte sie anscheinend, das Spiel zu verstehen.

›Sie kann so nett sein, wenn sie die Klappe hält‹, dachte er.

Da passierte es. Bastian Schweinsteiger legte sich das runde Leder vor und donnerte auf das portugiesische Tor. Der neue Ball ›Teamgeist‹ flatterte am Torhüter vorbei. Und der sah ganz schön alt aus, der Mückenfänger! Die ganze ›Sportsbar‹ schrie auf.

»Toooor!!«, rief auch Britt und umarmte im allgemeinen Freudentaumel ihren Begleiter.

Bruno erwiderte die Umarmung, denn rein optisch geizte sie kaum mit ihren Reizen. Anfassen machte immer Spaß.

›Fühlt sich gut an, die Kleine‹, dachte er.

Die aufkommende Begeisterung für Britt sollte schnell wieder abebben, denn sie fragte ihn, als alle noch voller Freude jubilierten: »Wer war es?«

›Oh, Mann, es geht schon wieder los‹, dachte Otze.

Mit jeder weiteren Frage nervte sie ihn mehr. Unwissenheit gepaart mit Dummheit konnte ein Fluch sein.

Ohne sie anzusehen, sagte Otze: »Schweini!«

Zwar sah er ihren leeren Gesichtsausdruck nicht, aber er ahnte auch so, dass ihr die Antwort nichts sagte. Gleichgültig ging er nicht weiter darauf ein. Sollte sie doch doof sterben.

Nach ein paar Minuten wollte sie dann wissen: »Wie heißt der deutsche Trainer noch mal?«

»Beckenbauer.«

»Ach so, ja, stimmt!«, sagte Britt, und Otze grinste.

»Toooor!!«, die ›Sportsbar‹ rastete ein weiteres Mal aus.

Erwachsene Männer lagen sich in den Armen. Bier schwappte durch die Luft. Britt hing freudestrahlend an Otzes Hals.

»Und jetzt?«, fragte sie.

»Was?«, Otze begriff nicht.

»Wer hat das Tor geschossen?«

»Na, wieder der Schweini«, antwortete Bruno fassungslos.

›Guckt die denn nicht hin?‹, dachte er, ›oder ist sie einfach nur bescheuert?‹

»Ich hol mal was zu trinken für uns«, sagte Britt schließlich, obwohl die Flaschen noch nicht vollständig geleert waren.

Sie merkte allmählich, dass ihre Fragen nicht besonders gut ankamen, und wollte die Lage etwas entspannen. Sie flüchtete vor ihren eigenen Fettnäpfchen und ihrer Unsicherheit.

›Ja, hau ab‹, dachte Otze, sagte aber: »Gerne! Für mich noch ein Pils!«

Den Himmel auf Erden erlebte Bruno Bachmann in den nächsten Minuten. Er saß ohne Anhang, ausschließlich von sachkundigen Fans umgeben, vor dem Bildschirm. Diese wenigen Momente genoss er unheimlich. Dann sah er Britt, die sich bereits wieder ihren Weg zurückbahnte. Er beobachtete die umherstehenden Männer. Teilweise schauten sie ihr nach, lächelten sie an oder versuchten, ihr ein Gespräch aufzudrängen, wovon sich Britt nicht beeindrucken ließ. Teilweise hatten die Männer jedoch keinen Blick übrig für die hübsche junge Frau – das waren die wirklichen Fußballfans. Die fokussierten sich heute Abend auf das Wesentliche, so wie es Otze ursprünglich vorgehabt hatte. Mit jedem Schritt, den sie ihm näher kam, verschlechterte sich Otzes Laune wieder. Als sie ihm sein Getränk übergab, nickte er nur kurz. Da: schon wieder!

»Toooooor!!!«

Die Bude bebte. Ein Wahnsinn! 3:0 für Deutschland!

Britt hing wieder an Otze. Ihn zu berühren, machte ihr offensichtlich großen Spaß. Ihm mittlerweile weniger.

»Und? Wer war es jetzt?«, Otze starrte sie an.

Derselbe Torschütze traf nun zum dritten Mal die Hütte, und sie hatte schon wieder nichts mitbekommen.

»Karl-Heinz Förster«, sagte er trocken.

Die Antwort befriedigte Britt vollkommen.

Sie tat sogar so, als würde sie diesen Spieler kennen: »Ach, der soll ja auch total gut sein. Schön, dass gerade der ein Tor geschossen hat. Ich gönn es ihm!«

Otze konnte es nicht fassen. Wie besoffen war er gestern gewesen, dass er nicht gemerkt hatte, wie blöde die Alte war?

›Mann, Mann, Mann, die kann einem echt den kompletten Fußballspaß verderben mit ihrem Geseiere!‹, dachte er.

Bis zum Ende des Spiels konnte er sich innerlich nicht mehr beruhigen. Er ärgerte sich über Britt, jedoch gleichermaßen über sich selbst. Er hasste es, wenn er ungewollt Kompromisse einging. Otze hatte sich diesen Abend verderben lassen. Verderben lassen von einer dummen Frau. Er hatte dieses letzte deutsche Fußballfest einfach nur genießen wollen.

›War wohl nix‹, dachte er.

Britt ahnte, dass Otze mit diesem Abend nicht zufrieden war, denn er trank viel zu schnell, war viel zu schlecht gelaunt und mürrisch. Sie versuchte zu retten, was in seinen Augen kaum noch zu retten war.

»Wie wär's, gehen wir noch in eine Disco?«, fragte sie vorsichtig.

Otze blickte sie an, als wollte er sagen: »Welche?«

»Ins ›Living‹?«, schlug sie vor.

›Falsche Antwort‹, dachte er und fragte:

»Was willste denn im ›Living‹?«

Sie bemerkte seinen abfälligen Tonfall und versuchte verunsichert, nach einem plausiblen Argument zu suchen.

»Äh, nun, ist doch ganz witzig dort«, sagte sie und erkannte, wie wenig überzeugend ihre Aussage wirken musste, »nein?«

»Hast du dich in dem Laden mal umgesehen? Da laufen nur aufgesetzte Schicki-Tussis rum und affektierte Knalltüten, die so tun, als hätten sie Kohle ohne Ende, und die trotz dickem Konto keinen graden Satz babbeln können. Berufssöhne eben! Aber aufgestylt sind die bis zum geht nicht mehr. Das ist nicht meine Welt. Solche Volldeppen brauch ich nicht. Nee, nee, ich besauf mich lieber in so einer schäbigen Kneipe wie hier. Hier kann ich sein, wie ich will«, führte Otze aus und sah Britts enttäuschtes Gesicht.

Nicht, weil er ihr einen Gefallen tun wollte, nicht, weil er sie mochte oder weil er selbst Lust darauf hatte, sondern nur, weil er die Überraschung liebte, sagte er dann aus heiterem Himmel: »Also, lass uns hin!«

Damit hatte sie nicht gerechnet. Sie dachte nach, kam aber auf die Schnelle zu keinem Schluss. Britt musste die Gelegenheit am Schopfe packen, bevor er es sich anders überlegte.

»Na, dann komm!«, sagte sie und griff seine Hand.

Britt zog ihn mit und Otze konnte gerade noch den Rest aus seiner Flasche herunterkippen, ehe sie auf die Berger Straße traten. Dort reihten sich schon die Autos zum Corso aneinander. Deutsche Flaggen wurden geschwenkt. Fremde Menschen hupten in ihren Wagen, kletterten während der Fahrt aus Schiebedächern und grölten lauthals. Wenn Bruno Bachmann es nicht besser gewusst hätte, dann hätte er annehmen können, Deutschland sei gerade Weltmeister geworden.

Otze schmunzelte, denn er dachte: ›Britt denkt bestimmt, dass wir Weltmeister sind, die Nuss!‹

Er folgte ihr bis herunter auf die Höhenstraße. Dort stiegen sie in ein Taxi.

»Willy-Brandt-Platz«, ordnete Britt kurz an, und sie fuhren einige Minuten wortlos durch Frankfurt.

Otze und Britt saßen auf der Rückbank. Otze sah durch

das seitliche Fenster in den Abend. Er wollte eigentlich gar nicht in diesem Taxi sitzen. Eigentlich hatte er nicht vorgehabt, mit Britt den Abend zu verbringen. Er wollte auch nicht wirklich ins ›Living‹. Er ließ es jedoch geschehen. Warum, wusste er nicht. Ob es wegen der vielversprechenden Aussicht auf Sex war, konnte er gar nicht mit Gewissheit sagen. Normalerweise wehrte er sich gegen abendliche Programme, die nicht in sein gewohntes Schema passten. Heute komischerweise nicht. Bruno merkte nicht, wie er angesehen wurde. Britt starrte ihn an. Sie hatte den dringenden Wunsch, ihn zu küssen – jetzt!

Sie versuchte seine Aufmerksamkeit zu erlangen, indem sie sich bewegte, leicht räusperte, aber er schaute weiterhin stur hinaus in die Dunkelheit. Otze schwelgte in Gedanken. Er dachte an sein Leben. Ihm ging Tina durch den Kopf. Er dachte daran, wie sie am Mittwoch noch vor seiner Wohnungstür gestanden hatte.

›Was ist nur in sie gefahren? Meint sie es ernst?‹, fragte er sich.

Britt legte ihre Hand auf Otzes Oberschenkel, doch der bemerkte es gar nicht. Erst, als ihre Hand zur Innenseite seines Beines wanderte, beachtete er sie. Ihr Griff wurde fester und intimer, und er wandte seinen Kopf zu ihr. Britt näherte sich ihm. Für eine Sekunde dachte Otze dran, sich ihr zu verweigern. In den letzten Stunden hatte sie einfach zu viel dafür getan, ihm überhaupt nicht zu gefallen.

›Optik ist nicht alles‹, dachte er.

Aber Otze war eben auch nur ein Mann. Ein Mann, der solo war und dazu noch angetrunken. Britt küsste ihn und stieß auf keinerlei Gegenwehr. Er ließ es sich gefallen. Otze kam ihr kein Stück entgegen, aber das machte ihr nichts aus. Sie holte sich jetzt, was sie wollte. Der Fahrer des Taxis versuchte, seine Gäste auf dem Rücksitz zu ignorieren. Es fiel ihm jedoch äußerst schwer. Immer wieder schaute er in den

Rückspiegel. Seine Konzentration auf den Straßenverkehr ließ nach. Otze und Britt knutschten nun wilder, sie griff ihm in den Schritt. Vom Straßenverkehr bekamen sie nichts mehr mit. Der Taxifahrer ebenfalls nicht. Er driftete immer wieder auf die Gegenfahrbahn ab, schaute fast ausschließlich in den Rückspiegel und war sichtlich erregt. Plötzlich steuerte das Taxi auf eine Verkehrsinsel zu. Nur wenige Meter trennten es von einem Unfall. Mit einem gewaltigen Ruck riss der Fahrer das Lenkrad herum. Im letzten Augenblick verhinderte er ein dummes Unglück. Otze und Britt schreckten auf.

»Hey, was soll die Kacke?«, rief Bruno nach vorne, »glotz gefälligst auf die Gasse!«

»Tschuldigung«, sagte der Fahrer beschämt.

»Was heißt hier Tschuldigung, du Depp?«, fuhr Otze ihn an, »bring uns sicher zum Willy-Brandt-Platz, sonst setzt es was. Capito?«

Otze konnte nicht sicher sein, welcher Herkunft der Fahrer war. Aber in diesen Tagen waren für ihn alle Menschen, die ihn störten oder nervten, Italiener. Italiener aus der Mitte der Hölle.

»Mamma mia!«, setzte Otze wütend nach.

Die Lust am Küssen war Bruno nun vollends vergangen. Britt hielt dennoch seine Hand. Als sie ausstiegen, gab Otze kein Trinkgeld.

Dem freundlichen »Ciao« des Fahrers entgegnete er mit einem derben: »Va a fare in culo!«

Doch da sah Otze etwas Schreckliches: Vor der Discothek hatte sich bereits eine unglaublich lange Schlange gebildet. 50 Meter? 60 Meter? Otze konnte sie kaum schätzen, denn sie schlängelte sich über den halben Willy-Brandt-Platz. Da standen etwa 100 potenzielle Gäste, die auf Einlass hofften. Sie alle benahmen sich äußerst gesittet, denn negativ auffallen wollte nun niemand. Sie fürchteten den Zorn des

Türstehers im langen schwarzen Mantel.

›Es ist doch gar nicht kalt‹, dachte Otze. ›Dieser Mantel gehört wohl zum Standardoutfit eines jeden Türstehers.‹

Otze und Britt stellten sich hinten an und gehörten aufgrund ihrer Kleidung zu einer Minderheit, die es schwer haben würde, hineingelassen zu werden. Soviel war sicher.

Otze brummte mürrisch: »Wir kommen hier doch nie und nimmer rein!«

»Doch, doch, ich kenne den Türsteher«, behauptete Britt, was Bruno nicht so recht glauben mochte.

›Weshalb gehen wir dann nicht direkt vorne hin, begrüßen den Typen mit Handschlag und spazieren durch?‹, fragte er sich.

Als hätte sie seinen Gedanken erahnt, erklärte sie: »Wir können nur nicht direkt rein, weil er das nicht darf. Vetternwirtschaft ist hier nicht gerne gesehen. Aber so kommen wir ganz unauffällig hinein.«

›Okay‹, dachte Otze, ›hört sich plausibel an.‹

Er nickte ihr zustimmend zu. Gleichzeitig beobachte er das Treiben vorne am Eingang. Einer nach dem Nächsten wurde abgewiesen.

»Heute nur Stammgäste«, wurde als häufigstes Argument vorgeschoben.

Aber auch: »Leider schon zu voll«, oder »Du passt heute leider nicht hier ins Publikum« – eine Anspielung auf das Outfit – war dann und wann zu vernehmen.

Das Ganze dauerte Otze viel zu lange. Er wurde zunehmend ungeduldig. Auf den Straßen hupten weiterhin die Autocorsos, die den dritten Platz feierten. Dies war zwar eine kleine Ablenkung, verkürzte aber nur bedingt die Langeweile. Britt stellte für Otze heute keine ausreichende Unterhaltung dar. Da hatte er eine Idee. Er brach aus der Schlange aus und ging langsam und souverän an den Leuten vorüber.

Auf einige ging er zu und sagte: »So kommst du hier nicht rein. Ich will es dir nur jetzt schon mal sagen. Die Wartezeit kannste dir sparen.«

Ohne weiteren Kommentar oder eine Antwort abzuwarten, schritt er die Reihe ab. Dieses Theater spielte er so gekonnt und diszipliniert, dass die Angesprochenen ihm Glauben schenkten. Jeden Vierten oder Fünften, der nicht ganz so gut gekleidet war, pickte er heraus. Er schaute dabei streng und besonders ernst. Britt konnte alles beobachten und verkniff sich ein Lachen.

Sie sah, wie die angesprochenen Personen nacheinander enttäuscht abwanderten. Otze sah nicht im Entferntesten aus wie einer der Türsteher, aber sein sicheres Auftreten hatte sie überzeugt. Die Schlange minimierte sich zusehends.

Otze musste achtgeben, dass keiner der echten Türsteher ihn bei seiner Aktion entdeckte. Deswegen wagte er sich nicht zu nahe an den Eingang.

›Einen noch‹, dachte Bruno, als er der Tür bereits gefährlich nahe gekommen war, denn das Ganze machte langsam Spaß.

Er schritt auf einen jungen Mann Anfang zwanzig zu: »Ey, so leider nicht. Ich will es dir nur jetzt schon mal sagen! Sorry!«

Otze machte eine abfällige Handbewegung das Outfit des Mannes betreffend, zeigte kurz auf dessen Schuhe und verzog die Mundwinkel.

»Geht gar nicht«, sagte er kopfschüttelnd.

»Wer bistn du?«, fragte der junge Mann.

»Wer ich bin, willst du wissen?«, Otze hatte die Frage bereits beim ersten Mal deutlich verstanden, aber er musste Zeit gewinnen, denn mit einer Gegenfrage hatte er nicht gerechnet.

Der junge Mann nickte und sah sehr skeptisch zu Otze herüber.

»Erstens geht dich das einen Dreck an und zweitens, wenn ich sage, das wird heute nichts mit dir, dann ist das so. Willst du Ärger machen?«, fauchte Otze, als befände er sich im Recht.

»Ich bin hier Stammgast und habe dich noch nie gesehen!«, behauptete der Andere leicht säuerlich.

Nun musste Otze schnell reagieren, um nicht vollkommen blöde dazustehen.

»Toni!«, rief er laut, ohne zur Tür zu schauen, »hier macht einer Ärger!«

Otze wollte Eindruck schinden. Er rechnete damit, dass der junge Mann nun klein beigeben würde. Doch von dem lauten Ruf und dem Satz: »Hier macht einer Ärger« angezogen, tauchte nun wirklich ein Türsteher bei Otze auf.

»Was ist denn hier los?«, fragte er mit tiefer Brummstimme.

Von dem Erscheinen des bulligen Mannes Mitte dreißig höchst überrascht, verschlug es Otze die Sprache. Jetzt brauchte er eine Idee.

»Hallo!«, er tat so, als würde er den vermeintlichen Toni kennen, »der junge Mann dort macht Trouble, was wir hier gar nicht brauchen. Er behauptet, Stammgast zu sein und sieht darin eine Berechtigung, mich hier schräg anzuquatschen.«

Der Türsteher nickte verständnisvoll und sah böse zu dem jungen Mann hinüber. Die Unterhaltung machte auf diesen sichtlich Eindruck. Er wurde nervös.

Seine Stimme zitterte leicht, als er zu erklären versuchte: »Äh, der Arsch da behauptet, meine Schuhe sind Scheiße.«

Diese Wortwahl gefiel Toni gar nicht. Beleidigungen brauchte er nicht vor seiner Tür. Das machte nur Ärger, und Ärger zog die Bullen an. Bullen vergraulten die Gäste. Dann schaute er zu den Schuhen herunter. Die rot-weißen Lifestyle-Turnschuhe fand er selbst hässlich.

»Die sind aber auch abartig, oder?«, fragte Otze seinen neuen Kumpel Toni.

»Was ist an denen denn abartig, du Drecksack?«, rief der junge Mann und ging einen Schritt auf Otze zu, als wolle er ihm an den Kragen.

Toni brachte sich sogleich dazwischen, packte den etwa 20 Zentimeter kleineren und mindestens 30 Pfund leichteren Übeltäter und knurrte ihm ins Gesicht: »So, mein Freund, das reicht. Verpiss dich! Wir brauchen hier keinen Ärger. Mach dich weg mit deinen hässlichen Schuhen. Wärst hier eh nicht reingekommen.«

»Sag ich doch!«, jauchzte Otze und grinste unverschämt.

Toni begleitete den jungen Mann noch einige Meter, um sicher zu gehen, dass er die anderen Gäste in Ruhe ließ.

»Das war aber auch ein Krimineller«, sagte Otze in die Runde der Beobachter, als er den Rückzug antrat.

Er wollte zu Britt zurück in die Schlange. Sein Glück hatte er bereits ausgereizt. Überstrapazieren wollte er es nicht. Schmunzelnd ging er an der Schlange entlang nach hinten. Da schaute Otze in ein Gesicht, das ihm bekannt vorkam. Es war ihm zuvor nicht aufgefallen. Zu sehr hatte er auf schlechtes Schuhwerk der Gäste geachtet. Er erkannte sie sofort, und die Nackenhaare stellten sich ihm augenblicklich auf. Auch sie hatte ihn erkannt und schien sichtlich erschrocken. Es war ihr unangenehm, Otze zu begegnen, das war deutlich zu sehen. Bruno wusste sofort, dass diese zufällige Begegnung mehr zu bedeuten hatte. Bruno kannte Tina zu gut. Und da sah er schon die Hand. Die Hand legte sich auf ihre Hüfte. Sie lag wie selbstverständlich dort. Otze sah diese fremde Hand und verstand sogleich. Sie gehörte einem Mann. Rau, behaart, kräftig hatte sie Tina anscheinend fest im Griff. Otze sah an seiner Ex-Freundin vorbei und erblickte zunächst nur den Hinterkopf des Mannes. Jetzt drehte dieser sich um. Wie in Zeitlupe, wie in Trance betrachtete Otze diesen Mann. Er kannte ihn. Es fuhr ihm eiskalt über den Rücken. Alle drei standen sprachlos voreinander. Otze und der Andere sahen sich an. Otze ballte die Fäuste, selbst in seinem Gipsarm und versuchte, kühl zu wirken, aber der Klos in seinem Hals machte es ihm unendlich schwer. Seine Lippen bebten merklich. Plötzlich fasste er sich. Er musste weg, nur fort hier. Otze wandte sich ohne ein Wort ab und ging. Im gleichen Moment trieb es ihm die Tränen in die Augen. Er fing bitter an zu weinen, schritt dennoch ruhig weiter.

›Hauptsache, es sieht keiner von denen‹, dachte er.

Im ersten Moment wollte Tina Otze folgen, doch dieses Vorhaben wurde von dem starken Arm um ihre Hüfte vereitelt. Sie musste Bruno Bachmann ziehen lassen. Britt stand noch weit hinten in der Schlange und sah ihren Begleiter davongehen.

»Otze?«, sagte sie leise und ging ihm hinterher.

Er hörte sie kaum.

Sie wurde lauter: »Otze? Wohin willst du?«

Jetzt nahm er sie wahr, wollte jedoch nicht reagieren. Er hätte sich umdrehen müssen, dann wären seine Tränen zu sehen gewesen. Britt holte ihn eilig ein. Sie sah ihn weinen und konnte sich das alles nicht erklären.

Sie griff nach seinen Oberarmen: »Was ist los, Otze?«

Er antwortete nicht, entzog sich ihrer Berührung, ging weiter.

»Otze, was ist los? Wo willst du hin? Was ist passiert?«, fragte sie eindringlich.

Er konnte nicht antworten, er wollte keine weinerliche Erklärung abgeben.

»Otze?«, bohrte sie weiter, »bitte sag mir doch was …«

»Lass mich in Ruhe!«, unterbrach er sie schließlich, »du gehst mir auf den Sack. Verpiss dich! Ich will alleine sein. Okay?«

Er ging weiter. Sie blieb stehen und begriff nichts. Das war ihm egal. Er war ihr nichts schuldig. Otze winkte ein Taxi heran, stieg ein und knallte die Tür zu.

»Hey, hey, Kollege, ganz ruhig!«, sagte der Fahrer.

Bruno sah seinen Fehler ein: »Sorry!«

Dann nannte er sein Ziel: »Merianstraße, Ecke Friedberger Landstraße, bitte.« Den Rest der Fahrt schwieg er.

Erste Begegnung

»Isch stell eusch die Limo uff en Tisch. Mische müssder selber!«, fauchte der Kellner.

Petra und ihre Freundin Marcia befanden sich in einer der bekanntesten Straußenwirtschaften Frankfurts – dem ›Wagners‹ auf der Schweizer Straße. Das ›Wagners‹ war eine typische Anlaufstelle für Touristen. Sämtliche Nationalitäten fanden sich dort im Laufe des Abends ein. Ob Japaner, Amerikaner, Tschechen, Franzosen oder Spanier, sie alle wurden von Reiseführern oder Freunden in dieses beliebte Apfelweinlokal gelotst. Es war günstig gelegen, hatte unzählige Sitzplätze und alle hessischen Spezialitäten auf der Speisekarte.

Marcia, eine gebürtige Münchnerin kroatischer Abstammung, besuchte nun zum dritten oder vierten Mal die Mainmetropole und ließ sich gerne von ihrer alten Schulfreundin die Stadt zeigen.

Petra trank Apfelwein nicht gerne pur. Süßgespritzt, wie es im hessischen Fachjargon hieß, schmeckte er ihr schon besser. Zum Einen, weil er dann nicht so bitter schmeckte, und zum Anderen, weil er ihr auf diese Weise nicht so schnell in den Kopf stieg. Alkoholisiert geriet Petra hin und wieder außer Kontrolle. Erst recht, seitdem sie ihre Abende wieder als Single verbrachte. Teilweise aus Frust, teils auch einfach um auf andere Gedanken zu kommen, kippte sie ihre Gläser häufig im Eiltempo leer. Das bereute sie dann meist am nächsten Morgen.

»Danke schön«, antwortete Petra dem Kellner freundlich, denn seine forsche Art gehörte zum Ambiente des Hauses und durfte nicht übelgenommen werden, »das kriegen wir gerade noch so hin.«

»Seid ja große Mädscher«, konterte er.

Marcia runzelte die Stirn angesichts dieser zweifelhaft charmanten Bedienung. Petra aber wiegelte mit einer Handbewegung und einem verständnisvollen Lächeln ab. So war das eben in Frankfurts Straußenwirtschaften. Die Kellner hatten sich mit den Jahren eine witzige Unfreundlichkeit angeeignet, die ihre Gäste perfekt unterhielt.

»Wie geht es Mario?«, fragte Marcia ihre Freundin, als diese den schweren Apfelweinbembel zum Einschenken hob.

Petra stockte für den Bruchteil einer Sekunde unmerklich, ließ sich aber sonst nichts anmerken. Nach außen hin wollte sie gerne den Eindruck vermitteln, dass sie über die Trennung von Mario hinweg sei. Innerlich trauerte sie der Beziehung weiterhin nach, die über drei Jahre lang gut funktioniert hatte.

Mit einem Gesicht voll gespielter Gleichgültigkeit antwortete sie kühl und viel zu gelassen, als dass es realistisch wirken konnte: »Weiß nicht! Hab doch keinen Kontakt mehr. Wer weiß, wo der rummacht?«

Der Schauspielunterricht in Petras Gesangsausbildung zeigte keine Wirkung. Ihre Münchner Freundin bemerkte, dass Petra Theater spielte, und hakte nicht weiter nach, obwohl sie schon gerne gewusst hätte, wie es zu der Trennung gekommen war. Wie konnte es passieren, dass ein Paar, das nach außen so verliebt und vertraut wirkte, von heute auf morgen nichts mehr voneinander wissen wollte. Die Trennung war nunmehr knapp vier Monate her und Petra klärte kaum jemanden aus ihrem Umfeld auf. Sie stürzte sich stattdessen in Alkoholexzesse und schwieg.

Gerade, als die Limonade in die mit köstlichem Apfelwein halb gefüllten Gläser floss, rauschte der Kellner am Tisch vorüber. Die Hände beladen mit Tellern voll Rippchen, Leiterchen, Schäufelchen, Sauerkraut und Grüner Soße. So anstrengend der Balanceakt auch war, es gelang ihm noch immer, Petra und Marcia seine Aufmerksamkeit zu widmen.

»Eine Schande, das Gepansche!«, zischte er.

Grinsend blickte er zu ihrem Tisch, und sie verstanden.

»Hast du mal ’nen Neuen kennengelernt in letzter Zeit?«, fragte Marcia nach dem dritten Glas Apfelwein.

»Einen Neuen was?«, Petra lallte schon ein wenig, denn sie nippte bereits an ihrem vierten Glas.

»Na, einen Typen, einen Mann halt.«

»Nää, keine Lust drauf«, erwiderte Petra energisch und log damit.

Die Lüge blieb nicht lange unentdeckt. Marcia fiel auf, dass ihre angetrunkene Freundin schon wieder durch den Raum schielte, hinüber zu dem gut gebauten Mann mit Dreitagebart.

»Ach, hör doch auf! Ich merk doch, wie du die ganze Zeit den Typen da hinten anschmachtest. Und du hast keinen Bock auf Männer«, neckte Marcia und fügte hinzu: »Sehr unglaubwürdig, Fräulein.«

Petra beugte sich zu ihrer Freundin hinüber, als wollte sie ihr ein Geheimnis verraten.

»Scheiße«, sagte sie und seufzte dabei tief auf ihre unnachahmliche Art, »merkt man das echt?«

Marcia flüsterte zurück: »Jaa, verdammt!«

Beide fingen an zu kichern wie zwölfjährige Schulmädchen und schauten gemeinsam nach dem attraktiven Mann auf der gegenüberliegenden Seite des Raumes. Er bemerkte sie nicht. Sie saßen viel zu weit entfernt, als dass er ihr Gelächter hätte hören können. Außerdem war er in ein Gespräch mit seinen beiden deutlich älteren männlichen Begleitern vertieft.

›Schade‹, dachte Petra und wünschte sich seine Aufmerksamkeit.

»Meinst du, der hat eine Freundin?«, wollte die Münchnerin wissen.

Petra setzte sich ruckartig wieder aufrecht hin, als sähe sie nun der Realität ins Auge: »Klar hat er! Solche Männer bleiben nicht lange allein.«

»Stimmt wohl«, pflichtete Marcia ihr bei, meinte jedoch grinsend: »Aber der wäre doch was, oder?«

Petra winkte ab und erklärte: »Ist doch vollkommen egal!«

»Was ist egal?«

»Ob er eine Freundin hat oder nicht.«

Marcia runzelte die Stirn, dachte eine Sekunde nach und schüttelte anschließend den Kopf: »Warum denn das jetzt?«

»Na, wenn die Typen allein unterwegs sind, dann verhalten die sich wie Singles. Jedenfalls die meisten.«

»Du meinst, die meisten Männer, auch wenn sie eine Frau oder Freundin haben, verhalten sich bei solchen Gelegenheiten fremden Frauen gegenüber offen?«, hakte Marcia nach.

»Jedenfalls die, die nur eine Freundin haben, also noch nicht verheiratet sind«, bekräftigte Petra, an ihrem Apfelwein nippend.

»Wieviel sind die meisten? 55 Prozent? 60?«, Marcia wollte es nun genau wissen.

»99 Prozent«, beteuerte Petra.

»Waaas?«, Marcia drückte ihr Entsetzen aus, »du meinst 99 Prozent, also fast alle, würden mit einer Fremden ins Bett gehen, wenn sie die Gelegenheit dazu hätten?«

Petra nickte.

»Krass!«, stieß die Münchnerin aus, und man merkte beiden ihren Alkoholpegel an. »Und die Verheirateten?«

»98 Prozent«, sagte Petra, worauf beide in schallendes Gelächter ausbrachen.

Petra schielte zu dem unbekannten Mann hinüber, enttäuscht, dass sie ihm nicht auffiel.

»Ist doch klar, Rizzi«, sagte Petra und verwendete zum ersten Mal an diesem Abend Marcias Kosenamen, der ihr nur im betrunkenen Zustand über die Lippen kam, »das sind die Gene. Die können da gar nichts für.«

Fragend schaute Marcia ihre Freundin an, die nun munter fortsetzte.

»Ein Mann«, sagte Petra, »will sich so oft es irgendwie geht reproduzieren. Egal wo, egal wie und wann! Je mehr Frauen er bekommen kann, desto besser. Das liegt in seiner Natur. Ja, das geht sogar so weit, dass ein Mann ganze 20 Mal in einer Nacht einen Orgasmus bekommen könnte.«

»Was?«, Marcia zweifelte, »wie soll das bitte gehen. Alle, die ich kenne, haben spätestens nach dem dritten Mal schlappgemacht.«

»Tja, das ist ja auch klar. Das klappt ja auch nur bei 20 verschiedenen Frauen pro Nacht. Schlau von Mutter Natur und Papa Evolution, was?«

»Ist das so?«, fragte Marcia.

»Ja, sicher. Aber da sind wir Frauen anders. Wir müssen ja Angst haben, dass wir schwanger werden. Deswegen lassen wir nicht jeden x-beliebigen Penner an uns ran. Wir lassen nur bestimmte Mannsbilder an unser Allerheiligstes, nämlich die, die uns versorgen könnten. Theoretisch!«

Der Monolog machte eine bedeutungsschwere Pause. Beide dachten über die letzten Sätze nach und tranken einen großen Schluck.

Gerade, als Petra ihren wortgewaltigen Rundumschlag zum Thema Mann fortsetzen wollte, erfasste Marcia die Situation punktgenau in einer einzigen Frage: »Wie lange hattest du schon keinen Sex mehr?«

Normalerweise wäre Petra in Anbetracht dieser unverblümten Direktheit empört gewesen. Jetzt aber antwortete sie trocken und ohne Marcia dabei anzusehen:

»Vier verdammte Monate.«

Dann berichtigte sie sich.

»Vier verdammte Monate, zwei Tage und …«, Petra zog

Marcia am Arm und blickte auf deren Armbanduhr, »… und vierzehn Stunden, um genau zu sein!«

Schweigend schauten sie sich an. Eine Sekunde, zwei, drei Sekunden, dann prusteten sie lauthals los. Sie lachten so lange und ausgiebig, dass sie gar nicht bemerkten, wie der hübsche Mann, den sie zuvor anvisiert hatten, den Raum verließ. Er schenkte den Beiden sogar noch einen kurzen Blick und lächelte über ihre Heiterkeit.

Als sich die Freundinnen beruhigt hatten, sah Marcia als Erste, dass der Stuhl des schönen Fremden nun von einem älteren Japaner besetzt war.

»Och, unser Schnuckelchen ist weg!«, sagte Marcia enttäuscht.

Petra seufzte tief: »Schade, der wäre mir mal eine schlaflose Nacht wert gewesen!«

Nachdem der zweite Bembel geleert und die Rechnung viel zu hoch ausgefallen war, beschlossen die beiden jungen Frauen, den Abend auf der gegenüberliegenden Straßenseite ausklingen zu lassen. In der Schweizer Straße Nummer 76 befand sich die ›Keepers Lounge‹. After-Work-Publikum mit Schlips und Kragen traf sich dort. Frauen mit reichlich Farbe im Gesicht, auf der Suche nach einem Banker, Unternehmensberater, dem mehr oder weniger hübschen Sohn eines Firmenchefs oder einem Immobilienmakler mit Cabriolet. Dazu gesellten sich augenscheinliche Normalos, die auf Nadelstreifenanzüge nichts gaben. Eigentlich passten sie nicht in diese Art von Location, brachten aber Geld mit und waren deshalb in der ›Keepers Lounge‹ geduldet.

Petra und Marcia schlugen die Kragen ihrer Mäntel hoch, als sie die Schweizer Straße überquerten. Sie mussten lediglich 30 bis 40 Meter zurücklegen, aber bei drei Grad Celsius an diesem Novemberabend froren die Beiden schnell. Ein Besuch in der ›Lounge‹ lag nahe. Petra mochte das Ambiente, genoss dort von Zeit zu Zeit einen Champagner-

Brunch oder eine After-Work-Bagger-Mich-An-Party. Außerdem hatten sie heute einfach zu viel getrunken, als dass sie noch lange nach Alternativen hätten Ausschau halten können.

»17 Stunden«, sagte Petra unvermittelt, als sie sich auf eine Eckbank nahe der Theke setzte.

»17 Stunden?« Marcia begriff nicht.

»17 Stunden«, wiederholte Petra und zeigte auf eine Uhr über der Bar, »vier Monate, zwei Tage und jetzt 17 verflucht lange Stunden keinen Sex!«

Sie drehte ihren Kopf zu Marcia: »Und du?«

»Sechs Stunden«, sagte Marcia gelassen.

Petra wartete ab und brauchte dann mehr Informationen: »Sechs Stunden und was?«

»Nur sechs Stunden!«, grinste Marcia.

Petra dachte an Marcias langjährigen Freund – der eigentliche Grund für ihre Anwesenheit in Frankfurt. Dann ließ Petra ihren Blick durch das Lokal schweifen. Ihre Augen scannten die Besucher. Zunächst die männlichen Gäste an den Tischen. Sie waren fast ausschließlich in weiblicher Begleitung.

»Schade«, sagte Petra und seufzte laut, »sehr schade, da wären ein paar hervorragende Exemplare dabei.«

Ihr Blick wanderte weiter. An der Theke, auf einem Barhocker sitzend, entdeckte sie bald eine überaus männliche Gestalt. Breite Schultern, starker Nacken, unter dem hochgekrempelten Holzfällerhemd blitzten muskulöse Unterarme hervor. Der Typ hielt sich an einem Weizenbierglas fest und sprach mit einem anderen Mann neben ihm. Offenbar einem Freund.

›Gute Gelegenheit, meine Theorie mal auszutesten‹, dachte Petra und starrte hinüber.

Marcia erriet ihre Absichten: »Willst du den jetzt etwa anmachen, oder was?«

»Anmachen? Ich? Den? Nää! Ich doch nicht!«, lallte Petra.

Ihre Freundin zeigte sich erleichtert, sie hatte trotz des Alkohols einen erstaunlich klaren Kopf: »Und ich dachte schon.«

»Nee, ich mach den nicht an«, wiederholte Petra und fügte hinzu: »Ich leg den jetzt flach! So, jetzt weißte es!«

Marcias konnte ihr Entsetzen nicht verbergen, als Petra an die Theke stürmen wollte. Sie hielt ihre Freundin am Handgelenk fest.

»Petra«, sagte sie leise, aber bestimmt, »setz dich! Das bist nicht du!«

»Wie, das bin nicht ich?«, stammelte Petra nun doch merklich vom Suff gezeichnet, »klar bin ich das. Siehst mich doch, oder?«

Petra riss sich los und stapfte mit unsicheren Schritten los. Die Fortbewegung machte ihr zwar arge Probleme, aber sie hatte es ja nicht weit. Ihr Gang endete zwischen den Männern an der Theke. Diese stoppten ihre Unterhaltung abrupt und schenkten ihre Aufmerksamkeit der offenbar vollkommen betrunkenen Frau in ihrer Mitte. Diese richtete ihre Worte an das vermeintliche Prachtexemplar im Holzfällerhemd.

»Meine Freundin da behauptet, ich wäre nicht ich, aber ich bin's wirklich«, eröffnete sie das Gespräch.

»Das kann ich sehen«, antwortete der Mann schmunzelnd.

Er blickte ihr sogleich auf die ausladenden Brüste, musterte ihre Hüften, und auch ihr Gesicht sagte ihm anscheinend zu. Sie gefiel ihm. Aber er war auch nicht wirklich wählerisch.

»Siehst du, Rizzi! Ich bin es wirklich. Jawohl, ich bin's. Yes!«, dabei fuchtelte Petra wild mit den Armen umher.

Sie verlor für eine Sekunde das Gleichgewicht und landete in den Armen des Mannes. Er fing sie mit Vergnügen auf und legte dabei seine Hand wie zufällig auf ihren Po.

›Alles andere als Zufall‹, wusste sein Begleiter.

»Oh, entschuldige bitte«, sagte Petra und schaute ihn lasziv an.

›Wie in einem billigen Film!‹, dachte Marcia fassungslos.

Petra sah, dass der Mann nicht wirklich hübsch war. Sein Gesicht hatte nichts von dem, was ihr sonst so an Männern gefiel. Keine niedlichen, jungenhaften Züge, die zeitlos liebenswert waren. Er hatte aber dieses durch und durch Männliche, wie dieser tolle Mann im ›Wagners‹. Das brauchte sie jetzt.

»Darf ich fragen, wie du heißt, bevor ich dich küsse?«, fragte sie, ihn durchdringend anschauend.

»Ratz!«, antwortete dieser kurz und drückte sie an sich. Ihr Name war ihm erkennbar unwichtig. Petra rief ihre Freundin zu sich und Marcia kam widerwillig an die Theke.

»Das ist Per!«, stellte Ratz seinen Freund vor.

Der grinste Marcia anzüglich an. Per erhoffte sich offensichtlich mehr von ihr. Er wollte Marcia haben, wenn sein Kumpel schon Petra bekommen sollte. Aber schon nach einigen Minuten verließ Marcia genervt das Lokal.

Mit einer eindeutigen Handbewegung bedeutete Ratz seinem Freund, ebenfalls zu verschwinden. Er störte hier nur. Also verlegte Per seine Anstrengungen auf eine ebenfalls alkoholisierte Frau Mitte dreißig am anderen Ende des Lokals.

Nachdem Petra und Ratz sich ausgiebig und für seine Begriffe ausreichend geküsst hatten, verließen sie schließlich die ›Keepers Lounge‹. Ratz übernahm die Rechnung von Petra nicht, aber das machte dieser nichts aus. Einen Kavalier benötigte sie jetzt ohnehin nicht.

Gerade als sie darüber nachdenken wollte, wie der Abend wohl weitergehen könnte, saß sie auch schon auf der Rückbank eines Taxis.

Sie hörte Ratz sagen: »Zum ›Sudfass‹, bitte!«

Das Taxi setzte sich in Bewegung, und Ratz lächelte Petra schelmisch an. Petra glaubte, sich verhört zu haben.

›Sudfass‹, dachte sie, ›das ist doch ein Bordell!‹

»Hast du eben ›Sudfass‹ gesagt?«, fragte sie etwas entsetzt.

»Ja«, sagte er und machte eine Pause, um ihre Reaktion abzuwarten.

»Ich gehe mit dir nicht ins Bordell!«, sagte Petra bestimmt.

So betrunken konnte sie gar nicht sein, dass sie mit einem Fremden ein Freudenhaus betreten hätte.

›Vielleicht ist das ja ein Zuhälter!‹ Angst keimte in ihr auf.

Er sah es in ihren Augen und lenkte ein: »Keine Angst, ich wohne gegenüber, weiter nichts.«

Petras Pulsschlag verlangsamte sich deutlich. »Warum sagst du dann ›Sudfass‹, wenn du nur gegenüber wohnst? Ist dir das nicht peinlich?«, fragte Petra teils schockiert, teilweise aber auch beeindruckt von so viel Selbstbewusstsein.

»Nur so«, sagte Ratz, »ist witzig.«

Er liebte es, auf den Putz zu hauen und den Eindruck zu erwecken, ein cooler Typ zu sein.

›Was mache ich hier eigentlich?‹, ging es Petra durch den Kopf. Ihr kamen Zweifel. Als Ratz sie just in diesem Moment küsste, wich die Besorgnis jedoch ihrer sexuellen Erregung.

Ratz und Petra küssten sich heiß, und er fasste ihr zielsicher in den Schritt. Sein Griff war hart, und er rieb dabei über ihre Jeans.

›Die Brüste hätten es zunächst auch getan!‹, dachte sie.

Es ging ihr alles etwas zu schnell, zu direkt, aber sie genoss es dennoch. Nach über vier Monaten fühlte sie sich fast ausgetrocknet, wie eine Pflanze, die wieder gegossen werden musste, bevor sie völlig einging. Sie bemerkte die verstohlenen Blicke des Fahrers im Rückspiegel.

›Der denkt doch sicher, ich bin eine Nutte!‹, dachte sie und kam sich gleichermaßen verrucht wie schäbig vor.

Petra verdrängte den Gedanken und genoss die Küsse. Sie waren nicht wirklich toll. Ratz drückte seine Zunge eher derb in ihren Rachen, als dass er sie gefühlvoll küsste. Zudem schnaufte er heftig. So heftig, dass sie über den Grad seiner Erregtheit unsicher wurde.

›Vier Monate, zwei Tage und 19 Stunden‹, dachte Petra, und diese Dürreperiode sollte nun ein Ende haben.

Sie wollte Sex mit Ratz. Und sei es hart, schmutzig, heftig und schnell zugleich. Sie wollte es. Jetzt!

Ratz führte Petra in seine Unterkunft. Dabei fühlte er unglaublichen Stolz in seiner Brust, angemacht geworden zu sein. Petra wusste nicht, wie sie sich die Wohnung dieses Rohlings vorstellen sollte.

›Abstrakte Bilder, gespickt mit viel Rot. Blut, Fleisch, nackte Haut. Das Bücherregal voll mit Horrorvisionen. Das Licht gedämpft, weiße Möbel überall, auf denen jeder Blutstropfen zu sehen ist‹, malte sich Petra aus, und in ihr stieg eine ängstliche Spannung auf.

Schließlich betraten sie seine Wohnung. Sogleich erklärte Ratz wenig romantisch: »Warte, ich muss mal pinkeln.«

Er verschwand hinter einer Tür, und Petra begann, sich umzusehen. Sie befand sich im dritten Stockwerk eines Mehrfamiliengebäudes. Ein silberner Bürokomplex erfasste diese Wohnungen und umschloss sie mit verspiegelten Scheiben. Sie stand in einer Art Diele, etwa zwei Quadratmeter groß. An einer Garderobe hingen verschiedene Jacken: eine orangefarbene Bomberjacke, eine schwarze Lederjacke, anscheinend Motorradzubehör, noch eine Lederjacke und zwei oder drei Kapuzenpullover – alle in Dunkelblau. Auf der Ablage der Garderobe lag ein Motorradhelm mit der leuchtenden Aufschrift ›Kurven-Rowdy‹, und daneben auf dem Boden standen schwere Motorradstiefel. Auf jeder Seite des Flurs befand sich eine Tür. Hinter ihr ging es zum Hausflur, links offenbar ins Badezimmer, wohin Ratz verschwunden war. Er entledigte sich seines Urins hörbar im Stehen, was Petra registrierte, aber zu verdrängen vermochte. Rechts konnte man durch den Türspalt die Küche sehen, in der ein Berg von schmutzigem Geschirr lagerte. Vor ihr lag das Wohnzimmer, in das sie nun ging.

›Wohn-Schlafzimmer‹, dachte Petra, als sie das Doppelbett erblickte und keine weitere Tür in diesem Raum zu erkennen war.

Dieses Zimmer war etwa zwölf Quadratmeter klein und wurde fast vollständig vom Schreibtisch, einem mächtigen Wohnzimmerschrank, einem kleinen Sofa und dem Bett eingenommen. Den Schreibtisch konnte man nur erahnen. Übersät mit CDs, Tastatur, Bildschirm, Maus, verschiedenen Computerzeitschriften und längst abgelaufenen Fernsehzeitschriften, stand er unordentlich und lieblos in der Ecke. Das Sofa wurde besetzt von einer Schar Kissen, und das Bettzeug auf der Matratze auf dem kastanienbraunen Gestell war noch zerwühlt. Es roch nach abgestandenem kaltem Rauch. Sie hatte gar nicht bemerkt, dass er Raucher war. Naja, er konnte beim Knutschen seinem Laster auch kaum nachgehen. Gelüftet hatte er wohl schon seit Tagen nicht mehr. Ein überquellender, großer Aschenbecher stand neben dem Bett auf dem mausgrauen Teppich.

›Staubsaugen ist auch nicht seine Stärke!‹, dachte Petra.

Ratz eilte aus dem Badezimmer durch die Diele in die Küche und rief: »Mach es dir schon mal gemütlich, ich bring uns was zu trinken!«

Gemütlich war gut. An keiner Stelle sah es nach einem annähernd bequemen Plätzchen aus.

Sie dachte nur: ›Hoffentlich hat er sich die Hände gewaschen.‹

Plötzlich erschien sein Kopf im Türrahmen. Sie erschrak, doch Ratz nahm davon keine Notiz.

Er flüsterte aufgesetzt liebevoll, gespielt lasziv und kaum überzeugend: »Kannst dich auch schon mal ausziehen!«

»Okay, mal sehen!«, wusste sie nur zu antworten.

Ratz verschwand wieder in der Küche, und sie konnte sich dem Wohnzimmerschrank widmen. Auf einer Regalpartie entdeckte sie DVDs mit allem, was die kommerzielle Filmbranche so hergab: von der Terminator-Reihe über die Rambo- und Rocky-Edition bis hin zu Halloween und Tanz der Teufel. Es war alles da, was Petra an cineastischem Vergnügen verabscheute. Sie erblickte zu allem Übel sogar ein paar Titel, die auf Hardcore-Pornografie schließen ließen. Grauenhaft! Ein anderes Regal hatte Ratz mit Musik-CDs gefüllt, ein weiteres mit Originalverpackungen von PC-Spielen, und im letzten Regal standen unzählige alte Videokassetten. Sie sah kein Buch. Kein einziges, außer der Bedienungsanleitung für den DVD-Rekorder und einem Ordner, auf dem groß ›Steuererklährung‹ stand.

›Depp‹, dachte sie.

Plötzlich fühlte sie sich gar nicht mehr so wohl in ihrer Haut. Sie spielte mit dem Gedanken, einfach zu gehen. Ihr Blick fiel auf ein Bild an der Wand – dem einzigen Bild in diesem Zimmer. Ein Motorrad, dessen Fahrer die hintere Bereifung auf der Stelle stehend durchdrehen ließ. Den aufsteigenden Rauch konnte Petra förmlich riechen. Gummi! Ekelhaft!

»Das bin ich«, sagte Ratz plötzlich hinter ihr.

Petra schreckte auf und ging zwei Schritte in den Raum zurück. An der Wade spürte sie schon die Bettkante.

»Hier wohnst du also?«, fragte sie und versuchte, ihre Enttäuschung möglichst zu verbergen.

»Ja, coole Hütte, oder?«

›Das kann nicht sein Ernst sein‹, dachte Petra.

»Du wohnst hier also so richtig«, fragte sie noch einmal.

»Ja.«

»Das ist also dein Hauptwohnsitz. Ja?«

›Hauptwohnsitz?‹, Ratz dachte durchaus nach, bevor er belustigt ausrief: »ja, sicher! Was denn sonst, Mensch?«

Dann sah er sie streng an: »Es gefällt dir nicht, oder?«

»Doch, doch …«, stotterte sie hastig.

Ehe sie aber weiterreden konnte, unterbrach er sie: »Dann können wir ja jetzt zum gemütlichen Teil übergehen.«

Erst jetzt fiel Petra auf, dass Ratz sein Hemd ausgezogen hatte.

›Einen tollen Körper hat er ja, das muss man ihm lassen.‹ Petra suchte gedanklich nach Gründen, nicht die Flucht zu ergreifen.

Ratz hielt in seinen Händen zwei Becher, die geformt waren wie Sektgläser. Diese jedoch bestanden aus Plastik. Echte Sektgläser besaß er nicht.

›Erstens geht Glas so leicht kaputt, und zweitens kann man die Becher einfach wegwerfen, wenn man keine Lust hat, sie zu spülen‹, dachte Ratz darüber.

In den Bechern sprudelten die letzten Proseccoreste aus seinem Kühlschrank. Er hatte sie etwas mit Mineralwasser strecken müssen, um die Behältnisse auffüllen zu können.

›Ein ganz netter Kerl ist er ja‹, dachte Petra, ›wenn ich jetzt abhaue, wer weiß, wann dann ein Taxi kommt. Am Ende denkt noch wirklich jemand, ich wäre eine Hure – hier in dieser Gegend.‹

Also beschloss sie, hier in dieser Behausung die Nacht zu verbringen. Sie wollte im Grunde ja immer noch den schnellen Sex. Eventuell hätte eine nettere Einrichtung ihr die Skrupel eher genommen, aber das konnte sie nun nicht mehr ändern. Da musste sie nun durch.

»Darling, ich habe uns etwas zu schlürfen mitgebracht«, säuselte Ratz ihr ins Ohr, und irgendwie gefiel es ihr, dass er sich wenigstens Mühe gab.

»Danke dir!«, flüsterte sie, und er küsste sie, ohne ihr den Becher zu übergeben.

Der Kuss zog sich einige Sekunden hin, und er schob sie zu dem Bett hinter ihr. Als sie die Bettkante spürte, zögerte sie einen Moment, ließ sich jedoch letztlich fallen.

›Ganz schön weich‹, dachte sie, ›scheint wohl älter zu sein, die Matratze.‹

Ratz stellte die Sektbecher auf seinen chaotischen Schreibtisch und legte sich wortlos zu Petra ins Bett. Umgehend knöpfte er ihr die Bluse auf, öffnete mit geschickten Handgriffen den BH und machte sich dann an ihrer Jeanshose zu schaffen. Ehe sie seine schnellen Finger zähmen konnte, zog er ihr die Schuhe aus, streifte ihr die Hose herunter und legte seine Hand in ihren Schritt.

Petra wusste nicht, ob es ihr behagen oder missfallen sollte. Es ging ihr alles zu schnell. Viel zu schnell! Ihre Erregung allerdings, die sich seit vier Monaten aufgestaut hatte, stieg. Also ließ sie es geschehen. Es fühlte sich gut an. Manches Mal war er zu ruppig und seine Bewegungen zu übereilt, aber nachdem sie ihm mit einer kleinen Handbewegung Einhalt geboten hatte, wurde es wieder angenehmer.

›Immerhin weiß er, was er tut‹, dachte sie.

Sie wollte mehr. Nun sollten sich die Vorzeichen ändern. Petra drehte Ratz auf den Rücken und zog ihm endlich die Hose aus. Vollkommen nackt lag er vor ihr. Männlich sah er aus. Erregt. Mächtig erregt! Sie nahm sein Glied in die Hand und massierte es. Sein Atem wurde noch heftiger. Es gefiel ihm offenbar, was sie tat. Nach einer halben Minute dachte Petra darüber nach, ihren Mund einzusetzen. Normalerweise tat sie das nicht, schon gar nicht in der ersten Nacht. Aber irgendwie verspürte sie Lust darauf. Doch plötzlich begann Ratz, noch heftiger zu schnaufen. Und dann noch stürmischer. In der nächsten Sekunde erfuhr er seinen Höhepunkt. Sie konnte mit ihrem Gesicht gerade noch ausweichen. Sichtlich enttäuscht über seine fehlende Ausdauer blickte er Petra an. Er griff blind unter das Bett, holte eine fast leere Packung Taschentücher hervor und reichte sie ihr. Sie wischte ihre Hand sauber und er sich den Bauch.

Ratz zog Petra hoch und flüsterte ihr ins Ohr: »Danke!«

›Danke?‹, dachte sie, und sie sah erschüttert, wie er sich tatsächlich wegdrehte, um zu schlafen.

›Das darf nicht wahr sein!‹, dachte Petra.

Ratz hatte sie behandelt wie eine kleine, schäbige Prostituierte. Fehlte nur noch die Bezahlung.

»Wenn ich morgen früh noch schlafen sollte, kannst du dir aus meinem Portemonnaie ruhig Geld für das Taxi herausnehmen. Es ist in meiner Hose. Ich vertraue dir«, murmelte Ratz in sein Kopfkissen.

Das war zu viel. Petra musste weg. Raus aus dieser Wohnung, fort von diesem Mann. Weg, einfach nur weg! In Windeseile stieg sie in ihre Kleidung. Sie fuhr sich im Bad vor dem Spiegel noch einmal durch die Haare. Als sie auf der Suche nach einer Bürste auf mehrere Packungen Kondome und einen Gummidildo stieß, festigte sich ihr Entschluss.

›Weg, nichts wie weg hier!‹, dachte sie.

Als die Tür hinter Petra ins Schloss fiel, horchte Ratz kurz auf und dachte nur: ›Mist, ich habe ja ihre Nummer gar nicht. Egal, die weiß ja, wo ich wohne.‹

Petra kamen die Tränen. Sie lief durch Frankfurts Straßen, die Uhr zeigte bereits die vierte Stunde, und niemals zuvor hatte sie sich unglücklicher gefühlt.

›Selbst schuld, du blöde Ziege‹, dachte sie wütend, ›was soll so ein Kerl schon von dir denken, wenn du dich wie eine kleine Hure an ihn ranschmeißt?‹

Zu ihrem Glück kreuzte ein Taxi ihren Weg, das sie euphorisch und mit erhobenen Armen zum Stehen brachte.

Erleichterung machte sich in ihr breit. Nichts wünschte sie sich mehr, als jetzt nach Hause zu kommen.

»Oederweg, bitte«, sagte Petra unter Tränen zum Fahrer.

»Alles klar?«, fragte er.

Als sie nickte, legte der Fahrer wortlos den Gang ein. In die Nacht starrend, dachte sie an Mario. Sie vermisste ihren Ex-Freund. Sie wollte ihn jedoch niemals wiedersehen. Er hatte sie belogen, betrogen und hintergangen. Sie trauerte der Beziehung nach und der schönen Zeit, aber nicht diesem Mann.

Petra dachte an ihre Mutter, die eine solche Geschichte, wie sie heute Nacht passiert war, niemals erfahren durfte.

Dann dachte sie: ›Dieser Mistkerl hat noch nicht mal nach meinem Namen gefragt!‹

Trinkhallen-Romantik

DER KIOSK IN DER MERIANSTRASSE hatte Montag bis Freitag von 8 Uhr bis 22.30 Uhr ohne Pause geöffnet. So hatte es auch der Pächter des Ladens wenig leserlich auf ein Stück Papier im Fenster der Trinkhalle geschrieben.

Zusätzlich hatte er in einer zweiten Zeile noch hinzugefügt: »Samstag und Sonntag: 8 Uhr bis 22.30 Uhr.«

Dass diese Aufschlüsselung der Tage keinen Sinn machte, fiel niemandem weiter auf. Die Stammkundschaft von Hakan Topal, so hieß der Betreiber und gleichzeitig auch Verkäufer hinter der Ladentheke, kam jeden Morgen in einem ziemlich zittrigen Zustand zu ihm. War dieser Zustand durch den ersten Flachmann und ein Bier überwunden, ging man fließend über zur Volltrunkenheit. Hakan Topals Kunden hatten andere Probleme, als auf dieses Schild mit den Öffnungszeiten zu achten.

»Noch drei Jägermeister und …«, der Mann, der sich seit 9 Uhr im Nebenraum befand, schaute in die Runde, »eins, zwei, drei … und vier Pils!«

In dem kleinen Raum saßen nun, um kurz vor 13 Uhr, fünf Personen. Vier Männer und eine Frau.

Sie saßen auf alten Farbeimern, die eine hervorragende ovale Sitzfläche boten. Hakan hatte sogar einen alten Fernseher in den Raum gestellt, um seinen Kunden einen Blick auf die WM zu ermöglichen. Zwar bot das Gerät nur ein schwarz-weißes Bild, aber es hatte sich in den letzten Wochen mehr als bezahlt gemacht. In Alkoholikerkreisen sprach sich schnell herum, dass in der Merianstraße unter Gleichgesinnten Fußball geschaut werden konnte. Beim dritten Vorrundenspiel der deutschen Mannschaft gegen Ecuador fasste der Raum satte vierzehn Personen, die alle dicht gedrängt vor dem TV-Gerät standen. Sitzen hätten sie nicht können, dazu fehlte der Platz. Die Trinkhalle machte an diesem Tag Umsatzrekord. Der Apparat sollte sich als gute Idee erweisen – auch wenn es möglicherweise verboten war. Aber Hakan, der türkische Ladenbesitzer, sah das mit den deutschen Gesetzen nicht ganz so eng. Paragrafen konnte man dehnen und ignorieren! Seit 25 Jahren lebte er nun schon in Deutschland, und nie war er mit dem Gesetz in Konflikt gekommen. Hakan Topal war ein von Grund auf anständiger Familienvater, der tüchtig arbeitete und seine vier Kinder von Herzen liebte. Er mit seinen dreiundvierzig Jahren konnte mit Recht behaupten, etwas erreicht zu haben – legal und ohne Tücke. Die kleinen Lizenzwidrigkeiten in seiner Trinkhalle gehörten zu seinen Kavaliersdelikten. Seit fast vier Jahren war er nun stolzer Pächter des Kiosks in der Merianstraße.

»Knut, was ist?«, fragte Hakan in die Runde, weil Harald diesen bei der Bestellung nicht berücksichtigt hatte.

»Hab noch, Hacki. Danke!«, erhielt er als Antwort.

Hacki nannten ihn einige der Kunden, die öfter auf den Eimern saßen. Es gab ihnen das Gefühl, dass Hakan Topal gar nicht Türke sei, sondern einer von ihnen.

»Hacki, trink doch emal einer mit!«, forderte die einzige Frau im Raum.

»Nein, nein, ich will nix heute trinken. Gestern war schon so viel«, behauptete Hakan, obwohl er sein Lebtag noch keinen Tropfen Alkohol zu sich genommen hatte.

»Ach komm, Hacki. Mir zuliebe!«, versuchte sie ihn zu überzeugen.

Sie hieß Roswitha Thalmann und hing seit ihrer Scheidung vor zwölf Jahren an der Flasche. Rosi, wie sie genannt wurde, sah nicht aus wie 41. Tiefe Falten zogen sich durch ihr Gesicht, ein Veilchen zierte ihr rechtes Auge, und ihr fehlte ein Schneidezahn. Woher sie die Verletzungen hatte, daran erinnerte sie sich nur dunkel. Vor ein paar

Tagen mussten einem ihrer Bekannten zu späterer Stunde die Sicherungen durchgebrannt sein. Bei einer Ohrfeige war es dabei augenscheinlich nicht geblieben. Der Alkohol machte sie wie die anderen Abhängigen anfangs depressiv, was schnell ins Aggressive wechseln konnte.

»Rosi, kommst du! Ich geb dir einen Jägermeister mehr – auf den Haus. Umsonst!«, Hakan versuchte, Rosi abzulenken.

Dieser Offerte konnte sie kaum widerstehen: »Okay, dann machen wir es so, Hacki!«

»Roswitha, mach net den Hakan an! Der hat Frau und Kinder«, sagte Harald, an der Tür auf einem Plastikeimer sitzend.

»Ich mach hier keinen an, du Penner. Halt dein versoffenes Maul!« Rosi kam in wenigen Augenblicken von Null auf Hundert.

Haralds Alkoholpegel veranlasste ihn, nicht zurückzustecken: »Du blöde Kuh, was willst denn du überhaupt?«

»Hee, hee, hee«, beschwichtigte Knut die Beiden mit erhobenen Armen, »bleibt friedlich! Ihr wollt euch doch nicht jetzt schon die Köpfe einschlagen. Der Tag ist noch jung!«

Knuts Friedensbemühungen fruchteten, denn er hatte ein gutes Ansehen unter seinen Bekannten, dachte er.

»Apropos, wann ist denn heute Fußball?«, fragte Peter, der dritte Mann in der Runde.

»Um neun«, sagte Hakan, als er Rosi einen Jägermeister hinstellte.

Diese riss den Deckel der kleinen Flasche sogleich auf und sagte, bevor sie den Flachmann mit einem einzigen Schluck leerte: »Die Italiener gewinnen sowieso!«

»Red' keinen Mist, die spielen gar nicht«, widersprach Harald.

Da kochte es in Roswitha wieder hoch: »Na klar, die haben doch gewonnen!«

Die Stimmung im Raum empfand Hakan als nicht besonders angenehm. Seine Stammkunden stritten schon den ganzen Morgen. Sie gifteten sich unablässig an. Hakan spürte, dass eine Handgreiflichkeit in der Luft lag.

Harald rief aus vollem Hals, obwohl Rosi nur knapp zwei Meter entfernt stand: »Nein, du hast ja keine Ahnung!«

»Doch!« Empört wandte sich die Frau an Knut: »Die haben doch gewonnen, oder? Knut, sag was!«

»Die sind im Finale. Heute ist das Spiel um den dritten Platz. Heute spielen die Deutschen«, mischte sich plötzlich Werner mit ruhiger Stimme ein.

Werner konnte als einziger ein abgeschlossenes Studium vorweisen. Seine Intelligenz übertraf die der anderen mit Sicherheit, aus diesem Grunde beteiligte er sich üblicherweise nicht an irgendwelchen trivialen Kontroversen.

»Hör auf Werner, Rosi! Der hat immer recht«, sagte Peter.

Alle nahmen einen langen Schluck aus ihren Pils-Flaschen bis auf Rosi: »Ach so, na dann, sag das doch. Woher soll man das denn wissen?«

»Wir tragen hier sowieso unsere eigene Weltmeisterschaft aus«, verkündete Knut und richtete das Wort an den Verkäufer der Trinkhalle: »Hacki, noch mal fünf Jägermeister!«

»Bei uns heißt das Jägermeisterschaft«, witzelte Peter, und alle brachen in lautes Lachen aus.

Peter, Knut und Harald konnte man rein optisch über einen Kamm scheren. Sie sahen aus wie der Prototyp des Trinkhallen-Alkoholikers. Zwischen 1,80 und 1,85 Meter groß, abgemagert auf etwa 60 bis 75 Kilo, dicke Augenränder, die blasse Haut durchsetzt mit roten Äderchen, deutlich sichtbar auf Wangen und den Armen. Ihre Kleidung war verschlissen, die Hände wirkten alt und verbraucht, alle drei rochen sie streng. Ja, sie stanken barbarisch. Ihre Alkoholfahne baute sich niemals ab, und beim Urinieren ging auch schon mal der ein oder andere Strahl daneben. Eine Dusche hatte keiner von ihnen in den letzten Tagen nehmen können.

Vom Geruch einmal ganz abgesehen, hob sich Werner von allen anderen ab. Er maß nur 1,55 Meter, hatte eine runde Figur und somit kaum Falten im Gesicht. Er wirkte aufgedunsen. Werner schwieg die meiste Zeit und beeindruckte seine Umgebung durch intelligente Sätze – selbst bei extrem hohem Promillepegel.

Sie alle gehörten zum harten Kern von Hakan Topals Stammkunden. Jeder hatte seinen festen Platz im Nebenraum des Kiosks, jeder seinen angestammten Farbeimer. Sie wohnten im Nordend und in Bornheim verteilt, fanden sich aber fast täglich in der Merianstraße wieder. Hier war ihre Anlaufstelle. Und obwohl sie sich die meiste Zeit stritten, fühlten sie sich gemeinsam wohl, denn eine Familie hatte keiner von ihnen.

»Mit euch geht es mir beschissen und ohne euch noch viel beschissener!«, hatte Rosi einmal gesagt.

Als Hakan die bestellten fünf Jägermeister zusammensuchte, bemerkte er, wie eine Frau das Wohnhaus verließ. Er kannte sie nur vom Sehen. Ihm war nicht bekannt, ob sie selbst im Haus wohnte. Ihre rotblonden Locken und ihre hübsche Figur gefielen ihm. Hakan erkannte, dass die Frau, die er auf Ende zwanzig schätzte, weinte, als sie an der Trinkhalle vorüberlief.

›Die arme Frau‹, dachte Hakan, ›sieht aus wie Heidi Klum, aber traurige Frau!‹

»Nicht lang schnacken, Kopp in Nacken!«, gab Harald die Parole aus, als jeder endlich seinen Jägermeister in den Händen hielt.

Und sogleich stürzten alle ihre Kurzen hinunter.

»Mal gucken, wer heute unsere Jägermeisterschaft für sich entscheidet«, sagte Rosi.

»Wenn du wieder so reihern musst, dann bist du raus, Rosi«, meinte Harald zu ihr.

»Wer ist denn letzte Woche mit vollem Kopf auf die

Fresse gefallen und hat sich alles aufgerissen?«, konterte sie.

Harald und Roswitha kamen heute auf keinen gemeinsamen Nenner. Sie verhielten sich wie Hund und Katz. Wenn sich die Alkoholiker einmal in den Haaren hatten, dann hackten sie grundsätzlich weiter aufeinander herum – ohne erkennbaren Grund. Allerdings lag Roswitha mit ihrer Behauptung nicht falsch. Haralds Wange ließ noch Schürfwunden erkennen. Auch seine Nase und die Handinnenflächen hatte er sich bei dem Sturz verletzt. An den Unfall selbst konnte sich Harald nicht erinnern. Er musste sich die Lichter wohl mächtig ausgeschossen haben in der entsprechenden Nacht.

»Außerdem kotz ich erst, wenn du schon längst pennst und ich fünf Jägermeister mehr drin habe, du Schlappschwanz!«, bekräftigte Rosi ihre Trinkfestigkeit.

»Was hast du gesagt?«, schrie Harald.

»Fünf Jägermeister«, wiederholte Werner clever.

Das verwirrte die Streithähne.

»Genau«, bestätigte die Frau zurückhaltend, wohl wissend, Harald zu sehr provoziert zu haben.

»Halt dich da raus, Werner«, verlangte Harald ziemlich aufgebracht, »Hacki, noch zwei Jägermeister für die Dame und mich!«

Er zischte das Wort ›Dame‹ zwischen seinen Zähnen heraus. Die Hass-Liebe zwischen ihnen beiden konnte kaum einer durchschauen.

»Feisal, zwei Bier, aber kalt!«, hörte Hakan eine Sekunde später hinter sich.

Ein Nachbar aus dem Haus hatte die Bestellung aufgegeben. Derselbe Nachbar, der sonst immer mit ›Heidi Klum‹ zusammen zu sehen war. Hakan vermutete, dass die Beiden ein Paar waren, war sich allerdings nicht sicher. Er kannte den Nachbarn nur als Kunden und konnte sich nicht erklären, warum dieser immer ›Feisal‹ zu ihm sagte. Das

Spielchen machte er aber gerne mit, wenn er so seinen Kunden behielt. Eigentlich fand es der türkische Mann aber albern und unhöflich, mit einem anderen Namen angesprochen zu werden.

»Junge Leute immer bisschen verrückt in die Kopf«, kommentierte er solche Begebenheiten.

Auch dieses überflüssige ›Aber kalt‹ beachtete er mittlerweile nicht mehr. Seine Getränke befanden sich immerzu in gut gekühltem Zustand. Überflüssig also, dies immer wieder zu erwähnen.

»Kunde ist Geldkönig«, stellte Hakan stets fest, und so machte er auch seinen Umsatz – orientiert nach dem Kundenwunsch. Er stellte seinem Nachbarn zwei kalte Flaschen Bier hin, nahm das Geld entgegen und schon verschwand dieser wieder.

›Hatte der gerade Löwen an den Füßen?‹, glaubte Hakan aus dem Augenwinkel gesehen zu haben, verwarf diesen Gedanken jedoch sofort: ›Das kann nicht sein!‹

»Hacki, wo bleiben die Jägermeister?«, wollte Harald wissen.

»Ja, war Kunde da. Sofort kommt Jägermeister«, entschuldigte sich der Verkäufer.

»Wir sind doch auch Kunden!«, berichtigte Peter in beleidigtem Tonfall.

»Eben«, meinte Harald.

Zehn Augen schauten den türkischen Trinkhallen-Pächter an. Die Atmosphäre war leicht angespannt. Nun musste sich Hakan etwas einfallen lassen, um sich nicht den Zorn seiner besten Kunden aufzuladen.

»Ihr nix Kunden. Ihre Freunde von Haus.« Damit hatte er die Alkoholiker wieder auf seiner Seite.

Jeder Trinkhallenbetreiber benötigte seine abhängigen Abnehmer. Sie waren es, die jeden Cent, den sie hatten, in den Laden trugen. Die armen Schlucker gaben alles für Alkohol aus – sie konnten kaum anders. Davon lebte

Hakan. Zu Beginn seiner Trinkhallentätigkeit hatte ihn sein Gewissen geplagt, vom Elend dieser Leute zu leben. Wenn er als gläubiger Moslem und absoluter Alkoholgegner sich die armen Menschen jeden Tag ansehen musste, konnte er dies nur schwer mit sich vereinbaren. Doch er hatte seine Familie zu ernähren, und die hatte Vorrang.

Wenn Hakan sagte »Freunde von Haus«, dann tat er dies ganz bewusst. Mit diesen Menschen verband ihn keine persönliche Freundschaft. Die Trinkhalle war ihr Bezugspunkt – ansonsten hatte er nichts mit ihnen gemeinsam. Ein paar Wochen zuvor war er seinem Stammkunden Knut in der Innenstadt in der Nähe der Konstabler Wache begegnet. Sie waren aneinander vorbeigegangen wie Fremde. Ob Knut ihn erkannt hatte, wusste der Kiosk-Betreiber nicht, jedoch wäre er nie auf die Idee gekommen, seinen Kunden auf offener Straße anzusprechen oder zu grüßen. Geschäft war Geschäft und sein Privatleben eine ganz andere Welt. Aus diesem Grund verbot er seinen Kindern, ihn bei der Arbeit zu besuchen. Sie kamen niemals aus Frankfurt-Höchst, dem Wohnsitz von Hakans Familie, um ihren Vater in der Merianstraße zu besuchen. Sie sollten nicht mitbekommen, mit welchen Leuten ihr Vater den ganzen Tag verkehren musste.

Nach all den Jahren in der Trinkhalle hatte Hakan ein dickes Fell bekommen. All die banalen, oberflächlichen, sinnlosen Gespräche, Streitereien und Handgreiflichkeiten, die er um sein Geschäft herum ertrug, ließen ihn schrittweise abstumpften. Er gewöhnte sich an diese Menschen. An ihre Sucht, an ihre Verhaltensmuster, an ihre derbe Wortwahl, auch an den unangenehmen Geruch konnte er sich gewöhnen. Hauptsache, Hakan konnte davon leben und seine Liebsten davon ernähren.

»Ich geh mal wohin!«, verkündete Harald und stand auf, was ihn leicht ins Wanken brachte.

»Versuch zur Abwechslung mal, besser zu zielen!«, sagte Rosi grinsend, und ihre Zahnlücke blitze hervor.

Harald ging um die Ecke in eine Hofeinfahrt. Im Innenhof verrichteten alle Stammkunden ihr Bedürfnis. Beschwerden von Anwohnern kamen in der anonymen Großstadt kaum. Einzig Roswitha durfte ab und an mit einem Schlüssel auf die Privattoilette von Hakan – aber nur manchmal.

Der Mann urinierte an einen Ahornbaum. Anschließend trottete er wieder durch die Hofeinfahrt Richtung Trinkhalle.

Plötzlich stieß er mit einem jugendlich gekleideten Mann zusammen, der gerade an der Einfahrt vorbeikam, als Harald ebenfalls die Stelle passieren wollte. Ein dummer Zufall – mehr nicht.

»Hey, fass mich net an, Alder!«, keifte der junge Marokkaner sogleich, als er die heruntergekommene Erscheinung des Alkoholikers wahrnahm.

Murrat El Baghdadi wurde begleitet von zwei seiner Landsleute, die wie er etwa Mitte zwanzig waren. Sie traten sehr selbstbewusst und provokativ auf. Ihre offenbar sehr muskulösen Körper blitzten unter den knappen Shirts hervor.

»Pass doch auf, wo ich hingeh, du Depp!«, fauchte Harald leicht lallend zurück.

»Was willstu denn? Guck dich ma an, wie du aussiehst, Alder!«, Murrat zeigte lachend auf sein Gegenüber und wandte sich an seine Freunde.

Auch diese kicherten überlegen. Sie wussten, von Harald hatten sie nichts zu befürchten, schon gar nicht in seiner jetzigen Verfassung. So einen alten Penner frisch zu machen, das war fast schon Sport. Normaler Alltag, Spaß am Nachmittag!

›Der Alki soll nur die Fresse aufmachen‹, dachte Murrat, bereit für eine kleine Schlägerei.

»Scheiß Kanak, geh aus dem Weg!«, sagte Harald fast im selben Moment.

Das war das Stichwort für den Marokkaner. Das konnte er sich nicht bieten lassen – jedenfalls nicht in Gegenwart seiner Freunde.

Wütend rief er: »Was hastu gesagt?«

Harald schaute dem jungen Mann starr und gleichgültig in die Augen. Die Begleitung seines vermeintlichen Gegners würdigte er keines Blickes. Er wusste, nun hatte er Ärger am Hacken. Er wusste, er hatte eventuell einen Fehler gemacht. Aber solche Typen gab es in Frankfurt unzählige, an jeder Ecke. Es gab gar nicht so viel Ecken, wie es Typen gab, die wie der da auf dicke Hose machten.

›Alles Assis!‹, dachte Harald.

»Was hastu gesagt?«, wiederholte Murrat lautstark und gab seinem Rivalen einen Schubs auf die Schulter.

Der ältere Mann wich durch den Stoß ein paar Schritte zurück. Das Gleichgewicht machte ihm bereits bei diesem leichten Klaps zu schaffen. Er fing sich jedoch mit einem geübten Ausfallschritt und trat wieder vor Murrat. In den Augen Haralds funkelte es. Ihm waren die Folgen egal. Bei diesem Anblick spürte Murrat für eine Sekunde Respekt vor dem alten Mann. Mut hatte er, das musste man ihm lassen. Oder war er einfach nur besoffen? Harald öffnete den Mund und atmete tief ein.

»Ich habe gesagt, du sollst mir aus dem Weg gehen«, sagte er, und Murrat kochte wieder vor Zorn.

Die Begleiter platzierten sich schräg hinter ihrem Freund. Einer links, einer rechts. Haralds Bekannte aus der Trinkhalle ahnten nicht, was sich draußen anbahnte. Sie zogen auf Ex den nächsten Jägermeister weg und ließen sich auf der Straße nicht sehen. Hakan sah, was geschah, mischte sich jedoch nicht ein. Den Zorn einer Jugendbande auf sich zu lenken, konnte nicht gut sein. Noch dazu, wo der Kiosk ein ideales Ziel für Racheakte bot. Er hatte eine Menge Geld in die Trinkhalle investiert, also schwieg Hakan. Harald stand alleine da. Jedoch machte ihm das wenig Angst. Früher hätte er sie alle ganz lässig verdroschen. Einfach mit ein paar gezielten Hieben übers Knie gelegt, wie kleine Schuljungen. Er hatte Ringerfahrung als geübter Boxer, aber trainiert hatte er schon seit vielen Jahren nicht mehr.

Der Alkoholiker zischte nach einer kurzen Pause, in der er die Spannung in Murrat noch erhöhte: »Und ich habe gesagt …«

»Was?«, fragte Murrat und ballte bereits seine Fäuste, »was hastu gesagt, Alder?«

Harald donnerte die Worte heraus: »Scheiß Kanak!«

Murrat zögerte nun keine Sekunde, er holte aus und zielte mit fester Faust auf den Kopf seines Gegners. Dieser hatte den Hieb erwartet und duckte sich geschickt weg. Der Arm des Marokkaners flog ins Leere. Durch den Schwung warf es ihn an Harald vorbei. Beide wechselten nun die Positionen und standen sich gleich wieder gegenüber. Murrat richtete sich auf, erkannte die neue Lage und sah kurz wortlos seine Kumpels an. Diese standen nun hinter Harald, was ihm zum Verhängnis werden sollte. Sie packten ihn und hielten ihn mit gekonnten Griffen fest.

›Scheiße‹, dachte er, ›das haben die wohl schon öfter gemacht.‹

Natürlich hatten die Drei schon ähnliche Auseinandersetzungen hinter sich. Jeder von ihnen wusste, was er tat. Gegen das eingespielte Team hatte Harald keine Chance. Was folgte, gehörte für Murrat zum Standardprogramm. Einen ordentlichen Faustschlag in die Magengegend und einen, wenn der Gegner wieder aufgerichtet war, mitten ins Gesicht. Danach hatte der Säufer genug eingesteckt. Murrats Helfer ließen den Alkoholiker los, der sogleich auf dem Bürgersteig zusammensackte.

»Und du hast nichts gesehen, raffstu das?«, fauchte Murrat dem regungslosen Hakan hinter der Ladentheke zu.

Als Hakan fast unmerklich nickte, gingen die Marokkaner, ohne Harald weiter zu beachten. Kurz darauf waren sie hinter der nächsten Ecke verschwunden.

»Hee, wo ist denn das Haraldchen?«, fragte Knut den Türken.

»Der tut liegen vor die Kiosk. Hatte Ärger!«

Knut bewegte sich nach draußen. Aber nicht in Eile, sondern ganz gemächlich. Harald, der mittlerweile unter die Ladentheke gekrabbelt war, hielt sich das Gesicht. Bereits angeschwollen, tat es höllisch weh.

»Was war denn los hier?«, wollte Knut wissen.

»Das nächste Mal krieg ich den Scheißkerl!«, murmelte Harald leise.

»Was ist?«, Knut schwankte vor dem Ex-Boxer hin und her und verstand kein Wort.

»Er hat gekriegt auf Fresse von drei Männer«, klärte Hakan seinen Kunden auf.

Dieser winkte jedoch ab: »Ach komm Haraldchen, heul nicht rum. Komm rein, wir machen weiter mit der Jägermeisterschaft. Los!«

»Das nächste Mal krieg ich den Scheißkerl!«

»Ach«, der sturzbetrunkene Knut wiederholte seine abfällige Handbewegung und wandte sich ab.

Ihm war Harald einerlei. Auf ihn wartete das nächste Fläschchen Kräuterlikör – das war wichtiger. Knut verschwand im Nebenraum der Trinkhalle bei den anderen.

Rosi fragte ihn: »Was war denn los?«

»Ach, Harald hat von irgendeinem Arschloch aufs Maul bekommen.«

»Ich denk, der hat früher mal geboxt?«, stellte Peter fest.

Aber Werner erklärte: »Der ist besoffen und nicht im Training.«

Alle nickten und wollten nicht mehr darüber nachdenken. Sie prosteten sich zu und hauten den nächsten Schnaps in sich hinein.

»Vier halbe Bier, Feisal!«, vernahm Hakan eine Stimme hinter sich.

Er drehte den Kopf und sah einen weiteren Nachbarn, der bei ihm sein Geld loswerden wollte. Diesmal stand der andere der beiden Vögel vor ihm, die ihn immer ›Feisal‹ nannten. Er bemerkte den Gips, fragte aber nicht nach. Sogleich machte er sich dran, die vier bestellten Bier aus dem Kühlschrank zu holen.

»Komm rein, Harald, und halt's Maul. Du siehst das Arschloch nie wieder! Lass uns weitermachen«, rief Knut streng.

Harald sprang auf, während er schrie: »Und ob ich den … den … den scheiß Kanake krieg! Dem hau ich das nächste Mal in die Fresse!«

Hakan sah, wie Harald sich an dem Nachbarn hochzog, und wollte sich schon dafür entschuldigen.

›Kunde ist Geldkönig‹, dachte er.

Da er den Mann mit dem Gipsarm aber nicht besonders leiden konnte, sah er davon ab. Er erhielt das Geld passend. Und sie tauschten die üblichen Höflichkeitsfloskeln aus. Doch der Hausgenosse war noch nicht fertig.

»Und sach deinen Pennern in dem Kabuff da, die sollen abends nicht immer so den Affen machen.«

»Ist nix meine Schuld«, versuchte sich Hakan zu verteidigen, er wusste jedoch, dass er damit nicht durchkommen würde.

»Komm, komm, nicht deine Schuld, von wegen! Du lässt die da hocken, dann ist das genau dein Problem.«

Leider hatte er recht. Hakan musste klein beigeben. Er wollte keinen Ärger mit den Anwohnern.

So rief er dem jungen Mann, der bereits auf dem Weg zu seiner Wohnung war, hinterher: »Isch guck, dass die nix mehr sind so laut!«

›Das hat er nicht mehr gehört‹, dachte Hakan.

Er glaubte, dass er seinen Nachbarn heute sicher noch einmal sehen würde: ›Die Deutschen schauen Fußball immer mit Bier. Er kommt wieder. Dann entschuldige ich mich noch einmal.‹

Insgeheim freute sich Hakan darüber, dass die deutsche Elf schon aus dem Turnier ausgeschieden war. Als Geschäftsmann hätte ihm eine deutsche Mannschaft im Finale zwar finanzielle Vorteile gebracht, aber so war es ihm lieber: keine dummen Sprüche mehr. Wie bitter war die Niederlage der Türkei gegen die Schweiz gewesen. Für die anschließende Schlägerei im Kabinengang hatte er sich einerseits geschämt, andererseits ließ sein Temperament ihn innerlich brodeln. Wäre ihm damals ein Schweizer in die Finger gekommen, er hätte ihn ebenfalls in den Schwitzkasten genommen – mindestens.

Er wandte sich an seine Kundschaft im Nebenraum: »Hey Kollegas, machst du nix so Schreierei. Hab ich Nachbarn, okay?«

Sofort kehrte etwas Ruhe ein. Harald murmelte zwar noch einige Flüche vor sich hin und schwor, seinen vermeintlichen Gegner ordentlich zu vermöbeln, tat dies aber in gemäßigter Lautstärke. Sie alle kamen Hakans Aufforderung nach, denn wenn er sie nicht mehr bei sich sitzen lassen durfte – wo sollten sie dann hin?

»Ist schon gut, Hacki«, sagte Roswitha.

Hakan war zwar vorerst beschwichtigt aber nicht überzeugt. Er kannte seine Pappenheimer.

»Seht euch doch mal an«, sagte Werner plötzlich wie aus heiterem Himmel.

Alle bis auf Hakan wendeten sich ihm zu. Er blickte ruhig zu den anderen auf, und man konnte seine tiefen Augenränder erkennen.

»Was führen wir hier eigentlich für ein Leben?«, fuhr er

fort, während alle schwiegen, »wir krempeln uns morgens aus dem Bett, kotzen uns die Seele aus dem Leib, reißen kurz darauf die erste Dose Bier auf und sind dann pünktlich hier. Wir sitzen hier, streiten, saufen, vegetieren vor uns hin, nerven diesen armen Menschen«, er deutete dabei auf Hakan, »der seinen Lebensunterhalt damit verdient, solche verkorksten Typen wie uns mit Alkohol zu versorgen. Was tun wir hier eigentlich? Sicher hat jeder von uns sein Schicksal. Das ist klar. Aber ist das ein Grund, hier kaputt zu gehen? Rosi, dein Ex-Mann hat dich verprügelt, deswegen macht es dir nichts aus, wenn du hier ab und zu aufs Maul bekommst. Aber glaubst du, deine Tochter will mit dir noch mal was zu tun haben?«

Rosi antwortete nicht.

»Und Peter, ja, okay, du hast deinen Job verloren, deine Frau hatte zwei Fehlgeburten und deine Ehe ist kaputt, aber guter Gott, du bist 42 Jahre alt. Du hast noch soviel vor dir. Wenn du so weitermachst, bist du in zehn Jahren kaputt. Harald, du wolltest mal Boxer werden, hast ein paar Kämpfe gewonnen, dann verloren. Das war's! Jetzt bekommste deine Sozialhilfe, versäufst die hier und hast sonst keine Pläne. Nimm dir einen Strick, wenn das so weitergeht, dann gehste keinem mehr auf die Nerven.«

Werner verstummte, wurde nachdenklich.

Da fragte Knut: »Was ist mit mir, Werner?«

»Mit dir? Keine Ahnung. Was soll mit dir sein?«, sagte Werner.

»Weswegen sitze ich hier?«, Knut hoffte auf eine Analyse Werners.

»Woher soll ich das wissen? Erstens kenne ich dich erst seit ein paar Tagen, zweitens kann ich dich nicht leiden. Du bist ein Depp, halt die Klappe!«, sagte Werner ruhig, und Knut wagte es nicht, noch etwas zu sagen.

»Warum bist du hier, Werner?«, fragte Roswitha.

»Ach Rosi, das ist eine lange Geschichte. Eigentlich, weil ich schwach bin«, berichtete Werner.

»Schwach?«, wiederholte Peter, »du bist nicht schwach. Du bist der Klügste von uns allen.«

»Klug ist nicht gleich stark. Ich habe immer gerne einen getrunken. Habe aber nie das richtige Maß gefunden. Dann war ich bei all diesen Meetings. Geschäftsessen und der ganze oberflächliche Mist. Tja, da habe ich dann fast ein Jahr lang am Stück gesoffen, um neue Kunden an Land zu ziehen. Alkohol lockert die Geldbeutel. So machte man die ›Big Deals‹ damals. Ich bin eben ein ruhiger Typ und mit Alkohol ausgelassener – früher war das jedenfalls so. Naja, selbst meine Frau konnte mir nicht helfen. Woher sollte sie denn wissen, wie man mit einem Alkoholiker umgeht? Als sie mich dann rausgeworfen hat, blieb mir nur mein Geschäft.«

»Du warst Architekt, stimmt's?«, fragte Rosi.

»Ich bin Architekt«, bekräftigte Werner, »nur habe ich mein Geschäft versoffen. Ich war allein, es war mir damals gleichgültig. Als die Aufträge irgendwann ausblieben, war es dann endgültig vorbei. Deswegen bin ich heute hier bei euch.«

»Wir haben dich alle gern«, sagte Rosi, und sie versuchte, Zuneigung zu vermitteln.

Bis auf Knut nickten alle zustimmend. Werner schaute in die Runde.

›Bringt mir auch nichts‹, dachte er und hob seine Bierflasche zum Mund.

Die geilste Geburtstagsparty der Welt

WIE AUF HEISSEN KOHLEN SASS HEINER auf seiner Couch und zappte durch die Fernsehkanäle. Die Fernbedienung in der verkrampften Hand, lehnte er in den Polstern und konnte sich nur schwer ablenken. Er hasste dieses Gefühl. Warten hasste er. Obwohl ihm, geboren am 11. Mai, laut Sternkreiszeichen Ruhe und Geduld nachgesagt wurden, konnte er es nicht leiden, wenn sich jemand verspätete. Irgendetwas Sinnvolles wollte er tun. Aber so sehr er sich auch anstrengte, ihm wollte nichts Besseres einfallen, als in die Glotze zu starren. Alles stand bereit. Ein Topf voll mit leckerem Chili con Carne auf dem Gasherd, die Getränke im Kühlschrank und zur Reserve auf dem Balkon, die WG hatte Heiner geputzt, aufgeräumt, gesaugt und sogar in Otzes Räume hatte er einen Blick geworfen, damit sie nicht einen zu schlimmen Eindruck auf seine Gäste machen würden. Leere Joghurtbecher, benutzte Teller und herumliegende Schuhe hatte er dezent an ihre jeweiligen Bestimmungsorte gebracht.

»Ein Joghurtbecher muss nicht immer gleich in den Müll, der kann auch mal seine neu gewonnene Freiheit genießen, so ganz ohne Milchprodukt in seinem Korpus«, verteidigte Bruno Bachmann zwar häufig sein schlampiges Verhalten, hatte aber kaum Einwände, wenn Heiner seinen über Tage angesammelten Dreck kommentarlos entsorgte.

Heute tat er es allein für seine Gäste. Er wollte, dass sie sich wohlfühlten auf seiner Party. Und genau das war es nun, was Heiner ungeduldig stimmte. Einige Bekannte, die er zu seiner Geburtstagsfeier eingeladen hatte, hatten bereits abgesagt. Warum genau, wusste er nicht. Otze hatte eine Erklärung dafür, aber Heiner gegenüber hätte er es nie laut ausgesprochen:

»Heiners Partys sind zu steif. Das ist keine Party, das ist ein langatmiges Sit-in mit Einpenn-Garantie. Zehn bis dreizehn wahllos durcheinander gewürfelte Leute sitzen herum, die Musik dudelt halblaut im Hintergrund, kaum einer trinkt richtig Alkohol, man führt Gespräche über den Job, die nervige Familie oder greift andere Themen auf – Politik, Krankheiten, Welthungerhilfe. Alle glotzen ständig auf die Uhr, damit es bloß nicht zu spät wird, und die Mädels sind meistens mit Freund anwesend. Das spricht sich rum, das verankert sich fest in den Köpfen. Diese Gäste kommen garantiert nicht wieder – nur die besten Freunde.«

›Blöde Idee, an einem Dienstag in seinen Geburtstag reinfeiern zu wollen‹, dachte Heiner, als sich auch um 20.17 Uhr noch niemand blicken ließ, obwohl der Beginn auf 20 Uhr angesetzt war.

Selbst Otze war noch nicht da. Und der wohnte doch hier. Wo blieben die alle nur? Heiner machte sich Sorgen, dass die Feier ein absoluter Reinfall werden würde.

›Dabei war es doch das letzte Mal so gelungen‹, dachte er.

Er hatte den Eindruck, dass sich die Gäste an seinem letzten Geburtstag angenehm vergnügt hatten. Leider konnte fast keiner von ihnen heute kommen. Warum auch immer. Zwar ahnte er, dass ihn sein Eindruck trog, aber wahrhaben wollte er es nicht. Und heute sollte es noch besser werden. Heiner hatte sich viel Mühe gegeben mit dem Chili, hatte sogar auf Hackfleisch aus dem Supermarkt verzichtet und bei dem Metzger seines Vertrauens eingekauft. Okay, zugegebenermaßen zum ersten Mal, der Fleischer hatte also noch keine Gelegenheit gehabt, ihn zu enttäuschen, aber Heiner wollte ihm gerne sein uneingeschränktes Vertrauen schenken – zur Feier des Tages. Einmal musste er ja damit beginnen. Heutzutage musste jeder einen Metzger haben, auf den er Stein und Bein schwören konnte.

Wie schaute das denn aus, wenn man Gäste hatte und nicht sagen konnte: »Also, dieses Fleisch ist garantiert aus eigener Schlachtung meines Duz-Metzgers Hermann, hier um die Ecke. Der Stammbaum des Schweins – nicht Hermann, ich meine die Sau – kann bis zu vier Generationen zurückverfolgt werden. Und zart ist das Fleisch, ein Gedicht!«

Wer wollte schon sagen müssen: »Nun, für das Schnitzel kann ich meine Hand gewiss nicht ins Feuer legen. Das ist vom Supermarkt um die Ecke. Der angelernte Verkäufer, der mir das eingepackt hat, machte mir schon einen recht zwielichtigen Eindruck. Aber das Fleisch wird okay sein – denke ich.«

›Wo sind die alle nur?‹, dachte Heiner.

Er machte sich Sorgen. Konnte ihn denn niemand leiden? War er bekannt für Langeweile? Weswegen ließen ihn so viele Bekannte, Freunde und Arbeitskollegen im Stich? Ja, sogar Arbeitskollegen hatte er in seiner Verzweiflung gefragt. Und noch nicht mal unheimlich sympathische. Erniedrigend.

›Ein bisschen Partyvieh muss sein. Hauptsache, es ist überhaupt jemand da‹, dachte Heiner und verteidigte sich vor seinem eigenen Ego.

Es wurde 20.34 Uhr. Da hörte er ein Geräusch. Der Schlüssel drehte sich im Türschloss. Das musste Otze sein. Endlich! Heiner sprang auf, wie ein kleines Kind am Heiligen Abend. Er schaltete das TV-Gerät aus, um keinen gelangweilten Eindruck zu erwecken und ging gespielt gemächlich zu seiner Zimmertür. Als Heiners Lässigkeit ihren Höhepunkt erreichte, indem er sich locker an den Türrahmen seines Zimmers fallen ließ, kam ihm Otze im dunklen Flur entgegen. Er trug eine unauffällige, kleine Plastiktüte in der Hand.

»Hey Heiner, wat geht?«, begrüßte Bruno seinen

Mitbewohner etwas gehetzt, »schon jemand besoffen?«

Er schaute erwartungsvoll in Heiners Zimmer und tat erstaunt: »Wo sind die kleinen Bitches? Wo sind die angehenden Alkoholleichen?«

Otze hatte nie erwartet, dass heute die große Fete ablief. Es war ja Heiners Geburtstagfeier. Da war klar, wie das Programm für heute aussah. Er schaute auf eine imaginäre Armbanduhr an seinem Handgelenk und grinste dreckig: »Ich dachte, ich komme viel zu spät.«

»Ja, bist du auch, die sind schon alle wieder weg«, antwortete Heiner zynisch, fast verbissen.

»Cool, dann kann ich den Rest also alleine saufen?« Otze wusste, dass Heiner ihm den Witz nicht übel nehmen würde.

Sie lachten herzlich, und Otze drückte seinem Freund die Plastiktüte wortlos in die Hand. Völlig überrascht nahm Heiner diese entgegen. Aber schnell realisierte er den Grund der Übergabe.

»Was issn das?«, tat Heiner erstaunt, natürlich ahnte er, dass sich darin sein Geschenk befinden musste.

»Erst nachher auspacken!«, sagte Bruno noch, aber das angehende Geburtstagskind hatte die Tüte bereits geöffnet.

Heiner dachte nur: ›Typisch!‹

Ihm fiel auf, dass das Geschenk lediglich von der Plastiktüte umgeben war. Die Mühe, es mit Geschenkpapier zu versehen, hatte sich Otze nicht gemacht.

»Kram einpacken kann ich sowieso nicht so toll. Sähe nur potthässlich aus. Außerdem wird das Geschenkpapier nur drei Sekunden lang angeschaut und dann sofort zerrissen, lieblos zerknüllt und in der Tonne entsorgt. Dafür soll ich Geld ausgeben? Nä, da gebe ich lieber den Euro mehr für das eigentliche Präsent aus«, meinte Otze zu diesem Thema.

›Stinkend faul‹, dachte Heiner über seinen Mitbewohner.

Und dann dieses vor blankem Einfallsreichtum geradezu

fluoreszierende Geschenk: eine grelle Packung mit Gleitcreme! Unglaublich sinnreich!

›Respekt‹, dachte Heiner, ›damit sind wir also endlich auf dem Tiefpunkt der sinnlosen Geschenkhudelei angekommen.‹

Das wurde aber auch Zeit, nach einer aufblasbaren Gummipuppe zu Weihnachten, einem Pornoquartett-Kartenspiel zu Ostern und einem Vorteilspack der ›Pille danach‹ zu einem Anlass, den Heiner längst verdrängt hatte. Heiner verzog den Mundwinkel und blickte zu Otze auf.

»Ich hab doch gesagt, erst später auspacken!«, verteidigte sich Otze.

»Kann ich ahnen, dass du es nicht verpackt hast?«, fragte Heiner.

»Ja«, und damit hatte Otze mehr als recht.

»Danke«, zischte Heiner und knüllte die Tüte zusammen, um sie schnell an einem Platz zu verstauen, wo sie keiner sehen würde – unter dem Bett würde wohl niemand nachsehen.

»Wie, danke?«, fragte Otze erstaunt, »ist das alles? Keine Freudensprünge? Kein Jubilieren? Keine liebevolle Umarmung?«

»Nun«, Heiner rang nach Worten, wollte seinen Mitbewohner nicht verletzen, aber er musste die Wahrheit erfahren, »damit sind wir wohl auf dem Tiefpunkt der sinnlosen Geschenke angelangt.«

›Sinnlos? Tiefpunkt?‹, dachte Otze, ›Moment!‹

Otze fühlte sich gezwungen, etwas klarzustellen: »Warum sinnlos, mein Freund? Du wirst mir noch sehr, sehr dankbar sein dafür. Oder sagen wir so: Petra wird sich mir unendlich verbunden fühlen, angesichts dieses hervorragenden Geschenkes!«

Heiner kommentierte diese Aussage nicht. Bruno nahm durchaus wahr, dass er auf diesem Thema nicht weiter herumreiten sollte, und hatte bereits eine neue Geschenkidee für den nächsten Anlass, der bestimmt kommen würde, ins Auge gefasst: ein Bondage-Handbuch!

»Hast du die Post schon gesehen?«, fragte er dann unvermittelt.

»Nein, wieso?«, wunderte sich Heiner.

Otze überreichte ihm ein Schreiben, das er aus seinem Zimmer mitgebracht hatte. Es hatte wohl schon am Morgen im Briefkasten gelegen.

Er nahm das Papier erwartungsvoll entgegen und las: »Sehr geehrte Damen und Herren, bitte entfernen Sie Ihr Motorrad aus dem Innenhof Ihres Wohnhauses. Mir ist aufgefallen, dass Sie dieses an einem Ort parken, an dem es das problemlose Ausparken der Garagenbesitzer behindert. Sollte Ihr Fahrzeug eine Woche nach Eingang dieses Schreibens nicht entfernt worden sein, behalte ich mir weitere Schritte vor. MfG Martin Hammermüller.«

»Was für ein kleiner Penner!«, rief Heiner ohne zu zögern und biss dabei seine Backenzähne fest zusammen vor Zorn.

»Findest du?«, hinterfragte Otze ironisch.

»Wie? Na klar!« Heiner verwirrte Otzes Reaktion.

Martin Hammermüller war der Sohn des Hausbesitzers. Er lebte ein paar Stockwerke über der WG und machte eine erbärmliche Figur. Ein Unsympath von besonderer Klasse. Es war unter seiner Würde, im Hausflur zu grüßen, er tat mächtig arrogant, lief jedoch stets in Klamotten herum, die sogar der Stammkundschaft Feisals peinlich gewesen wären: Rentier-Pullover, rote Jeans und weiße Lederstiefel gehörten zu seinem ständigen Repertoire.

»Ein einziges Bekleidungsgeschäft alleine darf so einen Haufen Scheißklamotten nicht verkaufen, sonst wird das von den Bullen wegen Körperverletzung, Erregung öffentlichen Ärgernisses und aus Jugendschutzgründen dichtgemacht. Der muss sein Gerümpel aus verschiedenen dunklen Quellen zukaufen«, hatte Otze einmal vermutet.

Keiner wusste, welche Haarpracht Martin Hammermüller auf seinem Schädel trug. Er bedeckte seinen Kopf im Winter mit einer geringelten Bommelmütze und mit einer Baseballkappe an wärmeren Tagen. Der Typ war jemand, auf den kleine Kinder mit dem nackten Finger zeigten, obwohl sie gelernt und begriffen hatten, dass man dies eigentlich nie tun sollte. Erwachsene Männer starrten ihn kopfschüttelnd an, und Frauen blickten beschämt zur Seite, um bloß nicht von ›so einem‹ angesprochen zu werden.

»Meinst du wirklich, der Typ ist ein kleiner Penner, nur weil er uns einen Brief schreibt, in dem er uns bittet, dein Motorrad zu entfernen. Alles nur, weil der Trottel höchstselbst bei uns im Haus wohnt und lockerleicht jederzeit hätte mal eben klingeln können – so nebenbei?«, fragte Otze süffisant.

»Kam der Brief etwa mit der Post?«, wollte Heiner wissen und fand in Brunos Nicken Bestätigung.

»Was für ein Arschloch!« Der sonst so bedächtige Heiner hatte Schwierigkeiten, sich zu beruhigen. »Da schickt der Vollidiot uns einen Brief mit der Post, wartet zwei Tage, bis der Wisch hier bei uns ankommt, und behält sich weitere kleine Schritte vor, wenn die Maschine, meine Maschine, die echt keinen wirklich stört, nach einer Woche nicht entfernt ist«, redete sich Heiner in Rage.

»Und geil ist auch, dass er uns mit ›Damen und Herren‹ anspricht, oder«, bemerkte Otze und fand Gefallen daran, Heiners Stimmung anzuheizen, »als ob er uns nicht kennen würde.«

»Ja, so ein … Irgendwas!« Heiner fiel kein Schimpfwort ein, das schlimm genug gewesen wäre, um Martin Hammermüller aus seiner Sicht zu beschreiben.

»Bist du die Dame oder ich?« Otze versuchte, Öl ins Feuer zu gießen, aber Heiner grinste nur.

Beide schüttelten ungläubig die Köpfe. Heiner konnte es einfach nicht fassen und las sich das Schreiben noch einmal durch.

Da fiel ihm noch etwas auf: »Das Allergeilste ist aber, dass der so auf dicke Hose macht und es noch nicht mal schafft ›Mit freundlichen Grüßen‹ auszuschreiben.«

»Ich habe es schon damals bei meinem Einzug gesagt: Der Typ tickt nicht richtig!«

›Stimmt, das hat Otze wirklich gesagt‹, dachte Heiner, aber er hatte es eigentlich nie so gesehen – bis heute.

Noch ehe Heiner sich noch mehr über seinen Vermieter ärgern konnte, läutete es an der Wohnungstür. Wie vom Blitz getroffen, warf er das Stück Papier auf seinen Schreibtisch und schritt eilig zur Tür. Er wollte nun seinen Vermieter vergessen und wieder gut gelaunt sein. Es gelang ihm auch im Handumdrehen, denn sein Fest bedeutete ihm weitaus mehr.

»Hallo?«, meldete sich Heiner an der Gegensprechanlage.

»Jau, wir sind's!« Heiner erkannte die Stimme von Ratz, fragte sich allerdings zugleich, wen er wohl als Begleitung bei sich haben konnte.

›Der hat noch nie irgendeine Frau mitgebracht‹, dachte Heiner.

»Ich nehme doch auch kein Bier mit nach München oder Sand mit an den Strand«, erklärte Ratz immer wieder seinen Standpunkt.

Ratz hatte keine Begleitung angekündigt. Es musste also ein Mann sein, den er da mit anschleppte.

›Oder kommen eventuell noch andere geladene Gäste gleichzeitig an?‹ Heiner schaute gespannt den Treppenaufgang hinunter.

Ratz kam um die Ecke. Er war gekleidet wie immer: Jeans, Holzfällerhemd, Cowboystiefel. Heiner blickte verdutzt auf den Begleiter. Ein Mann, um die 45 Jahre alt, dunkelbraune, kurze Haare, leicht angegraut, anscheinend im Sonnenstudio gebräunt, weißer Kapuzenpullover mit Reißverschluss, darunter blitzte ein T-Shirt mit der Aufschrift ›H5N1‹ hervor.

›Was macht denn der hier?‹, dachte Heiner, ›naja, wenigstens etwas Partyvieh!‹

Der unerwartete Besucher trug ebenfalls Jeans und dazu gelbe Turnschuhe. Heiner kannte ihn flüchtig, konnte ihn aber nicht besonders leiden.

›Einer von diesen Assi-Kumpels, mit denen Ratz auf Frauenfang geht‹, dachte Heiner über Per.

»Moin Heiner, alter Sack«, Ratz' einfühlsame Art störte mittlerweile niemanden mehr – und Heiner schon lange nicht.

Er schüttelte Heiner die Hand und ging wortlos in die Wohnung. Per tat es ihm gleich, und sie ließen das angehende Geburtstagskind im Hausflur stehen.

›Was issn jetzt los?‹, dachte Heiner.

Da hallte es schon aus dem Wohnzimmer: »Hey Otze, du hässlicher Vogel, was machst denn du hier?«

Ratz' Humor kam unheimlich gut an, jedenfalls bei seinem bisher stummen Begleiter. Der lachte laut, obwohl er den Gag gar nicht begreifen konnte, da er Bruno Bachmann zum ersten Mal begegnete.

»Ich wohne hier!«, entgegnete Otze.

»Ach ja, ich vergaß«, antwortete Ratz und gab noch einen Nachschlag seiner Wortgewandtheit: »Nee, keine Angst, ich vergas hier schon keinen!«

Dabei versetzte er Bruno mit der flachen Hand einen kräftigen Hieb auf den Rücken. Otzes Oberkörper schnellte nach vorne, wobei sein Kopf träge in den Nacken sackte.

»Mir fällt gleich das Gebiss raus, Mann!«, beschwerte sich Otze.

»Ha, das ist gut! Das Gebiss fällt ihm raus! Das ist gut, was Per?«, und dabei gab er seinem Begleiter ebenfalls einen Hieb auf dessen Buckel, der wie auf Kommando gequält grinste.

›Per‹, dachte Otze, der sich schon gefragt hatte, warum sich dieser Kerl eigentlich nicht vorstellte, ›jetzt weiß ich also, wie er heißt.‹

Per hob kurz die Hand zum Gruß, zog die Lippen lächelnd auseinander, sodass man sein blitzblankes, weißes Gebiss und die übermächtige Lücke zwischen seinen oberen Schneidezähnen erkennen konnte. Er senkte seinen Arm sogleich wieder, wobei er sein Lächeln ebenfalls einstellte. Heiner kniff nachdenklich die Augen zusammen, angesichts der eigentümlichen Show, die ihm Per und Ratz boten. Otze zuckte, nur für Heiner sichtbar, mit den Schultern. Er konnte es auch nicht ändern.

»Wollt ihr was trinken?«, fragte Otze in die Runde, um die Situation in andere Bahnen zu lenken.

»Nä, trinken wollen wir nix«, erwiderte Ratz vorlaut, »wir wollen was saufen, Mensch.«

Als Ratz seinem Begleiter noch einmal auf den Rücken schlug, bemerkte Heiner eine Bierfahne.

›Der hat schon getankt‹, glaubte Heiner nun zu wissen.

Otze verdrehte die Augen und ging zur Küche.

»Komm Heiner, rück die Pullen raus, ich muss mir etwas Primitivität ansaufen«, wies er seinen Mitbewohner an und bediente sich gleichzeitig selbst am Kühlschrank, »wo sind sie denn? Ah! Jetzt! Ja!«

»Hee, was meint der?«, fragte Ratz, und er ahnte fast, dass dieser Giftpfeil in seine Richtung geflogen war – aber er ahnte es eben nur.

Mit einem »Ach nix!« wiegelte Otze rasch ab.

»Prost«, sagte Heiner und erhob die Flasche.

»Proscht«, erwiderte Otze.

»Cheerio, Miss Sophie!«, rief Ratz, woraufhin Bruno wieder mit den Augen rollte.

Per sagte nichts, nickte nur leicht lächelnd und stieß mit den anderen an.

Da läutete es erneut. Heiner schnellte herum, um dem nächsten Gast Zutritt zu verschaffen.

»Jaaa?«, fragte Heiner und erwartete eine Antwort vom Hauseingang.

»Jana«, sagte eine zarte Stimme.

Überrascht und zugleich erfreut rief Heiner: »Jana!«

Er betätigte eifrig den Türöffner.

»Da würde ich auch gerne mal eine Nacht drüber schlafen«, kommentierte Ratz, der Heiner gehört hatte, und fügte zu Per gewandt hinzu: »Scharfes Gerät!«

»Halt dich zurück!«, forderte Otze.

»Weswegen? Das ist doch seine Ex«, versuchte Ratz sich zu verteidigen.

»Sie ist aber auch sein Gast, also mach hier nicht den Rallo«, mit diesen Worten wandte sich Otze ab, ließ ihn stehen und ging in die Küche.

»Der will nur selbst mal drüber rutschen«, flüsterte Ratz seinem stummen Kumpel wenig beeindruckt ins Ohr. Der kommentierte dies ein weiteres Mal lediglich mit einem schweigenden Grinsen.

In der Zwischenzeit stand Heiner im Treppenhaus und erwartete Jana. Beide hatten eine kurze und innige Beziehung gehabt, die gescheitert war, weil … naja, eigentlich wusste keiner so genau weshalb – selbst sie beide nicht. Sie hatten sich nach wenigen Monaten getrennt, da sie kaum Zeit füreinander gefunden hatten, wahrten jedoch bis heute, fast zwei Jahre danach, ihre Freundschaft. Jana von Cölln repräsentierte äußerlich grundsätzlich den Typ Frau, den Heiner bevorzugte. 1,62 Meter groß, schlank, glatte schwarze Haare, leicht gebräunte Haut und leuchtend grüne

Augen in einem hübschen Gesicht mit einem zauberhaften Lächeln, das die Männer schwach werden ließ. Charakterlich konnte Heiner ihr ebenfalls kaum Defizite nachweisen: ehrlich, humorvoll, treu und fürsorglich, sowie sexuell besonders aktiv – so, wie es Heiner eigentlich mochte. Er hatte nie begriffen, wieso sie sich getrennt, oder besser: auseinander gelebt hatten – und das in so kurzer Zeit.

›Es hat einfach nicht gepasst damals‹, dachte Heiner.

Dennoch verstanden sie sich blendend, wenn sie sich trafen, was sie in regelmäßigen Abständen auch gerne taten. Seit einem knappen Jahr schon sahen sie sich sogar alle vier bis sechs Wochen bei einem Kaffee, einem Abendessen, oder sie gingen gemeinsam ins Kino. Daran, mit ihr wieder eine Beziehung zu führen, wollte Heiner nicht wirklich denken. Er hatte ja nun Petra. Solange sie da war, konnte Jana kein Thema sein. Nicht für ihn. Petra wusste von den gelegentlichen Treffen mit Jana. Heiner fand nichts dabei – unterbewusst hatte die Verbindung zu Jana aber eventuell doch eine Bedeutung, die Heiner sich selbst gegenüber nicht zugeben konnte.

Jana schritt Heiner die Stufen entgegen. Er bemerkte sofort, dass sie sich heute besonders zurechtgemacht hatte. Sie hatte sich förmlich aufgedonnert. Jana sah sehr attraktiv aus in ihrer engen Jeans und dem weit ausgeschnittenen Oberteil, das ihren wohlgeformten Busen betonte. Sie hatte einen Push-up-BH an, der die Größe der Brüste ein wenig verfälschte, aber das wusste heute nur Heiner. Ihr Gesicht strahlte, und das Make-up wirkte ein klein wenig üppig, was ihren Typ jedoch nur betonte. Sie war einfach eine junge, hübsche Frau Ende zwanzig. Ihre Stiefel machten laute klackende Geräusche auf den Stufen, und als sie Heiner erreichte, um ihm einen sanften Kuss auf die Wange zu geben, roch Heiner wieder diesen zarten Duft ihres Parfüms. Einzigartig drang er immer wieder durch seine

Sinne, nirgends hatte er diesen lieblichen Geruch sonst wahrgenommen. Er dachte oft, dass dies sicher auch mit ihrem eigenen Körpergeruch zusammenhängen musste.

»Hallo Heiner!«, hauchte sie ihm ins Ohr, ohne ihn dabei anmachen zu wollen, »alles Gute zum Geburtstag!«

»Hey!«, erwiderte er leise.

Sie überreichte ihm ein kleines Päckchen, das liebevoll verpackt, mit einer übergroßen Schleife verziert und mit einem kleinen Umschlag versehen war. Heiner bedankte sich für das Geschenk und legte ihr eine Hand auf den Rücken, um sie zu seinem Zimmer zu führen.

»Hallo!«, begrüßte sie die Anwesenden und gab jedem ihre zierliche Hand.

»Donnerwetter!«, begann Ratz, wie fast zu erwarten war.

Per sagte nichts, und Otze wandte sich aufgrund Ratz' Bemerkung angewidert ab.

»Du siehst ja«, Ratz musterte sie von oben bis unten, »zum Auffressen aus.«

»Ist das ein Kompliment?«, fragte sie und verwirrte Ratz sichtlich.

»Äh, ja«, stotterte er, »klar, das … äh … ja, das ist ein Kompliment, ja. Natürlich.«

Er wollte sich aber nicht mit Höflichkeiten aufhalten. Ratz wollte baggern.

»Jana, also, wenn du irgendwann einmal einen sexuellen Engpass haben solltest …«

»… dann wird sie dich garantiert als Ersten anrufen«, unterbrach Heiner Ratz' Ausführung und schob dabei Jana in die Küche, weg von seinem aufdringlichen Freund.

»Obwohl du gar nicht seine Nummer hast«, flüsterte er ihr dabei mit einem Lächeln ins Ohr, »oder hast du sie etwa?«

»Er hat sie mir schon etwa vier Mal zugesteckt«, gab sie zu.

Das überraschte Heiner. Als so zudringlich hatte er Ratz nun auch wieder nicht eingeschätzt.

Er öffnete den Kühlschrank und fragte sie: »Auch ein Bier?«

Sie nickte. Das mochte er an ihr. Unkompliziert und nicht aufgesetzt pingelig, so, wie hübsche Frauen auf Männer den besten Eindruck machten – auf Männer wie Heiner.

Er überreichte ihr die Flasche und kam flüsternd zurück zum Thema: »Wann war das?«

»Wann war was?«, sie stellte sich etwas dumm, um über die Frage eine Sekunde nachdenken zu können.

»Na, als er dich mit seiner Telefonnummer penetrierte?«, wiederholte Heiner, obwohl er genau wusste, dass Jana sich lediglich verstellte.

»Ach so, och, nun, wann war das denn? Hmm?«, sie wusste präzise, wann das gewesen war, und Heiner war klar, dass es ihr bewusst sein musste, »willst du es wirklich wissen?«

Als Heiner nickte, winkte sie ab: »Nein, willst du nicht!«

»Doch!«, sagte er, als sie sich schon zum Flur drehte, um Otze anzusprechen.

»Na Otze, wie geht es dir so?«, lächelnd ignorierte sie Heiners Neugier.

Ratz und Per standen teilnahmslos daneben. Jana spürte, dass die Zwei sie anstarrten. Ihr Busen zog ihre Blicke magisch an. Keiner der beiden konnte sich nur annähernd beherrschen.

»Besser!«, antwortete Otze.

»Besser? Ging es dir schlecht in letzter Zeit?«, fragte sie verblüfft und besorgt.

»Nein, es geht mir besser als dir!«, sein Blick richtete sich für einen kleinen Moment auf Ratz, der weiterhin Janas Körper fixierte und nichts anderes mehr wahrnahm.

»Da könntest du recht haben!« Jana verstand. »Und, hast du inzwischen eine kleine Freundin?«

»Nein, noch nicht mal eine große«, Otze wusste, dass Jana seinen Humor mochte.

Sie lächelte ihn an. Otze entzückte dies sehr. Er mochte Jana. Er bedauerte, dass sie die WG nicht öfter besuchte.

»Hallo?«, sagte plötzlich Heiner, »ja, ich mach dir auf!«

Er sprach in sein Mobiltelefon, dessen Klingeln niemand bemerkt hatte. An der Tür angekommen, drückte Heiner den Öffner und spazierte wortlos hinaus. Die Uhr zeigte mittlerweile 21.05 Uhr, und Petra schickte sich offensichtlich an, der Gesellschaft beizuwohnen. Heiner versetzte es immer in Aufruhr, wenn die Diva aufzutauchen gedachte.

»Lasst uns doch hinsetzen, Leute!«, forderte Otze die Anderen auf.

Sie folgten ihm zustimmend und platzierten sich in Heiners Raum. Ratz und Per nahmen die Couch für sich ein, Otze setzte sich auf den Bürostuhl, der zum Schreibtisch gehörte … und Jana? Sie wusste, dass es nicht so gut war, was sie nun machte, aber es blieb ihr kaum eine Wahl, wenn sie nicht auf dem Boden hocken wollte. Jana setzte sich auf Heiners Bett.

›Sie sieht so gut aus auf einem Bett!‹, dachte Ratz, und seine Libido wuchs mit jedem Augenblick, in dem er diese wundervollen Brüste anvisierte.

»Kommen noch viele?«, fragte Jana Bruno.

»Ich weiß nicht. Es ist Dienstag. Morgen müssen so Einige arbeiten. Da werden nicht viele kommen«, versuchte Otze, die spärliche Besucherrate zu erklären.

Da schreckte Ratz auf: »Nicht? Ich dachte, heut kommt etwas Material hier an!«

Material war Ratz' liebvolle Umschreibung für Frauen.

»Nein, da muss ich dich wohl etwas enttäuschen, Ratz. Heute gibt es hier nichts zum Flachlegen«, sagte Otze und hob entschuldigend die Hände.

»Kacke«, fluchte Ratz und wandte sich an Per, »dann müssen wir nachher doch noch in die Stadt, und wenn da nix ist, ins ›Sudfass‹ bei mir.«

Per tat, was er wohl am besten konnte: Er nickte schweigend. Offensichtlich verstanden sich die beiden wortlos – jedenfalls ohne Worte von Per.

Heiner kam in den Raum. An seiner Hand führte er Petra hinter sich her. Als diese Jana sah, konnte man ihren Schock förmlich schmecken. Ihr fiel alles aus dem Gesicht. Sie umklammerte ihre Handtasche fester, suchte nach Halt. Zwar hatte Heiner sie lange im Vorfeld darüber unterrichtet, dass seine Ex-Freundin ebenfalls auf der Geburtstagsfeier anwesend sein würde, nur hatte Petra bis zuletzt gehofft, dass sie nicht käme. Petra und Jana waren sich noch nie begegnet – und Heiners aktuelle Partnerin war auch keineswegs scharf darauf. Wenn sie schon diesen Namen hörte: von Cölln! Da kam ihr die Galle hoch, die Nackenhaare stellten sich ihr auf, und sie sah rot. Petra empfand tiefsten Neid, schon allein aufgrund dieses adligen Namens.

›Von Cölln‹, dachte sie, ›da hört sich dagegen Kaspari an wie Gräfin und Tischdame!‹

Dieser Gedanke quälte Petra, sie fühlte sich unterlegen. Außerdem hatte Heiner niemals erwähnt, dass sie so unglaublich hübsch war. Petra kam sich in diesem ersten Augenblick völlig dämlich vor. Da saß sie, diese Jana-von-Cölln-Tussi, und machte einen so … einen so unerklärbar beschissen attraktiven Eindruck auf sie – zudem saß sie mit ihrem kleinen und anscheinend festen Knackarsch auch noch auf Heiners Bett. Petra musste sich zusammenreißen, um nicht völlig empört zu wirken. Es gelang ihr nur bedingt. Jeder im Raum, auch Jana selbst, spürte, welche Gedanken der ebenfalls durchaus attraktiven Petra durch den Kopf schossen. Heiners Freundin musste sich Jana gegenüber kaum verstecken, hatte aber klar Nachteile in den

Kategorien Coolness und Lässigkeit vorzuweisen. Das gab deutliche Abzüge in der B-Note.

Per fiel es nun äußerst schwer, sich auf ein bestimmtes Paar Brüste zu konzentrieren. Seine Augen wanderten permanent, sie zitterten zwischen Jana und Petra hin und her.

»Hey, ich bin Jana!«, sie streckte Petra ihre Hand entgegen, als diese gezwungenermaßen durch den Raum schritt, um ihre vermeintliche Kontrahentin zu begrüßen.

»Aha«, antwortete Heiners Freundin, und sie bemerkte selbst, wie zickig es wirkte.

»Hab ich mir gedacht«, damit wollte sie den Eindruck abmildern, aber es gelang ihr nicht.

»Sie heißt Petra!«, kokettierte Otze mit einem verschmitzten Grinsen, und erst jetzt wurde ihr bewusst, wie offensichtlich die Situation für alle schien.

Petra war das peinlich, sie errötete. Schlimmer noch, sie bemerkte, wie sie errötete. Jana verkniff sich ihr Lachen. Sie trank ihr Bier in einem Zug aus und erhob sich von Heiners Bett, um in die Küche zu gehen. Das törnte Ratz und Per unheimlich an. Eine gut aussehende Frau, die Bier aus der Pulle wegkippte wie nix. Geil! Auch Otze empfand die Situation als äußerst erotisch.

»Will noch jemand ein Bier?«, fragte sie die Anwesenden.

»Hab noch!«, antwortete Otze.

»Nein, danke«, sagte Heiner.

Per schüttelte den Kopf, seine Augen wanderten auf Janas Hintern.

»Jau, bring mir noch so eine Bottel!«, rief Ratz und ließ den Rest seiner Flasche anschließend genüsslich die Kehle herunterfließen.

»Petra? Du vielleicht?«, fragte Heiner vorsichtig und sah ihren bösen Blick.

Sie spürte genau, dass alle im Raum Jana toll fanden. Otze, Ratz sowieso und dieser Typ, der neben ihm saß.

›Wer ist der Typ überhaupt?‹, dachte Petra, und da erkannte sie Per, ›oh nein, nicht auch noch der!‹

Alle erwarteten ihre Antwort auf Heiners Frage. Völlig abgelenkt, dauerte es ein paar Sekunden, bis sie reagierte. Dann riss sie sich zusammen.

»Du weißt doch, dass ich kein Bier trinke. Einfach nur Wasser, dann ist gut«, fauchte sie fast genervt.

›Olle Zippe!‹, dachte Otze und wandte sich lachend ab.

›Olle Zippe!‹, dachte Heiner und schritt stumm in die Küche.

Per dachte wenig über seine sexuelle Erregung hinaus und sagte natürlich gar nichts.

Ratz dachte stolz mit einem inneren Lächeln: ›Petra ist widerspenstig, aber das war nicht immer so! Nicht bei mir!‹

›Blöde Kuh!‹, dachte Jana und sagte überfreundlich: »Bring ich dir doch gerne!«

Das saß. Nun stand Petra wirklich dumm da. Das spürte sie deutlich. Sie war nun die Böse, die Zicke. Diejenige, die den Anblick der Ex-Freundin ihres Lovers nicht ertragen konnte.

›Mann, wie bescheuert!‹, dachte sie und wollte ab jetzt Ruhe bewahren, sie setzte sich auf Janas ehemaligen Platz, Heiners Bett, und wartete.

»Was haste dir denn da angelacht?«, fragte Jana Heiner flüsternd, als sie mit ihm in der Küche stand.

Er schenkte gerade Mineralwasser in ein Glas, und sie öffnete zwei Bierflaschen – eine für sich und eine für Ratz.

»Ich weiß auch nicht. Normal ist sie gar nicht so«, meinte Heiner und sah Janas fragenden Blick.

»Ehrlich!«, fügte er hinzu und wusste, dass er log.

»Na klar«, erwiderte Jana voller gespieltem Verständnis, »das Problem bin ich wohl.«

»Du bist kein Problem«, Heiner wandte sich ihr zu, »aber sie weiß, dass wir mal zusammen waren, dass wir uns noch gut verstehen, und …«

Er stockte. Sie sah ihn mit großen, fragenden Augen an. Ihre langen, schwarzen Wimpern schwangen auf und ab.

Er holte tief Luft: »Und du siehst so gut aus!«

Jana fühlte sich geschmeichelt, konnte aber nicht glauben, dass dies der Grund für das Theater gewesen sein sollte. »Nur deswegen? Nee, Heiner! Was ist da noch?«

Heiner schaute Jana tief in die strahlend grünen Augen und musste es nun sagen: »Sie glaubt, dass ich noch was für dich empfinde!«

»Und, was ist die Wahrheit?«, fragte Jana überraschend gefühlvoll.

Von ihrem Tonfall angetan, konnte Heiner kaum anders. Er musste sich ihr öffnen. Es drang aus ihm heraus.

»Nun«, er stockte kurz, »ich weiß nicht genau. Vielleicht hat sie sogar recht.«

Diese Beichte überraschte Jana nicht. Sie spürte es auch. Und sie selbst hatte ebenfalls noch Gefühle für Heiner, die über eine normale Freundschaft hinausgingen. Jana war sich jedoch nicht im Klaren darüber, ob es für mehr reichte.

»Schatz, kommt eigentlich noch jemand?« Petra trat unter einem Vorwand unerwartet in die Küche.

Die Eifersucht nagte schon mächtig an ihr. Sie hielt es zwischen Otze, der sie offensichtlich nicht mochte, und Ratz mit seinem starrenden Begleiter nicht länger aus, während diese Tussi mit Heiner in der Küche stand.

Heiner wandte sich um: »Äh, nun ja, Schatz, ich hoffe es!« Es war offensichtlich, dass er etwas vertuschen wollte. Und Petra erriet blind, dass etwas passiert war – irgendetwas.

Wie gelähmt stand sie in der Tür, Heiner trat ihr entgegen, gab ihr das Glas Mineralwasser und drückte sie sanft wieder in sein Zimmer, nachdem er ihr einen beschwichtigenden Kuss auf die Wange gegeben hatte.

Nun saßen sie alle verteilt im Raum und warteten auf

zwölf Uhr. Kein weiterer Gast gesellte sich hinzu. Mal saß Ratz auf dem Bürostuhl, mal Otze auf dem Boden, je nachdem, wie die Plätze frei wurden, wenn jemand zur Toilette oder in die Küche ging. Die Stimmung war gedrückt. Heiner bemühte sich, Petra bei Laune zu halten, denn sie zog alle mit ihrem Schmollen herunter. Sie redete zwar, unterhielt sich über dies und jenes, aber immer mit einem leicht beleidigten Unterton, den sie ausdauernd beibehielt.

›Faszinierend, wie lange man am Stück zicken kann!‹, dachte Otze.

Er konnte nicht ahnen, was Petra die ganze Zeit über missmutig stimmte. Das verpackte Geschenk von Jana lag noch auf dem Schreibtisch. Wie ein Dorn im Augapfel quälte sie dieser Anblick. Sie wusste nicht, was sich in diesem Päckchen verbarg. Das hielt ihre Laune konstant unten.

Heiner beschäftigte jedoch ein weiterer Gedanke: ›Wann hat Ratz Jana angegraben?‹

Ratz dachte: ›Boah, was eine Scheiß-Fete, und an diese Jana komm ich heute sowieso nicht ran!‹

Um etwa 23 Uhr saß Ratz doch neben Jana auf dem Bett. Er wollte sein Glück herausfordern. Ohne, dass er einen Angriff auf Jana gestartet hatte, wollte er diesen einschläfernden Abend nicht beschließen. Belanglos textete er sie zu.

Er versuchte zeitweise sogar, Intelligenz auszustrahlen und wählte seine Worte auffallend besonnen: »Das Tierkreiszeichen ist in Bezug auf den Charakter eines Menschen nur bedingt aussagefähig. Der Aszendent ist ausschlaggebend.«

Jana ahnte, dass diese Thematik ihrem Verehrer bei anderen Frauen sicher schon einige Erfolge beschert hatte, aber sie fiel nicht auf die fast auswendig gelernte Formulierung herein, die er stupide herunterleierte. Ratz biss bei ihr auf Granit, was ihn sichtlich nervös werden ließ. Er fuchtelte wild mit Armen und Beinen umher, um seinen Worten Nachdruck zu verleihen und Jana irgendwie zu beeindrucken. Dabei stieß er seine glücklicherweise bereits leere Flasche Bier auf dem Boden um, und sie rollte unter das Bett.

»Oh, sorry!«, hektisch griff Ratz unter sich.

Zusammen mit der Flasche zog Ratz eine Plastiktüte unter dem Bett hervor. Er konnte es sich nicht nehmen lassen, einen Blick in die Tüte zu werfen. Otze und Heiner wussten, was Ratz da nun sah und hofften vergeblich, er würde es dabei belassen. Doch Ratz entnahm für alle sichtbar den Inhalt. Für alle klar zu erkennen, hielt er die Packung mit dem Schriftzug ›Flutschi-Anal‹ in den Raum.

»Ich beneide dich Heiner!«, mit diesen Worten sah Ratz Petra an, die puterrot anlief.

Für drei Sekunden herrschte Stille. Zu allem Überfluss war auch noch das Lied auf der CD gerade zu Ende gegangen. Die Totenstille erschlug praktisch alles. Keiner wusste etwas zu sagen, Otze grinste, Jana lehnte sich amüsiert zurück, Per lachte leise, und Ratz' breites Grinsen füllte den Raum aus. Petra kochte vor Wut.

›Endlich mal ein guter Gag!‹, dachte Otze.

Heiner durchschnitt die beklemmende Stille: »Das ist Otzes Geschenk zur Feier des Tages!«

»Woher weiß der, was Petra mag?«, flüsterte Ratz in Janas Ohr, und sie musste nun wirklich lächeln.

»Was ist?«, fragte Heiner leicht zornig, der wie alle anderen Ratz' Bemerkung deutlich vernommen hatte.

»Nix, nix!«, wiegelte Ratz ab und ließ das Geschenk schnell wieder in der Tüte und unter dem Bett verschwinden.

Glücklich, einen Witz gemacht zu haben, der Jana endlich gefiel, feuerte er weiter in ihre Richtung.

›Jetzt nicht locker lassen!‹, dachte er.

So blubberte er Jana weiterhin voll, doch seine Lorbeeren, die er sich mit dem kleinen Gag verdient hatte, waren schnell verwelkt.

Er war ihr einfach zu plump und hatte erkennbar nur eines im Sinn: »Also, weißt du, als du die Tür hineinkamst, da wusste ich nicht, was ich denken sollte!«

»Hast du das jemals gewusst?«, Jana war ihm klar überlegen.

»Ich weiß es genau jetzt! Ich denke, du wärst genau meine Kragenweite!«

»Gedanken sind da, um sie zu denken, gesprochen sind es keine puren Gedanken mehr«, sie verwirrte Ratz, dem nichts blieb, als die Stirn zu runzeln, »also, behalte deine Gedanken für dich. Oder willst du mir deine Nummer etwa noch einmal geben?«

Nun wurde Heiner plötzlich hellhörig und wandte sich leicht von seiner Petra ab, was diese sofort bemerkte.

»Wenn du sie willst«, sagte Ratz mit künstlich tiefer Stimme, was erotisch wirken sollte.

Heiner hoffte, eventuell herauszuhören, wann Ratz sie schon früher angemacht hatte.

»Ich möchte sie nicht zum fünften Mal aus Versehen verlieren. Danke.« Der hatte gesessen, und nun begriff sogar Ratz.

Er fühlte sich schlecht. Anscheinend hatten alle im Raum den Korb, den sie ihm eiskalt gegeben hatte, mitbekommen. Das verletzte sein Ego. Ratz blickte sich um und sah in verschmitzt lächelnde Gesichter. Sogar Petra lächelte kurz auf, weil nun Ratz der Dumme war, nachdem er sie zuvor bloßgestellt hatte. Allein Per blieb ernst und mitfühlend. Ratz hielt es nicht aus, er musste raus.

»Schade Heiner, wir müssen los! Wir haben noch eine Verabredung mit ein paar Hühnern«, Per verstand und stand sogleich neben Ratz im Raum, um mit ihm aufzubrechen.

Ratz verabschiedete sich von Heiner, drückte ihn kurz und nickte Per zu.

»Holt euch bei den Hühnern keine Vogelgrippe!«, sagte Otze, als sie den Raum verließen.

In diesem Augenblick drehte sich Per wieder der Gesellschaft zu und sprach, ja, er sprach: »Die Vogelgrippe ist ein Virus, das nur bei direktem Kontakt von infizierten Tieren und den menschlichen Schleimhäuten übertreten kann, anderweitige Übertragung wie durch Luft oder Kleidung ist nicht möglich, wenn man die entsprechenden Hygienebestimmungen einhält – nach der Berührung mit Geflügel also gründlich die entsprechenden Körperteile mit den empfohlenen Seifeprodukten reinigen. Schönen Abend!«

Mit diesen Worten wandte sich Per in den Flur und folgte Ratz in die Frankfurter Nacht. Konsterniert blickten sich alle an.

»Der kann ja reden!«, fasste sich Otze als Erster.

Er schüttelte sich kurz und heftig und fragte, um die Aufmerksamkeit wieder auf Heiners Geburtstag zu lenken: »Wie viel Uhr haben wir den überhaupt?«

»Fünf vor zwölf«, stellte Petra fest.

»Sechs vor«, berichtigte Jana, und Petra fühlte sich wieder angegriffen.

»Bei mir ist es fünf vor zwölf«, zischte Petra und alle erkannten, dass sie metaphorisch daherkam.

»Schön, dann hol ich doch den Sekt aus dem Kühlschrank!« Otze musste raus, hatte keine Lust mehr auf diese Show.

Mit vier Gläsern in der Hand kam er vier Minuten später zurück. Keiner redete, alle schwiegen und blickten aneinander vorbei. Otze öffnete die Sektflasche, schenkte den Gästen ein und keiner bemerkte, dass sie den Countdown verpasst hatten.

»Hey, es ist zwölf!«, versuchte Bruno Bachmann Begeisterung auszulösen.

Petra gratulierte ihrem Heiner natürlich als Allererste. Ein ungeschriebenes Gesetz. Sie flüsterte ihm sogleich etwas ins Ohr – nun schon seit 30 Sekunden.

›Das obligatorische Liebesgeflüster‹, dachten Otze und Jana und prosteten sich im Hintergrund in stiller Übereinkunft zu.

Nach weiteren 20 Sekunden verdrehte Otze bereits die Augen und pustete die Wangen genervt auf. Heiner, über die Schulter Petras blickend, sah, dass seine Gäste warteten, machte aber keine Anstalten, den Redefluss seiner Freundin zu stoppen. Er erduldete ihn ausdauernd. Nach weiteren 30 Sekunden nahm Jana einen zweiten kräftigen Schluck aus ihrem Glas und Otze leerte seines. Er schenkte nach, und gerade als er fertig war, beendete auch Petra ihre Ansage.

»Och, das ging aber schnell!«, sagte Otze spitzfindig und trat einen Schritt auf Heiner zu, um ihn zu umarmen. »Alles Gute, mein Lieber.«

Otze wandte sich zu Petra: »Siehste, geht auch schneller!«

Nun nahm Jana Heiner in die Arme und drückte ihn zart. Um ihn zu umarmen, stieg sie leicht auf die Zehenspitzen und drückte ihren Rücken durch, ihr sexy Hintern fiel Bruno und Petra automatisch ins Auge. Als Heiner seine rechte Hand zudem leicht und vollkommen unbewusst auf ihrem Steiß ablegte, kochte es in Petra. Argwohn suchte sie erneut heim. Sie explodierte fast. Allein die Tatsache, dass Jana schnell von ihm abließ und Heiner Petra sofort wieder in den Arm nahm, ließ sie nicht aus der Haut fahren. Petra war eine tickende Zeitbombe, das spürte Heiner.

Um 0.18 Uhr saßen Heiner, Otze und Jana allein im Zimmer. Petra hatte sich ein paar Minuten ins Badezimmer zurückgezogen – warum auch immer, das wusste man bei ihr nie so genau. Manchmal puderte sie sich die Nase, mal schminkte sie sich nach, mal kontrollierte sie den Sitz ihrer Frisur und manchmal, aber eigentlich nur verhältnismäßig selten, ging sie menschlichen Bedürfnissen nach.

»Wann hat er dich angemacht?«, nutzte Heiner die Gelegenheit, um die Frage des Abends weiter zu ergründen.

»Hast du das nicht mitbekommen? Gerade eben erst!«, lenkte Jana ab und schaute dabei Otze auf der Suche nach Zustimmung an.

Otze reagierte sofort: »Äh, ja, das habe ich auch mitbekommen. Gerade eben.«

»Das meine ich nicht«, winkte Heiner ab, »damals, wann hat er es damals bei dir versucht?«

›Damals?‹, fragte sich Otze, ›jetzt wird es interessant.‹

Jana schaute zu Otze, um Heiner zu zeigen, dass dessen Anwesenheit bei diesem Thema störte.

»Kein Problem, Jana. Du kannst es ruhig sagen. Vor Otze habe ich nur wenige Geheimnisse. Das ist okay!«

›Na gut‹, dachte Jana, ›wenn du es unbedingt wissen willst.‹

»Er steckte mir etwa drei oder vier Mal seine Nummer zu, hat versucht, mich zum Essen einzuladen, zu sich nach Hause et cetera, als wir beide, du und ich, noch glücklich zusammen waren.«

Ebenso erschütternd wie für Heiner waren die Worte für Petra, die lediglich den letzten Teil des Satzes mitbekommen hatte, als sie unbemerkt den Raum betreten hatte.

»… als wir beide, du und ich, noch glücklich zusammen waren.«

Heiner schnellte herum und sagte übertrieben freudig, weil er das Unheil nahen sah: »Hallo Schatz, wo warst du so lange?«

Jetzt konnte Petra nichts mehr halten. Eilig durchschritt die das Zimmer, griff ihre Handtasche und hastete an Heiner vorüber, um die Wohnung und somit den Geburtstag zu verlassen. Auf der Stelle sprang Heiner auf, um ihr zu folgen.

›Böser Fehler! Renne nie einer Zicke hinterher!‹, dachte Otze.

Jana verstand die Aktion nicht ganz und beobachtete die Geschehnisse amüsiert. Was diese Frau ihr heute Abend bot, machte diese Party wieder erlebenswert, so schlecht und langweilig der Rest der Feier auch war. Heiner holte seine flüchtende Freundin kurz vor der Wohnungstür ein und ergriff energisch ihren Arm. Um eine anstehende Diskussion nicht vor seinen beiden letzten Gästen auszutragen, drängte er Petra ins Badezimmer. Zunächst hörte man von dort wildes, unverständliches Gekreische, das jedoch bald verstummte. Heiner und Petra setzten sich nun offenbar etwas niveauvoller auseinander. So schien es zumindest von außen.

»Die geilste Geburtstags-Party der Welt«, kam es spontan von Otze, und er meinte es definitiv so, wie er es sagte.

So etwas hatte er noch nie erlebt, so etwas würde er sicherlich nie wieder erleben, und er konnte mit Fug und Recht behaupten, dass die Mehrheit der Weltbevölkerung so etwas noch niemals hatte erleben dürfen. Einfach geil!

Heiner und Petra hatten sich im Badezimmer eingeschlossen. Was dort passierte, konnten Otze und Jana nur vermuten. Sie fanden das Ganze kindisch und belustigend zugleich.

»Das perfekte Paar«, lästerte Jana.

Und Otze pflichtete ihr abwinkend bei: »Nicht gesucht und doch gefunden!«

Es war kurz vor drei, und Jana und Otze saßen noch immer alleine in Heiners Zimmer. Von Heiner und seiner Opernsängerin keine Spur. Die Party hatte offensichtlich ihr Ende gefunden, als Petra versucht hatte, sie zu verlassen. Dummerweise wurde es langsam notwendig, dass Otze das in Beschlag genommene Badezimmer nutzte. Bier und Brunos Blase waren noch nie die besten Freunde gewesen. Er erhob sich, um eventuell die Toilette zu erobern. Jana nutzte die Gelegenheit, um sich zu verabschieden.

Als sie hinter Otze durch den Flur schritt, klopfte dieser an die Badezimmertür: »Entschuldigt mal bitte, mein kleiner Pippimann muss seiner Nebenbeschäftigung nachgehen und der Konfirmandenblase die versprochene Entlastung bieten!«

Jana grinste, sagte leise: »Tschüss Otze« und verließ die Wohnung.

»Bitte?«, hallte es aus dem Bad, und Otze konnte nicht genau ausmachen, ob sein Mitbewohner oder die dämliche Zicke ihm geantwortet hatte.

»Mann, ich muss strullern wie ein Wallach. Geht ins Zimmer, ist eh keiner mehr da!«, fauchte Otze, und im nächsten Augenblick drehte sich der Schlüssel im Schloss, die Tür öffnete sich ruckartig, und Petra donnerte rasch, ohne ihn eines Blickes zu würdigen, an Otze vorbei.

›Boah, was eine dumme Alte!‹, dachte er.

Er blickte Heiner an, der auf dem Boden vor der Badewanne saß. Er sah sichtlich zermürbt aus von den letzten knapp zweieinhalb Stunden.

Mitleiderregend blickte er Otze an: »Sorry, Bruno!«

Heiner erhob sich, schritt langsam an seinem Freund vorüber durch den Flur in sein Zimmer, wo Petra erwartungsvoll und sicher bereit zu weiteren zweieinhalb Stunden Diskussion, da war sich Otze sicher, auf dem Bett saß.

»Scheiße«, sagte Otze leise zu sich, »wenn ich mal so ein Gezeter mit einer Freundin habe, dann dürft ihr mich erschießen.«

Auf ewig beste Freunde

OTZE TRAT DAS GASPEDAL GANZ DURCH. Bis es nicht mehr ging.

›Und wenn die Kiste auseinanderfällt‹, dachte er, ›auch egal!‹

Unter Vollgas jaulte der kleine Fiesta, den er sich von Zeit zu Zeit von seiner Mutter lieh, über die Autobahn. Das Tempolimit auf der A66 in Richtung Frankfurt kümmerte ihn wenig. Lediglich an der Baustelle kurz hinter dem Wiesbadener Kreuz, wo ein fest installierter Blitzer aufgestellt war, hielt er die 60 Stundenkilometer ein.

›Eh nur ein Blender‹, dachte Otze, ›hab das Teil noch nie blitzen sehen, obwohl die Baustelle schon uralt ist und ich hier ständig vorbeifahre.‹

Otze trat wieder aufs Pedal. Er musste seinen Frust loswerden. Damit konnte er sich zwar nur kurzzeitig abreagieren, aber das war besser als nichts.

›Vohl, dieser Drecksack!‹, dachte er.

Gerade eben erst hatte er die nötigsten Sachen zusammengepackt und Tina verlassen. Wie konnte sie ihm das nur antun? Warum schmiss sie ihre Beziehung einfach so weg? Warum hatte sie ihn so lange belogen? Alles Fragen, die sich Bruno Bachmann nicht beantworten konnte. Immer noch konnte er nicht realisieren, was noch vor einer Stunde passiert war. Sein Leben hatte sich von einer Sekunde zur nächsten vollkommen geändert. Eben hatte er noch eine Freundin, eine schöne Beziehung, Perspektiven, Pläne, war glücklich – und dann kam Frau Dominosch. Plötzlich war alles dahin. Aus und vorbei!

›Scheiße‹, dachte er, ›wenn ich das gewusst hätte, dann hätte ich die Tür nicht geöffnet.‹

Ein absurder Gedanke. Das wusste er. Wie hätte er das

wissen sollen? Aber wenn er es gewusst hätte, hätte er es lieber nicht erfahren wollen? Otze fand diese Idee interessant. Wollte man von dem Seitensprung seiner Partnerin eigentlich lieber gar nichts wissen, oder war es besser, Klarheit zu haben? Klarheit mit allen Konsequenzen: Kummer, Trennung, Umzug, neu beginnen müssen.

Otze bemerkte, welche wirren Gedanken ihm durch den Kopf gingen und erschrak über sich selbst. Er brauchte jetzt unbedingt eine Person seines absoluten Vertrauens. Er musste jemandem sein Herz ausschütten. Natürlich fiel die Wahl auf seinen besten Freund. Mansour und er kannten sich schon viele Jahre, noch von der Schule her. Ihre Freundschaft war stetig gewachsen. Lange Zeit waren sie als unzertrennliches Duo unterwegs gewesen. Hatten nahezu jeden Tag miteinander verbracht. Sie kannten sich in- und auswendig. Otze brauchte ihn nun mehr als jeden anderen. Sein Freund war auf seiner Seite und dennoch ehrlich und objektiv. Er konnte immer auf Mansour zählen, dessen war er sich sicher.

Die Uhr schlug bereits 23 Uhr, als Otze endlich einen Parkplatz im Stadtteil Bockenheim fand. Zwar musste er noch ein paar Gehminuten hinnehmen, bevor er das Haus in der lang gezogenen Leipziger Straße erreichte, in dem Mansour lebte, das war ihm jetzt aber nicht wichtig. Mit seinem Rucksack auf dem Rücken plante er, die Nacht bei seinem Kumpel zu verbringen.

›In der Großstadt zu leben ist ja ganz nett‹, dachte Otze, als er die noch recht belebte Leipziger Straße überquerte, ›du hast echt alles vor der Tür, kannst arbeiten, ausgehen, shoppen, alles ohne ein Auto zu besitzen. Aber wehe du hast eine Karre, dann ist alles zu spät. Parkplätze kannste hier ja vergessen.‹

Da realisierte er, dass er demnächst auf Wohnungssuche sein würde: ›Eigentlich ist das doch genau was für mich.

Hab ja sowieso kein eigenes Auto. Naja, erstmal eine Bude finden hier. Gar nicht so einfach.‹

Bruno Bachmann erreichte das große Wohnhaus. Er drückte auf den Knopf neben dem Namenschild ›M. Mazlaghani‹ und wartete. Es passierte nichts.

›Mist‹, dachte Otze, ›jetzt ist der nicht zu Hause.‹

Er klingelte ein weiteres Mal und hoffe inständig, dass Mansour ihm öffnen würde. Nichts! Er hätte sich ohrfeigen können, dass er seinen Kumpel nicht angerufen hatte, bevor er hier nach Frankfurt fuhr.

Er zückte sein Mobiltelefon und begann, die Nummer von Mansour in die Tastatur zu tippen: 0172-347 …!?

›Moment‹, dachte Otze aufgeregt, ›347 oder 374?‹

Er konnte sich nicht mehr erinnern.

›So ein Mist. Früher hatte ich noch alle Nummern im Kopf. Seitdem es diese dummen elektronischen Telefonbücher gibt und man nur noch einen Namen auswählen muss, weiß ich gar nichts mehr.‹

Für einen Augenblick wünschte er sich die gute alte Wählscheibe zurück und schmunzelte bei dem Gedanken, eine solche auf seinem Handy zu haben. Otze blätterte auf seinem Handy nach dem Namen von Mansour. Warum er das nicht von sofort getan hatte, wusste er selbst nicht. Nun bekam er eine Verbindung, bei Mansour läutete es.

›Hoffentlich hat er das Ding nicht wieder auf lautlos gestellt‹, dachte Otze.

Es war eine Manie von Mansour, das Telefon leise, stumm oder ganz auszuschalten. Seine Bekannten trieb er damit häufig zur Verzweiflung.

›Da hat er schon so ein verdammtes Handy und ist doch nicht zu erreichen‹, dachte Otze.

Es klingelte lange, und Otze wurde ungeduldig. Er hatte es schon beinahe aufgegeben und hob bereits den Daumen, um den Anruf abzubrechen.

Da sagte plötzlich eine Stimme: »Ja, Otze?«

›Ah, Mansour hat meine Nummer auf dem Display erkannt‹, dachte Bruno.

»Hey Manni, wo bist du?«, fragte Otze eilig.

Da! Bruno hatte sich selbst ertappt. Er hasste an anderen, was er gerade getan hatte. Die erste Frage, die man am Handy stellte, war immer die nach dem Aufenthaltsort. Das hatte es früher nie gegeben.

»Daheim. Im Bett. Warum?«, sagte Mansour.

»Dann lass mich rein.« Otze fiel ein Stein vom Herzen. »Ich steh vor deiner Tür.«

»Vor der Tür? Bei mir? Hast du eben zweimal geklingelt?«, fragte Mansour noch deutlich schlaftrunken.

»Ja, warum hast du nicht aufgemacht?«

»Ich liege im Bett, und in Frankfurt gibt es immer mal besoffene Trottel, die im Vorbeigehen auf die Klingel drücken. Was willst du?«

Otze holte tief Luft: »Mansour, mach die Hütte auf, ich muss mit dir reden. Es ist wichtig.«

»Wichtig? Ist etwas passiert?«, fragte Mansour nun gar nicht mehr verschlafen, sondern hellwach.

»Mach auf, Mann!«

»Was ist denn los?«

»Mach auf, verdammt. Los jetzt!«, sagte Bruno verbissen und überaus energisch.

Es schien, als würde Mansour nachdenken.

Nach drei bis vier Sekunden sagte er aber: »Warte!«

Der Türöffner summte, und Otze konnte in den Hausflur treten. Als er atemlos im dritten Stockwerk ankam, stand Mansour lediglich mit Boxershorts bekleidet in der Wohnungstür und schaute äußerst angespannt.

»Das wurde auch Zeit, Mann«, fauchte Otze seinen Freund an, »ich dachte schon, du wolltest mich da unten verrotten lassen.«

»Was ist denn los, zum Teufel?«, wollte Mansour sofort wissen.

Otze legte seinen Rucksack in den Flur: »Kann ich bei dir pennen?«

Mansour schüttelte verwirrt den Kopf, stimmte jedoch gleichzeitig zu.

»Ja«, sagte er, »warum?«

»Tina«, Otze erwähnte nur ihren Namen.

Mansour riss die Augen auf. Er wusste, nun wurde es ernst.

»Was ist mit Tina«, fragte er.

Otze seufzte und kämpfte mit den Tränen: »Sie poppt ihren Chef!«

»Was?«, Mansour winkte ab, »das glaube ich nicht.«

»Wenn ich es dir doch sage, Manni!«, bekräftigte Bruno, »es ist war! Die vögelt schon die ganze Zeit mit dem. Und ich Depp habe nichts gemerkt.«

»Echt?« Mansour sah man die Überraschung an. »Das gibt es doch gar nicht.«

»Tja«, meinte Otze, »so kann man sich irren!«

»Komm«, sagte Mansour und bat seinen Freund ins Wohnzimmer seiner 2-Zimmer-Wohnung.

Otze setzte sich auf einen schwarzen Ledersessel, der zur entsprechenden Couchgarnitur gehörte. Die Wohnung war sehr geschmackvoll eingerichtet. Seine modernen Möbel hatte Mansour farblich gekonnt aufeinander abgestimmt. Otze blickte in die Vitrine, in der die verschiedensten Erinnerungsstücke lagen: ausländische Münzen aus vergangenen Urlauben, alte D-Mark-Scheine, Muscheln, kleine Fotos von Freunden und andere Souvenirs. Mansour holte derweil aus der Küche zwei gut gekühlte Flaschen Bier, stellte sie auf den Glastisch vor Otze und ging wieder aus dem Raum.

»Mach mal auf!«, sagte er währenddessen, »ich hol dir Bettzeug.«

Mansour richtete seinem Freund eine Schlafstelle auf der Couch ein und setzte sich zu ihm. Sie stießen mit den Flaschen an und tranken.

»Und was willst du jetzt machen?«, fragte Mansour schließlich.

»Was soll ich schon machen?«, Otze zuckte mit den Schultern, »ich weiß nicht.«

»Na, willst du dem Typ, wie heißt er …?«

»Vohl«, antwortete Otze.

»Willst du dem Vohl aufs Maul hauen, oder was?« Mansour wartete gespannt auf die Reaktion.

Otze überlegte. Wollte er seinen Nebenbuhler tatsächlich körperlich attackieren? Eigentlich schon. Dieser Vohl hätte es weiß Gott verdient gehabt. Aber das war nicht seine Art. Was sollte das bringen? Otze stand auf und ging durch den Raum ans Fenster. Er blickte hinaus. Er dachte an Tina. Die Liebe zu ihr war so stark wie kein anderes Gefühl, das er je zuvor empfunden hatte. Ihm kamen die Tränen.

»Wenn du ihm eine reinhauen willst, dann bin ich dabei«, bot Mansour an, obwohl er genau wusste, dass Otze so etwas niemals fertiggebracht hätte.

Bruno Bachmann war einfach kein Schläger. Auch nicht in dieser Situation. Sicher hätte er Tina auch körperlich verteidigt, wenn es nötig gewesen wäre. Sie hatte ihn nun aber schlichtweg beschissen. Warum sollte er sich da noch Ärger einhandeln?

Otze schnellte herum: »Tina müsste ich auf die Zähne schlagen. Ihr ganz allein!«

Anschließend setzte er sich wieder und meinte: »Vohl, der Depp, hat sicher nur mal wieder eine Tussi zum Flachlegen gebraucht. Und Tina, diese blöde Kuh, hat es zugelassen.«

»Ich kann es fast nicht glauben, aber es ist wahr, verdammt«, flüsterte er schließlich leise.

Unter Tränen sprach Otze weiter, während Mansour ihm

schweigend zuhörte: »Und das nicht nur einmal. Das hätte ich ihr niemals zugetraut. Warum nur? Wir haben uns doch echt gut verstanden, Mann. Da konnteste echt nichts Negatives finden. Tina und ich, wir beide, das war was. Und jetzt … und jetzt so was. Kacke! Das hätte ich ihr nie, niemals zugetraut. Hättest du das gedacht?«

Die Frage kam für Mansour überraschend. Er atmete tief durch, zog die Augenbrauen hoch.

»Nun, natürlich nicht«, sagte er leise und wenig überzeugend.

Otze wurde stutzig: »Was soll das heißen? Hast du was geahnt?«

»Nee, Quatsch, ich doch nicht. Nein, nein, ich war nur gerade in Gedanken. Das hätte ich auch nie für möglich gehalten. Schon gar nicht mit ihrem Chef. Wie bescheuert ist das denn? Der ist doch verheiratet, oder?«

»Ja, zwei Kinder hat er auch, glaub ich«, antwortete Otze unsicher.

»Ja also, wie blöd ist das denn? Glaubt sie, mit ihm zusammenzukommen, oder was?«, fragte Mansour.

»Was weiß denn ich, Manni«, sagte Otze voller Verzweiflung in der Stimme.

»Ich denk, sie hat es dir gebeichtet, da muss sie doch was gesagt haben, oder?«, fragte Mansour.

»Gebeichtet? Keineswegs. Eine Nachbarin hat es mitbekommen und mir mehr aus Versehen erzählt. Da konnte Tina nicht mehr lügen. Erst da wusste ich es dann.«

»Ach«, sagte Mansour nachdenklich, »und wann war das?«

»Was? Als die Nachbarin es mir gesagt hat oder als Tina fremdgegangen ist?«

»Beides.«

»Erfahren habe ich es vor etwa zwei Stunden, und bei ihr war er am letzten Sonntag«, erklärte Otze, »stell dir vor, die lässt den in unser Bett, während ich drei Straßen weiter rumspringe!«

»Aha«, sagte Mansour.

»Krass, oder?«, wollte Otze hören.

»Ja, ja, superkrass!«, meinte Mansour und fragte nach, »und das war am Sonntag, als du auf diesem Kerbeumzug warst?«

»Ja, Mann, ich eiere besoffen durch den Ort«, Otze schossen wieder die Tränen in die Augen, »und die ...«

Er konnte nicht mehr weiterreden. Bruno konnte nur noch weinen. Es war ihm nicht peinlich. Nicht vor seinem besten Freund. Vor jedem anderen, aber nicht vor Mansour.

Sie schwiegen für ein paar wenige Minuten, dann ergriff Mansour wieder das Wort: »Du verlässt sie jetzt, oder?«

Otze nickt. Tränen flossen ihm die Wangen herunter.

»Dann brauchst du eine neue Bleibe«, stellte Mansour nüchtern fest.

Otze nickte zustimmend.

»Wo willst du hin?«

Otze zuckte mit den Schultern.

»Zu Mama nicht mehr, oder?«

Otze schüttelte heftig mit dem Kopf.

»Willst du nach Frankfurt? Dann wärst du näher an der FH. In Niederseelbach hält dich doch nichts, oder?«

Unsicher nickte Otze und zog gleichzeitig die Schultern hoch. Mansour dachte nach. Bruno weinte leise. Er fühlte sich schlecht, war allerdings froh, bei seinem besten Freund sein zu können. Das Gefühl, dass sich nun jemand um ihn kümmerte, machte ihm Mut. Er hätte nun ohnehin nicht klar über seine Zukunft nachdenken können. Im Moment wusste er nicht, wie es weitergehen sollte.

»Vielleicht habe ich eine Unterkunft für dich«, sagte Mansour plötzlich.

Otze schaute sich skeptisch um.

»Nein, nicht hier. Hättest du etwas gegen eine WG einzuwenden?«, fragte Mansour.

»Nun, schwer zu sagen, eigentlich nicht, kommt drauf an. Mit wem denn?«

»Mit Heiner«, sagte Mansour.

Otze kannte den ehemaligen Arbeitskollegen seines Kumpels von ein paar gemeinsamen Abenden. Sie waren mal aus gewesen, verstanden sich gut.

›Warum nicht?‹, dachte Otze und sagte: »Was habe ich zu verlieren?«

»Eben«, sagte Mansour, »ich frag ihn gleich morgen früh. Ich glaub, er sucht einen Mitbewohner und hat schon eine Wohnung in Aussicht. Hinten im Nordend in der Merianstraße an der Ecke Friedberger Landstraße. Fünf Minuten zur FH.«

»Hört sich gut an«, sagte Otze.

»Ist es auch. Ideal für dich. Das einzig Blöde ist, die Wohnung liegt direkt über einem Kiosk, wo immer die Alkis rummachen.«

»Stört mich nicht«, sagte Otze und schaute dabei lächelnd auf das Bier in seiner Hand.

»Dachte ich mir, alte Suffnase«, sagte Mansour und prostete Bruno zu.

»Proscht«, sagte Otze und stieß mit seinem Freund an.

Erleichterung machte sich in Bruno breit. Er hatte gewusst, dass Mansour ihm helfen würde. Keine Sekunde hatte er daran gezweifelt. Als sie sich vor einigen Jahren ewige Freundschaft geschworen hatten, hatten beide zwar mindestens 1,8 Promille im Blut, aber es bedeutete ihnen trotzdem viel. Otze wollte diesen Freund niemals missen.

»Also leg dich jetzt hin. Versuch zu schlafen«, schlug Mansour vor und fragte: »Musst du morgen eigentlich früh raus?«

Otze winkte ab: »Ich bin Student. Ich muss gar nichts! Aber wo ich schon mal in der Stadt bin, werde ich irgendwann morgen in die FH eiern.«

»Gut, dann zieh einfach die Tür zu, wenn du gehst«, sagte Mansour.

»Kein Problem. Wann stehst du morgen auf?« Otze fragte sich, ob Mansour ihn wohl wecken könnte.

»Gar nicht, ich hau noch mal ab«, sagte dieser aber.

»Jetzt noch? Ist fast zwölf.« Überrascht blickte Otze auf die Uhr im Display seines Mobiltelefons.

»Hey, das ist Frankfurt. Eine Großstadt schläft nie«, sagte Mansour zu seinem Freund, der ihn verwundert ansah. »Nein, im Ernst, hab da so eine Kleine am Start. Die dreht grad ein bisschen am Rad. Geh noch mal bei ihr vorbei und von dort aus zur Arbeit.«

»Aha«, sprach Otze in Erwartung weiterer Details.

»Nee, nix Wichtiges. Das geht nur mal so nebenbei. Nichts, was ich groß und breit erzählen müsste«, erklärte Mansour.

»Na gut«, Otze nickte und verstand.

Es war nichts Ungewöhnliches, dass sein Kumpel immer mal wieder die Frauen wechselte und nichts davon berichtete, solange es ihm unbedeutend erschien.

»Ich sag dir dann morgen, ob das mit der Wohnung klappt. Gute Nacht!«, sagte Mansour noch, ging aus dem Zimmer und zog die Tür hinter sich zu.

»Gute Nacht und Danke«, rief Otze noch, aber da saß er schon alleine im Raum.

Diese Augen können lügen

DEN SAMSTAGABEND VOR DEM FINALE der Fußballweltmeisterschaft hatte sich Heiner vollkommen anders vorgestellt. Eigentlich wollte er gemütlich mit ein paar Kumpels bei einem Bier zusammensitzen und die Partie um den dritten Platz schauen. Doch ausgerechnet an diesem Abend musste er Probleme wälzen, oder besser: sie aus dem Weg räumen.

›Ich hasse Beziehungsstress‹, dachte er, als er auf der Berger Straße im ›Flippers‹ an einem Tisch in den hinteren Räumen saß, ›aber wer mag das schon?‹

Den Eingangsbereich konnte er nicht einsehen, was ihn noch nervöser machte, als er ohnehin schon war. Er tippte mit den Fingern auf die Tischplatte.

›Muss sie denn immer zu spät kommen?‹, dachte Heiner, ›auch noch heute.‹

Er wartete auf Petra. Sie hatten sich bewusst an einem neutralen Ort treffen wollen, da beide den Anlass ihrer Zusammenkunft kannten.

Heiner hatte sie gegen 18 Uhr angerufen: »Hör zu, ich muss dringend mit dir reden. Es geht um die Sache von heute Morgen. Ja, um Ratz! Sei heute Abend um 20 Uhr im ›Flippers‹. Bis dann!«

Petra hatte nicht widersprochen. Was hätte sie auch tun können? Sie befand sich in einer äußerst prekären Lage. Ihren Heiner wollte sie nicht verlieren, und ihr Geheimnis war aufgedeckt worden. Sie folgte seinen Anweisungen – jedenfalls hatte sie das vor.

Die Uhr zeigte genau 20.37 Uhr, als Petra das Lokal betrat. Sie suchte nach ihrem Freund und atmete erleichtert auf, als sie ihn schließlich entdeckte.

›Eigentlich hätte sie es echt mal verdient gehabt, dass ich nicht länger als eine viertel Stunde auf sie warte‹, dachte Heiner verärgert.

»Entschuldige, Schatz! Hab den Bus verpasst«, mit diesen Worten gab sie ihm wie selbstverständlich einen Kuss auf den Mund, den Heiner jedoch nicht erwiderte.

Er blieb ernst, lächelte kaum. Dies schüchterte Petra beträchtlich ein. Unsicher versuchte sie, das Gespräch zu beginnen.

»Hast du Hunger?«, fragte sie leise.

»Nein, Petra«, Heiner konnte nicht warten, er musste auf den Punkt kommen – umgehend. »Du weißt, warum wir hier sitzen.«

»Natürlich, ich kann es mir denken. Aber ich will es dir noch mal erklären, mein Schatz.«

»Mein Schatz.« Als Heiner diese Worte hörte, lief ihm ein Schauer über den Rücken, er mochte im Moment nicht so genannt werden.

Heiner lehnte sich langsam und bedächtig auf seinem Stuhl zurück. Er schwieg und verschränkte die Arme. Auffordernd schaute er Petra an. Sie griff über den Tisch und versuchte, ihn zu berühren. Er saß zu weit entfernt, machte keine Anstalten ihr entgegen zu kommen. Sie erreichte ihn nicht, griff ins Leere.

Mit zitternder Stimme, ihre Tränen unterdrückend, versuchte sie, zu erklären: »Ich weiß nicht, was Ratz erzählt hat. Ich kann nur wiederholen: Es stimmt, wir waren für einen Abend mal zusammen, aber es war, bevor ich dich kannte. Lange bevor wir zusammen kamen.«

Heiner schwieg. Er wollte sie ausreden lassen. Zuhören. Verstehen. Es endlich begreifen.

Aber sie fragte nur: »Glaubst du mir nicht?«

»Doch«, sagte er ruhig.

»Aber?«, wollte sie wissen.

»Es ist mir vollkommen gleichgültig, was du mit ihm wie lange getrieben hast, denn, wie du ganz richtig sagst, war dies vor unserer Zeit.«

Petra atmete bei diesen Worten fast erleichtert auf, doch Heiner fuhr fort: »Warum hast du es mir nicht erzählt?«

Petra rang nach einer plausiblen Antwort: »Schatz, ich hielt es nicht für wichtig. Es war mir peinlich. Ich wollte unsere Beziehung damit nicht belasten.«

»Nicht wichtig?«, wiederholte Heiner, »nicht wichtig? Der Typ ist einer meiner besten Freunde. Ich sehe ihn mindestens einmal im Monat, und du lässt mich in diesem Irrglauben? Das ist ein starkes Stück!«

»Aber …«, Petra konnte nicht ausreden.

»Und glaubst du nicht, dass diese Lüge unsere Beziehung noch mehr belastet als die Wahrheit, erst recht jetzt, wo die Sache ans Licht kommt?«

Heiner hatte recht, da konnte Petra sagen, was sie wollte, deswegen sagte die zäh: »Jaa!«

»Petra, darf ich dich an meinen letzten Geburtstag erinnern?«, er beugte sich über den Tisch, berührte ihre Hände jedoch nicht. »Da hast du von mir Ehrlichkeit, Treue, offene Vergangenheit und all den Firlefanz verlangt.«

»Ja, aber das war doch nur wegen Jana!«, behauptete Petra.

»Von der ich dir alles erzählt habe, und mit der ich auch nichts mehr angefangen habe!«, erwiderte Heiner und dachte: ›leider!‹

Petra sah ihn schweigend an.

Heiner dagegen fuhr fort: »Wie soll ich dir jetzt noch glauben? Wie soll ich glauben, dass du ehrlich zu mir bist?«

»Möchten sie etwas essen?«, fragte die attraktive Bedienung, als sie an den Tisch der Beiden trat.

»Nein«, sagte Heiner schroff, der sich in seinem Redefluss gestört fühlte.

»Für mich bitte ein kleines Wasser«, sagte Petra.

Als die Kellnerin sich abgewandt hatte, setzte Heiner wieder an: »Das geht mir auch auf die Eier, Petra.«

Sie schaute ihn überrascht an und konnte sich diese Bemerkung nicht erklären.

Heiner wusste, dass er nun übertreiben würde, aber er erklärte: »Wir haben Samstagabend, verflucht! Trink ein Bier oder von mir aus einen Wein. Das ewige Wasser ertrage ich nicht. Du bist nur am Rumflennen.«

Petra kamen nun wirklich die Tränen. Eigene Worte fanden nicht an dem Klos in ihrem Hals vorbei. Sie konnte nur erstaunt über Heiners Verhalten dasitzen und zuhören.

Heiner legte nun erst richtig los: »Geh mal aus dir raus! Bloß keinen Tropfen Alkohol, ständig liegst du früh im Bett, andauernd frierst du, du hast immer was. Das kann einem auf den Keks gehen auf die Dauer. Ständig haste Bauchweh, Schnupfen, Haarausfall, Fußschmerzen, Krämpfe oder irgendeinen anderen Schiss, der sich im Nachhinein als bloße Einbildung erweist.«

»Als ich das letzte Mal aus mir rausging, landete ich bei Ratz im Bett«, fauchte Petra leise.

Sie wollte nicht, dass die Leute an den Nachbartischen den Streit mithören konnten, was jedoch längst geschehen war. Die Aufmerksamkeit im Raum galt hauptsächlich dem Dialog zwischen Heiner und Petra.

›Es stimmt also wirklich‹, dachte er, ›sie hat Ratz angebaggert. Unfassbar!‹

»Warum hast du mich belogen?«, wollte er wissen.

Sie entgegnete: »Ich habe dich nicht belogen!«

»Warum hast du es mir verheimlicht?«, korrigierte er seine Frage.

Petra hatte keine Ahnung. Sie konnte keinen klaren Gedanken fassen. Die Tränen rannen ihre zarte Haut hinunter. Sie lehnte sich zurück. Tausend Gedanken schossen ihr durch den Kopf, aber kein plausibles Argument.

»Ich weiß es nicht«, sagte sie leise.

Heiner sah sie an. Sie tat ihm von Herzen leid. Er durfte jetzt aber einfach nicht weich werden. Sie hatte ihn belogen, er fühlte sich hintergangen, das konnte er nicht einfach so akzeptieren. Ihr Gesicht erschien ihm noch viel attraktiver, süßer, herzerwärmender, wenn sie weinte. Ihre Augen funkelten ihn an. Er fühlte Zuneigung, aber keine Liebe.

›Diese Augen können lügen‹, dachte er und besann sich auf seinen Plan.

Sein Entschluss hatte festgestanden, noch bevor er sie angerufen hatte. Er wusste genau, wohin diese Aussprache führen sollte. Er nahm in Kauf, dass er sie zum Weinen bringen würde, das war unvermeidlich. Damit hatte er gerechnet. Heiner lenkte das Gespräch in die entsprechenden Bahnen.

Die Kellnerin brachte Petra ihr Wasser. Alle schwiegen. Heiner schaute Petra streng an. Mehrere Minuten lang sagte niemand ein Wort. Petra Kaspari hatte nichts mehr zu sagen, Heiner musste seine Gedanken sortieren, seine Worte genau wählen. Sie sah ihm erwartungsvoll ins Gesicht und hatte Angst. Angst, ihn zu verlieren. Sie spürte, dass sie sich voneinander entfernten.

»Lass uns in der nächsten Zeit Abstand halten. Ein paar Wochen kein Kontakt, das bringt uns sicher wieder zur Besinnung. Ich muss erst mal alles überdenken«, sagte er, und ihr schossen weitere Tränen in die Augen.

Das hatte sie befürchtet. Sie wollte es nicht wahrhaben, aber erwartet hatte sie es im Grunde.

»Machst du gerade mit mir Schluss?« Petra bekam diesen Satz kaum heraus.

Nun saß Heiner da und wusste nicht weiter. Er war heute Abend sehr ehrlich zu ihr, hatte ihr einiges vorgeworfen, was ihn störte. Er hätte nun endgültig Schluss machen können, aber er wollte nicht dabei sein, wenn sie weinend zusammenbrach. Heiner wollte es nicht zugeben, nicht hier, nicht jetzt, aber seine Entscheidung hatte er bereits getroffen. Ihre Lüge hatte ihn zu schwer getroffen, seine Liebe zu ihr zu sehr erschüttert. Er glaubte nicht, dass er ihr jemals wieder vertrauen konnte. Sie hätte es ihm erzählen sollen. Sobald sie wusste, dass Ratz sein Bekannter war. Dann wäre alles kein Thema gewesen. Ratz machte er kaum einen Vorwurf.

›Dieser Kerl ist ein schwanzgesteuerter Idiot‹, dachte er.

Natürlich war auch die Freundschaft zu ihm zunächst einmal auf Eis gelegt, aber ihm konnte man nicht die Schuld für Heiners Beziehungsprobleme in die Schuhe schieben. Für Heiner war die Beziehung mit Petra beendet. Schluss! Ja, es war nun Schluss!

»Nein, ich mache nicht Schluss. Ich sagte doch, ich brauche nur Abstand«, er lächelte sie dabei kurz an.

›Auch meine Augen können lügen‹, dachte er und fühlte dabei keine Reue.

Er winkte die Bedienung heran und zückte seine Lederbrieftasche, um die Rechnung zu begleichen. In diesem Augenblick fuhr Zorn durch Petras Adern. Dieses tiefe Gefühl, das man am besten mit Hass beschrieb. Eifersucht, Selbsterhaltungstrieb, Abneigung und Ekel gebündelt, einer einzigen Person gegenüber. Denn sie sah das Portemonnaie, das Heiner in seinen Händen hielt. Das Geburtstagsgeschenk von Jana. Es hatte überaus Stil, und Jana hatte bei der Auswahl einen guten Geschmack bewiesen.

»Gehst du jetzt zu ihr?«, fragte Petra.

Heiner realisierte augenblicklich, worauf sie hinaus wollte. Janas Name musste dabei nicht fallen. Schon wieder fing sie mit dieser Eifersuchtsmasche an. Er hasste es.

»Lass uns nicht über so einen Mist reden!«, sagte Heiner streng, »ich gehe jetzt!«

Heiner stand unvermittelt auf und ließ Petra mit ihrem kleinen Glas Wasser alleine.

Petra reagierte nicht. Starr saß sie da, blicke leer vor sich hin und dachte an nichts. Er zahlte an der Bar und verließ das Lokal.

Noch auf dem Heimweg tippte er in sein Handy eine SMS ein.

»Na, wie geht es dir?« Er schickte diese Worte an Jana.

›Jetzt erst recht!‹, dachte Heiner.

›Vinyl-Bar‹

DORT, WO TAGSÜBER MEIST MÄNNER mittleren Alters und osteuropäischer Abstammung darauf warteten, dass Kleinunternehmer sie zur steuerfreien Schwarzarbeit abholten, stand ein auffallend rot gestrichenes Haus.

»Rot, knallrot, ›Vinyl-Bar‹!«, spotteten manche.

Das einstöckige Häuschen mit seinem Schrägdach wäre an der großen Hanauer Landstraße kaum ins Auge gefallen. Die übertriebene Farbe der Außenwände und die kleine Discokugel über dem Eingang ließen jedoch schnell auf ein Nachtlokal schließen.

Mansour fühlte sich überaus overdressed neben Ratz an der spartanischen Theke. Dieser fügte sich in seinem Holzfällerhemd nahtlos ein in das allgemeine Bild der Gäste.

Dieser Freitagabend hatte nett begonnen aber vor wenigen Minuten seinen Tiefpunkt erreicht, als Heiner die Gruppe erbost verließ. Lustlos sahen sich die Beiden nach einer passenden Ablenkung um. Die Bar gab jedoch nichts her. Weder weibliche Gäste, die alleine und eventuell zugänglich erschienen, noch andere Personen, die Mansour und Ratz aus ihrer beginnenden Lethargie hätten befreien können.

»War das eben notwendig?«, fragte Mansour schließlich.

Einerseits suchte er bereits seit Minuten nach einem geeigneten Gesprächsthema, andererseits interessierte es ihn ein Stück weit tatsächlich.

Verständnislos antwortete Ratz: »Was soll das? Früher oder später hätte er es sowieso erfahren müssen.«

Der Alkoholpegel war ihm noch immer deutlich anzumerken.

»Und nicht schon am Anfang, als du erfahren hast, dass er mit Petra zusammen gekommen war?«, fragte Mansour.

»Was weiß denn ich?«, stieß Ratz aus.

»Was wollt ihr beiden Hübschen?«, fragte plötzlich der Barkeeper und unterbrach die Unterhaltung.

Mansour blickte in erzürnt an, weil er nicht mit ›Ihr beiden Hübschen‹ angesprochen werden wollte, erst recht nicht, wenn er mit einem Mann unterwegs war.

Ratz streckte den Zeige- und den Mittelfinger der rechten Hand aus: »Zwo Corona!«

Bereits im nächsten Augenblick standen zwei frisch geöffnete Pullen mit einer halben Scheibe Zitrone garniert auf der Bar.

›Der ist auf Zack, das muss man ihm lassen!‹, dachte Mansour und zeigte sich wieder besser gelaunt.

»Er zahlt!«, sagte Ratz frech grinsend und zeigte auf seinen Begleiter.

Mansour nickte dem Barkeeper zu, kramte in der Tasche und legte einen 20-Euro-Schein hin. Ohne das Wechselgeld zu beachten, prostete Mansour Ratz zu.

»Cheerio, Miss Sophie!«, posaunte Ratz lachend heraus.

Mansour stieß mit ihm an, sagte nichts und lachte aus Höflichkeit mit. Ratz hatte eine Art, die Mansour anwiderte.

›Niveaulos, ohne Sinn für intelligenten Humor, vegetiert dieser Mensch vor sich hin‹, dachte Mansour.

Niemals hätte er sich mit ihm getroffen oder den Abend mit ihm alleine verbracht. Nach Heiners Flucht jedoch hatte er kaum eine Wahl. Nun musste er versuchen, die Zeit möglichst angenehm totzuschlagen.

»War es deine oder Petras Idee, Heiner nichts zu sagen?«, mochte Mansour wissen.

»Die Alte hat damals die Klappe gehalten. Warum hätte ich denn da dem Heini-Meini die Wahrheit sagen sollen?«, meinte Ratz. »Mir doch wurscht!«

»Ich dachte, ihr seid Freunde?«, stelle Mansour in den Raum.

»Hey, fick dich doch selbst, du Penner!«, Ratz tat so, als

würde er böse werden, war aber noch weit davon entfernt. Mansour sollte nur nicht den Eindruck bekommen, alles mit Ratz machen zu können. Doch es gelang Ratz kaum, seinen Gesprächspartner zu beeindrucken.

›Dieser aufgesetzte Mistkerl denkt wohl, er hätte die Weisheit in Tellern gefressen‹, dachte Ratz und bemerkte gar nicht den Fehler in der Redensart.

»Und warum hast du es ihm dann ausgerechnet heute gesagt?«

Darauf hatte Ratz keine Antwort.

»Wolltest wohl der coole Stecher sein, he?«, fügte Mansour hinzu und reizte die Stimmung deutlich.

»Sach ma, hast wohl nicht mehr alle Tassen an der Latte, oder wie? Willst du mir hier an den Karren fahren?«, empörte sich Ratz.

Mansour ließ die Situation nicht weiter eskalieren und wiegelte ab: »Nee, nee, schon gut!«

Skeptisch blickte Ratz dem überlegen schauenden Mansour tief in die Augen.

»Was war denn nun genau zwischen euch beiden?«, fragte der Perser.

Bei dieser Frage besserte sich die Laune von Ratz sofort. Er mochte es, mit seinen Sexgeschichten zu prahlen. Ob mehr oder weniger erfunden, meist gab er sie ungefragt zum Besten – wenn es jemand offensichtlich hören wollte, noch viel lieber!

»Tja, also, das war so«, Ratz rückte sich auf dem Barhocker zurecht, richtete seinen Oberkörper stolz auf und holte tief Luft.

Schon jetzt bereute Mansour, nachgefragt zu haben. Ihm war klar, dass er einen Großteil der nun folgenden Erzählung getrost als Dichtung in die Tonne kloppen konnte.

»Petra fiel mir voll wie ein Pisspott in die Arme. Unsere vornehme Operndiva wollte unbedingt gegossen werden.

Natürlich kam sie da kaum an mir vorbei. Ist ja klar!«, stolz zog Ratz die Augenbrauen in die Höhe.

»Sie hat dich angemacht?«, fragte Mansour ungläubig nach und dachte: ›Das gibt es doch gar nicht.‹

»Ja, sicher!«

Schweigend schauten sie sich in die Augen. Mansour glaubte das nicht, und Ratz spürte es deutlich. Es hätte ihn nicht gestört, wäre es tatsächlich eine Lüge gewesen. So aber fuchste ihn Mansours Misstrauen gewaltig.

»Warum sollte ich dir Scheiße erzählen, zum Teufel?«, Ratz wurde energisch.

Der Perser zuckte mit den Schultern und meinte ehrlich: »Weiß nicht! Wirst schon deine Gründe haben!«

»Es war so«, bekräftigte Ratz, »wirklich!«

Mansour grinste und verunsicherte damit sein Gegenüber.

»Soll ich nun weitererzählen, oder was?«, Ratz brannte darauf, die Geschichte fortzusetzen.

Als Mansour kurz zustimmend nickte, legte Ratz wieder los: »Also habe ich sie ins Taxi gepackt, und wir sind zum ›Sudfass‹.«

»Zum ›Sudfass‹?« Mansour war entsetzt, denn er wusste, dass dies ein Bordell war.

»Nein, ich wohn gegenüber«, sagte Ratz lächelnd und war schon wieder stolz darauf, seinen Gag gerissen zu haben.

»Ach so, und dann?« Für eine Sekunde hatte Mansour Ratz alles zugetraut.

»Dann sind wir hoch zu mir. Da habe ich sie dann nach allen Regeln der Kunst vernascht.«

»Vernascht?«, fragte Mansour.

»Ja, na klar, hab sie flachgelegt. Wie man das halt so macht. Nach zwei oder drei Stunden hat sie dann die Flucht ergriffen. Ich kenn mich in dem Handwerk eben aus«, Ratz grinste Mansour an, obwohl er sich bei diesem Teil der Geschichte gar nicht so sicher war.

›Handwerk kann man wohl sagen, du Flachwichser‹, dachte Mansour.

Aber Ratz war mit seinen Ausführungen noch nicht fertig: »War ihr wohl zu hart, die Nacht.«

Dabei griff er sich derb zwischen die Beine.

»Ausdauer und Kraft. Damit konnte Petra nicht umgehen. Wahrscheinlich hat sie es Heini-Meini deswegen verheimlicht. Wie könnte er an so viel Potenz jemals herankommen. Du verstehst!«, jetzt kam Ratz erst in Fahrt.

Während Ratz weiterhin mit seiner angeblich überdurchschnittlichen Manneskraft protzte, wandte sich Mansour angewidert ab. Er drehte sich zum Barkeeper, der fassungslos den letzten Worten gelauscht hatte.

»Bring mir zwei Tequila, bitte. Golden!«, wies der Perser ihn an.

Als Mansour seinen Kopf wieder zu Ratz drehte, fiel ihm in der hinteren Ecke ein Mann auf. An die zwei Meter groß, schlank aber eher schlaksig, fast hager, dazu sichtlich betrunken. Er glaubte, den Mann erkannt zu haben.

»… die Kleine hat vor Lust gebrüllt, sage ich dir …«, Ratz plapperte noch immer, obwohl keiner zuhörte.

Mansour interessierte es nicht mehr.

»Guck mal, der da!«, unterbrach er ihn schroff.

Ratz stockte überrascht und schaute nach dem etwa 35-jährigen Mann, den Mansour meinte.

»Wer? Die Suffbeule da?«, fragte Ratz.

»Ja. Kennste den?« Mansour konnte seinen Blick nicht von ihm wenden.

»Näh!« Ratz tat angewidert, obwohl er sich selbst in einem ähnlichen Zustand befand, was den Alkoholpegel anbetraf.

»Das ist doch Kimme!«, behauptete Mansour dann.

»Kimme?«, Ratz hörte diesen Namen zum ersten Mal, »kenn ich net!«

»Ja, irgend so ein Kommilitone von Otze«, meinte Mansour und wandte sich an den Barkeeper, der soeben die Tequila brachte: »Wer ist denn das da hinten?«

»Der?«, fragte der Barkeeper und Mansour nickte. »Das ist Kimme, der ist fast jeden Abend hier!«

»Siehste«, sagte Otzes bester Freund und stieß mit Ratz an, »Kimme! Wusst ich's doch!«

›Joh! Toll!‹, dachte Ratz ironisch.

Anschließend rannen noch fünf goldene Tequila und vier Corona Mansours Kehle hinunter. Ratz schaffte sogar noch zwei weitere Bier. Mittlerweile lockerte sich auch Mansours Zunge, er wurde unbedarfter und passte sich dem Niveau des Abends an.

»Du vögelst doch auch ständig irgendeine andere Schickse«, behauptete Ratz.

»Nee, nee«, winkte Mansour ab, »gar nicht mehr so viele. Ich bin ruhiger geworden.«

»Wie viele haste denn gerade am Laufen?«, Ratz wurde neugierig.

Natürlich wusste Mansour, worauf die Frage abzielte, stellte allerdings die Gegenfrage, um Zeit zu gewinnen: »Tussis?«

Mansour wollte eigentlich keine Auskunft darüber geben, aber sein männliches Ego und der Fusel in seinem Blut machten es ihm äußerst schwer.

»Klaro! Wat denn sonst, Mann!«, keifte Ratz.

»Zwei, drei, aber eine davon ziemlich oft, die anderen nur mal so, wenn ich Bock hab«, berichtete Mansour dann doch voller Stolz, was so gar nicht zu ihm passte.

»Raff ich nicht!«, sagte Ratz stirnrunzelnd, »haste also 'ne Freundin?«

»Quatsch! Von wegen Freundin! Nee, nee, die eine treffe ich halt nur öfter. Die hört aufs Wort. Echt cool sag ich dir!«

Ratz konnte sich die nächste Frage kaum verkneifen: »Kann die wat?«

»Bitte?« Mansour kam mit diesem Wortschatz manchmal einfach nicht klar.

»Ob die geil ist, Mensch!«

»Ja, ja, supergeil. Eine Rakete!«, bestätigte der Perser selbstbewusst.

»Kennt man die?«, bohrte Ratz.

»Ach was, nein, nein, kennste nicht!«, diese Worte klangen für Ratz überaus unglaubwürdig.

›Belüg nie einen Lügner!‹, dachte Ratz.

»Komm, komm, da ist doch was im Busch!«, hakte er nach.

Mansour kontrollierte seine Gedanken nicht mehr. Er wollte es gerne jemandem erzählen. Bisher hatte er es noch keinem berichtet. Auch nicht seinem besten Freund Bruno Bachmann. Erst recht nicht ihm.

Ohne das Für und Wieder lange abwägen zu können, sprachen die Promille aus Mansour: »Es ist die Ex von Otze. Du kennst sie wirklich nicht.«

Ratz zeigte sich äußerlich wenig beeindruckt, doch es schlug bei ihm ein wie eine Bombe. Er fasste sich aber schnell, wollte nicht, dass Mansour davon abgehalten würde, weiter zu berichten.

»Stimmt, hab sie nie gesehen. Wie hieß sie? Sabine? Oder wie?«, fragte er dann vollkommen ruhig.

»Tina«, sagte Mansour, und der Name lag ihm wie Blei auf der Zunge.

»Soll ein Feger sein!«, äußerte sich Ratz.

»Geile Sau!«, tat Mansour kund.

Im nächsten Moment brauchte er von Ratz ein Versprechen: »Du darfst keinem etwas sagen, hörst du! Keinem!«

»Keine Angst«, sagte Ratz und lächelte.

»Ich meine es ernst, das wäre echt totale Kacke, wenn das rauskommt«, lallte Brunos bester Freund.

»Hey, meine Lippen sind verschlossen und versiegelt. Mit diesem Geheimnis werde ich sterben!«, beteuerte Ratz.

›Gut‹, dachte Mansour und stand auf. »Muss mal!«

Da wurde er angerempelt. Kimme stürzte an ihm vorüber. Kaum in der Lage, sein Gleichgewicht zu halten, stütze er sich an Mansour ab. Er nuschelte eine Entschuldigung daher und schielte den Perser schräg an.

»Kein Problem, Bruder!«, sagte Mansour überschwänglich, »wir kennen uns!«

»Hä?«, Kimmes Gesicht wirkte blass, und er verstand offensichtlich nicht, wovon die Rede war.

»Du bist doch Kimme! Wir kennen uns über Otze, aus der FH! Da haben wir doch mal auf einer Party zusammen gesoffen!«, sagte Mansour und dachte belustigt: ›Mehr kann man mit dem ohnehin nicht machen!‹

»Äh, ja! Otze? Äh! Klaro! Äh, super Typ!«, war alles, was Kimme herausbrachte, ihn quälte ein unsäglicher Brechreiz.

»Komm, wir gehen mal aufs Klo mit dir, Kumpel!«, meinte Mansour, packte Kimme unterm Arm und geleitete ihn zur Toilette.

Mansour verschwand mit seinem neuen Freund um die Ecke. Nüchtern wäre er niemals mit einem Volltrunkenen Arm in Arm durch die Kneipe gewandert. So aber dachte Mansour keine Sekunde an seinen Stolz. Er half Kimme einfach und begleitete ihn schwankend. Ratz ergriff sofort die Gelegenheit beim Schopf und wühlte in seiner Hosentasche nach seinem Mobiltelefon. Er wartete keinen Augenblick, zweifelte nicht ansatzweise an der Richtigkeit seiner Handlung. Sein Versprechen, Stillschweigen über die Informationen von Mansour zu wahren, hatte er ohnehin nie ernst gemeint. Nachdem er die SMS-Funktion aktiviert hatte, dachte er lediglich kurz über die richtige Schreibweise seiner Worte nach und schickte schließlich die Botschaft an Heiner: »Mansour fickt Tina!«

Nichts als die Wahrheit

AUF IHREN KLAPPSTÜHLEN saßen sie sich gegenüber. Beide hatten sie eine Flasche Bier vor sich stehen. Zunächst kamen ihnen nur wenige Worte über ihre Lippen.

»Proscht«, erwiderte Otze auf Heiners Salut, und schon schwiegen sie wieder.

Dabei hatten sie sich viel zu berichten. Sehr viel sogar. Und das, obwohl sie erst gestern genau hier gesessen hatten. Dieser heutige Sonntag war unglaublich bedeutungsschwanger. Heute wussten sie beide endlich, woran sie waren. Heute gab es keine Geheimnisse mehr. Es lag nichts mehr im Verborgenen, das wichtig für ihre Freundschaften oder Beziehungen war. Der gestrige Samstagabend hatte ihnen Klarheit gebracht – absolute Klarheit. Noch wussten sie von den Erlebnissen des jeweils anderen nichts, aber deswegen hatten sie sich ja hier getroffen. Hier in der Küche ihrer Wohngemeinschaft in der Merianstraße.

»Du hast dich gestern noch einmal mit Petra getroffen?«, fragte Otze seinen Mitbewohner.

Der nickte und nippte an seinem Bier.

»Ist Schluss?«, wollte Otze wissen.

»Japp!«, bestätigte Heiner wenig enthusiastisch.

›Wenigstens eine gute Nachricht‹, dachte Otze.

»War es hart?«, fragte er dann.

Er sah, wie Heiner darüber nachdachte. Er kniff angestrengt die Augen zusammen.

»Nein, es war leichter, als ich gedacht habe«, berichtete Heiner, »wahrscheinlich, weil ich so enttäuscht und sauer auf sie bin.«

»Richtig böse?«, fragte Bruno.

Heiner zeigte sich verwundert: »Ja, oder denkst du, dass ich überreagiere?«

»Nein, gar nicht«, bestätigte Otze, »ich hätte sicherlich genauso gehandelt, wenn …«

Otze machte eine dramatische Pause. Dies erhöhte Heiners Aufmerksamkeit. Gerade wollte er an seiner Flasche nippen, hörte jetzt jedoch gespannt zu.

Otze holte tief Luft: »Wenn ich sie nicht wirklich lieben würde. Oder?«

Damit traf Bruno Bachmann genau den Punkt, der Heiner erst im Nachhinein deutlich wurde. Er liebte sie nicht. Nun, er mochte sie sicherlich gerne. Aber lieben … nein, geliebt hatte er sie nie wirklich. Zwar hatte er das eine gewisse Zeit lang gedacht, das Gefühl ging aber niemals über die erste Verliebtheit hinaus. Da konnte er sich nun sicher sein. Sie war zu kompliziert, hatte zu wenige liebenswerte Züge. Das zu erkennen, war Heiner jedoch lange nicht in der Lage gewesen. Letztlich war er froh, dass ihm dieses Geheimnis um Ratz die Augen geöffnet hatte. Besser, als wenn er in ein paar Jahren all die verlorene Zeit betrauern würde.

»Du hast recht, mein Freund«, sagte Heiner leise aber deutlich und hielt ihm seine Flasche Bier zum Anstoßen hin, »du hast vollkommen recht.«

»Proscht!«, sagte Otze stolz, denn das hörte er selten.

»Prost, Otze!«

Da war es wieder, dieses Gefühl der engen Verbundenheit zwischen den beiden. Sie saßen nur da und verstanden einander. Das Gefühl dieser Freundschaft konnte durch nichts zerrissen werden. Durch nichts, bis auf …

»Ich habe gestern Mansour getroffen«, sagte Otze dann.

»Ach ja?« Heiner dachte an Ratz' SMS, wusste jedoch nicht, ob Otze auf demselben Kenntnisstand war. »Was sagt er?«

»Nichts!«, Otze sah Heiners fragendes Gesicht und führte weiter aus: »Habe ihn mit Tina gesehen.«

Nun musste auch Heiner zugeben, von der Sache gewusst zu haben: »Ja, also weißt du es nun auch!«

Otze fuhr hoch: »Du wusstest es?«

»Nein«, beruhigte Heiner seinen Mitbewohner, »erst seit Freitagnacht. Ratz hat es mir per SMS gesagt, aber mehr weiß ich nicht, weil ich mit ihm nicht mehr rede. Gestern brachte ich es einfach noch nicht übers Herz, es dir zu sagen. Entschuldige bitte, ich hätte es dir spätestens heute sagen wollen.«

Otze glaubte ihm. Es machte nichts. Es war in Ordnung.

›Heiner ist ein guter Kerl‹, dachte Bruno, ›der bescheißt dich nicht so einfach.‹

So beruhigte sich Otze schnell wieder und erzählte weiter: »Ich habe beide vorm ›Living‹ gesehen. Arm in Arm.«

›Scheiße!‹, dachte Heiner.

»Mansour hat mich nur angestarrt. Vollkommen kalt. Keine Erklärungsversuche. Nichts. Auch kein Wort von ihr. Dann bin ich einfach gegangen.«

Otze kämpfte mit den Tränen. Er wollte jetzt nicht flennen wie ein kleines Kind. Er drückte seinen Kummer herunter.

»Es gab nie eine Affäre mit dem Vohl. Sie hatte nichts mit ihrem Chef. Viel schlimmer …«

»… mit deinem besten Freund«, komplettierte Heiner den Satz.

»Ja, jetzt passt auch alles zusammen«, spekulierte Otze, »deswegen hat Tina von Anfang an vehement bestritten, dass Vohl ihr Lover ist, wollte aber dennoch keinen Namen nennen. Und Mansour wusste, dass ich auf dem Kerbeumzug war – hatte ich ihm gar nicht erzählt.«

»Stell dir vor, du hättest ihrem Chef die Fresse poliert«, sagte Heiner, und sie lachten beide auf.

»Ja, stell dir vor. Das wäre geil gewesen. Aber jetzt weiß ich auch, wo der Dreckskerl mitten in der Nacht noch hin ist, als ich ihn aus dem Bett geholt habe.«

»Was für ein krasser Typ«, pflichtete Heiner seinem Freund bei.

»Krass? Krass ist das noch lange nicht!«, Otze hatte Heiner noch mehr vorzutragen, »krass ist, dass mein bester Freund meine Tina vögelt, während ich ein paar Straßen weiter auf einer Feier rumfalle.«

»Ach, die Sache mit der Nachbarin«, schlussfolgerte Heiner.

»Ja, die Sache mit der Nachbarin, verdammt«, Otze wurde sichtlich wütend, »das musst du dir mal reinziehen, Mann, wie skrupellos der Arsch ist. Was wäre passierte, wenn ich früher nach Hause gestolpert wäre?«

Heiner zuckte die Schultern.

»Tja, das muss man sich mal ausmalen. Dann hätte er mich wahrscheinlich genauso beschissen angeglotzt wie gestern Abend. Oder ... oder er hätte irgendeinen Mist erzählt.«

Otze spann sich haarsträubende Theorien zurecht: »Aber vielleicht, vielleicht Heiner, vielleicht hätte er sich ja auch im Schrank versteckt und gewartet, bis ich eingeschlafen bin. Vielleicht stand er ja im Schrank. So voll, wie ich war an dem Tag, hätte ich das ohnehin nicht gemerkt.«

»Weißt du, wie lange das schon geht?«, fragte Heiner.

›Wie lange das schon geht?‹, dachte Otze, ›gute Frage! Wie lange geht das schon?‹

Er sagte gedankenvoll: »Nun, damals sagte sie, ein Jahr. Somit sind das nun fast zwei oder so.«

»Ja, kommt hin, ne!«, gab Heiner von sich.

»Da hat die Sau fast zwei Jahre meine Tina genudelt, ohne ein Wort zu sagen. Ey, ich könnt ihm eine reinschlagen«, sagte Otze.

»Weißt du sicher, dass er es damals war?«, wollte Heiner wissen.

Otze wurde unsicher: »Nun 100-prozentig natürlich nicht,

aber so wie die beiden gestern reagiert haben, da gehe ich doch davon aus. Wenn er frisch mit ihr zusammengekommen wäre, hätte er mir schon viel früher etwas sagen können oder wenigstens gestern eine Erklärung geliefert. Nee, der war das damals. Oder?«

»Ich denke auch«, sagte Heiner, »leider!«

»Tja, so habe ich nicht nur meine Freundin verloren, sondern auch meinen angeblich besten Kumpel«, überlegte Otze laut, »wer weiß, wofür es gut ist.«

Die Unterhaltung brach ab. Sie sagten in den nächsten Minuten nichts mehr, saßen nur da. Die Freunde leerten still ihr Bier und genossen die Ruhe. Otze öffnete sich und seinem Wohnungsgenossen kommentarlos ein weiteres Bier und setzte sich wieder auf den Klappstuhl. Heiner dachte an Petra, an ihre gescheiterte Beziehung, an Ratz, aber auch an Jana.

›Ob das noch was wird?‹, dachte er.

Gerne wollte er es mit Jana noch einmal versuchen. Er konnte nicht voraussagen, ob diese Verbindung eine Zukunft hatte, aber einen weiteren Versuch sollte es ihm Wert sein. Er würde schnell merken, ob sie beide nun füreinander geschaffen waren, oder ob es doch nur eine Freundschaft bleiben sollte. Er fragte sich, ob Jana darauf eingehen würde.

›Dieses Gesicht vergesse ich nie!‹, dachte Bruno und sah diese tiefschwarzen, ausdruckslosen Augen von Mansour vor sich.

Er dachte an Tina: ›Warum hat sie das getan? Warum war sie letzten Mittwoch bei mir? Warum ist sie Mansour so verfallen?‹

Nach über 30 Minuten hatte Heiner eine Frage: »Meinst du, du könntest ihr verzeihen?«

Otze überraschte diese Frage. Daran hatte er noch gar nicht gedacht.

›Will ich sie wieder zurückhaben?‹, fragte er sich.

»Ich weiß nicht! Sollte ich?«, stellte er Heiner die Gegenfrage.

»Liebst du sie noch?«

»Ob ich sie noch liebe?« Otze dachte nach, bevor er antwortete: »Ich denke, ich liebe immer noch die Tina von früher. Ich liebe diese Tina, die bei mir war, bevor die Nachbarin geklingelt hat, von ganzem Herzen. Heute …?«

Er wusste es nicht. Otze zuckte mit den Schultern.

Otze wollte nun von Heiner wissen: »Das mit Petra, wird das noch mal was?«

»Nein«, bekam er sofort und ohne ein Zögern die Antwort.

›Gut‹, dachte Bruno.

Die Aufreißerkartei

»VOLKER, SCHATZ, das geht einfach nicht mehr. Der Papi meint, du musst dich jetzt langsam mal selbst um deine Wäsche kümmern«, sagte die Stimme am anderen Ende der Leitung, »es tut mir echt sehr leid. Ich würde dir gerne deine Kleidung weiter waschen und bügeln, aber du bist langsam alt genug … glaube ich!«

»Mutti«, sagte Ratz, in seiner Wohnung auf dem Bett sitzend, »wie soll ich das machen? Ich habe meine Waschmaschine noch nie benutzt. Rede doch noch mal mit Papi! Das gibt es doch nicht, dass er plötzlich so reagiert.«

»Aber Schatz«, sagte die Mutter von Volker Barthelmes, »das predigt er dir doch schon seit Jahren, dass du endlich auf eigenen Beinen stehen sollst. Du bist doch jetzt 34 Jahre alt!«

Dem hatte Ratz wenig entgegenzusetzen. Es stimmte, er war so selbstständig wie ein 10-jähriges Kind. Mit dem Unterschied, dass er seine eigene Wohnung und die Geschlechtsreife längst erreicht hatte. Eigentlich war er ein 10-Jähriger mit Geheimratsecken.

Er versuchte, seine Mutter noch einmal zu überreden: »Rede doch noch mal mit ihm, bitte!«

»Da ist noch was«, sagte sie, und Ratz ahnte Schlimmes.

Sein Herz pochte. Nein, das durfte nicht sein. Bitte, nicht! Ratz hatte Angst vor den Worten, die seine Mutter auszusprechen im Begriff war.

»Das Geld«, sagte sie, und Ratz' schrecklichste Befürchtungen wurden wahr, »Papa will dir das Geld kürzen. Damit du lernst, selbstständiger zu sein.«

›Oh nein‹, dachte Ratz, ›nicht das Geld!‹

Ohne die Zuwendungen von seinem Vater würde er

finanziell am Abgrund stehen. Das bedeutete, dass er einen Vollzeitjob annehmen musste.

›Acht Stunden am Tag ackern für die Miete und die Sauferei!‹, dachte Ratz, ›das darf nicht passieren!‹

»Alles?«, fragte Ratz unterwürfig.

»Nein, erstmal die Hälfte, und in einem Jahr müsstest du eine Arbeit gefunden haben. Dann erst alles!«, erklärte Maria Barthelmes ihrem Sohn.

›Na gut, damit kann ich erstmal leben‹, dachte er, ›in einem Jahr habe ich einen Grund gefunden, weswegen er mir wieder das ganze Geld überweist.‹

»Tut mir leid, mein Schatz!«, säuselte seine Mutter noch ins Telefon, »du weißt, wenn es nach mir ginge …!«

»Ja, okay!«

»Tschüss, mein Schatz!«

»Ciao, Mami!«, sagte Ratz.

»Hab dich lieb, mein Kleiner!«, sagte sie.

»Auch!«, sagte Ratz und legte auf.

Ratz hatte ein Problem mit diesen sentimentalen Momenten. Er konnte keine Gefühle zeigen. Ein ›Ich dich auch‹ oder ›Hab dich auch lieb‹ hatte er noch nie über die Lippen gebracht. Weder seiner Mutter, noch einer anderen Frau gegenüber. ›Auch‹ war alles, was er in all den Jahren jemals gesagt hatte.

»Ach, was soll's«, meinte Ratz leise und widmete sich wieder seinem heimlichen Hobby.

Vor sich auf der Bettdecke ausgebreitet lagen unzählige Karteikarten, ein etwa 30 Zentimeter tiefer Karteikasten sowie ein Stift. Gerade als er dabei war, den gestrigen Tag zu registrieren, hatte seine Mutter angerufen.

›Morgens um 14 Uhr‹, dachte Ratz, ›Anstand und Bettruhe kennt die ja wohl auch nicht!‹

Endlich konnte er seine Arbeit fortsetzen. Das war ihm wichtig.

›Wenn du einmal den Faden verlierst, dann findest du ihn nur schwer wieder!‹, dachte Ratz.

Er nahm eine der noch unausgefüllten Karteikarten. Er hatte sie selbst am Computer entworfen. Das Schema fand er genial und übersichtlich zugleich. Auf diesem kleinen Karton verzeichnete er nun seine neue Bekanntschaft vom Freitag. ›Ruth‹ trug er unter der Rubrik ›Name‹ ein und kreuzte das Kästchen in der Zeile ›Status‹ mit dem F für ›rein sexuelle Absichten‹ an. Es gab noch ein Feld mit einem Herz, das er nur selten markierte. Die Telefonnummer hatte er im Suff verloren, und eine E-Mail-Adresse hatte er auch nicht. So strich er die freien Platzhalter dieser Felder durch. Bei ›Aufreißort‹ schrieb er ›Sinkkasten‹ und datierte das Ereignis auf den 07.07.06.

Er überlegte: ›Wie sah die Alte denn aus?‹

Im folgenden Feld musste er ihr Aussehen beurteilen. Zwischen null und zehn wurden die eroberten Frauen klassifiziert. Die volle Punktzahl hatte noch nie eine von Ratz bekommen, allerdings hatte Ratz auch noch niemals etwas mit einer Null – jedenfalls seiner Meinung nach. Eine Zwei war die schlechteste Note, die er bisher vergeben hatte.

›Fünf‹, dachte er und versuchte krampfhaft, sich an ihr Gesicht zu erinnern.

Das schummrige Discolicht, der Alkohol und die Tatsache, dass er nicht lange dazu gekommen war, sie anzusehen, machten es ihm schwer. Ratz küsste nämlich vorzugsweise mit geschlossenen Augen. Das erwies sich manchmal als vorteilhaft.

›Ach komm, eine Sechs geb ich ihr!‹, dachte Volker Barthelmes, ›ist für die Punktzahl sowieso egal!‹

Ihren Alkoholpegel beurteile er ehrlicherweise mit neun und seinen mit acht. Eine Zehn während eines Aufrisses hatte er nur ein einziges Mal erreicht. 1998 auf einem Zelturlaub mit Freunden in Holland. Damals übergab er sich anschließend noch im Zelt seiner neuen Bekanntschaft. ›Monika‹, dachte Ratz, kramte ihre Karteikarte hervor und las sich die Daten leise vor: »F, Zeltplatz Zandvoort, 12.05.98, Aussehen: sieben, Alkpegel sie: neun, Alkpegel ich: zehn, Punkte: acht.«

Für Geschlechtsverkehr war Ratz damals zu betrunken gewesen, ansonsten hätte er sich zehn Punkte eintragen können.

Per und er hatten sich dieses Punktesystem in einer Bierlaune ausgedacht. Für jedes Kalenderjahr wurde ein Preis ausgesetzt. Sie nannten ihn den Goldenen Muschimagnet. Dabei konnte jeder der Beiden ein Jahr lang Punkte sammeln, jedoch bei einer Frau höchstens einmal die volle Punktzahl erreichen.

»Einmal gepoppt, ist die Frau nicht mehr interessant, dann muss was Neues her!«, hatte Ratz damals bestimmt.

Eine Frau, die man nur geküsst hatte, konnte jedoch später noch eine höhere Punktzahl abgeben. Man konnte also an seinen Punkten arbeiten.

Bisher hatte er jedes Jahr seit 1997 den Preis, der nur ein virtueller war, gewonnen. Es gab keinen Pokal oder einen anderen Anreiz. Allein, der größte Aufreißer des Jahres zu sein, das war ausreichend Genugtuung und besondere Ehre.

Nun war es Juli, und Ratz ging seine bisherigen Jahrespunkte für 2006 durch. Er zählte 58.

›Nicht so der Kracher dieses Jahr‹, dachte Ratz, ›wo Per wohl gerade steht?‹

Während des laufenden Jahres verschwiegen sie sich gegenseitig ihren aktuellen Punktestand. Erst im neuen Jahr wurde abgerechnet – Ehrlichkeit war dabei oberstes Gebot. Ratz versuchte Jahr für Jahr, seinen Rekord von 1998 zu brechen, aber er hatte ihn seitdem niemals wieder erreicht.

›304 Punkte‹, dachte er ein wenig wehmütig, ›ein gutes Jahr!‹

Gerne stöberte er in vergangenen Zeiten. Die Aufreißerkartei stellte für ihn alles dar, wofür er momentan lebte. Sie steigerte sein Selbstbewusstsein enorm. Er hatte dies alles hier geschafft. Er allein. Er hatte den Hauptschulabschluss nicht geschafft, er hatte seine Lehre als Automechaniker abgebrochen, die ihm sein Vater vermittelt hatte, hielt sich mit Gelegenheitsjobs und der finanziellen Zuwendung seiner Eltern über Wasser. Alles nichts, worauf er stolz sein konnte. Aber dieser Karteikasten hier, der bewies ihm, dass er doch ein toller Kerl war. Ein Kerl, der bei den Frauen ankam.

›Und darauf kommt es an. Mit einem guten Beruf wären die Neandertaler ausgestorben, aber mit ihrem Sex haben sie es bis heute geschafft!‹, dachte Ratz.

Plötzlich fand er die Karte von Petra. Er hielt sie in den Fingern, und es lief ihm kalt über den Rücken. Jetzt erinnerte er sich wieder an das, was er gestern zu Heiner gesagt hatte.

»Die Beste aber war immer noch Petra, jedenfalls was den Oralverkehr angeht. Ansonsten lag sie da, wie ein kaltes Brett. Hast echt Glück, Alter, die hat was drauf mit der Zunge«, hatte er gestern behauptet. Und: »Vier Mal Sex in einer Nacht.«

Das entsprach aber nicht der Wahrheit. Er verglich seine Aussage mit der Karteikarte und erkannte erst jetzt, dass er Heiner etwas Falsches mitgeteilt hatte. Oralverkehr hatten die beiden nicht gehabt und Sex erst recht nicht. Er hatte Petra mit einer anderen Frau verwechselt.

›Mist, hoffentlich merkt Heiner es nicht‹, war seine einzige Sorge, ›der soll nicht denken, dass ich ihn angelogen habe.‹

›Vier Mal? Wer war das doch gleich gewesen?‹, dachte er und suchte im Karteikasten nach der Antwort.

Schließlich fand er Verena. Zehn Punkte hatte er durch sie

bekommen, ebenfalls im Jahr 2005. Jetzt wusste er es wieder. Sie war einer der wenigen Frauen, bei denen er unter ›Status‹ das Herz angekreuzt hatte. Gerne wäre er mit ihr damals länger zusammengeblieben. Dafür hätte er auch den Gewinn des Goldenen Muschimagneten 2005 sausen lassen. Sie wollte ihn aber nicht wiedersehen.

›Die Kleine hat nur meinen Körper benutzt‹, dachte er, und dieser Gedanke erregte ihn.

Er erhob sich von seinem Bett und trat vor das Regal, in dem er seine DVDs lagerte. Ratz zückte einen pornografischen Film, legte ihn in den Player, schaltete das Fernsehgerät ein, schob seine geliebten Karteikarten auf dem Bett zur Seite und machte es sich auf dem nicht mehr ganz frischen Laken bequem.

Endspiel-Emotionen

›TINA‹, DEN GANZEN TAG SCHON konnte Otze an nichts Anderes denken, ›Tina, warum tut sie so was?‹

Er fühlte noch immer diesen bohrenden Schmerz. Er war von seiner Freundin und seinem besten Freund, den Menschen, denen er am meisten vertraut hatte, betrogen und enttäuscht worden.

›Jetzt bleibt mit fast nur noch meine Mutter‹, bei dem Gedanken schauderte es ihm, ›was ist das für eine scheiß Situation, in der du nur noch deiner Mutter vertrauen kannst?‹

Er suchte verzweifelt nach einer Zuflucht: ›Heiner!‹

Ja, Heiner war sicherlich ein guter Mensch, und, ja, vertrauen konnte er ihm sicher auch. Jedenfalls redete Otze sich dies ein. Es blieb ihm kaum eine Wahl, und es sprach nichts dagegen.

Bruno merkte, wie ihn die große Enttäuschung langsam zermürbte. Nachdem er heute schon mehrmals in Tränen ausgebrochen war, hatte er keine Lust mehr zu weinen.

›Hab keinen Bock mehr auf den Sumpf. Die können mich alle mal kreuzweise gern haben, oder so!‹, dachte er und versuchte, sich aufzumuntern.

Er musste sich ablenken, und da kam das Finale der Fußballweltmeisterschaft gerade recht. So war wenigstens dieser Sonntag gerettet. Dass er den Vormittag mit Heiner verbracht hatte, mit ihm über alles sprechen konnte, gab ihm Kraft. Die Kraft, die er benötigte, um es mit sich selbst auszuhalten. Also machte er sich nach einem langen Spaziergang auf die Suche nach einer Kneipe mit einem Fernseher. Viele Menschen gepaart mit der Sportübertragung – das sollte ihm die nötige Ablenkung bieten, die er nun definitiv brauchte.

›Hoffentlich fegen die Franzosen die blöden Itaka vom

Platz‹, dachte Otze in seinem hellblauen T-Shirt mit der Aufschrift ›Fußball ist Fußball! Wäre es nicht so, dann wäre es nicht das Spiel, das es ist!‹.

›Die haben es doch nicht verdient, Weltmeister zu werden geschweige denn, im Finale zu stehen. Erst gegen die Amis in der Gruppenphase gerade so ein Unentschieden, dann dieser unberechtigte Elfer in der allerletzten Minute gegen die Australier. Und das Spiel gegen uns war sicherlich Beschiss‹, dachte er.

Otze konnte es nicht begründen, aber er witterte Machenschaften der Mafia. Gewiss haltlose Anschuldigungen, aber deutsche Fußballanhänger benötigten dieser Tage eine Erklärung für die bittere Niederlage. Schiebung kam da gerade gelegen.

›Okay‹, dachte er weiter, ›die Franzmänner haben es vielleicht auch nicht wirklich verdient, weil sie ziemlichen Schrott gekickt haben. Es gibt aber wenigstens zwei gute Gründe für einen Weltmeister 2006, der Frankreich heißt: Brasilien und Zidane. Erstens haben die endlich diese arroganten Samba-Tänzer in die ewigen Karnevalsgründe geschickt, und der weltbeste Fußballer der letzten acht bis zehn Jahre hat es einfach verdient, einen guten Abgang zu bekommen.‹

Sein zielloser Weg führte ihn in Bereiche Frankfurts, die er sein Lebtag noch nicht gesehen hatte. Er kehrte dann aber ein in die Gaststätte ›Friedberger Warte‹, die auf einer Anhöhe lag. Die Fachhochschule stand am Fuße dieses Hügels stadteinwärts. Otze hatte die Steigung erklommen, ohne darüber nachzudenken. Natürlich war es in dem Wirtshaus bereits proppenvoll. Unzählige Männer hatten sich hier versammelt, und zu Otzes Freude ließ sich kein Italiener blicken!

Als das Spiel startete, begann Bruno wieder gedanklich abzuschweifen: ›Das ist doch schon der Hammer, dass Tina erst vor ein paar Tagen bei mir aufkreuzt und mich angeblich zurück haben möchte. Wie kommt die Schlampe nur auf diese Idee, wo sie doch immer noch mit dem Penner zugange ist? Ich raff es einfach nicht.‹

Das Spiel war recht ereignisarm. Keine Tore!

›Tolles Finale!‹, dachte Bruno ironisch.

Ja, er langweilte sich fast schon. Er trank auch keinen Alkohol! Ihm war gleichgültig, dass er sich mit Promille im Blut lockerer gefühlt hätte.

›Erstens sind hier sowieso keine Weiber, die man anquatschen kann, und zweitens hab ich keinen Bock mehr auf die bescheuerte Sauferei. Geht auf die Leber und aufs Geld. Außerdem: Welche Frau will schon einen Typen, der ständig betrunken ist?‹ Ganz neue Töne bei Otze: ›Frauen sind für mich ein Buch mit sieben Siegeln. Mehr! Siebenundsiebzig! Keiner weiß doch, was die wollen, was die vorhaben oder auf welche unheimlich absurden Ideen die so kommen. Männer sind da einfacher gestrickt. Die wollen poppen, bis die Schwarte kracht und die eine Frau haben, bei der sie das bekommen, dann heiraten und aus. Ende der Geschichte.‹

Otze glaubte zwar selbst nicht so ganz an diese Theorie, aber sie kam ihm im Moment gerade recht.

›Ich werde schwul‹, dachte er dann, ›wenn das so einfach wäre!‹

Nun war Halbzeit. Immer noch keine Tore. Langweilige Fußballmüdigkeit.

›Wenn die Deutschen im Finale stünden, dann wäre hier was los gewesen. Scheiß Mafia, Camorra oder welche Kriminellen sich da eingeschaltet haben‹, doch dann wurde Otze abgelenkt.

Eine Frauenstimme erhob sich laut: »Ich lass mir doch hier nicht an den Hintern packen. So gut zahlst du nun auch nicht!«

Otze konnte noch nicht erkennen, wer diese Frau war, sah nur einen kleinen, dicklichen Mann, der auf sie einredete.

»Stell disch net so aa«, sagte er streng und bestimmend, »so schlimm war es werklisch net.«

»Bitte?«, schrie sie ihn an, »nicht schlimm? Du hast sie wohl nicht mehr alle, du alter Sack. Mach doch deinen Dreck hier allein!«

Die Bedienung war im Begriff zu gehen, aber der Mann, offensichtlich ihr Vorgesetzter, packte sie am Oberarm.

Er zischte durch die Zähne: »Du lässd misch jezzd hier net sitze. Es is Finale unn der Lade ist voll. Isch bezahl disch net fers Jammern.«

»Aber auch nicht, um angegrapscht zu werden. Schmeiß den Typen raus!«, forderte sie.

Ihr Chef wurde noch grimmiger: »Der Mann is hier Stammgasd, der bringt mer mit seiner Rund ne Menge Kohle hier nei!«

»Entweder er oder ich!«, stellte sie ihn vor die Wahl.

»Geh gefällischsd an die Abbeid, isch kann en net nauswerfe«, erklärte er.

»Dann behalt dein Geld, du Arschloch!«, sagte sie laut und wollte sich losreißen.

Er ließ es nicht zu und packte sie noch fester. Von seiner Kraft im Zaum gehalten, stand sie dicht an seiner Seite. Ihre Augen blitzten wütend. Erst jetzt sah Otze ihr Gesicht.

»Wenn du nicht auf der Stelle loslässt, trete ich dir in deine verkümmerten Eier, dann kannst du den Saftladen hier komplett zumachen«, sagte sie gerade, »ich warne dich, ich meine es ernst!«

Und sie meinte es ernst. Das spürte ihr Chef genauso wie alle anderen Zuschauer der Szenerie im Raum, und er ließ ihren Arm los.

»Scheiß Ossis!«, rief er ihr hinterher.

Otze saß vollkommen perplex auf seinem Hocker. Er sah

Conny davoneilen. Sie griff noch eine Handtasche und verschwand durch die Tür auf die Straße.

›Conny! Das ist wirklich Conny!‹, dachte Bruno und sprang auf.

Einen Moment lang überlegte er, ob er seine Cola noch bezahlen sollte, aber dann sagte sich Otze: ›Der merkt das sowieso nicht in dem Gedrängel, und außerdem ist er ein arroganter Depp.‹

Otze prellte die Zeche und hat kein ungutes Gefühl dabei. Im Gegenteil! Das hatte der Betreiber des Lokals nicht anders verdient. Auf der Straße eilte er Conny hinterher und holte sie rasch ein.

»Coole Show! Bin beeindruckt!«, sagte er, als er lediglich drei Schritte von ihr entfernt war.

Conny schnellte erschrocken herum.

»Ach, du bist es!«, sagte sie erleichtert, denn sie erkannte ihn sofort wieder, »du warst auch in dem Schuppen? Spricht nicht für dich.«

Sie ging weiter. Nun hatte sie es nicht mehr so eilig, davon zu kommen.

»Joh, war das erste Mal dort. Habe mich dorthin verirrt«, behauptete Bruno, und sie schenkte seinen Worten Glauben.

Einige Zeit liefen sie schweigend nebeneinander her. Sie genossen die Ruhe.

Bis Otze wissen wollte: »Wo biste denn am Donnerstag so plötzlich hin? Habe dich gar nicht mehr gesehen!«

»Ja, ich weiß, tut mir leid. Ich musste fort – plötzlich«, erklärte sie.

»Wohin denn?«

»Ach Otze«, ihn freute es sehr, dass sie noch seinen Namen kannte, »das ist eine lange Geschichte.«

Er wurde neugierig und sagte: »Das ist auch noch ein langer Abend, wir haben es erst kurz vor zehn. Schlapper Nachmittag!«

Conny sah Bruno an – durchdringend. Er bekam eine Gänsehaut bei diesem Blick. Sie wusste nicht, ob sie ihn mit ihrer Story belasten sollte, nerven wollte. Otze hob auffordernd die Augenbrauen.

Sie verstand seine Geste, druckste jedoch zunächst herum: »Nun, das ist schwierig. Es war wegen meinem Ex!«

›Ah, jetzt wird es interessant‹, dachte Otze und sagte: »Und? Was ist mit dem?«

»Kam am Donnerstag plötzlich mit seinen Kumpels die Treppe herunter im ›Cave‹, ich wollte ihm nicht begegnen und bin weg. Entschuldige bitte, aber wir zwei, du und ich, wir kannten uns ja kaum, sonst hätte ich versucht, dir Bescheid zu sagen. Außerdem stand er dann genau neben dir an der Theke – denkbar ungünstig also«, meinte sie, und Otze erinnerte sich.

›Der Typ, der vier Weizenbier bestellte. Ach ja, genau!‹, dachte er.

»Was ein Ding«, sagte Bruno Bachmann dann, »kein Problem. Ich verstehe dich!«

»Danke!«

Dabei wollte es Otze aber nicht belassen. Ihre Geschichte machte ihn neugierig. Er wollte mehr über diesen Ex-Freund erfahren.

»Hast du Krach mit ihm?«, fragte er.

»Krach? Naja, so richtig Krach kann man das nicht nennen. Ich hab ihn im Bett mit einer anderen erwischt«, Conny berührte es augenscheinlich noch immer, denn ihre Stimme zitterte, während sie sprach. »Da bin ich dann bei Nacht und Nebel ausgezogen. Habe seitdem nie wieder mit ihm gesprochen. War so etwa vor einem halben Jahr!«

»Am Ende war es auch noch deine beste Freundin«, flachste Otze und wollte damit eigentlich eine Brücke zu seiner eigenen Vergangenheit schlagen.

»Nein, Gott bewahre, das auch noch, nee, nee«, sagte sie,

und als Otze dachte, seine Story würde sowieso alles toppen, schob sie nach: »Nein, es war meine Schwester.«

Das setzte allem die Krone auf. Die eigene Schwester! Hammer! Damit hatte Bruno wahrlich nicht gerechnet.

Aber auch an dieser Stelle versuchte er, die bedrückte Stimmung mit Humor zu meistern: »Sei froh, dass es nicht deine Mutter war!«

Er lachte. Sie nicht.

›Was'n jetzt?‹, dachte er.

»Die hatte meinen Ex-Ex schon verführt«, erläuterte sie.

»Äh, bitte?«, Otze verstand die Welt nicht mehr, »kann nicht sein. Du verarschst mich. Oder?«

Bruno sah sie mit großen Augen an und blieb auf der Stelle stehen. Nachdem sie zwei Schritte weiter gegangen war, blieb auch sie stehen und schaute ihn ernst an.

›Nee, oder?‹, dachte er, ›so was gibt es doch gar nicht.‹

Er wartete auf eine Reaktion von ihr. Sie blieb einfach nur ruhig stehen, schaute ihn an.

»Sag mir, dass du mich verarschst!«, forderte er sie auf.

»Ja, okay, ich verarsch dich«, gehorchte sie, lächelte jedoch nicht.

Was war denn nun die Wahrheit? Verwirrt rang Otze nach Worten.

»Ehrlich jetzt! Was ist nun?«, wollte er wissen.

Conny prustete los vor Lachen. Sie ging auf Otze zu, hakte sich bei ihm unter und zog ihn weiter.

»Komm schon!«, sagte sie beruhigend und lachte dabei, »meine Mutter und mein Ex-Ex – wie beknackt ist das denn?«

»Und deine Schwester?«, fragte er.

»Das stimmt!«, sagte Conny und bekräftigte: »Ossi-Ehrenwort!«

Nun konnte auch Bruno wieder lächeln.

›Trotzdem noch krass!‹, dachte er.

»Mach dir keine Gedanken«, versuchte Conny ihn zu beruhigen und fügte hinzu: »Das ist lange her! Bin fast drüber weg!«

»Also, wenn du darüber reden möchtest …«, bot Bruno ihr an.

»Nee, ach was, geht schon, aber danke!«, sagte sie, um ihn dann vollends zu erstaunen: »Du bist echt niedlich!«

Bei diesen Worten standen sie sich nahe gegenüber. Otze durchfuhr ein eisiger Hauch. Sein Herz schlug wild. Es sah in ihre Augen, die immer näher kamen. Conny ergriff klar die Initiative. Er ließ es geschehen, wusste kaum zu reagieren. Sie zog sich an ihn heran. Ihre Lippen drückten sich gegen seine, er öffnete leicht den Mund und ihre Zungen berührten sich. Bruno Bachmann wurde von Conny geküsst, und in ihm stieg ein sehr warmes Gefühl der Zuneigung auf. Er mochte es. Endlich spürte er, worauf er so lange gewartet hatte, wonach er sich so lange gesehnt hatte. Eine Frau, die ihn ohne Hintergedanken begehrte. Keine Britt, die letztlich nur einen Besamer wollte, keine Ex-Freundin, die noch einen anderen am Laufen hatte. Ein Kuss von einer Frau, nur um seinetwillen, das brauchte er – er als Mann!

Sie gingen mal Arm in Arm, aber auch mal Hand in Hand die Friedberger Landstraße entlang. Fast schon so, als wären sie ineinander verliebt. Ohne darüber ein weiteres Wort zu verlieren, wollte er sie zu sich nach Hause führen. Anscheinend stimmte sie stillschweigend zu.

»Schau mal«, sagte Conny, als sie an einer Tankstelle beim Nibelungenplatz gegenüber der Fachhochschule vorbeigingen, »hier werden Zeugen gesucht!«

»Zeugen?«, fragte Bruno, »was für Zeugen?«

Erst jetzt erblickte er den Aushang an einem Stützpfeiler des Gebäudes. Er las den Text:

»Zeugen gesucht! In der Nacht vom Freitag, den 07.07.06

auf Samstag, den 08.07.06 wurde auf die ›Bäckerei Mayer‹, Bergerstraße, Frankfurt-Bornheim zwischen 2 und 5 Uhr in den Morgenstunden ein Raubüberfall verübt. Ein Brotlieferant wurde dabei verletzt zurückgelassen und sein Lieferwagen gestohlen. Sollte jemand etwas beobachtet haben, bitten wir um Hinweise bei der nächsten Polizeidienststelle«, las er.

Er blickte vollkommen überrascht auf das Blatt Papier.

›Ach du Scheiße‹, dachte Otze, ›der Brotlieferant! Das war gar kein …!‹

»Was ist?«, unterbrach Conny seinen Gedankengang.

»Och, äh, nichts!«, wiegelte Bruno ab.

Er konnte doch jetzt nicht alles erzählen. Wie stand er dann da? Wie ein Vollidiot! Er hatte einem Einbrecher, oder was auch immer dieser Kerl gewesen war, zur Flucht verholfen. Völlig gedankenlos, naiv und dämlich! Otze musste zunächst darüber nachdenken. Wie würde er vorgehen? Die Polizei musste er rufen, aber erst morgen. Morgen, wenn Conny nicht mehr da war. Wie peinlich!

Einige Meter vor ihnen entfernt, in der Nähe des Friedberger Platzes unweit der Merianstraße, fiel ihnen plötzlich ein Handgemenge zwischen zwei Männern auf. Bruno glaubte, den einen zu erkennen. Ja, er hatte ihn schon einmal gesehen. Natürlich, bei Feisal an der Trinkhalle.

»Das ist doch der Typ von gestern, der unter der Ladentheke saß und so fluchte!«, sagte Otze, aber Conny begriff nicht.

Harald stand seinem Gegner nach kurzem Gerangel schnaufend gegenüber. Ohne Frage befand sich auch heute Abend genügend Alkohol für drei betrunkene Fußballfans in seinen Adern. Er blickte seinem Gegenüber streng ins Gesicht. Das Veilchen in Haralds Gesicht war nicht zu übersehen.

»So, mein Junge«, sagte der ehemalige Boxer, »jetzt sind

wir beide alleine. Deine Kumpels sind nicht da. Haste schon Schiss?«

Conny und Otze bewahrten Abstand. Sie wollten nicht in die Geschehnisse eingreifen. Wer stellte sich schon zwischen erwachsene Männer, die sich prügeln wollten?

»Verpiss dich, Alder!«, sagte Haralds Gegner, der offenbar völlig betrunken war und Schwierigkeiten mit dem Gleichgewichtssinn hatte.

Dieser dachte aber nicht im Geringsten daran. Murrat El Baghdadi stand etwa zwei Meter von Harald entfernt und ballte die Fäuste. Der gebürtige Frankfurter marokkanischer Abstammung sah sich bereit für einen Kampf gegen den alten Mann, den er gestern erst vermöbelt hatte. Murrat hatte zwar Respekt vor diesem Mann, gestand sich jedoch keinerlei Angst ein. Nein, Furcht war das Ende eines jeden Kampfes, das hatte der Marokkaner schon in frühen Kindertagen gelernt. So zeigte er sich mutig und griff nun, ähnlich wie gestern, erneut an. Er schwang die rechte Faust und zielte auf das verletzte Gesicht des Trinkers. Wenn er ihn an dieser Stelle treffen konnte, würde das seine Siegeschancen erheblich verbessern. Harald erkannte jedoch das Vorhaben seines Gegners und wich der behäbigen Vorwärtsbewegung gekonnt aus. Junger Straßenkämpfer gegen alten Ringkämpfer! Als Murrat noch ins Leere flog, wuchtete Harald bereits seinen Unterarm in dessen Magengrube. Haralds Gegner sackte in sich zusammen. Doch der Stolz spornte den jungen Mann an, schnell wieder aufzustehen. Dabei verlor er sein Handy, was ihn nicht weiter zu interessieren schien.

»Jetzt hauen die sich gleich richtig auf die Murmel!«, prognostizierte Otze.

Conny fragte fast ängstlich: »Was sollen wir tun?«

»Nichts! Die beiden Suffnasen beruhigen sich gleich wieder! Und wenn nicht, dann gucken wir mal …«, erklärte er und nahm sie dabei fest in den Arm.

Außer Rand und Band stürmte Murrat plötzlich auf den Alkoholiker zu. Er wollte ihn mit seinem ganzen Körper überwältigen. Harald ahnte dies, denn es spiegelte sich in Murrats zornentbranntem Gesicht wieder. Er konnte kaum anders handeln. Der Trinker und ehemalige Boxer konterte mit einer satten linken Graden mitten ins Gesicht des Marokkaners. Augenblicklich spritze Blut aus dessen Nase und lief ihm über die Lippen. Seine Beine gaben nach, er fiel auf den Straßenbelag und hielt sich jammernd das Gesicht.

Langsam schritt Harald an ihm vorüber: »Na, gar nicht mal so einfach, einen alten Mann zu verprügeln, wenn man seine tollen Freunde nicht dabei hat, was?«

Murrat sagte nichts. Er hatte genug mit seiner schmerzenden Nase zu schaffen. Selbst als Harald Murrats Handy an sich nahm, konnte er kaum reagieren. Harald zog nun ein weiteres Register, um seinen Gegner zu demütigen. Er machte mit dem Foto-Handy eine Aufnahme von dem am Boden kauernden Marokkaner, der ihn gewähren ließ. Sein Gesicht schmerzte zu sehr. Anschließend sendete Harald dieses Foto an sämtliche Personen, die im elektronischen Telefonbuch gespeichert waren, per MMS. Harald war stolz auf sich und diesen Einfall.

Otze, der das beobachtete, gönnte dem Berufstrinker seinen Erfolg. Er lief mit Conny an den Streithähnen vorüber, nachdem Harald das Telefon in Murrats Schoß geworfen hatte und wieder seiner Wege gehen wollte.

Bruno Bachmann führte Cornelia Mangold die Treppen hinauf zur WG. Seine Hand umfasste die ihre. Sie folgte ihm ohne Bedenken. Als er die Wohnungstür geschlossen hatte, begannen die Beiden, sich erneut zu küssen.

Dann gingen Otze und seine Begleiterin in sein Schlafzimmer, um einer Überraschung im Flur aus dem Wege zu gehen.

›Wenn Heiner nach Hause kommt, dann kann ich ja nicht mit ihr hier zugange sein‹, dachte Bruno innerlich grinsend, ›obwohl es witzig wäre.‹

Langsam zogen sie sich gegenseitig aus und legten sich auf sein Bett. Sie sah ihn an, streichelte ihm durch sein dunkelblondes Haar, küsste ihn zärtlich. Bruno genoss jetzt jede einzelne Sekunde. Es war wie zu jener Zeit, als er sich mit Tina liebte. Sie kamen sich so nahe. Sie verschmolzen zu einer Person, schwelgten in jeder Berührung. Die einfühlsamen Liebkosungen von Otze legten sich wie Balsam auf Connys Seele, und sie gab ihm alles wieder. Der Moment strahlte Liebe aus, auch wenn sie beide noch keine Möglichkeit gehabt hatten, eine solche wirklich zu entwickeln. Nichts konnte sie in ihren Zärtlichkeiten stören, noch nicht einmal die lauten Autocorsos, die nach einer Weile auf den Straßen hupten.

Otze kam kurz der Gedanke: ›Hoffentlich feiern da draußen nicht die Italiener!‹

Sogleich verwarf er jedoch diese Nichtigkeit, denn nichts sollte die beiden nun unterbrechen. Die Welt stand still für Otze und Conny. Sie liebten sich, als würden sie sich schon seit Jahren kennen. Alles fühlte sich so vertraut und glücklich an. Nach einigen Stunden schliefen sie eng umschlungen ein.

Die Tür zu Heiners Wohnzimmer schloss sich leise, aber Otze weckte es dennoch. Er konnte nicht wieder einschlafen, deshalb stand er schließlich auf, um ins Badezimmer zu gehen. Vor dem Spiegel stehend betrachtete er sein Gesicht. Es hatte sich verändert. Bruno sah nicht mehr den Verlierertypen, der von Freund und Partnerin hinters Licht geführt worden war, nicht mehr den leidenden Narren, der alles über sich ergehen lassen musste und kaum Licht am Ende des Tunnels sah. Nein, Otze spürte neues Selbstbewusstsein in sich. Er schöpfte wieder Mut. Neuen Mut, sein

Leben zu meistern, sein Studium zu beenden, nicht mehr zu trinken. Er wollte sich ändern. Nicht für eine Frau, nicht für Conny, nein, für sich alleine. Es war ihm gleichgültig, warum Tina bei ihm gewesen war. Warum sie ihn zurück wollte? Vollkommen unwichtig. Was sie mit Mansour hatte? Interessierte ihn nicht mehr, ging ihn nichts mehr an. Abgehakt! Vergangenheit! Zwar bittere Vergangenheit, aber wie auch immer, er musste nach vorne sehen – an sich denken.

»Jetzt geh wieder ins Bett und schlaf dich aus!«, wies er sein Spiegelbild an.

Er ging aus dem Bad durch den Flur und entdeckte eine Tasche. Eine Damenhandtasche lehnte gegenüber der Küchentür an der Wand, und sofort wusste er, wer die Besitzerin war.

›Ach, guck mal! Der Heini-Meini hatte heute Abend auch Erfolg!‹, dachte Otze.

Er gönnte seinem Freund die Chance auf eine neue Beziehung mit Jana sehr und hoffte, dass sich auch bei seinem Mitbewohner alles zum Guten wenden würde. Nein, Otze war sich sicher, Heiner würde Glück mit ihr haben. Das Glück, das er bei Petra vergeblich gesucht hatte.

Er legte sich ins Bett und schmiegte sich an Conny. Er wollte jetzt nur noch schlafen. Lange und ausgiebig!

Da fiel ihm ein: ›Wer ist denn überhaupt Weltmeister geworden?‹